人生之苦 在于所求不得

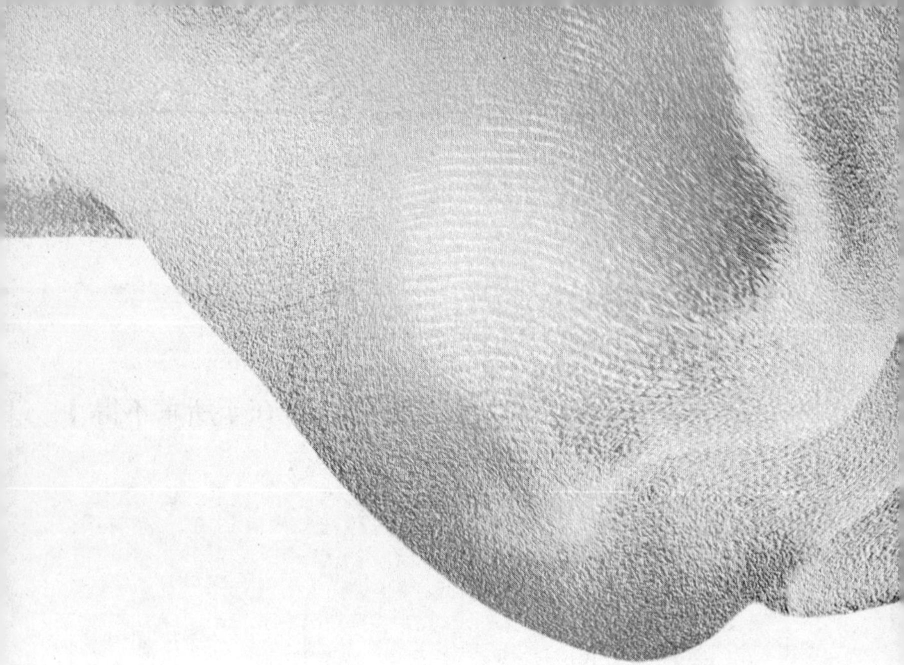

舞者

火卷

海岩 著

DANCER

作家出版社

火卷

谁也不能预测未来，
让时间替那些寻找爱的人做主吧。

目录

第一章

祸

这个故事缘起的地方，是一座名叫云朗的小城。在春夏相交的某日，小城忽然冷得反常。早行的汽车在坡地的街衢无声驶过，驱雾的车灯回避着沉睡未醒的小巷。小巷连绵起伏的台阶和这座小城同样古老，沿着雾中的危墙逶迤向上。台阶残损的一端被一幢三层的砖楼拦住，砖楼陈旧的灰色类似一天最初的光芒。楼顶的小窗半开半掩，俯视着坡地上散漫的古城，也面对着太阳将起的方向。

每天，高纯都是这个城市中最早醒来的一个，起床后的梳洗穿戴仔细而又迅速。爱打扮的习惯也许可以从床头的一幅照片上找到答案—— 一位腾空而舞的少年定格在画面的中央。和照片里舞蹈的男孩相比，此时的高纯已经长大成人。

从灰楼顶层的阁子间里跑下，高纯的动作依然保留了舞蹈的感觉，头颈端正，脊背挺直。他从灰楼的后门跑出的那刻，整条巷子尚且空无一人。

清晨高纯照例要去的地方，离那幢灰色的砖楼并不太远，他在并不太远的一片居民区里，敲开了一户人家的屋门。门里住的李师傅就是他的老板，从屋门破损的外观不难看出这位老板并不富贵——李师傅妻女三口，唯一的生产工具就是五年前买下的一辆富康轿车。一辆富康轿车加一张个体出租汽车的营业执照，确定了李师傅养家糊口的职业，也成就了李师傅的“老板”身份。为了物尽其用，这辆富康每天要在街上工作近二十个小时。李师傅每天傍晚出车，一直开到半夜，这是生意最好的一个时段，而整个白天，他都在家睡觉，养精蓄锐，把车子租给高纯，说好白天的收入五五开，五五开也能让高纯一个月挣到八九百元。八九百元在小城云朗，完全可以丰衣足食。

在李师傅家里取了营业执照行车执照和汽车钥匙，高纯开走了停在门外的汽车。头一单生意就是往机场送客，单程百多公里。原以为今日财星高照，谁料在机场卸客之后等到中午，也见不到一个要去云朗的乘客，下飞机的人都是直奔铜源市区的。高纯守在机场的旅客出口问了大半天："有去云朗的吗，有去云朗的吗？车子有空调……"直到太阳西斜，才熬不住了，开着空车打道回府。

人在倒霉的时候，心里的颜色都是灰的。开到机场高速公路的收费站时，阴沉的天上居然落了雨点。高纯摇下车窗交费，钱票也被雨水打湿。透过灰色的雨幕，他看到机场方向的收费口前，汽车排起了密集的长队。一辆红色出租车的后门忽然打开，跳下一个年轻的女孩。那女孩身穿黄色的衣裙，奔跑的动感飘逸如风，她几乎不费力气地跳过隔离的石墩，飞翔般穿过车道的逆流。红色出租车里有个男人摇下车窗，冲着女孩的背影大声叫喊。雨在这一刻忽然大了，那男人犹豫着没有下来。高纯只觉自己车头的挡风玻璃上，一片艳丽的黄裙瞬间漫卷，眼晕神移之际女孩已经绕到右侧拉开了车门，这一串画面快得高纯未及反应，身边已经坐稳了那位黄衣女孩，并且大声向他发出命令：

"开车！"

高纯没动，侧过身子，面露诧异："你要干什么?"

"你不是出租车吗?我打车呀!"

那边红色出租车上的男人终于下车了，一身笔挺的西装不堪风雨。他歪歪斜斜地撑开了一把雨伞，试图攀上过膝的水泥隔墩，动作却远远不及女孩干净利索。女孩又喊了一声："快开车!"身后的车辆也响起了催促的笛声，在西装男子终于越过水泥隔墩的同时，高纯踩下了油门，富康车轰地吼叫一声，冲出了公路收费站的出口。

这一天高纯还车的时间比平常晚了两个小时，他回到李师傅家时一辆公安的警车刚刚离去。李师傅上高二的女儿李君君早已放学，见高纯进屋便上来寒暄，寒暄的内容却让高纯吃了一惊。

"高纯哥你犯什么事了，警察都找到我们家来了。"

李师傅的老婆病了多年，在床上有气无力地管制女儿："君君不要乱讲啊，高纯多本分啊，警察是来找他问事情的。"

李师傅把女儿叫回书桌："哎，别一见高纯就疯，作业做完了吗?考不上大学你就得和高纯一样开出租去!"

父亲的严厉让女儿收束了笑容，缩回到书桌那边去了。李师傅这才把高纯拉到门外低声相问："你不是拐卖妇女了吧，怎么把警察招到我们家来了?"

高纯无辜地眨眼，"警察找你干什么?"

"不是找我，是找你!"

"找我干什么?"

"你今天是不是在机场路拉了一个女的?"

"啊，怎么了?"

“拉哪儿去了？人家家里报警了，满城找她呢。”

“出了机场路她就下车了。”

这一老一少嘀咕着，声音下楼去了。李师傅收了车子的证照，照例查验了车况。很快，两人在门口分手。

“你以后把手机开着，”李师傅说：“那点电话费能省多少钱呀，要有急事可怎么找你！”

雨后的落日，绚丽如虹。

高纯回到了那座早出晚归的灰楼。

从很远处就能看到，这座砖楼顶层的阁子间是用木板搭出来的。阁子间低矮窄小，却连接着一个开阔无比的屋顶天台。屋内的陈设极其简陋，却安装了一根自来水管。高纯先接了水洗脸擦身，又用发胶喷了头发，不像日落而归，倒似新妆出门，直到打扮利落，才扣着新换的衬衫，匆匆上了天台。

转出天台狭窄的门道，壮丽的晚霞扑面而来，天边朦胧的红晕将一个少女修长的剪影，镀出一层玫瑰般的神幻，从那优美的轮廓不难认出，正是下午那位搭车的女孩。女孩面向燃烧的夕阳，手扶晾衣的木柱，右腿高高扬起，越顶绷直足尖，动作端庄稳定，姿态优雅舒展。

“我看过你的演出。”

高纯站在女孩的身后，他无意惊扰她的功课。但女孩还是把腿放了下来，飘然转身。

“你看的哪一场？”

“我在劳动剧场看的，是我原来艺校的老师给我的票。你跳得是个双人舞，我非常喜欢。”高纯顿了一下，说：

"可惜把名字忘了。"

"我不是告诉你了吗，我叫金葵。金子的金，葵花的葵。"

"我是说，那个双人舞。"

女孩没有离开柱子，那柱子如同练功的"把杆"。她说："啊，那个舞叫《冰火之恋》。没想到你也学过跳舞。"

冰火之恋……这名字有点残酷，让高纯沉默了瞬间，他接下去说道："你跳得非常好，可惜你的舞伴有点显老。"

"他是我们剧团最老的演员，今年我们团让经理承包以后，我们经理就把他炒了。"

高纯见怪不怪："吃青春饭的行业，都是残酷的行业。"

女孩的目光，有几分感叹，不是对舞蹈，而是对高纯，"所以你从艺校毕业后宁可去开出租车，对吗？跳舞只能跳到三十岁，开车可以开到六十，对吗？"

高纯苦笑一下，笑得万般无奈："不，我热爱跳舞，我为她辛苦了整整六年，舞蹈就像我最爱的一个女人，准备和她过一辈子的女人。可没想到我从艺校刚一毕业，这个女人就把我甩了。"

"为什么把你甩了？"女孩不解："你受伤不能跳了？"

"我没钱了。"

"跳舞要钱吗？"

"要跳舞，就必须活着，要活着，就必须有钱。你们歌舞剧团连着两年都不招男的，我也没有你那样一个开酒楼的老爸，我要想让自己活着，就必须挣钱。”

女孩讶然：“你爸爸妈妈……不能帮你？”

“我妈去世了。”顿了一下，高纯又说：“我没见过我爸。”

说起父母，高纯的声音平平淡淡。或许那是很久以前的事了，早已没有即兴的伤感：“我想挣点钱，然后到南方去，我有很多同学都到南方去了，就算进不了团，南方很多酒吧夜总会也都有舞蹈表演。不过我两年多没练了，身上已经有点沉了。”

女孩微微咧开嘴角，露出一排整齐的白牙，“没关系，我可以帮你练啊。”

高纯也咧开嘴笑了：“好啊，咱们一起练。”

这一夜是高纯租下这间阁楼后第一次露宿天台。清晨的寒意尚未退去，他就在这里迎来了第一道曙光。阁子间里的床上，那个名叫金葵的女孩还在熟睡，以致高纯每日不可省略的梳洗打扮，不得不进行得蹑手蹑脚。

此时的巷子照例安静无人。高纯沿着不规则的石阶向坡下跑去，步伐姿态意气风发，比往日更多了几分由衷的兴奋。

他把车子开出李师傅家的第一个去向，正是他曾经梦寐以求的地方。云朗歌舞剧团位于这个城市的凹地，与他栖身的坡地各处两端。从李师傅家出发穿过云朗全城，街道渐渐宽敞平坦。歌舞团的院子也十分开阔，只是院中那幢楼房老旧不堪。按照金葵昨晚的交代，高纯在楼内练功房旁边一间小屋的门外，敲醒了睡眼惺忪的剧团经理。

“您是方圆方经理吗？我是金葵的朋友，我是来替金葵请假的。”

高纯这样介绍自己。他对那位三十多岁就有些谢顶的汉子恭恭敬敬。看来金葵说得没错，这个名叫方圆的经理显然和她私交不错，毫不见外地把高纯让进尚未收拾的屋子。床上的被褥未及叠好，经理便先穿戴整齐送高纯出门。高纯一再说您留步您留步。经理还是陪他下了楼，经理说没事，没事，我正好出去买份早点。

他们穿过空荡荡的练功房，练功房的破旧在朦胧的阳光中含混不显。在歌舞团院子的门口，看门老头神色张皇地迎上前来，刚说了一句：方经理有人找你！他们便被几条壮汉团团围住。为首的一个粗声喝问：你是经理吗，我妹妹金葵今天上班没有？那叫方圆的经理和他们有方有圆的对起话来，高纯轻声说了句：方经理我先走了。便侧身出门，掩面而退。

在收留金葵的第二个晚上，小阁楼里轻松了许多，没有了前一夜的生疏和拘谨，气氛显得融洽而又快活。两个年轻人互相谈了他们各自的家庭和亲人，以及同样简单的人生阅历。

和高纯相比，金葵的人生似乎应有尽有，不仅父母健在，长兄持家，而且，她家在云朗市区一条热闹的大街上，还开了一家不算太小的酒楼。在云朗能开几百个席位的酒楼，也算得上是大富之家了。高纯说：“潮皇大酒楼我知道的，我还往那儿拉过客人呢。你们家既然开了这么大的买卖，按说不该再拿你去巴结那个台湾人啦。”可金葵的回答似乎再次印证了那句老话：穷有穷的快乐，富有富的苦恼——“开这酒楼的钱一多半都是借的，我爸和我哥为这个酒楼背了一身债。这几年生意不好，还得应付方方面面白吃白喝。那个台湾人说可以给我爸贷款，让我爸先把旧账还了。昨天那台湾人本来说好要带我爸我妈和我一起去深圳玩的，可上了车我才知道我爸妈都不去了。我说那我也不去了。他哄了我一路，快到机场了他忽然说他喜欢我，要跟我谈恋爱。吓得我只好跳车了。”

高纯不解：“谈恋爱那么可怕吗，要吓得你跳车？”

金葵说：“那个台湾人，也就是在大陆做生意做闷了，想找个女孩陪他罢了，谁知道他在台湾有没有老婆。”

高纯眨眼：“那你也得早点回家啊。你们家都报警了，你哥也到剧团找你去了。你再不回去，你们家真要告我拐卖少女啦。你让他们着急两天了，气也出了吧？”

金葵随和地点头：“我知道。”又说：“我不是气他们，我不回去是怕我爸生气。我爸那人，最不能容忍的就是我们顶撞他。我从小到大什么都听他的，他让我去省里上学，我就去省里上学，他让我毕了业回云朗工作，我就回了云朗工作……”

高纯插话：“他说让你跟台湾人一起去深圳，你为什么不去？你就知足吧，我现在想找个老爸老妈整天管着我，都找不到呢。”

话题至此，转到了高纯身上，关于高纯的身世，让金葵充满好奇：“你爸爸妈妈离开你很久了吗？”

高纯低头，不知是承认还是否认：“我没见过我爸，我是我妈带大的，我从云朗艺校毕业的前一年，我妈就病了，然后，就死了。”

金葵沉默下来，用沉默表示了应有的同情。反而是高纯，试图用无所谓的表情，维持这个晚上的轻松：“我猜我八成是个私生子吧。”

“私生子？”

私生子这个字眼，让金葵目光怔忡。直到高纯自我解嘲：“就算是私生子吧，但愿也是爱情的结晶，而不是一夜情的累赘。”金葵才笑了起来，而且添油加醋：

“一夜情的累赘还算好的，别是强奸犯的罪证。”

在高纯记忆中，这大概是第一次，在他的这间小屋里，响起女孩清亮的笑声。

他可没笑，指指自己：“我是强奸出来的？你太损了吧！”

第二天下午，高纯收工很早，他没回李师傅家，而是直接把车开回了自己的住处。和他同车来的，还有云朗歌舞剧团的经理方圆。方圆的到来使这间阁楼备显狭小，高纯站在阁楼的门外，默默听完了方圆对金葵的规劝。

方圆说：“我答应你们家了，一定把你找到。你哥哥能找的地方他都找了。你爸爸气得血压都上来了，你总不能在这儿躲一辈子吧。”

金葵说：“我爸怎么说的，他还让我跟那个台湾人好吗？”

方圆说：“这我不知道，你们家也是为你好嘛。”

金葵看了高纯一眼，说：“我爸不是为我，他是为钱。”

方圆也看了高纯一眼，仿佛这事与高纯有关似的，随后转脸继续开导金葵：“你躲在这儿也是给人家找麻烦嘛，你哥的脾气你也知道，这地方一旦让他找上门来，非把小高暴打一顿不可，你这样也连累人家小高嘛……”

高纯在门口插话：“打我干什么，我又没动他妹妹一个指头！”

方圆低头点烟，没做解释。

金葵说：“好，那我回去。”

方圆这才把悬在心口的气，随烟吐出：“是嘛。”他如释重负地把脸转向高纯，冲高纯笑了一下。但高纯没笑。

方圆完成任务，告辞离去。高纯和金葵一起送他下楼，方圆也许看出来了，金葵还有话说。

“老方，求你个事好吗？”

金葵开了口，方圆悠着劲：“什么事啊？”

金葵回头，看一眼跟在身后的高纯，低声说道：“你知道吗，他也是学跳舞的，云朗艺校毕业的。让他到咱们剧团去怎么样啊，练一个月就能恢复。”

方圆没敢回头，用更低的声音回答：“你就别给我找事了，剧团现在的效益不好，下一步还要裁人呢。最近准备搞一次全员考核，优胜劣汰。不过你放心，裁谁也裁不到你的头上。”

方圆走了，金葵目送他的背影远去。高纯跟上来问了一句：“他又说什么？”金葵说：“没说什么。”

夕阳西斜的时候，高纯送金葵回家。

金葵家住在云朗的新城，那是一片崭新而俗气的楼宇。下车前金葵用女孩特有的扭捏，对高纯表示了暧昧的谢意。

“这几天给你添了那么多麻烦，你早烦我了吧？”

高纯说：“没有啊，我那儿条件太差了，再住下去你也该烦啦。”

金葵说：“我占了你的床，占了你的蚊帐，你天天睡在天台上，天台上有蚊子，夜里露水也挺大的。我知道你早盼着我快点回家了。”

高纯说：“没有啊，你在我那儿我都习惯了，你一走我倒不习惯了。”

金葵笑笑：“那祝你今天睡个好觉，咱们后会有期吧。”

高纯点头，却问：“后会……有期吗？”

金葵说：“不知道啊。”又说：“你要想见我，总能见得到吧。”

高纯说：“我这两天多拉点活儿，多挣点钱，然后上你们家酒楼吃饭去。你在那儿吗？”

金葵说：“我在那儿干吗。你去看我演出吧。过些天我们团可能有演出，我找老方帮你要两张票，你有女朋友吗？可以带她一起来看。”

“女朋友？”高纯说：“我一直以为我会和舞蹈过一辈子呢，所以就把找女朋友的事给耽误了。”

金葵说：“要不要我在我们团里帮你找一个，也找一个跳舞的行吗？”

高纯磕巴了一下：“不用……”又说：“啊，好啊！”

金葵说："你喜欢长什么样的？"

高纯盯着金葵看，没有回答。

金葵回避了他的目光，也避开了这个话题。她拉开车门，说："谢谢你这两天的款待，这是真的。"

金葵推门下车，高纯在她身后说道："不用谢。"在金葵关上车门之前，高纯又把她叫住："哎，"他说："如果你帮我找一个和你一样……和你一样热爱舞蹈的人，那咱们就谁也不欠谁的了。"

金葵回头看了高纯一眼，砰一声关上了车门。

和金葵分手之后，高纯驾车走在路上，不知因为什么，心里有些孤单。

他把车子送到李师傅家里，李师傅照例检查了车子，车子如往常一样完好无损。

天色已晚，高纯在街边的大排档里，要了一碗素面，慢慢地喝了一瓶啤酒。大排档的一角，摆着台旧得早该报废的电视，电视里放送着一台舞蹈节目，当然不是云朗歌舞团的，但也看得高纯心向往之。

酒后的高纯落落寡欢，在街上漫无目的地闲逛一阵，才百无聊赖地走回家来。他顺着黑暗的楼梯爬上阁楼，用钥匙开门时忽闻身后有些响动，回首看到墙角竟然站起一个人影。门里透出的一线月光镀出了那人的轮廓，让高纯不由惊异地叫出声来。

"金葵？"

高纯没想到那一句"后会有期"来得如此迅速，让他辨不清内心应该张皇还是惊喜。他把金葵带进小屋，用温水为金葵擦洗血迹，台灯下的金葵伤痕斑斑，更为触目的两行眼泪，让高纯怎不义愤填膺！

“我看那台湾人根本就没想给你们家酒楼投资，是拿投资这事钓鱼呢，你爸你哥凭什么把火气往你身上撒呀！”

金葵居然还替父亲解释：“我从小到大，都按我爸的意志生活，所以这次我爸很难容忍……”

“那也不能下手这么狠呀，他不怕把你打伤了吗？万一把脸打破相了你还怎么跳舞啊？”

金葵说：“我爸不让我跳舞了，让我到酒楼帮他搞销售去。他说这个我才跟他吵的，他才打我的，我才跑出来的……”

高纯没听明白似的：“搞销售，让你？”

金葵点头，她说：“那个酒楼，是我们家的命根子。”

这天晚上高纯在天台上用煤油炉为金葵煮了热粥，连锅端进屋里。他还没来得及把锅放在桌上，小阁楼的屋门便被人敲得响声大作。两人惊慌不已，高纯一边问着：“谁呀？”一边迅速拉着金葵躲上天台。他把天台的门关好之后，才气息未定地又问了一声：

“谁呀？”

门外第二遍回答：“高纯在这里住吗？”

高纯克制心跳，毅然开门，透过屋内台灯昏昧的光芒，他看清门外只有孤零零的一个人影。那是一个高高瘦瘦的男人，高纯镇定下来，声音恢复平静。

“请问您找谁？”

“你是高纯吗？”

“请问您是哪位？”

“我姓蒋，是从北京来的。”

这位不速而来的客人坐在阁子间里唯一的那把椅子上，身边放着高纯为他倒的一杯白水。金葵也不再躲在天台的门后，而是靠在门边，默默地看着两个隔桌而坐的男人。那位姓蒋的陌生人大约六十多岁，身体瘦如薄纸，声音响铜 般。

“二十多年前我见过你的母亲，我还记得她皮肤很白，有一头乌黑的长发。我印象中她叫江长红。我说的对吗?”

高纯站在这位蒋先生的对面，他说：“对，我妈很漂亮，她后来剪了短发。”

蒋先生在高纯的脸上凝视片刻，说：“你都长这么大了，你和你母亲一样，也是一表人才。”

高纯说：“你是我母亲的朋友?”

蒋先生说：“不，我是你父亲的朋友。”

高纯意外地怔住，他看一眼门边的金葵，然后对蒋先生敌意地说道：“我没有父亲。”

蒋先生面目平和：“没有父亲，怎么会有你。”

高纯则坚持了自己的怨恨：“如果一个人把我生出来又不肯把我养大，那他就没有资格让我叫他父亲。”

蒋先生说：“他创造了你，你是他身体发肤的延续，是他生命的一个部分，他在血缘上，法律上，都是你的父亲，这是事实。他只是没有履行父亲的责任，但没人能改变这个事实。”

高纯的眼圈红了，他说：“我从来没觉得我还有父亲。我妈也不在了，我在这个世界上，早就没有亲人。我一直自己生活。一个人，自己养活自己，我活得挺好。”

高纯泪光晶莹，金葵为之感动。蒋先生的面容也就格外慈祥起来：“你父亲病了，他病得很重。疾病有时能让人回顾一生。他对你和你的母亲，非常歉疚，他想找到你们，对自己的失责做出补偿，所以委托我来找你们。我刚刚打听到，你的母亲已经在前年去世了。但我很高兴我终于找到你了，我想告诉你，你还有亲人。从今以后，你将一辈子衣食无忧！”

蒋先生的宣告让高纯再次与金葵对视一眼，那一刻他脸上的表情，不知是轻蔑还是惊愕。

那天夜里，蒋先生走后，高纯金葵发生了争执——是关于高纯那个忽然现身的父亲。

高纯说：“我也不知道这些年我妈是没找我爸还是找不到我爸，可我知道我妈这些年为了养活我，为了让我上学、上艺校，吃了多少苦，受了多少累。如果我父亲真是那么一个有钱的老板，他为什么没有给我们半点帮助？”

而金葵则认为：“每个人都会有一时的错误，何况他现在不是派人来找你了吗？他不是承认对不起你了吗？他不是说想要帮助你了吗？不管怎么说他也是你的爸爸。”

高纯依然耿耿于怀：“他早干什么去了？我妈不在了他才出来，他早干什么去了！他过去那样对我们，现在年纪大了又想让自己的良心好过一点，我偏不让他好过。我得让他明白，钱并不能买通所有的人！”

金葵说：“这怎么能叫买通呢，他买通你干什么。他是你父亲，他老了，想你了。你是他儿子，儿子对父亲，有什么不能原谅的呢。”

高纯说："那你怎么不回家去，怎么不回去原谅你爸？"

金葵说："不是我不原谅我爸，是我爸不原谅我。我和我爸的情况跟你不一样，怎么扯到我这儿来了。"

第二天的中午，蒋先生在他下榻的饭店里，设宴款待了金葵和高纯。高纯的家世仍是席间的主要话题。蒋先生因为独自喝了一点白酒，话语也就带了些酒酣耳热的兴奋。

"你的祖父名叫高德龙，在你父亲出生的那天早上，他梦见自己的床上睡了一条大蛇，一个小时以后你父亲就出生了。所以你祖父就给你父亲取名叫龙生，取天龙转世之意。小龙也是蛇的别称嘛。这些都是我和你父亲一起上大学的时候聊天聊出来的。"

蒋先生说得红光满面，高纯听得无动于衷，倒是局外的金葵怕冷了场面，凑趣地与蒋先生没话找话。

"那高纯的爸爸现在具体是做什么的呀？"

说到高纯父亲的现在，蒋先生变得简明扼要起来："他后来下海经商，开了一家公司，公司做得相当不错。"

"那公司是做什么的？"

蒋先生说："什么都做啊，那公司的名字就叫百科公司，就像百科全书那样包罗万有。公司的名字是请一位阴阳大师算出来的。"蒋先生转脸又对金葵说道："高龙生先生真是什么都懂，什么都做，什么都做得成功，这些年挣了很多钱呀。"

高纯冷冷地插嘴："挣钱就是成功？"

蒋先生当然听得出年轻人话里的锋芒，不由替他的老同学尴尬了一下，缓和地解释："你父亲……其实一直是想念你的，你毕竟是他的亲生骨肉。他的妻子今年去世了，他自己的身体也垮了，他现在只能躺在病床上，只能托我，一个曾经见过你母亲的老朋友，来找你。他让我来找你，是瞒着他家里人的。”

高纯的腔调更加冰冷：“你是说，他想找到我这个儿子，又不想让这个对他来说并不光彩的儿子让人知道。”

蒋先生摇头：“不，他想让人知道，他想让全世界都知道他有一个儿子。”

高纯冷淡再问：“他不顾忌他的家人吗？不顾忌他的名誉吗？不顾忌他的亲朋好友都知道他在二十年前就有一个私生子吗？”

蒋先生摇头：“不顾忌了，因为他患了绝症。”

高纯和金葵都有些意外，他们沉默地对视了一眼，少顷，高纯继续了他的恶毒：“所以，他想在人生最后的时间里，把自己做的错事抹平。这事对我和我妈来说，是我们两个人的一生，对他来说，只是一件事情。”

金葵看得出来，高纯在压抑自己的激动，他用故作平静的神态，发泄出内心的愤懑。金葵无措地看着这一老一少两个男人，听着他们彼此触及灵魂。

“你们今后也会慢慢长大，也会面对生老病死，可你们现在一定体会不到，人之将死，其言也善，其心也善。你的父亲想找到你，是人的本能，是善良的本能，你不应当拒绝。”

蒋先生的语气保持了长者的持重。高纯沉默下来，少顷，他也把自己的心情尽量放平，问道：“他既然想认我，为什么还要瞒着他的家人。他既然无所顾忌了，为什么还要让你这样偷偷摸摸地找我？”

蒋先生答道：“因为他瞒着他的亲友立下了一份遗嘱，他在这份遗嘱中决定，在他死后，他亲手创办的百科公司由他和他妻子生下的女儿继续经营，而他个人的存款和房产，由你继承。在找到你之前，他不想让他的女儿，也就是你同父异母的姐姐知道他立下这样的遗嘱。因为你的姐姐也许并不希望有你这样一个突然冒出来的弟弟，来分走本来应当由她独享的财富。”

高纯怔着，说：“他的病……我父亲的病，很重吗？到了要立遗嘱的程度？”

蒋先生点头：“也许，他还能活很多年，但也许，他活不过明天。他患了食道癌，又有严重的心脏病，所以他立了遗嘱。他担心自己突然走了，担心后事来不及安排。为了在找到你之前不让这事泄露，他没有请公司的律师，而是把他的遗嘱交给了我，委托我去为他办理公证，委托我来找你们母子。我在社科院法学研究所工作多年，也算是个法律工作者吧。作为你父亲的委托人，今后将由我来主持和监督那份遗嘱的执行。”

高纯和金葵对视一眼，至此全都哑然无声。

这天夜里，高纯和金葵坐在阁楼天台的边沿，眺望着小城的万家灯火。他们从那位不速而来的蒋老先生聊起，感慨了自己的既往和未来。

说到既往高纯当然会说起至今仍然依依不舍的艺校，而对并不知名的云朗艺校金葵则表示了理所当然的轻蔑：“我去过你们艺校，”金葵说：“你们那练功房太破了，搞艺术还是要去省里，当然最好是去北京。”

高纯说：“那练功房破是破，可我是在那儿长大的，好像我的理想，我的青春，都留在那儿了。”

金葵说：“我并不是劝你去继承你老爸的家业，你今天既然答应了跟蒋先生去见你爸，为什么不能借助你爸的帮助，去北京舞蹈学院上学？北京舞蹈学院，你不想到那儿上学？”

高纯说：“我上我自己去考，和我爸有什么关系。”

金葵说：“上大学一年要一两万学费，加上衣食住行，没有两万下不来的，两万，不靠你爸你有吗？”

高纯不说话了。

金葵说：“我决定了，我要跟你一起到北京去。我可以找个群众文化馆或者少年宫去当舞蹈老师，等挣够了钱，我也考北舞院上学去！我都打听过了，北京舞蹈学院有大本、大专和高职班，还有进修班。我想只要凑够钱，总能考上一档吧。”

高纯想了一下，看着金葵，说：“那好，那我们就一起去北京，然后，一起去考北舞院！”

高纯之前不可能想到，短短两天之内，他碰上一个美丽的女孩，又遇上一个神秘的老人，然后，命运突变。第二天一早他和金葵就背上行囊，在云朗宾馆与蒋先生会合。高纯帮助蒋先生把行李拎出宾馆大门，大家一起上了李师傅的汽车。

从云朗去一百多公里之外的铜源机场，对于开出租的人，是一单来之不易的大活儿，高纯肥水不流外人田，就请来了李师傅。

李师傅的富康车在公路上放开速度，金葵与坐在前座上的蒋先生高谈阔论。金葵热衷的话题仍然没有离开舞蹈。半头白发的蒋先生对舞蹈居然并不陌生，一路上竟然还为金葵出谋划策："你要想去跳舞那很方便，北京也有不少歌舞团嘛。"而金葵的问题则现实得多："北京的歌舞团好进吗，一个月能挣多少钱呢？"蒋先生大概也不清楚到底能挣多少钱，但他知道，舞蹈这门艺术的商业化程度并不很高，靠跳舞恐怕发不了财的。"不过你们要真的喜欢跳舞的话，高纯的父亲应当可以帮你们的。"金葵看了一眼高纯，高纯只是沉默，金葵只好对蒋先生表示："我们不想完全依靠高纯的爸爸，我们想自己挣钱去考舞蹈学院。"蒋先生说："要想挣钱就不一定去歌舞团了。北京有很多休闲健身的会所都开了形体舞蹈课。那些会所都是富人的俱乐部，你们到那儿教教舞蹈基本功什么的，收入应该不会低吧。"金葵马上喜上眉梢："那些地方您有熟人吗？"蒋先生摇头，但又说："高纯的父亲送过我一张会员卡，那个俱乐部除了形体健身还有游泳池，还有桑拿浴，好多项目呢，不过我去了一次就再没去过。"

蒋先生从身上的钱夹里，翻出了那张会员卡，递给身后的金葵看："就这个，送你吧，我对游泳健身没什么爱好。送你吧，你不去当教练去那地方玩玩也可以嘛。"

金葵接了那张会员卡，卡上"观湖俱乐部"几个凸镂的金字，确实凸显着富贵的尊荣。蒋先生扯开话题转向高纯，对高纯晋见父亲做了最后的提醒。

"高纯啊，咱们事先可得说好了，你父亲现在的身体非常不好，你见到他以后就不要再说刺激他的话了。俗话说：天下没有不是的父母。你父亲即便有不是，也已经是历史了，历史就让它过去吧。做晚辈的，孝字为先，可以吗？”

高纯闷闷地点头，说：“噢，我知道。”

汽车向着机场的方向，开了很久很久。车上的闲谈中断之后，蒋先生随即鼾声大作。正午时分，李师傅把车停在路边，下车到一家餐馆去接开水，高纯和金葵也下车打算买点吃的。蒋先生醒了一瞬，倦意未尽，对高纯表示不吃饭了，复又睡去。高纯和金葵在小餐馆买了几瓶矿泉水和一笼包子，朝路边的车子慢步走回。李师傅也拎着一只保温杯出了餐馆，跟着他们边走边唱，野腔无调的戏文压不住公路上载重卡车隆隆的呼啸，那威风凛凛的车轮声让路人无不小心避让。高纯和金葵都感觉到脚下的公路地震般的颤抖，卡车巨大的身影遮云蔽日，卷起路边浮面的飞沙走石，紧接着他们听到一声更大的巨响，随即看到从身后挟风而来的那辆载重卡车，直直地撞上了泊于路边的小小的富康。一切发生的如此突然，有如白日做梦一样。在腾起的烟尘中备显渺小的富康轿车刹那变形，向路基一侧飞了出去。当烟尘刚刚散去的那刻，李师傅最先反应过来，步履歪斜地跑过去了。高纯和金葵则目瞪口呆地站在原地，惊恐地看着李师傅赖以生存的主要工具，顷刻之间化为乌有。

那个瞬间他们只能有一个共同的闪念——即将改变他们人生命运的那个蒋先生，显然已和富康的残骸同归于尽！

第二章

谜

民警很快赶到了现场。

蒋先生瘦小的身体被拖出富康车的残骸之前，他的死亡已经毫无悬念。惊魂未定的李师傅和高纯金葵一起，被带到了附近的交警大队，处理事故的善后事宜。

蒋先生的遗物都被摊在了交警队的办公桌上，撞碎的皮箱中，除了两件衣服和洗漱用具外，就是一本厚厚的书，金葵在封面上扫了一眼的印象，似乎是关于宗教法方面的一部译著。与死者身份相关的，还有钱包里的一张身份证和一张法学研究所的出入证，除此别无他物。

两位民警对这些遗物和证件逐样登记："……蒋达成，男，身份证号是00303019451210……"

另一位民警在同一时间询问了高纯和金葵：你们知道他在法学研究所是做什么工作的吗？金葵先于高纯回答：他说他是研究所的教授。金葵的声音被隔壁的吼叫断续淹没，听得出那是李师傅与肇事司机的激烈争吵：你那么大的家伙撞我这么小的家伙你说谁负责！你把人撞死了还要我负责！我这车刚买了不到两年就让你给毁了……货车司机毕竟罪不容抵，声音自然弱了许多，但也并不任人宰割：你停车怎么停在那个地方，那地方就不是停车的地方……两人的争执很快被民警打断：你们别在这里吵，你们到这边来，跟我来！

随着门开门闭的响声，争吵渐行渐远。

那天晚上李师傅嗓子都哑了，几个小时的工夫，人一下苍老了许多。快半夜他们才离开交警大队，住进附近的一间旅馆。高纯陪着师傅一夜长吁短叹，他觉得那大货司机也不像能给交警塞钱的样子，人家交警也是依法处理，师傅违章停车肯定也有一定责任。所以警察判定大货车负责赔蒋先生，师傅负责赔自己的车，也算不上枉法裁判吧。但李师傅眼圈红红的，他说我拿什么赔我的车，我没了车我吃什么？君君她妈的病还怎么治？君君要真考上了大学我能不让她上吗？高纯你反正找到有钱的老爸了，不指望这辆车了，可离了车我们靠谁养活！

高纯无以为答，这一夜他也无法入睡。蒋先生死了，没有了蒋先生，他也不知道他还能不能见到老爸。如果见不到老爸，又没了那辆富康，他以后又该干些什么？尽管他一直对金葵说他恨父亲，但现在，他内心里不得不承认，他渴望见到这位亲生的父亲。

事故之后的两天他们一直住在那家旅馆。高纯和金葵天天去交警队打探消息，交警队的民警已经颇不耐烦：你们又问蒋达成的事吧？没消息！高纯已经有点灰心，全仗金葵执著追问：还没联系上他家里人吗？还有他的单位，他死了他的单位难道也不管吗？民警正看一份材料，头都不抬地回答：昨天我们和他单位通电话了，他们说蒋达成早就不在他们那里上班了，早就不算他们的人了。他住的派出所我们也联系了，派出所说他根本没有亲人。

李师傅也天天到交警队来闹，掰扯着他和大货司机彼此的责任。交警们对李师傅已经不仅仅是厌烦，脸上的表情已经近于厌恶，劝解的口气也变得如同呵斥，不再有一点同情和怜悯。

“赔你？让谁赔你呀！你违章停车造成车毁人亡，处理完他还得处理你呢！”

李师傅一脸泪水，已经憔悴得眉目失形。

三天之后，当高纯和金葵再次走出交警队的大门时，两人互相看了一眼，谁也没有说出什么。他们之间已经建立的默契在那一刻告诉对方，他们应当离开这里，沿着这条省际公路，向着北京的方向，继续前行！

天黑下来的时候，他们乘坐的长途巴士到达了北京。

北京比云朗繁华多了，宽阔的街上连贯着耀眼的霓虹。高纯和金葵换乘公交车往市中心走，彼此间忽然有了一份相依为命的感情。这天夜里他们在一个居民区的小旅馆里睡下，谁也没要单间，六个人一间的床位是他们愿意承受的价格。第二天早上他们走出旅店去的第一个地方，就是蒋先生工作过的法学研究所。他们在法学所辗转询问了一个上午，问到的情况与交警相同：蒋达成多年前就已因病退职，从此不知去向。这里的人对他如今是死是活一概语焉不详。唯一有价值的线索是他在法学研究所的宿舍区还有一套房子，但那也是太久远的事情了，估计早已搬家，换了地方。

法学研究所的宿舍区距法学所办公的地方并不太远，连打听带坐车一共二十分钟。高纯和金葵在宿舍区居委会打听情况时，使用了蒋先生学生这样的身份。

“蒋达成，听说过这个人啊，不过这个人好像早就去世了。”

另一个人说：“我听说他实际上没死，他是找了个庙出家当和尚去了。”

高纯瞠目结舌，几乎疑心自己白日撞鬼。金葵还算镇定，向居委会说了车祸的事情。

“哟，是吗！他出车祸啦，我们不知道啊！”

居委会里的几个公公婆婆面带惊讶地凑上面孔：“是最近的事吗？不可能吧……”

金葵坚信自己的亲眼所见，她急于替高纯打听：“你们知道他还有什么亲戚朋友吗？我们需要找到蒋教授的亲人，好通知他们。”

“不知道，他过去就是一个人住在这里，不过好多年都没见他回来过了。”

“他好像一直单身吧，没听说他有老婆孩子……”

居委会里的议论，大致勾勒出蒋先生的人生写照——无亲无友，膝下荒凉，踪迹杳然，生死无定……

从法学所的宿舍区出来，高纯和金葵在街边一个饭摊上吃了午饭，两个人的脸上皆是一筹莫展。金葵说：你爸爸的公司叫什么来着，到底是个什么公司？高纯说：我只知道叫百科公司，公司是做什么生意的我没细问。金葵埋怨：你怎么不问清楚呀。高纯确实忘记问了，他也不知道自己过得好好的怎么会碰上这样一个故事——一个道骨仙风的老人半夜敲门，来得诡异，去得离奇，公路上的飞来横祸，犹如鬼差神使，命中注定。

金葵说：“咱们要不要去公安局查查，你爸不是叫高龙生吗？到公安局查户口应该查得到吧。”

高纯迟疑道：“公安局又不是我家开的，我想查谁就查谁吗？”

金葵不说话了。

高纯也不说话了。

结完饭钱，两人都没起座，谁也不知起座后该奔哪个方向，该去什么地方。

高纯问："你怎么办呀，回云朗吗？"

金葵说："我不回云朗。"又说："哎，你知道北京有个劲舞团吗？我从省艺校毕业的时候他们就来挖过我，要不是我爸非让我回云朗，我早就到北京来上班了。"

高纯先摇头，后点头："我就知道有个跳舞的网络游戏叫劲舞团，我玩过。"

金葵似乎没听说过："游戏，也叫劲舞团？"

高纯说："对呀。"

金葵好奇："网络游戏也能跳舞？怎么跳？"

高纯用手做打键盘状："用手打，控制电脑里的人跳，还可以好多人一起跳，跳得好积分高，还可以在网上跳舞交朋友。"

金葵皱眉："交朋友，网恋吗？你交了多少朋友？"

高纯连忙遮掩："没有，我不交。"

金葵疑心："不交你怎么还爱玩？"

高纯一脸纯洁："跳舞啊！劲舞团！还有一个游戏叫超级舞者，好多人都喜欢玩。我在现实中跳不了舞了，就到虚拟世界去跳呗，我在网上，是劲舞之王！"

金葵说："没上瘾吧，你开车挣那点钱，是不是全给这劲舞团了？"

"没有，"高纯说："这游戏是免费的。"

"噢。"金葵笑笑："那也不如我说的那个北京劲舞团，我那劲舞团是挣钱的。”

高纯不说话了。

看来完全没有方向的，还是高纯自己。金葵换了一副同情的口气，婉言相问：“那你呢？李师傅的车也没了，你还回云朗吗？”

高纯看着大街上来来往往的那些出租汽车，说不出自己该不该回云朗，回了云朗又能干什么。

也许仅仅为了安慰，金葵竟然出口怂恿：“要不，跟我一起考劲舞团吧？”

高纯白她一眼：“那团是专业的吧，我一年多没练了，考那种团不是自取其辱吗。”

也许仅仅为了圆场，金葵的口气依然来劲：“你可以练练嘛，临阵磨枪，不快也光！我帮你练！”

金葵的认真，把高纯挑唆得有点心动，他眨眼看着金葵，像在考虑除此之外，是否别无选择。而金葵越说越当真了：“你不是热爱舞蹈吗？你不是做梦都梦见跳舞吗？那就别放过机会呀。再说你功就算差一点，可你形象好呀。劲舞团的那种现代舞要的是味道，功好不好并不重要，而且那个团的人我知道，男的里没什么好看的。”

高纯不自信地问了句：“我好看吗？”

金葵说：“当然了，你多好看呀！”

高纯咧了一下嘴，不知自己该不该笑。也许因为金葵严肃着，他也就没有笑出来。金葵的主张很快便进入到操作性的层面上：“你还有多少钱？要是找到地方，咱们今天就开练！”

他们找到的地方，是一间废弃不用正在招租的车库。车库正面有三个并联的双开大门，里面则一体连通不设隔断，三辆大型货车可以同时存放，一侧还有一个修车的地坑。他们进去时水泥地面油迹斑斑，墙角门边杂物零乱。他们几乎打扫了一天一夜，才勉强腾出空地，修好门窗，并且在墙边相对干净的一角，铺开了新买的被褥。夏天就要到了，被褥非常简单。两个地铺中间隔了些木箱纸箱，以示男女有别授受不亲。

他们精疲力尽，倒在铺上，昏昏欲睡。高纯推搡金葵："起来起来，这是我的床，你睡那边去。"但金葵没动。高纯自己爬起来，把身上所有钱票都摸索出来，摊在床上算账，金葵才迷迷糊糊地问道：

"还剩多少钱啊？"

高纯说："不到一千了。"

金葵翻了个身："还够用多久啊？"

高纯说："你能不能让你们家给你邮点钱来，你有卡吗？让他们把钱打你卡上。"

金葵懒洋洋地说："我没卡，我不找我家。我一找他们就知道我在哪儿了，我爸准让我哥过来拉我回去。"金葵从高纯的枕头上爬起来，扒着高纯肩头，理所当然地说："现在我先用你的钱，等我考上劲舞团，你再花我的钱，不就行了。"

高纯收好床上的那一堆散钱，说："我不花女孩子的钱。等你考上了，我就回云朗去。"

高纯站起来，绕过木箱搭成的隔断，在另一边的铺上躺下来。金葵急忙跟过来，推他："嘿，你别躺我的床，你到你床上睡去！”

一堵胡乱堆砌的隔墙，两个因陋就简的地铺，一个同居之“家”毕竟诞生。而且，这个“家”的空间很大，足以充当他们的练功“大厅”。

清晨他们开始练舞，从基本功的训练开始。自制的把杆和不知从哪个破衣柜上卸下的镜子，成了这间“练功房”最初的“设施”。金葵充当了高纯的舞伴兼教练，她扶着高纯的双胯，帮他挺起腰身，两人在镜中的造型不仅优美，而且，有点甜蜜。

基本功之外，高纯开始学习“冰火之恋”。金葵在街上的音像店里，买来一盘音乐磁带，选中其中一首曲子，做了“冰火之恋”的配乐。这曲子是个名曲，比云朗歌舞剧团自己创作的舞曲激情壮丽，也足够伤感。“冰火之恋”是一个表现爱情的舞蹈，所以需要激情，也需要伤感。舞蹈可以沟通他们的灵魂，两人的默契仿佛与生俱来。风一般旋转的冰与火彼此相依，彼此缠绵……有点像他们各自内心的情感。

舞蹈不仅仅是他们的寄托与梦想，也是他们的生活现实。两周后他们终于走进了北京劲舞团的考场，和一群年龄相仿的舞者一起，为争取几个录取名额赌博运气。考完出来的舞者几人沮丧无奈几人志得意满。高纯的紧张让金葵不顾周围的目光，拉着他的手低声安抚：别紧张，放松！没事，待会儿别跳太使劲了……

他们进场了，自报了一个双人舞。开始考官说不考双人舞只考基本功，但后来又改变主意表示可以看看他们这段“冰火之恋”。结果他们的表演让考官深感意外。高纯虽然只练了两周，但他居然和金葵一样，能把“冰火之恋”跳得行云流水。考官们甚至鼓了掌，并且用矜持的微笑表示了难得的满意。

正如金葵事前鼓励的那样，高纯的舞功虽然荒废了很久，腰不那么软了，胯部的开度也不够，但他对舞蹈的感觉确有天分，对细节的把握也恰到好处，大大弥补了技巧的不足，两人的配合看上去珠联璧合，无懈可击。考官最后的评语简洁明了：是你们自己编的舞吗？你们跳得很好！还有一位考官说：男孩形象不错，是哪儿毕业的？总而言之，一切都好。当两人走出考场时尽管汗透衣衫，但脸上都挂出了获胜的笑容。

接下来的事情，便是等待的煎熬。一连几天没有消息，高纯心态还好，他对金葵说反正我是陪你去考的，考不中我有心理准备。但金葵不能这样安慰自己，她说你可以这样想我不能这样想，我要考不上咱俩下月吃什么？

晚上，两人坐在铺上，头上的灯泡萎靡不振，高纯把剩下的钞票倾囊翻出，那几张票子也和他们一样困倦无形，不用细数也能一目了然。

高纯说：“实在不行你就回家吧，回家你爸顶多骂你一顿，骂完还是自己的宝贝女儿。”

金葵睡意朦胧，仰身一躺：“我不回家。以后我进了劲舞团，我就挣钱养你，就像你现在对我这样。”

高纯说：“那你也不能一辈子不回家呀，你爸你妈肯定想你了。”

金葵说：“我想等我先到劲舞团上了班再说吧，我要这样两手空空地回去，那以后就更得什么都听我爸的了。”

高纯说："你再不回去，你爸就不光是打你了，连我都得打。"

金葵翻身欲睡："他又找不到咱们，再说你一个大男人，怎么那么胆小怕事呀。"

高纯没做辩解，他看了金葵一会儿，忽然说："我要是为你挨了打……你拿什么赔偿我呀？"

金葵被问得直眨眼睛："赔偿……你要我赔偿什么呀？"

高纯说："大账以后再算，你今天……你今天就先付一点预付款吧。"

金葵说："怎么付？"

高纯不答，看定金葵，然后把嘴唇凑了过去。金葵让他在自己的嘴唇上轻轻亲了一下，在高纯想抱住她时起身躲开了。

"预付款付完了。"

金葵离开铺位走开，高纯在她身后嘟哝了一句："嘁！怎么那么小气！"

高纯和金葵真的跑到公安局查户口去了。公安局的民警在电脑上查了半天，查到条件相近的只有一个人，可是那人七年前已经去世。"他祖籍和你们讲的也不一致，他是从内蒙迁过来的。"值班民警告诉他们。

高纯问："叫高龙生的只有这么一个？"

民警说："还有两个高龙生，但肯定不是你父亲。"

金葵问："怎么肯定呢？"

民警说："有一个年龄倒是相符，可那是女的。你们到底找父亲还是找母亲？”

金葵问：“那还有一个呢？”

“还有一个叫高龙生的，”民警指指高纯：“比他还小呢。”

高纯和金葵走出公安局的户籍大楼，全都怏怏然。金葵说：“真怪了，这城里只有一个高龙生和你爸爸差不多年纪，可他在七年前就已经死了，七年后有个人代表他过来找你，可见到你以后那个人也马上死了……咱们不是撞上鬼了吧？”

高纯心里早就惶然，但嘴上还给自己壮胆：“别胡说，那个死了的高龙生，根本不是我爸。”

金葵说：“那你爸上哪去了？公安局的户口册上就这么一个高龙生，公安局总不会错吧。你爸在北京生活了那么多年，又是大老板，总不会连户口都没有吧？”

高纯茫然。

金葵又说：“那个蒋先生，蒋教授，也死得太离奇了。我一生第一次看到这么离奇的事，李师傅的车子好好地停在那儿，平白无故就来了一辆大货车，咣的一下就撞上去了，就像事前安排好了似的……”

高纯骇然：“谁安排的？”

金葵说：“老天安排的呀！弄不好那个蒋教授真的早就死了，咱们见到的是个鬼魂，是你爸悄悄让他出来找你，阎王爷发现了又把他招回去了！”

高纯瞪了半天眼，底气不足地反对：“胡说！”

金葵也后怕似的出了口气：“幸亏咱俩命不该死，老天爷让咱们提前下车了，要不然……”

高纯白了她一眼："越说越不吉利了。"

他说完顾自向马路对面走去，一辆高速行驶的大货车在他面前紧急刹车，刺耳的刹车声把金葵吓得惊恐大叫：啊！高纯僵在马路当中，也惊骇得面色如土。

一等又是一周，金葵天天打电话给劲舞团询问考试的结果，结果在他们即将弹尽粮绝的一天终于来了。金葵拉着高纯跑去看录取告示，榜上有名的人并不太多，金葵很快就在末尾找到了高纯二字：有你！高纯，有你！高纯颇感意外，不敢相信地上前自看，他的名字果然位列榜末！他马上问：你呢，你的名字在哪儿？他似乎并未注意到金葵的脸色已经木然。

榜上只有八九个名字，不用细找，一目了然。

"怎么没有啊？"高纯似乎还不明白，一切都颠倒了，像一个过分的玩笑。

他们找到了劲舞团的一位考官，他们向考官追问了金葵落榜的原委。

"不是她跳得不好，是因为我们现在主要缺男的。"考官做了潦草的解释，也怕他们过多纠缠："你们没看榜上都写了吗，这次男的招了七个，女的只招了两个，一个是北京舞蹈学院应届的本科毕业生，一个是在韩国学跳舞学了三年刚回来的……"

金葵已经绝望地放慢了脚步，高纯还跟在那位考官身后追问希望："那您这里什么时候还招女的呀，你们今年还招女的吗……"

他们走出劲舞团大门时金葵哭了，高纯试图安慰却拙于辞令："没事……"他想揽住金葵的肩膀表示同情，金葵却推开他径自过了马路。

那天夜里金葵发起了无名高烧，粗重的呼吸像呻吟一样痛苦。高纯背金葵去了附近的医院，打针化验折腾了整整一宿。早上回到车库金葵才睡，睡了一天不吃不喝。高纯从外面买回了饭菜，说你不想吃也得吃点啊，你恶心就是药把胃烧的。到晚上金葵说：有什么汤吗？我想喝点汤。于是高纯又上街买回了一个什锦砂锅，里边形形色色什么都有，晚饭早饭金葵吃的都是这个。高纯坐在铺沿，几句安慰的话语说得笨嘴拙舌："肺炎好治，你别着急，反正我这两天就上班了，上班就能拿到钱了。"

金葵说："这种团都是下发薪吧，你现在手里的钱连吃饭带给我看病，哪儿够啊，再过两个星期又该交这房子的租金了，到时候你拿什么去交？"

高纯说："钱集中给你治病，房租我去跟房东商量，拖一月半月应该行的。"

金葵说："要不然，我还是回家去吧。我走了，你一个人就可以把这儿退了住团里去，也不用再花那么多钱给我治病了。"

高纯看看金葵，说："也行。"

金葵哭起来了，连哭带咳，委屈万分："我早知道你巴不得我回家去，巴不得我早点走……"

高纯连哄带劝："没有啊，我不想让你走，我能养活你，我能治好你的病！是你自己说要走的，我怕你想家了，你想家我又不能拦着你。"

金葵紧紧抱住高纯的脖颈，在他耳边哭出笑声："我不想走，你别让我走，谁说我想走了……”

他们互相拥抱着对方，抱了很久很久，直到高纯试图亲吻金葵的嘴唇，金葵才躲开了面孔，她沙哑地说了一声：“肺炎，小心传染。”

三天之后，高纯上班。上班之后，他才知道，劲舞团的演出几乎都是为歌星伴舞，团里的舞者旱涝不均，有人连日赶场，有人无所事事。高纯人地不熟，一时机会不多。但他有自己挣钱的路子，他在一辆出租汽车的车窗上看到一个电话，随后就找到了这家看上去不大的出租公司。这家公司的业务人员　查验他的身份证和驾驶执照，又让他签了一份三不管的聘用合同，又让他等了三天之后，把他带到公司的停车场上，将一辆出租车的钥匙交到了他的手中。

“当天钱当天交，等凑齐押金可以改成月交。你试一下车吧。”

高纯在应聘的第三天晚上开车上路。他的第一个客人是一个带小孩的老妇，他拉着他们去了一处住宅小区，放下孩子后又拉着老妇回到原处。从这个老太太开始，这天晚上他拉了七八个活，收益比原先预想的要好。早上六点，他把车开回公司，和上日班的司机交验了车辆，又在办公室交上了头一夜的车租。出了公司的院子，他才把剩下的钱从挎包里拿了出来，在手上细数。然后，在路边的一间小餐厅里买了早点，打了包匆匆赶回家来。他回家时金葵还在床上睡着。沉睡的金葵依然满面病容。他把刚买的早点放在她的床头，然后嚼着一只油条匆匆离开。每天早上八点至下午四点，他从一名出租汽车司机，又变回了自己理想的身份，在劲舞团不大的练功厅里恢复舞功。他终于又回到舞蹈中来了，和一群激情舞者，在音乐的节奏中把自己强健的身姿，投进镶满墙壁的镜子。下午四点至晚上六点是回家照顾金葵吃饭的时间。然后，整个夜晚，他又摇身一变，又成了这个城市万千出租汽车中的一名司机。这样的生活周而复始，辛苦而又充实。

夏天快到了，某日练功结束之后，舞团的头目召集全体舞者就地开会，宣布劲舞团承接了啤酒节晚会一个舞蹈节目，从即日起须全力以赴。上午八点至十一点半正常练功，下午一点开始排练。这样一来高纯的安排统统打乱，于是他买了两个保温饭盒，每天凌晨便收车回家，这样可以睡到太阳露头。起床后先把两餐饭都做好放进饭盒，嘱咐金葵哪是中饭哪是晚饭，然后掖块面包赶紧上班。每个早上都这样紧张急促，与金葵之间顾不上更多语言，更没有金葵想要的那份缠绵。

也许病中的女孩最是敏感，高纯的每个动作都令金葵心神不安。她常常会在高纯将要出门时把他叫住，高纯的行色匆匆让她总是疑心他将一去不返。

于是她总要把他叫住："高纯……"

高纯回头："啊？"

她叫住他却不知该说什么，想了半天只能说："再见。"

高纯怔怔地："再见。"

看着高纯拉开车库大门，金葵还是无法释怀，她再次叫住高纯："那你晚上几点回来？"

高纯说："晚上排练完我就得接车去了，大概夜里两点以前吧，怎么了？"

金葵说："没有……就是觉得你太辛苦了。"

高纯说："没事，你好好休息，按时吃药吃饭。我走了啊。"

高纯刚刚转身，金葵还是把他叫住："高纯，你……你还回来吗？"

高纯莫名其妙："回来呀。"他终于冲金葵笑了笑，并且走回金葵床边，坐下反问："我要是不回来了，你不正好能下决心回家了嘛。"

金葵立即泪涌眼窝："你……你真的不回来了吗？"

金葵忽然掉泪，高纯不知所因，起身找毛巾给她，"怎么又哭了。你到底是希望我回来呀，还是真想家了呀？"

金葵像孩子那样哽咽："我希望……希望你回来。"

高纯的语气，连他自己也搞不清是违心还是实意："可你病得这么重，你应该回家呀。回家把病养好了，可以再回来嘛。你每天一个人躺在这里，光吃这些药，要是把病给耽误了，我怎么担得起这份责任呀！"

金葵抽泣："这些药，花很多钱吗？我可以吃最便宜的药，等我好了以后……以后我会照顾你的，我以后再也不会拖累你了。你晚上早点回来好吗……好吗？"

高纯抱了金葵，说："好！"

高纯答应早点回来，这一天他也确实打算早点收工，早点回来，可这一天的晚上，他偏偏就没有回来。

那一晚高纯在路上跑到将近夜里一点，准备收工时又碰上一男一女两个乘客要到延庆县去。高纯刚刚表示延庆太远，他已收车，那位男乘客马上厉声投诉起来。

“你怎么拒载呀。你拒载我可告你啊。”

女乘客则用了恳求的口吻：“对不起师傅，我们家里有急事，您就辛苦一趟吧，我们可以多付点钱。”

高纯说：“不行不行，我家也有事呢。今天太晚了我得收车了，你们找别的车吧。再说半夜三更的我去延庆也没有回来的活儿了。”

女乘客还是恳求：“这么晚了我们上哪找车呀，我们等了半天才等到你这一辆车，辛苦一下吧师傅……”

高纯无可奈何，只好问：“你们去延庆什么地方啊？”

深夜高纯从延庆回到市区，在公司交了车子，再回到自己的住处时，天色已开始见亮。他轻轻推开车库巨大的房门，尽管动作放到最慢，房门还是戛然作响。他惊讶地看到晨曦微薄的床上，竟然空无一人。他马上穿过隔墙去看自己的铺位，去看车库的每一个角落，但看遍整个车库，都没有看到金葵。

高纯惶然跑出门外，在路口的墙根下他看到了金葵。金葵靠墙歪坐在地上，不知是昏迷还是沉睡。高纯心疼极了：你怎么跑到这儿来啦？金葵醒来看清了高纯，她说：我等你呢……你回来了？ 高纯说：你怎么在这儿等我呀，你都发高烧了……金葵没等他说完，无声的把他抱在怀里。让高纯略略安心的是，金葵的身体虽然滚烫，但她的拥抱却还有力气！

拥有爱情的人是幸福的人，拥有幸福的人是充实的人。那一阵高纯无论白天练功排演还是晚上开车载客，他都能够全情投入，充满激情。

每天夜里，不论多晚回家，金葵都会等他，他们都要挤在金葵的床上，一起靠着挂了被单的墙壁，天南地北地聊上一阵。他们聊得最多的还是舞蹈。金葵说起她毕业时的情形，言语间还流露着无尽的后悔："那时候我爸非逼着我回云朗不可，回云朗这么个小地方还怎么跳舞啊。其实呆在云朗这种小团，还不如到你们艺校当老师呢。老师还算是人类灵魂的工程师呢，还可以混个桃李满天下呢。"

尽管高纯没有生病，但夜里的精神比重病的金葵还要不济，好在关于云朗艺校的一切话题都备感亲切，因为他以前也曾盼着能留在云朗艺校去当老师。艺校的练功房那么破旧，可不知为什么他就是喜欢那里，好像那里就代表了他的青春，他的成长，好像那里给了他很多恩情。

金葵说："咱们都一样，艺校就是我们的童年，就是我们的理想。在艺校生活的六年，没有任何时期可以代替。"

高纯没有说话，脸上一片安详。

金葵继续讲述着她的理想，她的理想非常实际，她提议高纯索性把北京劲舞团辞了，咱们两个都回云朗艺校当老师去，你教男生，我教女生，咱们教他们跳冰火之恋。老师的艺术生命可以通过他的学生代为延续，薪尽火传。

高纯没有应声，金葵这才发现他已经睡熟。金葵凝视着他平静的神态，轻轻亲吻了那个酣甜的面容。

第三章

玷污

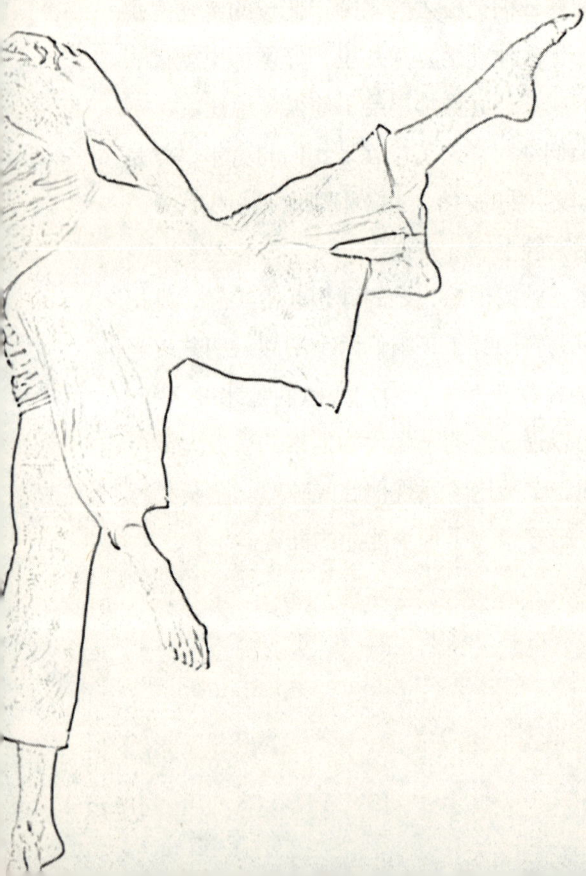

啤酒节快到了，劲舞团晚会排练安排得越来越紧，连上午的基本功训练课都暂时取消，全力以赴准备演出任务。

金葵的病倒是渐渐好起来了，她已经可以下床在车库内外自由走动，精力好时，还可以为自己和高纯洗洗衣服。她从云朗出来时只有身上穿的一套衣服，在北京又买了几件换洗的衣裤，都是最便宜的那种。洗衣时她在从云朗穿出来的那件外套中无意翻出了一张观湖健康俱乐部的会员卡。她翻来覆去看了半天，才想起这是蒋教授的一件遗物，是蒋教授在车祸发生的半小时前送给她的。要不是这位已经亡故的蒋教授使他们从小小的云朗鬼差神使地来到北京，她或许不会碰上这段幸福无比的恋情。

也许正因为他们在那场车祸中大难不死，其后的小灾小难才层出不穷。金葵的肺炎刚刚痊愈，高纯又险些伤筋动骨。啤酒节晚会本来将是高纯从艺校毕业后的第一次登台演出，虽然是集体舞，但意义非凡。谁料排练中的一次托举失手，伤及左臂，去医院照了X光片后医生断定仅是肌肉拉伤，并无大碍，但高纯毕竟无法继续参加排练了，让他感觉自己命中坎坷，似乎总与舞蹈无缘。

这些小灾小难，在这一对男孩女孩间风水轮转。高纯受伤的那天上午金葵走出了车库，走上了大街，她大口呼吸着室外的新鲜空气，眯着眼睛去看天上的太阳，她冲太阳咧嘴一笑，她知道自己彻底好了。

她坐公交车去了一个地方，那也是蒋教授“指引”的一个方向。她走进观湖健康俱乐部时有点胆怯，因为这里的华丽果然名不虚传。她从餐厅酒吧和桑拿浴室的门前走过，还看到了比正规剧团还要正规的练功大厅。练功厅里正在进行着一堂形体训练的课程，钢琴伴奏的旋律耳熟能详。

那一天金葵是从公交车站一路跑回家的。她一进车库大门就看到高纯居然在家，她顾不上奇怪高纯今天为何回来如此之早，只顾兴奋地抱住他大喊大叫：

“我找到工作了！我可以挣到钱了！”

高纯受伤的胳膊被金葵弄疼，倒吸凉气地往床上歪倒。

三天之后，金葵正式成为观湖俱乐部聘用的一名形体课的实习教练。和金葵相比，高纯一下变成了病人。他不能跳舞了，不能参加排练了，但他没有放弃开车。而且，为了尽快赚够今后舞蹈学院的学费，他甚至把夜班换成了从早上七点到晚上七点的白班。

金葵去观湖俱乐部上班，也是为了挣钱。虽然她起初的工作只是帮杂工收拾场地，并没有被安排登场教练，还没有让她接触会员，但她在这里总算知道了什么是有钱的富人。正如俱乐部会员部的文员小张说的那样，能到这儿来的都不是普通人。你想想，买一张年卡就得两万多，大多数人还不是天天来，所以这些人，不是自己有钱就是老公有钱。金葵疑问：我看会员里有一两个特别年轻的也不像结了婚的呀，怎么也那么有钱？小张不屑地说：咳，现在年轻漂亮的女孩，净是让男人养着的，就是二奶呗。金葵拿出蒋先生送的会员卡，说道：没那么绝对吧，我也有一张会员卡，是一个老先生送我的。小张立即笑道：哟，这老先生是你什么人呀？金葵也笑：你意思我是他包的二奶吧？说完这话她似乎想起什么来，向小张问道：哎，你不是会员部的吗，咱们这儿会员入会是不是都得登记个人资料啊，我能不能查查他的资料啊？小张马上摇头：会员个人资料肯定不让你查的。可接下来她又送殷勤：不过我跟我们管会员档案的小廖特好，我可以帮你查查。他叫什么来着？蒋达成。哎你说你跟他什么关系都没有你查他资料干什么？金葵连忙正色解释：我和他真没关系，我和他刚认识两天他就……小张死也不信地笑道：刚认识两天他就给你两万的卡，一天一万！你价够高的呀。哎你说说你说说，他是干什么的？没事我这人嘴最严了……

金葵张了半天嘴，不知怎样解释："我和他真没那种……"

小张笑得更确定了："哪种？不打自招了吧……"

无论小张是否相信那场车祸的故事，金葵还是费尽心力地通过她查到了蒋教授登记在俱乐部里的一些资料。那天晚上回家吃饭的时候，金葵向高纯说起了这件事情。虽然蒋教授在观湖俱乐部留的会员资料相当简单，但还是留下了一个联系地址和一个手机号码，金葵说：那号码我打了一下，已经欠费停机了。高纯问：那地址是法学研究所的宿舍吗？金葵说不是，是另一个地址，观湖俱乐部的人往那个地址寄过俱乐部的优惠资料，结果邮局说地址不详，又给退回来了。高纯似乎并不兴奋：就算你查到他住在哪又有什么用啊，蒋教授无亲无友，独来独往，找到他住哪儿又有什么用呢。但金葵还是把记录了地址电话的字条递给了高纯，说：咱们哪天有空去找找吧，看看这个奇奇怪怪的蒋教授到底住在什么地方。

高纯接过那张字条，上面写的地址三字连排，形同暗号密语，和蒋教授本人一样扑朔迷离：

——青龙口、白马台、红尘去、古今来。

没有邮编。

高纯直晕："这是什么地方？"

金葵也觉得这句像口诀似的地址不太靠谱，但她却另有一个靠谱的假设："这张会员卡既然是你父亲送给他的，你父亲按理也应该在那儿办过会员卡吧？"

高纯怔了片刻，看看金葵，仿佛也有点开窍。

第二天傍晚，高纯开着出租车来到了观湖俱乐部，金葵还没下班，还在练功房一侧的小屋里帮教练打字，一份教学计划已打到十之八九，高纯就在练功房的外面等她。他站在练功房的门口，目光从那些渴望改变形体的女人身上扫过，后排一个形体已很优美的女孩，让他的目光悄悄停留。那女孩年龄不大，神态却已相当成熟，在那群徐娘半老的女人堆里，鹤立鸡群般地优雅。高纯的目光未敢停留太久，窥色于他是件胆怯的事情。练功房里的训练很快结束，下了课的"学员"蜂拥而出。金葵也拿了打好的稿子从小屋里出来，见到高纯说了句：我打完了，走吧！便率先向前走去。那个优雅的女孩也从高纯身边走过，歪头整理着乌黑的头发，高纯的目光忍不住再次追随，只是短短的一瞬，欣赏大于好奇。

金葵带着高纯去了俱乐部的会员部办公室。他们在办公室门外耐心等了半天，那位小张才从屋里开门出来，神秘兮兮地点头说了句："没有叫高龙生的，有个叫高龙胜的，胜利的胜，是他吗？"

音同字不同，但金葵和高纯还是跟在小张身后，去了俱乐部三楼的健身房。小张从里面叫出一个服务生来，那服务员为高纯和金葵小声指点："喏，就是里边蹬自行车的那个，左边第二个自行车。"

高纯金葵的目光一齐向里投去，他们视线的落点，是一位在自行车训练器上左摇右摆、挥汗如雨的胖子。两人悬在喉咙口的那份紧张顿时一齐泄去，因为他们看到的那个胖子，只有十六七岁模样，高纯当然不能上前父子相认抱头痛哭。

小张也讶异地对服务生问道："他就是高龙胜呀？"

服务生说："对呀，就是他。"

高纯和金葵走出俱乐部大门。他们开车驶离停车场时，两人都有点没精打采。车子驶向大路，高纯把空车的标志灯按灭，不期然再次看到了那个年轻的女孩。那女孩站在路边抬手拦车，姿态简洁而又安静沉着。高纯的车子当然没停，有几分顾盼地从女孩身边慢慢开过。

他们没有去寻找那个神秘的地址，青龙口、白马台、红尘去、古今来。这十二个字几乎就像一个谶语，一个传奇，一个武侠或者惊悚的故事，悬念固有，却不知所云。

他们那一阵的精力全都消耗在现实当中，那一阵高纯不能随团排练，只能专心开车，还要照顾金葵。在金葵傍晚下班的时间，只要车没载客，高纯都会去俱乐部接她。

俱乐部原来的舞蹈教练合约未满，金葵一直不能取而代之，她每天仍然呆在练功房外的那间小屋里，为教练干些文秘工作。高纯去时金葵如果尚未收工，他照例会在小屋的外面等她，偶尔向练功房里张望一眼，总能看到那个年轻的女孩。于是，终于有一天，他看到了令他吃惊的一幕。

那一天的形体训练结束得比平时要迟，下课前教练还做了简短小结，随后和学员们一起鱼贯散场。门口的高纯正要踱到一边让开道路，肩膀忽然被人撞了一下，一个女人的背影冲进门去，场内的“学员”无不为那来者不善的架势惊愕不已。教练出于职责追上询问：请问你找谁？竟被那女人一掌击倒。这时人们都看清那女人的手中提了一只透明的塑料桶，桶里泛黄的液体肮脏刺目。那位教练也许下意识地感觉情况不妙，起身拨开众人再次追上，可惜差之数步，拦之不及，那女人手中的黄水，已经猝不及防地泼在那位年轻女孩的脸上。有人尖声喊叫，有人目光惊惶，有人驻足旁观……高纯看见，那被攻击的女孩双目紧闭，全身发抖，头发精湿凌乱，狼狈不堪。而攻击者动作果断，转身就走，似乎只是眨眼之间，便已逃之夭夭。

这是一个意外的事件，围观者众，但散去也快。管闲事不是这个年代的普遍习惯。教练从小屋里叫出金葵，让她赶紧到门口找车，高纯于是上前助人为乐，和教练一起扶着女孩走出俱乐部大门，并且开来了自己的汽车。

他们去了最近的医院，直到进了医院的急诊室里，受伤女孩也没有睁开双眼。看来那黄色的液体毒性不浅。那位女教练问她要不要通知家人，女孩摇头不答，问她要不要通知朋友，依然摇头不答。但那天晚上还是有个中年男子赶到医院，高纯不知这男人与这女孩是何关系，也不知他从何渠道得知此事。负责救治的医生显然看出这个男人是比教练更为重要的人物，于是关于女孩的伤情就主要讲给他听。

“不要紧，她没有太大问题。等把眼睛清洗完再打一针抗生素就可以回去了，你们不用着急。”

中年人似乎放下心来，医生走后，便对身边的高纯表示了感谢：“谢谢你啦。是你把她送到医院来的吧，谢谢你啦。”

高纯说：“不客气，应该的。”

中年人想了一下，伸手从怀里拿出钱夹，从里边抽出了几张钞票。高纯连忙摆手：“不用不用，不用客气。”

中年人执意要给，高纯执意不收。中年人执拗不过，只好把钱收回，“好，那以后再谢你吧。”他问高纯：“你叫什么，怎么称呼？”

高纯说：“我叫高纯。”

中年人问：“你是开出租车的？”

高纯说：“啊，是。”又说：“我在北京劲舞团工作，兼职开车。”

中年人备觉惊讶：“劲舞团？哦，看你这形象，倒像搞艺术的，你是演员吗？”

高纯说：“我是跳舞的。”

中年人惊讶不已：“跳舞的，也能兼职开出租车？”

高纯尴尬地笑一下：“啊，多挣点钱呗。”

中年人马上点头：“对，跳舞是挣得不多。”这句之后，他似乎才想起问了高纯半天，竟忘了自我介绍：“啊，我姓陆，是和周欣一个公司的……”中年人指指急诊室，显然是指那个眼睛受伤的女孩。告别时他给高纯写了他的姓名和电话，说：“你要想找个工资高一点的工作的话，我也许可以帮忙。跳舞是吃青春饭的，早点转行也不错呀。”

高纯说：“噢。”

姓陆的男人走了，高纯也匆匆赶回公司还车。公司的调度又是一通埋怨：“你今天又晚了一个小时啊，夜班的司机等于少上了一个小时班，究竟怎么算你们俩自己商量去吧。”高纯说：“行行，我赔他不就行了。”

当高纯返回俱乐部去找金葵，和金葵在路边一家小餐厅里吃完晚饭回到住处时，已是夜里十点钟了。他们用钥匙开门时才发现门边的石礅上蹲着一个黑乎乎的人影，金葵吓得叫了一声，好在高纯还算镇静，乍着胆子大声喝问：“谁？”那人扔了手上的烟头，慢慢站起身来，说了声：“我。”金葵一听声音就听出来了：“老方！”

高纯也看清了，黑暗中的那个人影，正是云朗歌舞团的经理方圆。

方圆说：“你们怎么才回来？”

方圆已在车库门外等了半个小时。他给金葵带来一个不好的消息，那就是金葵的工作单位——云朗歌舞剧团——气数耗尽，已经宣告散伙了。

但方圆毕竟是他们在他乡遇到的第一个故知，音容笑貌备感亲切。他们高高兴兴把方圆请进车库在灯下坐定，方圆重新点起一支香烟，把高纯递来的一瓶矿泉水一仰而尽，才神清气定地谈起了剧团的下场。尽管对金葵来说，剧团的兴衰已无关自身的生死，但她对云朗歌舞剧团的解体，还是感到了意外和悲哀。“那咱们团里那些人呢？”她问方圆。方圆说：“爹死娘嫁人，各人顾各人呗，老孙小裴他们说到广东去，陈露说要考北京电影学院。她也不想想她那文化程度，怎么考得上北京电影学院！”

高纯并不是云朗歌舞剧团的成员，但对于云朗歌舞剧团的解散，竟也有一丝丧家之感：“那咱们云朗以后就没有歌舞团了吗？”

方圆把话题转向金葵：“哎，我这次来北京，你们家让我找找你，你爸和那个台湾人也不合作了，问你到底打算什么时候回家。”

金葵看了一眼高纯，嘟囔一声：“我不回去。”

方圆看看高纯的床铺，又歪头看看隔壁金葵的床铺，笑着疑问：“你们现在是异性合租啊还是谈上恋爱了？”见两人不语，方圆故作惊奇：“哟，不是都一块过上口了了吧！孤男寡女这也够快……”他的目光再次从隔断两边的地铺上扫过，随即又自我否定：“不像啊。”

高纯说：“老方你别胡扯。”

金葵笑道：“我们多正统啊，男女授受不亲，我们一直分着住。”

方圆指指屋顶：“这不一个屋吗！”

金葵指指隔墙：“这不两个屋吗！”

方圆笑笑，不再问了。

方圆的眼光何等老辣，金葵与高纯的关系不言自明。送方圆离开的时候，高纯意识到自己在金葵是否回家的问题上，似乎应该当着方圆的面，有一个态度为好。

“要不你和你们俱乐部请几天假回家看看吧，别让你爸爸妈妈太着急了。”

高纯既这样表态，金葵就想了一下，说道：“那我这两天先给家里打个电话吧。”她又问方圆：“我爸真不生我气了？”

方圆说：“真不生了。你爸好像又找到一家公司愿意给你们家酒楼还贷款了，所以最近心情挺好的。你赶快趁他心情好的时候打个电话吧，先把关系缓和下来。父女之间，没什么说不开的。”

出租车载着方圆走了。高纯和金葵站在空荡荡的马路边上，互相看了一眼，心里都有些话，但谁也没有说。

金葵后来一直没回云朗，高纯也不知道她给父母打过电话没有。金葵迟迟不回家的原因高纯心知肚明，他知道金葵表面性格泼辣，其实心里特怕她爸。

那些天高纯照例早出晚归，用半条胳膊驾车拉客。每天傍晚时分，他照例尽量空出车子，去观湖俱乐部接金葵下班。原来的教练已经走了，金葵已经执掌教鞭，高纯照例会站在练功房的门口，看着金葵一招一式地给那些“婶婶”“嫂嫂”上课。不知有意无意，他的目光照例会往练功房的深处投去，那位年轻女孩练功的位置，如今已经物是人非。

这一天金葵终于给家里打电话了，在下课后，在晚饭前，在街边的电话亭里，她拨通了那个已经感觉陌生的号码。

高纯把车停在路边，他站在车子的一侧，面目甚至比金葵还要紧张。那个亲情电话打的时间很长，先是母亲，后是父亲，然后又是母亲，一家人似乎尽弃前嫌。挂了电话之后，金葵的表情真的轻松下来，走到车前说了句："没事了，我爸和我妈都不生气了。"高纯的面孔这才如释重负。那天晚上他们在那间巨大的车库里跳起了"冰火之恋"，这是金葵病后第一次恢复练舞，丝般的长发在幽暗的车库中风一样的飞旋……

生活的心情安定之后，理想也就变得更加具体。他们白天挣钱，晚上练舞，考学深造的愿望越发迫切起来。高纯专门去高招办打探了情况，又去网吧下载了北舞院的招生简章。他和金葵一起把那份招生简章研究了好几个晚上，计算了考学和上学所需的费用和时间。算清了账他们才知道现实距离理想有多么遥远。

高纯说要不然今年你先去考。反正离上学也还有一段时间。咱俩再加把劲，先把你一个人第一年的学费凑出来，应该有希望的。金葵说：那第一年上完第二年怎么办呀？高纯鼓气说：第二年我再挣啊。金葵礼让：要不你先去考。高纯执意：你先考，你文化课和专业课都比我好，再说，我不是还能打两份工嘛。金葵很感动，真的感动，她抱了高纯：可我不想让你那么辛苦怎么办。高纯笑道：心不苦命苦。金葵没笑：真的，这一阵我看你白天练功晚上开车，我特别心疼……高纯说：也没见你怎么疼我呀？金葵说：我不知道该怎么疼你啊。高纯与金葵凝视片刻，轻声道：我教你。高纯吻了金葵的嘴唇，又吻了金葵的脖子，又吻了……金葵轻声问道：噢，这就算疼你了吗？高纯说：算！

为了金葵，为了理想，为了两人的未来，起早贪黑地挣钱对高纯来说，已经是一个崇高的目标，已经是一个幸福的过程。公司的调度知道他肥客瘦客都不挑的，所以常常把一些一般司机都不愿意拉的微利小活儿分配给他，挣钱比一般司机多了三成，辛苦却比常人翻了一倍。金葵因为转正当上了教练，工资倒是也有提高。

他们的爱情也如流水一样平缓进展，波澜起于某日的黄昏，金葵下班时高纯没有过来接她，等在俱乐部门口的竟是久违的方圆。方圆带金葵去了观湖俱乐部旁边的一家酒楼，在这家酒楼的一间包房里，金葵见到了她的父亲。和父亲坐在一起的，还有一个三十多岁的风度翩翩的男人。

那天高纯接了一个去天津的大活儿收工晚了，他在公司交完车子赶到观湖俱乐部时，俱乐部的练功房早已人去屋空，向一位杂工打听，才知道金葵早就下班，下班后跟着一个男的走了。

高纯满脸猜疑，但再也问不出什么。乘公共汽车回家，从一家酒楼门前经过时居然看到了金葵。金葵满脸带笑地和一位风度翩翩的男子从酒楼出来，乘上一辆出租车一同走了。高纯全身的神经不知是被燃烧了还是被冰冻了，总之如同跌入世界末日。其实受伤的感觉也许仅仅因为他并没有看到方圆和金葵的父亲，刚刚乘前一辆出租汽车从那里离开。

高纯双目充血，透过公交车的窗口，眼睁睁地看着金葵与那男子拐向一条拥挤的道路，遁入人海。公共汽车开到终点站了，乘客都下光了。售票员以为坐在最后一排的高纯睡着了，过去捅他，才发现这个低头呆坐的年轻男孩已经泪流满面。

公共汽车的终点也是它的起点，如同无数事物的往复循环。高纯乘坐同一辆车原路返回，在他认为自己的情绪已经冷静下来的时候，才从车站走回家来。他甚至是在想好了要对金葵说的话之后，才走向通往车库的那个巷口。也许他来晚了一步，没有堵上那个与金葵私下来往的男人；也许他早来了一步，他在接近巷口时，恰巧看到了金葵把那男人送上一辆出租汽车，当金葵低着头正要返身进巷时，她看见了高纯。

高纯非常敏感，他感觉金葵的表情很不自然，她不自然地问他："高纯，你回来啦？"高纯没有答话，对金葵视而不见，径自朝巷内走去。金葵不知他生什么气了，跟在他身后走进车库，一路还问："你怎么啦，你今天没去俱乐部接我吧？"

高纯进屋，尽量控制自己，让自己看上去心平气和："你今天……今天下班比往常早啊。"

金葵点头说："啊，你今天不是去天津了吗，你怎么也回来的这么早？"

"对，你没想到我回来的这么早，你没想到吧！"

高纯的脸色、声音，金葵越来越弄不懂了，她问："到底怎么了，出什么事了？"

高纯说："金葵，我想问你一句话，你说真话，行吗？"

金葵说："行呀，怎么了？"

高纯说："在北京，你还有别的男人吗？"

金葵说："没有啊。什么叫别的男人呀？"

高纯说："除我之外，你还和其他男人单独来往吗？"

金葵说："我和谁呀，你怎么那么讨厌！"

高纯说："是真话吗？"

金葵说："我发誓还不行吗？"

在高纯听来，金葵当然是在说谎，他沉默片刻，说："我问完了。"

高纯转身，拉开房门，金葵有点生气了，质问："你上哪去？"

高纯不答一言，出门就走。

金葵在他身后叫喊："你上哪儿去？高纯！我做错什么了……"

高纯走了，金葵才想起要哭，但更多的还是气愤，以及无处解释的委屈。到了晚上十点高纯仍没回来，金葵才真的开始着急。她跑出去，用街头的公用电话先拨了出租汽车公司，公司的值班员答得干脆：高纯白班！金葵只好再拨方圆的手机，但同样失望，方圆表示，晚饭后他送金葵父亲去了火车站，然后就直接回家了。高纯有他的电话号码，但今晚并没给他打过。方圆问：你们怎么了，吵架了？

说不清半夜几点，金葵回到车库。车库静得让人心痛。金葵坐在高纯的铺上，把白天给高纯洗的衣服一件件叠好，放进纸箱。门外稍有响动，她就惊起察看，但外面只有月光，只有风。月光隐去的那刻，淅淅沥沥地下起了小雨。

小雨下到清晨才停，太阳的光芒依然蒙昧，但劲舞团排练厅胡乱堆放的那些布景道具，还是被窗外的晨曦勾出了轮廓。门外，一辆汽车停得无声无息，一个瘦高的男子走下车来，走进空旷的排练厅里。他在犀角的布景堆中，看到了刚刚惊醒的高纯。高纯睡眼朦胧地盯着这位高高的男子，清晨的阳光在那人的身后渐渐明朗，而他背光的面容却越发昏暗不清。

这一天的上午，城市的上空天开云散，而郊外的雾气仍旧弥漫，浓雾包围着一片湖泊，云层压在水平线上，看不清湖面多么辽阔。瘦高男人的汽车驶入码头。码头上泊着一艘白色的游艇，游艇鹤立于周围的船舶当中，显得有些卓尔不群。

高纯跟随瘦高的背影弃车登船，走进游艇华丽的客舱，舱内四壁饰以深色桃木，沙发也是一派老式的暗红。高纯在这里见到了游艇的主人，正是前几日在医院有过一面之交的中年男子。高纯记得这个中年男子是个公司的老板，这老板的气质与游艇的装潢颇为一路，华贵中又追求着几分庄重沉穆，沉穆中又不失该有的倜傥风流。客舱内除了沙发书柜酒吧之外，还有一只不大的书桌，当瘦高男子把高纯带到书桌的面前，那老板正从一台手提电脑的屏幕上抬起面孔。

他说："请坐。"

高纯没坐，他似乎不愿在这里过久耽搁："是你找我？"

老板面目严肃，慢条斯理：“你还记得我吗？我姓陆，前几天你帮过我的忙，我至今心存感激。”

高纯点了下头，表示记得：“是你们公司的职员受伤那件事吧，那事您已经道过谢了。”

陆老板琢磨了一下措辞，并未转移话题：“几天前你帮忙送到医院的那个人，是我的私人助理。对你的见义勇为，我想再次表达一下谢意。”

高纯说：“好，那我再次接受你的谢意。”又说：“如果你能让汽车送我回去，那我就更要谢谢您了。”

陆老板笑了笑，说：“不，我请你来不仅仅是道谢。我还想让你再帮我一个忙，不知你是否愿意。”

高纯说：“什么忙？”

陆老板想了一下，开口：“昨天我才听医院的医生说，我的助理那天被人泼在脸上的，并不是什么化学毒液。”

高纯稍稍好奇：“那是什么，是脏水吗？”

陆老板摇了下头颅，停顿了半天，才缓缓说道：“是尿，是人的尿！”

高纯怔了一下，有点惊讶。陆老板接着说道：“我想你也许能详细告诉我泼尿的那个女人是个什么样人物。我想知道她的相貌，还有她的年龄。”

高纯回忆：“大约三十左右吧，也可能二十八九……”

“长什么样子？”

高纯答：“不胖不瘦，个子……有这么高吧。”他比划了一下，“好像挺壮实的。”

“梳什么头发?”

高纯想：“梳……就是一般头吧，当时场面挺乱的，我记不清了。”

“她泼的时候说了什么？你听见她说什么了吗?”

高纯答：“没听见，她进去就泼，泼完了就走，挺干脆的。”

陆老板看着高纯，似乎思索着高纯的回答，又似乎在琢磨另外的提问。不料，他忽然把话头转开，说起了别的。

“我记得几天前我答应过你，如果你想要找一个挣钱更多的工作，我可以帮忙。”

高纯迟疑了一下，问：“你能帮我……找什么工作?”

陆老板未即回答，抬手从写字台的抽屉里取出两沓钱来，放在了高纯的眼前，“一个有趣的工作，充满挑战，而且待遇优厚。”高纯满脸疑惑，只听这位陆老板继续说道：“我想这笔钱大概是你靠跳舞一年才能挣到的数额。”

高纯的目光落在那两沓钱上，那两万元现钞崭新硬挺，看上去几乎从未用过。

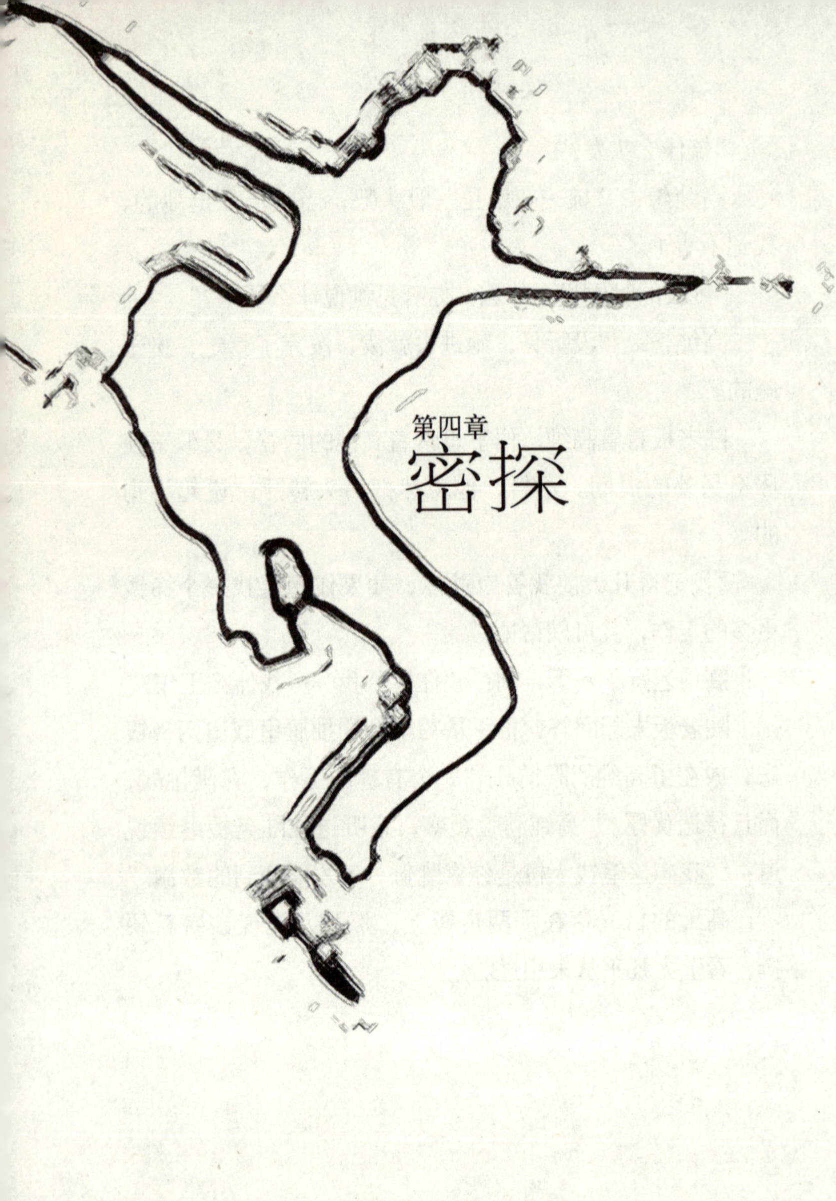

第四章 密探

高纯回到了车库。

他从挎包里变魔术似的拿出了两万块钱，扔在了金葵的铺上。

“你怎么有这么多钱?”金葵看得吃惊，高纯答非所问：“我说过，我要挣钱让你去考舞蹈学院……”话未说完金葵已经感动地从铺上跃起把他抱住：“你不生气了吗……”

但高纯却推开金葵，转开了身子，说道：“我会履行对你的承诺。这钱你拿去，去上学吧。上本科也好，上大专也好，上进修班也好，看你的本事吧，不论你学多少年，我会一直供你，到你毕业。”

金葵眼圈红了，再次扑上来从背后抱住高纯：“不，我们一起去考，我不想和你分开。”

高纯鼻子也像患了伤风：“我相信我的眼睛，你要真和那个男人什么事都没有的话，为什么要对我撒谎?”

金葵哭道：“我撒谎是因为我怕你心眼小，我怕你生气，我怕解释不清楚你生气。”

高纯眼圈也红了：“对，我生气，我看到你和别人，你们那种样子，我受不了！任何人做了错事我都可以原谅，我自己做了错事我也可以原谅，可我就是原谅不了你。你在我心里太完美了，所以你们那样子我受不了！”

金葵抱着高纯不放手：“那个人是我爸爸带来的，是我爸给我介绍的对象。”

高纯背对着金葵，有些吃惊："你爸爸，你爸爸来了？"

金葵说："我绝不骗你，我爸陪那个姓杨的一起来的。他让我和那姓杨的……"

高纯说："那姓杨的也是台湾人？"

金葵说："不是，就是我们云朗人，开公司的，特别有钱。"

高纯头也不回，说："那个姓杨的，有钱！有风度。能帮助你们家的生意，你为什么不遂了你爸的愿呢？你爸爸妈妈把你养这么大了，现在该是你回报他们的时候了。"

金葵抱着高纯的腰身，把脸贴在高纯的背上，她说："我爸我妈把我养大，我肯定要回报他们。但不是现在。现在我要学习舞蹈！我要按照我自己的心愿，选择我爱的人。"

高纯转身把金葵拉向自己，他抱住了这个女孩。"我们从小……都立过一个誓言，"他说："为了跳舞，可以放弃一切。"

金葵说："现在，我要立下另一个誓言，为了我们不再分开，我可以放弃跳舞！"

他们紧紧拥抱，高纯也喃喃发誓："我一定会挣到很多钱的，我们都不放弃，我们一起跳舞，我们一起去考舞蹈学院。"

山盟海誓之后，两人都安静下来。这天夜里他们了无睡意，盘腿坐在铺上，讨论光明的未来。铺上摆着那两捆簇新的钞票，但金葵的目光，却紧紧盯住高纯手中一张女人的照片。

“这不是……这不是那个女的吗?”金葵问：“她不是我们俱乐部的那个客人吗?”

高纯说：“对。”

金葵问：“那个老板让你跟踪的人，就是她?”

高纯说：“对，就是她!”

金葵惊疑：“为什么要跟踪她?”

高纯说：“她是陆老板新聘的助理，也就是他的私人秘书。”

金葵问：“他要跟踪他的秘书?”

高纯说：“这是他新招的秘书，他说公司对重要岗位的职员都要严格考察。不光考察工作能力，还要考察忠诚度；不光考察职业表现，还要考察八小时以外的私人交往，就怕是竞争对手派进来的商业间谍。”

金葵问：“你这样跟踪一个年轻女孩，不违法吗？你又不是公安民警，你有权跟踪人家吗?”

高纯说：“我干的这叫私人侦探，虽说不合法，但也不至于犯法吧。我又不干涉人家行动自由，又不钻到人家卧室里去，顶多算是娱乐杂志的狗仔队吧。娱乐杂志刺探明星隐私是为了挣钱，陆老板考察秘书是为了公司的安全，也是在商言商吧。”

金葵问：“商业竞争真有这么厉害?”

高纯说：“也许当了老板的人，想法就都变古怪了。他花了那么高的薪酬请来这个女孩，既不懂公司业务，也不是学文秘管理的，她是学美术的，是一个画家。”

金葵更想不通了：“画家？画家为什么要去公司当秘书?”

高纯说："可能当秘书挣钱多吧。"

金葵问："当秘书挣钱多吗？"

高纯说："陆老板给她的工资应该不会少吧，陆老板还买了一套公寓给她住。在中国搞艺术，最富的和最穷的都是画家。有名的画家一幅画能卖上千万，没名的画家比咱们跳舞的还狼狈呢，想挣出一套公寓不得猴年马月了。"

金葵马上疑心到别处去了："刚招的秘书就给她买公寓，她是助理呀还是小蜜呀？"

高纯还是比较单纯，单纯似乎就是糊涂："助理就是秘……噢，你说那个呀。不会吧，陆老板挺正派的，而且周欣怎么也是搞艺术的，你干吗把人家都想那么坏呀。"

金葵没再争辩，但从她的眼神中可以看出，她未被说服。

高纯去找劲舞团的头头辞职，是由金葵陪着一起去的。头头问：找什么工作了？他们没有透露私人侦探这事，开出租在艺术圈里的人听来，毕竟也不太风光，所以一律含糊其辞。辞完职他们去了商场，高纯在摄像器材的柜台前买下了一只照相机，接下来又去买了一只手机。金葵惶顾左右，表情有些不安，因为这只手机和那只照相机一样，都是跟踪要用的"特务器材"。

在手机柜台旁边的照明器材柜台前，高纯又挑了一只小巧的手电筒，又买了一只挎包，将照相机、手机和手电筒都装进挎包后，两人看看左右，似乎都有些做贼的感觉。

他们往楼下走去，金葵低声问了一句："你真要干呀?”

高纯没有回答，拉着她向前走去。他们在饰品柜台停下脚步，柜台里的珠宝冰清玉洁，高纯挑了一只心形琉璃戴在金葵颈上，雪白的皮肤衬着琉璃的碧绿，让镜中的金葵大放异彩。

他们又去服装柜台挑了一条白纱长裙，金葵穿了性感飘逸。他们随后光顾的是箱包柜台，金葵的目光被一只精巧的女包吸引住了，高纯于是问她：你喜欢？金葵马上摇头：倒是挺好看的，那个台湾人就送了我一个这样的包。高纯不悦：怎么又想起台湾人了，睹物思人呀？金葵嗔道：瞧你，什么醋都吃。高纯的确认了真：多少钱，咱们买了！金葵按住高纯掏钱的手：不要不要，别再乱花钱了。高纯执意掏钱：过些天你要过生日了，就买了做你生日礼物吧。金葵还是把钱按着：你不是刚送我项坠和裙子了吗，已经够了。高纯说：送项坠是另一个意思。金葵说：什么意思？高纯说：自己想去。他还是往外掏钱，金葵再次按住：真的别买了，省下钱咱们买两双跳舞的鞋吧。

高纯一下没听懂似的：“鞋?”

整个北京大概没几家专营舞蹈用品的商店，有家商店离劲舞团的大院不远。金葵和高纯掉头回去，反正有车倒也方便。金葵在这里买了一男一女两双舞鞋，还盯上了货架上挂着的一块红色绸巾……当天晚上，高纯坐在铺上研读照相机的说明书，对照着摆弄相机的各处机关。金葵就在灯下展开了那块红绸方巾，用金色的细线在红绸的一角绣了两颗相依的心瓣……

当清晨第一道阳光投进车库上方的窗口，金葵将绣好的方巾系在高纯干净的额头，他们在晨光的朦胧中翩翩起舞，舞起那曲行云流水的“冰火之恋”。高纯红色的头巾和金葵白色的裙摆，在旋转之中此起彼伏，如冰火相融一般难解难分。

他们的舞蹈被不客气的推门声凭空打断，他们喘息着看到方圆不知何时已经站在了门口。

方圆是来找高纯的，几句话下来，高纯和金葵就知道他去演出公司谋职的那个打算，算是黄了。方圆也知道了高纯在劲舞团的那份口粮，也不打算吃了。

“侦探?”方圆上下打量高纯：“最近看什么悬疑小说了吧，福尔摩斯?”

金葵说：“是有个老板让他干的。老方你听说过私人侦探这行吗，干这行违法不违法呀?”

方圆愣了半天才缓过神来，摸着头皮模棱两可：“你怎么想干这个了？私人侦探呢，违法不违法的……至少不合法吧。”

高纯争辩：“怎么不合法了，顶多就算狗仔队呗，我又没……”

金葵打断高纯：“你听老方说，你听老方说。”

方圆说下去：“我过去当过警察，我知道，私人侦探干的事，实际上就是行使侦查权了。侦查权按法律规定只有公安机关可以行使，任何其他组织和个人都不能行使。”

金葵马上对高纯表示：“你看，我说有问题嘛。”

高纯依然强词夺理：“我这不叫侦查，我这叫调查……”

金葵有点着急了："调查侦查还不一样吗，违法的事咱们凭什么……"

方圆看金葵着急上火，随即又加以缓解："不过私家侦探这种行业也不是出现一年两年了，应该也不会有太大问题吧。也就是说虽然并不合法，但也没有触犯刑律，问题是，"他把目光移向高纯："你会吗？私人侦探也不是什么人都能干得了的。"

高纯眨眼，说："怎么干，你会？"

方圆瞪眼："我干过警察我当然会。"

金葵的担忧此时又变成了好奇："侦探难吗？不就是跟在人家后面看看人家都去哪了，都干什么了。还有什么？"

方圆笑道："要不说你们什么都不懂呢。你们说的这叫跟踪，跟踪就叫外线侦查。光外线侦查这一项，学问可就太多了，既不能把对象跟丢，也不能暴露自己，这里头的讲究可太多了。"

金葵白眼高纯："不跟丢倒好办，可要是既不能跟丢又不能让人家看出来，这么难的活儿他肯定干不了。"

方圆有几分得意："那是啊，比如说，人家在你们家外面的马路上走，我问你，你怎么跟？"

高纯答："我隔他远点，在后面跟。"

方圆："在后面跟，你以为你答对了是吧，告诉你，错了！不太宽的马路，尽量在街对面跟。被跟的人一般只注意后面的尾巴，而忽略马路对面的眼睛。在马路对面，你跟他平行走都没问题。"

高纯："他要是过街呢，我再过去？"

方圆深谙此道地白话着：“不能马上过去呀，你要看他过街干什么，是进商店，还是拐弯，还是坐公共汽车。他要上公共汽车你千万别和他上一个门，总之尽量别跟他打照面。还得注意，有的犯罪嫌疑人……啊不，有的被跟踪对象专门利用上公共汽车、上地铁的机会测梢，你这时候就要格外小心了……”

金葵插嘴：“什么叫测梢啊？”

方圆被无端打断，有点不爽：“测梢就是检验一下后面是不是有尾巴。你好好听着！一般车来了他先不上，看左右的反应，车门快关的时候他忽然上去，你要紧跟着上去，他一下就看出来了。”

金葵和高纯都听得目瞪口呆。

方圆继续白话：“测梢的招儿多了，比如他走着走着忽然蹲下来系鞋带，这十有八九就是测梢，可以借机环顾身后啊；还有，走着走着突然掉头往回走，看后面人的表情是不是一下慌乱不自然了；还有，走着走着快到拐弯的地方忽然紧跑几步拐过去，你要是也跑着追过去那可就犯傻了，他可能正站在刚拐过来的地方看你哪；还有，她要是女的，只要她掏出小镜子给自己补补妆什么的，那肯定就是通过小镜子往后面看哪；他要是站在商店外面看橱窗，可能也是要通过玻璃的反光往周围观察。总而言之，言而总之……这里面的学问多了去了！”

高纯和金葵面面相觑，对方圆已经佩服至极。

方圆笑笑：“你慢慢体会去吧。”然后收了笑，又说：“哎，我说得还是公安跟踪，你这私家侦探就更得小心了。你的老板给你什么原则呀，是宁丢勿暴，还是宁暴勿丢啊？”

高纯没明白：“什么？宁什么……”

方圆不耐烦：“盯梢总得有个原则嘛！宁丢勿暴，就是宁可丢了梢，也不能暴露，不能让梢知道他被人盯上了；宁暴勿丢就是不管梢知道不知道，就是死盯！怎么也不能让他甩了梢！”

高纯说：“老板让我死跟，她走到哪我跟到哪。”

方圆点头：“哦，那就是宁暴勿丢。”

高纯又说：“老板还说绝不能让她发现我，她要是知道我在跟她，我这饭碗就算砸了，老板肯定就不能再用我跟了。”

方圆又点头：“啊，那就是宁丢勿暴……到底是什么呀？”见高纯张口结舌，方圆语重心长：“不过我劝你，还是宁丢勿暴的好。你是私家侦探，干这事总不能像公安局那么理直气壮吧，跟丢了老板总能体谅，可你要暴露了，砸饭碗还是小事，弄不好连自己小命都得搭进去，得不偿失。”

金葵吓了一跳：“什么，暴露了就怎么了，暴露了有什么危险吗？”

高纯安慰金葵：“没事，被跟踪的反正是个女的，就算让她知道了，她也不会拎块砖头找我来。”

方圆说：“哎，那可说不准，关键你并不知道老板让你跟她的真正目的究竟是什么……”

金葵似乎早就洞悉奸情，向方圆揭发：“估计那人就是老板的小蜜，老板就想知道她都有什么社会关系。表面说是怕她品行不端，或者是什么竞争对手打进来的商业间谍，其实我觉得这女孩不像间谍倒像二奶。”

方圆做惊恐状，转脸直问高纯：“啊？是这样吗，你是替老板跟踪他的小情儿呀？”

高纯白了金葵一眼：“你有什么证据说人家是二奶呀。”

金葵理直气壮：“我没有证据！但我是女人，我有女人的直觉。一个秘书，刚招进公司就送两万块钱的健身卡，还送上百万的房子，这是秘书吗！她是学美术的，不去好好搞她的艺术而要去给人家去当什么秘书，不是让钱搞定了怎么可能。”

方圆一脸严肃，正告高纯：“要这么个情况的话，那你更得宁丢勿暴啦。现在这个世界，能不惜一切动刀子杀人的就两个字，一个是钱，一个是情。她是商业间谍也好，老板情妇也罢，一旦发现你在侦察她，让她露馅，那她跟你之间，就是你死我活的关系了。前一阵北京有个私人侦探就让人活活打死了，结果……”

高纯怔住，金葵叫起来：“打死了？真的假的，你听谁说的？”

方圆言之凿凿，看来并非危言耸听：“报纸都登过呀，电视台也播过，行凶的两个人也让公安抓了，法院也判了。就算判了死刑，也救不回高纯一命啊。”

金葵尖叫：“老方你这臭嘴，呸呸呸！打死的人又不是高纯！”

方圆仍未收住：“我就说这意思。这世界上没有什么事不能发生，凡事自己小心没错。你别忘了私人侦探就是孤军作战，而且是搅进一个你也搞不清胜负强弱的险局，反正凶多吉少吧。这话你们听不听两便，当我吓唬你们也行。”

金葵无话可说，她心神不宁地看一眼高纯，高纯在那一刻也面如土色。

第一个早上，天刚刚放亮，高纯的出租车出现在一座公寓楼的楼外，他在一个视野无碍的角落，盯住了这座楼房的出口。

早上八点整，周欣在这幢公寓楼的门口现身。高纯紧张起来，启动引擎，看周欣走到街边，搭上了一辆出租汽车匆匆离去，他才犹豫着从角落里姗姗亮出自己的车了。

第一天的心情不免紧张，高纯不断提醒自己别跟太近，他知道老方说得没错，宁丢勿暴是这个差事唯一的原则。

前方的出租车左拐右拐，中途未做任何逗留，直达位于市中心的东方大厦。东方大厦的十八楼，就是陆子强公司的住所。周欣在大厦门口下车，在高纯远远的监视之下，走进大厦的正门。

高纯把车停在大厦楼外的停车场里，在车上熬过了漫长的一个上午。中午他刚刚下车到街边的小商亭里买了矿泉水和面包，就接到了陆子强打来的电话。他抱着水瓶和面包刚刚跑回停车场，就看见周欣出现在大厦的门口，等高纯手忙脚乱地开出自己的车子，周欣乘坐的出租车已经汇入了大路上的滚滚车流。

二十分钟后，出租车进入一条小路。路边一个无门的大院，院内一座水泥的大屋，周欣在大屋的门口下车进门。高纯把车子在对面停好，目光穿过这个闹中取静的院落，才看到大屋的门边，一块边缘残缺的铜牌格外醒目，他用相机的长焦调近铜牌，上面用火烧出的字迹敦厚古拙。

——独木画坊

高纯拍下了这块招牌，拍下了整座水泥大屋，还拍下了院子所在的街区路景，然后，他开始吃午饭。水和面包很快下肚，靠这顿饭一直挨到傍晚，周欣才从大屋走出。陪她一起出来的还有几个衣衫落拓的男子，有秃瓢有长发还有扎小辫的，造型不羁摆明就是一群艺术家。唯一一位衣衫周正的，大约二十八九的精壮年龄，两腮的胡须也显得不修边幅。

画家们在院子豁口分手告别做鸟兽散，周欣也和那位蓄了胡须的青年画家同车走了。高纯经过一天的跟踪蹲守，不知是倦了还是镇定下来了，他的车子远远地跟在后面，看上去已经从容不迫。

周欣直接回到所住的公寓，而同车的青年画家则继续前行。高纯没有再跟，他拨了陆子强的手机汇报了情况。总算顺利，第一天的任务到此结束。

高纯回到住处时已是晚上十点多钟，吃完金葵泡的两碗方便面，他仰天躺在铺上，脑子还在反刍白天的每个情景。这一天仿佛比跳舞还累，高纯这才体会到干"侦探"这行，神经必须高度紧张，看去简单实则不易。金葵帮他递了一块湿毛巾擦脸，看上去比他还要操心。

"怎么样啊今天，没出什么事吧？"

一连数日，高纯每天照例早早等在周欣的公寓门口，开始一天的秘密勾当。周欣早上一般准时上班，偶尔在公司呆到傍晚，多数午饭之后即下班回家。一周之内她逛了一次商店，去了三次画坊。逛商店主要是买颜料和油画专用的刮刀之类，还买了些口服液之类的营养品。去画坊也是和那些画家们碰头闲谈，大凡日落即散。有时她一人乘出租车独自回家，有时则与那位青年画家同车而返。除了跟踪周欣进入商场近身察看她购买的物品外，高纯大都仅是跟到地方，守在一边，并不深入，切实执行了宁丢勿暴的跟踪原则。

在这一周当中，高纯和陆子强接过一次头。接头的时间地点按陆子强的安排，选在夜深人静的一条偏僻小路。确切地说，是在这条小路上停泊着的一辆奔驰轿车里。除了周欣去过什么地方，见过什么人之外，陆子强对周欣买了什么东西，花了多少钱，同样十分关心，都做了详细盘问。陆子强让高纯继续跟，别走神，要真发现了什么重要情况，原来许诺给高纯的报酬还可以调整，还可以增加。

在与陆子强接头汇报的这天晚上，高纯和方圆金葵一起，在一家通宵营业的小餐厅里吃了夜宵，话题自然又介入到高纯的这份差事。对于陆子强的许诺，金葵将信将疑。方圆喝了点酒，脸上有些醉意，不知是酒后真言，还是胡言乱语。

“现在我看出来了，很可能还真让金葵言中了，这女助理八成就是那姓陆的小情人。不然不至于半夜三更还约你去听汇报，还要给你加钱，肯定就是男女的事。”

金葵推高纯：“你看我说嘛！”

高纯倒是淡淡的：“男女的事有什么，我只管查行踪，管他什么事呢。”

方圆怂恿：“这种事要想多挣钱，就得不断暴猛料，没有猛料姓陆的不会有兴趣掏钱的。”

高纯问：“什么叫猛料?”

方圆说：“猛料，就是得让那姓周的女孩跟另一个男人……啊，跟另一个男人，得搞出点来往什么的，啊。”

高纯没听明白：“让她跟哪个男人，来往什么?”

方圆着急地：“你怎么那么笨！比如，你发现这个周欣跟什么人到什么地方幽会去了，幽会的时候又有点什么亲密动作了……”

高纯傻乎乎地：“怎么算亲密动作?”

方圆怔一下，说：“亲密动作都不懂！”他冲金葵说道：“要不咱俩示范一下给他看看?”

金葵也怔了一下才反应过来，嗔斥方圆：“怎么那么讨厌啊你。”

方圆笑道：“就这意思呗他还非问。”

高纯多少明白过来：“她没跟谁幽会啊。没跟谁亲密动作啊。”

方圆启发：“她没接触过任何男的?”

高纯说：“就是那帮画家啊。”顿了一下，又说：“那些画家当中，倒有一个年轻点的，对周欣好像挺关照的，好几次送她回家。不过动作挺正常的呀。”

方圆再启发：“正常你也得编点不正常的出来呀。反正老板养情人这种事也不是什么好事，你胡暴一通也对社会无害，让他们没事自己闹腾去呗。有一你就说二，有二呢，你就说三道四。有树就有风，有人就有影嘛，要不怎么叫暴料呢。”

高纯摇头：“可连一都没有，怎么说三道四啊。”

方圆恨铁不成钢地：“你这人，你不是想挣钱吗？你不是想跳舞吗？你不是想和金葵一起去考北京舞蹈学院吗！你们钱够啦？”

高纯与金葵对视一眼，没话。

夜宵之后，各奔东西，高纯和金葵开车回家。路上，金葵说：“你别听老方的，我真的不想让你再干这种事了。你就是不暴料，将来万一那女的知道你跟踪她，找个人报复你一下，你躲都躲不及。万一雇人卸你一条胳膊卸你一条腿你说我找谁哭去……”

高纯有些心烦地打断她：“我知道。”

两人回到车库。上床之前，金葵又说：“要不咱们不去考舞院了，咱们俩去考个歌舞团吧，考个团不也能跳舞吗？或者咱们好好练练冰火之恋，到时候自己联系个电视台，帮咱们报名参加全国电视舞蹈大赛去。条条大路通罗马，这事我都想好久了……”

高纯白她一眼：“你别自恋了，冰火之恋也就咱俩喜欢，连劲舞团都看不上，更别说到全国参赛去了。”

金葵说：“谁说劲舞团不喜欢呀，咱们考试那天那些老师不都鼓掌了吗？不都说不错吗？”

高纯说：“要真觉得不错干吗不把咱们都要下来，干吗只要我一个。”

金葵语塞：“他们……他们不是主要选男的吗，女的只要两个……”

高纯说："所以他们看上的是人，不是冰火之恋！"

金葵瞪眼："你不就是说看上你了没看上我吗？"

高纯说："我是说冰火之恋。咱们跳的久了，对它有了特殊的感情，咱们自己得清楚！"

两人像是吵了架，金葵的委屈挂在脸上，不知是因为高纯声音过大，还是他贬低了冰火之恋，伤及金葵自尊。她抖着声音问道："冰火之恋你不喜欢了吗？"

高纯说："我喜欢是因为这个舞蹈让我喜欢上你了。可别人不一定都跟我一样。"

金葵委屈极了："不，它感动过很多人，包括我。我第一次跳它的时候，就爱上它了。它让我相信这世界上真的会有那种特别干净，特别纯洁，特别热烈的爱情。这段冰火之恋，让我想要这种爱情。"

高纯躺在床上，没再争吵："也许我们都还年轻，冰火之恋能满足我们对爱情的想象。可我们总得长大，成人的世界，太现实了。"

金葵说："所以，你就想按老方说得那样干吗，编些有风没影的事去骗老板的钱？"

高纯翻过身去，没精打采地回了一句："睡觉吧。"停了一下，又说："我不会这样干的。"

金葵稍稍安心，她小心探问了一句："那，明天早上，咱们还练吗？"

曙光初照，空气清新。高纯的额头上，扎起了红色的绸巾，金葵亭亭玉立，一袭雪白的长裙，冰火之恋的音乐从录音机中放送出来。又一个舞者的清晨，他们在缠绵多情的舞蹈中，陪伴着墙上的太阳由冷变暖，由青变红。

当太阳由红变黄，由黄变白的时刻，周欣乘坐的出租车驶离公寓，高纯的车子从角落开出，跟得从从容容。

上午，周欣与陆子强并肩走出东方大厦，乘坐陆子强的轿车一同离开。高纯驾车跟在后面，用手机拨了陆子强的电话。他小心地请示陆子强："你们在一起，我还跟吗?"陆子强在电话里的声音坦然如常，即便周欣在侧，谅也不会听出疑点。

"你的工作照常干，你别管领导在不在，啊!"

高纯当然听得明白，应了一声："知道了。"便挂了电话。

两辆车若即若离，拉开间距，穿越长街短巷，从北京的东面出了城区。

奔驰轿车行驶的方向，是城郊的游艇码头。一小时后，陆子强和周欣在码头上下了车子，被等在这里的几个属下引领着，登上了那艘漂亮的游艇。他们在游艇的甲板上与几个宾客握手寒暄，其状甚欢。唯有周欣一人不苟言笑，勉强敷衍。主宾相见之后，游艇随即起锚离岸，向远处开阔的水域驶去。高纯把车停在码头外面，歪在座上打熬时间。

正午时分，游艇返航，主宾谈笑风生地离艇上岸，分乘四五辆车子离开码头。周欣依然和陆子强乘坐那辆奔驰，慢悠悠地走在最后，仿佛故意给高纯留出跟上来的时间。

途中，陆子强和周欣在一家路边的酒楼里共进了午餐。饭后又去了郊外的高尔夫球场。太阳西斜才返回市区。周欣在市区的一个路口下车，换乘出租车拐向另一条道路。留在奔驰车上的陆子强目视着高纯驾驶的车子从自己身后超过，看着他闪着拐弯灯紧追上去，才缓缓踩下油门，向相反的方向开走。

周欣去的地方，是一座高纯叫不出名字的大厦，她在这座大厦的一个茶座里，与几个画家会合。天黑下来的时候，高纯跟在画家们的身后走出了这座大厦。那位青年画家还在和同伴们争论着什么，一起走到街边去等出租汽车。高纯连忙跑向路边，这时他看到一辆印着公安执法字样的拖车，正将他的车子从停靠的路边拖走。

高纯追上去喊了一声，但为时已晚，拖车已经拖着他的车子扬长而去。

第五章

暴露

往常这个钟点，金葵刚刚下班。

她刚刚走出练功房，便被杂工告知有人找她。她走进一间休息室，看见椅子上坐着的，是她的母亲。

在金葵陪着母亲离开观湖俱乐部的时候，高纯正在公安局交通队里交上罚款，并且接受了警察例行的训诫。他并不知道金葵已经带着她的母亲去了他们的住处，那个聊遮风雨的车库，简陋的墙上还留着油污，一股子不太好闻的气味，让金葵的母亲皱起眉头。

母亲当然还注意到了一“墙”之隔还有另一张地铺，那显然是个男人的地铺。母亲的脸色和看女儿的眼神，都一齐难看起来。

高纯幸而不会这么早回家，金葵回避了母亲的目光，心里琢磨该不该打电话通知高纯“家”里来了不速之客。其实高纯此刻还站在交通队的门口，用手机拨通了陆子强的电话，报告了傍晚丢梢失控的过程。让高纯稍稍心安的是，陆子强听到周欣失控前是和画家们在一起活动，便对失控显得并不在意。但他还是询问了画家们活动的地点，在场的人数，以及散去的时间等等。他对高纯说：“你还是别再开那辆出租车了，用出租车干这事不方便，跟久了也会让她发觉的。你去租辆自驾车吧，租车很方便，而且隔几天就可以换一辆。你以后停车也要小心点。”

高纯说：“知道了。”

高纯挂了手机，看看手机上的时间，时间也不算早了。往常此时，金葵总会有个嘘寒问暖的电话打过来的，但，今天没有。

今天，金葵面对的，是不期而至的母亲，是母亲红红的眼圈。母亲擦着眼泪向金葵说起了金家的境况，不仅酒楼的生意，还有金葵的父兄。

“酒楼的生意一不好，你爸就天天借酒浇愁，一喝就醉，一醉就闹。你哥也不让他省心，总是在外面打架，跟来吃饭的客人打，跟送货的打，跟对面的大东北酒楼打……你爸从小把你哥哥带过来，我就看出他这个性了，他又不是我亲生的，所以我也不好说他……”

金葵说：“妈，要不然你到北京来住一阵吧。我现在挣的钱，可以在外面租个房子住了，你过来咱们一起住，住腻了你再走。”

母亲说：“你不是要攒钱去考学吗？不攒啦？”

金葵叹了一声，叹得愁肠百转的：“唉，上学，哪有那么容易呀。”

母亲说：“你要真想去上学的话，妈给你指条路怎样？”

金葵问：“什么路？”

母亲看着女儿脸色，琢磨如何开口：“葵儿呀，妈再给你说个对象怎样？”

金葵警惕起来：“对象？我不要。”

母亲并不收口，继续说了下去：“咱们女人……唉，女人哪，都是要找个靠的。你今天不找，以后早晚都得找。晚找不如早找。你要是现在找个好的，还能帮你上学去。你学跳舞的，过了年岁可就学不了啦！过了年岁就算你攒够了钱，胳膊腿也都变硬了，所以还是早找的好。”

金葵越发紧张了：“您不是又说那姓杨的吧，我上次都让老方转告你们了，我现在不想谈朋友，老方没跟你们说吗?”

母亲说：“杨峰那人挺好的，年纪，样子，都挺不错的。而且你那么想学跳舞，那么想去考……”

金葵断然截住母亲：“我不学了，我不考了，行了吧……”

母亲还是劝：“你跟自己赌什么气呀，妈这不是跟你商量吗……”

金葵说：“不是，您不提这事我也不想考了。”停顿了一下，金葵自言自语：“我不想让别人为我付出太多了，我现在这么生活也挺好的……”

母亲不知说什么好了：“你现在生活得挺好?”母亲环顾这间简陋的车库：“你生活得挺好，这就是挺好?”母亲眼圈红了，“就算你觉得这样挺好，可你能不能也想想你还有家呢，还有爸妈呢，爸妈养你这么大，现在有难处了你管不管呀!”

金葵眼圈也红了：“妈，家里的事，家里的生意，我真的管不了。我现在好好学习，好好练舞，等将来我有出息了，一定好好报答你们，一定好好孝敬你们!”

母亲抬高声音：“等你有出息了家里的生意早都垮了，你爸你妈早都饿死了!”

金葵哭了：“妈……”

母亲也哭起来了：“现在，酒楼还不起债了……欠银行的债，欠批发市场的债，欠李六子的债……真的是没辙了。家里要是有一丁点办法，做爹妈的也不会厚着老脸这么求自己女儿。”母亲擦了一阵眼泪，又说：“杨峰这人我们也了解了，在云朗找到这样的人那是很不容易的。追人家的姑娘可多着呢。他看过你的演出，喜欢你，跟你爸也是偶然认识的，一说起来才知道你是咱家的姑娘。人家非亲非故一下就拿了二十万块帮你爸还了批发市场的钱，不还这笔钱批发市场都不给货了……”

金葵泪如雨下：“妈，你们干吗收人家的钱，你们收人家的钱拿什么还啊……”

母亲说：“妈不是说要拿你去还钱，妈是觉得，那个杨峰条件挺好的，咱家是高攀人家了。你从小就是乖孩子，你就再让爸妈替你做一回主吧，啊！”

金葵哭着，说不出话来。车库的门响了一声，忽然被人打开。金葵母亲吓了一跳，金葵也连忙擦了眼泪，她不用看也知道，是高纯回来了。

高纯站在车库门口，看见这一对母女泪眼巴叉，尴尬地不知进退。金葵的母亲则对门口这位陌生的少年，瞪起疑惑的眼睛。

这天晚上高纯开车，和金葵一起把她母亲送到附近的一家旅店。高纯停车时金葵陪母亲在旅店的前台开房，母亲沉声向金葵问道：“怎么，就是他和你住在一起？”

金葵支吾：“啊……”

母亲见前台营业员在一边登记去了，急忙又问：“不是和你一起跳舞的吗？怎么是个男的？”

金葵看一眼不远的营业员，压低声音：“男的就不能跳舞啦。”

母亲索性直奔主题：“你和男的住在一起？”

金葵说：“我们各住各的，您没看中间有墙吗，我们就是一起练舞的。”

母亲的脸色有点急了：“那叫什么墙啊，这要让你爸知道了可怎么得了啊。你爸可是跟人家杨峰拍胸脯保证了，保证你是干干净净从没让男人碰过的，你怎么这么随随便便的就和个男人住在一起了啊……”

金葵连忙压制母亲的声音：“您别那么大声啊。您别乱讲好不好，我们住一起什么事都没有……”

母亲也压低声音：“人家杨峰要的就是干净女孩子，人家很在意这个的……”

高纯也走到前台来了，母女俩全都收了声音。金葵帮母亲办好了住店手续，拎着母亲的提包送母亲进了房间。高纯等在房间外面的走廊上，听着门里母女唧唧咕咕说个没完。少顷，金葵走出了房门，对他说道：“高纯，你先回去吧，我妈明天就走了，我陪她在这儿住一夜，你先回去吧。”

高纯问：“你妈不高兴了吧？”

金葵说：“没有，”又说：“我们家最近挺不顺的……还是我爸那酒楼的事。你先回去吧，我陪陪我妈。”

高纯点头，说：“噢。”又说：“你妈明天什么时候回去？我明天可能送不了她。”

金葵说：“不用你送，我送就行。”

高纯说：“那要不要我现在去跟她告个别啊？”

金葵马上表示：“不用了，她挺累的了，你先回去吧。”

高纯有几分猜疑地，看看金葵的神色，犹犹豫豫地走了。走了几步又回头去问：“那明天早上咱们还练舞吗？”但金葵已经关门进屋。

高纯一个人回到住处，虽然母亲死后他就习惯了独自生活，但第一次在车库里独自过夜，他才感觉出从未有过的孤独。他坐在金葵的铺上，用手整理了一下金葵的枕头被子，了无睡意。环顾四周，似乎刚刚发觉，这间车库如此巨大，连一声轻咳，都有绕梁的回声。

那天高纯几乎一夜没有合眼，那一夜他眼前几乎全是金葵母亲不爽的表情。早上七点三十分他驾车准时赶到周欣住的公寓楼时，充血的眼睛还有几分恍惚。

那一天周欣出门较晚，高纯跟到东方大厦后天上掉了雨滴。接近中午周欣打着一把雨伞走出大厦，一个人走向路边上了出租汽车。高纯马上打起精神开车跟上，不料在路口堵车的片刻，两个男子忽然拉开他的车门，一头钻了进来。

“去国际饭店！”

坐在前座的男子发出命令，高纯急忙连声解释：“不行不行，对不起这车不拉活了。”

男子马上不满：“怎么不拉活儿了，不拉活你开车上路干什么！”

前边周欣乘坐的出租车已经走远，高纯急不择言：“你们赶快下去吧，我有急事，我这是包车……”

两个男子有些不信，话说得磨磨叽叽：“是包车吗？你是不是嫌路近赚不了钱呀……去国际饭店也不近啊……”

高纯无望的看到，周欣的车子已经走远，消失在前方的雨幕之中……

傍晚时雨停了，天空依然阴霾密布。高纯被陆子强一个电话召到他的游艇上，为中午丢梢的事遭受训斥。陆子强指责高纯不听指挥，你早换个不是出租车的车还会有这事吗？他警告高纯："你别再出这种事了，我是做生意的，在商言商，我告诉过你，你要是跟出了我感兴趣的事，我还可以给你加钱。今天我再补充一句：你要是老给我跟丢，我也可以扣钱！"

也许陆子强真的拿住了高纯的七寸，高纯现在最怵的，就是扣钱。钱是他和金葵实现理想的主要条件，可谓悠悠万事，唯此为大！第二天一早他就去了一家汽车租赁公司，去了才知道租车这件事并不像陆子强说得那么便利。租车不仅要交押金，还要提供本市居民的户口证明。他又跑了好几家汽车租赁公司，只有一家公司的手续看上去相对简单，没有户口本用身份证复印件抵押也可以，但只有夏利一种车型。

高纯马上答应："那行，那我就租夏利吧。"

工作人员说："好，先租一个月是吗？押金一万。"

高纯又凉半截："一万！少点行吗？"

工作人员摇头，态度没商量的："不行，要不你交户口本，交户口本，押金三千。"

高纯只好把情况向陆子强做了汇报，陆子强在电话中的反应相当不爽，"什么，一万？我不是已经付了你两万了吗？这两万可不是给你个人的报酬，这是给你的工作经费。这没多少天嘛，你都花哪儿去了……买个相机你花了多少钱？我也没见你拍过几张照片呀！你还买了什么……手电筒？手电筒值几个钱！”

高纯没辙，又去找了金葵，自己也不知道是想和她商量一下还是仅仅发发牢骚，他没想到金葵居然也和陆子强一样，对那两万元的去向表示质疑。

“是啊，除了买相机，买手电，买手机，那两万你都怎么花的，怎么只剩下五千了？”

高纯的目光落在金葵的脖子上，雪白的皮肤之上，是一块碧绿的琉璃。金葵恍然低头自顾，马上自嘲：“噢，钱都挂我脖子上了，我说不让你买你非买，你干吗着急现在买这东西啊。”

高纯不答，只闷声说：“咱们不是还买了练功鞋吗？不是还买了跳冰火之恋的服装了吗？”

金葵长出一口气，不知该说什么了。

高纯说：“陆老板答应我把这事办完之后，一定会付给我一大笔钱的。”

金葵问：“一大笔，一大笔是多少啊？”

高纯答：“他原来说不低于两万，说要是干好了，还可以加。”

金葵问：“要干不好呢，还扣吗？”

高纯闷了一会儿，答：“我能干好。只要把车的问题解决了，我不会让他扣的。”

金葵眼睛停在高纯的脸上，脑子已经想到天外。

第二天早上，金葵乘坐火车离开了北京。天黑的时候，她走出了云朗火车站的旅客出口。

这是金葵出走后第一次回到云朗，第一次走进家门。为她开门的是她的母亲，看到站在门外的女儿，母亲当然惊讶万分。

父亲正在客厅里喝酒，桌上还有一些剩菜残羹。好在他还没有完全喝醉，还能用惊诧的目光看着离家多日的女儿，看着女儿在这个意想不到的夜晚突然进门。

一杯热茶进肚，父亲彻底清醒过来。他和女儿谈话的时候，母亲无权插嘴，只能坐在一边观察父女各自的表情。父亲说："一万块钱不是小数，而且咱家现在的情况，你妈这次去也都跟你说了。"金葵说："我知道，我现在好不容易有这个参加比赛的机会，可人家规定必须先交一万押金，比赛结束人家就会还的，到时候我就把钱还给你们。"父亲哼了一下："还给我们？你长这么大了，上学，上班，家里为你花了多少钱？你要还的话，自己先好好算算，你还得了吗？"

母亲乍胆插话："我上次也跟葵儿说了，你从小到大我和你爸光是……"但母亲的话随即被父亲打断："你让她自己说，让她自己算算看！"

金葵俯首低眉："我跟妈说过了，等我挣了钱，等我有了事业，我一定好好孝敬你们，不让你们再那么累了，不让你们再开那个劳神费力还不挣钱的酒楼了。"

母亲对父亲说："对对，葵儿是跟我说了，说她肯定会孝敬的……"

父亲又打断母亲："孝敬是做儿女的本分，你爷爷奶奶在世的时候你也看见了，我怎么孝敬他们。孝敬可不是拿嘴说说就算数的。你都这么大了，看行动吧。家里现在这么难，你回来不会就是要钱来的吧!”

父亲这话当然另有内容，母亲很快心领神会，这个话题由母亲挑明当然更为合适：“葵儿，上次妈跟你说的那个杨峰，你到底考虑的怎么样了？你这次既然回来了，就和人家再接触接触。人家还说请你到他公司参观去呢，多接触接触可以加深了解嘛。”

金葵说：“不行啊，我明天必须赶回去，得赶回去报名呢。”

父亲的面孔不好看了：“上次你妈回来，说你现在和一个男的住在一起，那男的是谁？你们住一起算怎么回事，这不是伤风败俗吗!”

金葵连声解释：“没有，那是我的舞伴，准备和我一起参赛的。”

父亲严肃地说：“你们之间如果没什么其他关系，就不要住在一起。这么住在一个屋里说得清吗？以后你想找对象结婚，谁还要你！你自己新潮不要脸面，你也得为我们做父母的想想，我们可是要脸面的人!”

母亲用缓和的语气继续探问：“你跟那个男孩真的什么都没有吗？葵儿，你可是爸妈的掌上明珠，我们可不能让别人随随便便就把你骗了。”

父亲命令道：“我告诉你，你回去必须搬出来，我过几天就过去检查。要是你还没有搬出来，或者那小子还没有搬走，别怪我不客气！你回去告诉那小子，他好好掂量掂量自己几斤几两，他想碰我的女儿，你问他买得起这个单吗?”

金葵口风密实：“爸，您别乱想了，我现在不想考虑这些事，我就想集中精力参加好比赛，等我有了事业再说。您到底帮不帮我呀？”

父亲沉默了一下，缓和了语调：“我帮你可以，但你必须答应我，先和那个小子把关系断了。跟杨峰的事不管你现在想不想考虑，这次必须见个面，先接触起来再说。不接触怎么互相了解啊，了解才能有感情嘛，有感情了再说以后的事。以后的事是你们自己的事，你们自己决定，家里不强迫你们。”

母亲加柴助火：“葵儿，你这么大了应该听话了，别任性，啊。要是你爸把参加比赛的钱帮你出了，你回去可必须搬出来自己住。明天和杨峰见个面，先把关系明确了，明确了谈朋友也不一定以后就非得谈得成啊，爸妈总不会害你吧。”

金葵没想到这次回家，竟弄成了偷鸡不成反蚀米的形势，她心怀侥幸还想脱身：“明天我真的得回去……”但被父亲坚决拦住。

“见个面，不耽误你回去，明天下午有车，第二天一早能到。”

金葵看看母亲，母亲看看父亲，父亲态度已决。金葵只得含混地点了一下头：“……啊。”

和杨峰见面的地方，约在了云朗最豪华的酒楼。杨峰做东做得非常到位，连金家人去酒楼的车子，都是他专门派过来的。

杨峰这天摆下的这桌酒席，鱼翅鲍鱼全都上了。第一杯酒说是给金葵接风：“金葵好久没回云朗了，这次回来看望父母，说明做女儿的还是孝顺。”说完仰头一口干了，金葵的父兄也都一仰而尽。金葵母亲也使劲喝下半杯。金葵说不会喝，杨峰很宽容，说："能喝多少喝多少，不会喝就抿一口意思意思。"

金葵就抿了一口。

抿过之后，杨峰再次举杯，说："这第二杯酒，是给金葵送行。祝金葵回去参赛旗开得胜，拿个头奖，然后把该料理的事情料理清楚，早点回家陪伴父母，别让父母为你担心。"究竟哪些事情该料理清楚，杨峰没有阐述，金葵也没有追问，互相留着窗户纸，碰了杯含糊过去。

这一杯金葵被父母劝着也喝了一半，喝得杨峰面露笑容。他让秘书拿过一个信封，亲手放到金葵面前，说："咱们认识时间短，我也不知道你都喜欢什么，再过一阵就该换季了，你自己去买件衣服吧。北京什么名牌都有，你喜欢什么就买什么。"

金葵打开信封，看到里面装着一沓现金，连忙推了回去："不要不要……"金葵父亲在一边表态："金葵，杨峰的一片心意，你就先收下吧，以后处朋友对人家好点就行。"金葵怔忡之际，母亲过来，替她将那只信封塞进她的包里。父亲端起酒杯又敬杨峰，把金葵的尴尬引开。

酒过三巡，金葵起身去了趟卫生间，在走廊上看到一个打扫卫生的杂工，一头白发煞是眼熟。她在背后叫了一声："李师傅！"叫得那花白头颅惶然回望，老态龙钟的面容让人吃惊。

"李师傅，是你吗？您不认识我了？"

"你……你不是金……金……"

"李师傅，您怎么在这儿啊，您不开车了？"

"车……车不是没了嘛。"李师傅沧桑满目："你，你不是金葵吗？你不是跟高纯……跟高纯去北京了吗？"

"对呀，我回来看看，今天就回去。高纯挺惦记您的，老跟我说起您来。您爱人的病好点没有啊？"

李师傅一言难尽的："我们家那片快拆迁了，一旦拆了我们还不知道住哪儿去呢。君君她妈现在……现在连药都不敢吃了，就想省出钱来，万一君君考上大学了……"

金葵想起来了，李师傅的女儿君君今年要考大学了，李师傅夫妻后半生的希望，看来都在女儿身上。李师傅的样子让金葵很难过，想起当初同车遇险，就像做梦一般。她从手包里取出刚收的那只信封，从里面取出一半钞票，塞在李师傅手里，说："你先拿着这个，君君学也要上，阿姨病也要治……"李师傅一通推辞，但金葵还是把钱硬塞过去："您以前是高纯的师傅，我就算替高纯给君君垫点学费吧。"李师傅被这份意外之财弄得惊惶万分，还没缓过神来，金葵已经返身走回了包房。

金葵缺席的饭桌上，男人们的话题自然转移到生意场上，这时的杨峰，去了晚辈的口气，换上了老板的行腔。他说你们潮皇大酒楼欠银行的账我可都帮忙清了，但清账的钱是巅峰实业公司的，出钱是公司行为。所以我们公司和你们潮皇大酒楼之间，还是需要有一份垫款协议，明天我们公司财务部的人会把协议文本送给你们看，条款和利息要是没问题的话，你们签个字就可以啦。

金葵父母面面相觑，金葵哥哥也很茫然，他们显然没想到杨峰的这笔垫款是要加息偿还的。但用钱不能白用，欠账必须还钱，也是天经地义自古已然的公论，谁也说不出什么。

杨峰大度地说道：“你们不用担心，帮你们是我分内的事，我很喜欢金葵……啊，很喜欢金葵的舞蹈。将来，我也希望能够继续为你们做些力所能及的事情，不过……”他停顿了一下，看着刚刚走进门来的金葵，笑笑又说：“一切看缘分吧。”

金葵一家彼此相觑，心照不宣。金葵的父亲代表全家，郑重点头表示同意。这一头点的，似乎无关钱款的借贷，而是关乎女儿的终身。

与往常不同的是，这一天的上午，高纯的目标早早地出现在大厦门口，和她一同出来的，还有高纯的雇主陆子强。高纯看到，陆子强没用司机，他亲自驾驶一辆奔驰，载了周欣，出门即拐，匆匆离开。

依照陆子强此前关于“领导在与不在一样工作”的交待，高纯不敢怠慢，紧紧跟上。大奔行走不远，在街边一家照相器材的专卖店停下。透过商店的玻璃门窗高纯看到，他的雇主与他的目标一起在内购物。周欣似乎看中了一款相机，陆子强忙着划卡付钱，然后拎了相机的包装袋，和周欣一起出来。从包装袋上高纯猜测那只数码相机价值不菲，周欣脸上倒也并不喜形于色，与陆子强在奔驰车前匆匆告别，接了相机换乘一辆出租车掉头自去。高纯赶紧挂挡加油，追着出租车闪亮的拐弯灯，打满了自己的方向盘……

出租车通常是开不快的，高纯尾随在后，穿街过市，无惊无险，出租车的目的地渐渐明朗，就是城市公园旁边的独木画坊。

独木画坊像是一家倒闭的小厂，位置闹中取静。高纯闹处泊车，也算大隐于市。时间过得很慢，高纯等在车里，开始困倦。天黑以后画家们才蜂拥出来，周欣和青年画家同乘一辆出租车走在最后，当然他们的后面还有强打精神的高纯。

出租车直接开回了周欣的公寓，在公寓的门口放下周欣，然后载着青年画家继续前行。高纯看了看手表，把车开至暗处，然后拨通了陆子强的手机，报告了这一下午周欣的行迹。也许由于他的报告没暴猛料，陆子强也就听得无精打采，嘱咐高纯没有特殊情况不要总打电话，便把手机匆匆挂断。高纯长出一口闷气，觉出肚子有些饿了，发动车子正要离开，忽然发现周欣重又走出楼门。他疑惑地看她快步走到街边，扬手拦了一辆出租车匆匆离开，这才如梦初醒地追了上去。

高纯这几日跟踪下来，目标的规律基本摸清，每日的行踪大体三点一线—住所—公司—画坊。可今天周欣这么晚了独自出门，迹象有点不太常规。

出租车几乎穿过了整个城市，霓虹的繁华退在身后，朴素的夜色笼罩上来。一个安静的居民小区接壤着城市与乡郊的边缘，很快进入高纯的视野。出租车在小区内悄悄停下，周欣下车，瞻前顾后地观察一番，鬼鬼祟祟走进一个楼门。高纯也下车快步趋前，趁左右无人之际快速拍下了这幢居民楼的楼号和楼门。楼号一侧的墙体上，砌的三个水泥大字——芳华里，显然是这个小区正式的名称。

高纯退回车内静等，车上时钟的指针慢慢走了数圈，目标才姗姗走出楼门。此时夜色已深，周欣步行走出这片小区，在路口拦住了一辆出租汽车，直返住处而去。

那一夜周欣回到住处再没出来。第二天高纯在陆子强的游艇上汇报了昨夜的情况。他感觉陆子强对周欣深夜出门也很奇怪，周欣去的那个地方他显然闻所未闻。

“芳华里小区？那儿离她住的地方不近啊，她到那儿干什么去了？”

高纯摇头：“不知道。”

陆子强又问：“她进的几号楼来着？”

高纯答：“九号楼。”

陆子强再问：“她去九号楼的哪一家你知道吗？”

高纯答：“我没敢跟进去。当时楼里楼外都没什么人了，跟进去非暴露不可。”

陆子强百思不解，于是严令：“如果她以后再去这个地方，你要想办法搞清她去了哪个房间。你要搞清楚她去那个地方，找的到底是谁！”

这命令有点难办，高纯略显迟疑地点头，说了句：“噢。”

又是一天下班的时候，又是陆子强和周欣同车离开。高纯打起车子也打起精神，不敢疏忽地跟在后面。

这天晚上陆子强和周欣在途中一家酒楼共进晚餐。无论是上车下车还是进门出门，高纯观察两人关系，多少有些古怪。陆对周总是亲切有加，而周待陆则始终规矩方圆，尽量不让老板为她拉门，尽量礼让老板先进，以至两人总在门前恭让半天，显得相当生分。

从酒楼出来，陆子强用他的大奔一直将周欣送到公寓门口，两人在车里做了简短交谈，然后周欣下车，挥手告别，陆子强目送她走进楼门，才驾车离开。

高纯藏在暗处，没走。

很快，前一天的情形果然重现，十分钟后周欣又出现在公寓的门口。她环顾左右，走到街头，扬手拦下一辆出租汽车……

不出高纯所料，这一晚周欣的去向，又是那个居民小区。她仍然是在九号楼前停车付账，进楼前仍然瞻前顾后地观察一番。高纯快速下车，快步跟进，进了楼门早已不见周欣的踪影，他看到一部上行的电梯似乎在十二楼停了一下，又继续上行。另一部下行的电梯梯门打开，几个候梯的居民拥进轿厢，互相告诫着今晚停电，注意家里的电脑冰箱。有的居民显然并不知情，连声打问：几点停电？什么时候通知的？知情者七嘴八舌：昨天就贴楼门口了你没看呀。一个男的傻眼似的接话：哟，晚上十一点欧锦赛意大利对丹麦，那不是看不了啦！怎么又停电啊！另一个女的好言解释：咱这楼电路太老，这不是给咱们安排了大修嘛……

居民们议论着，在不同楼层各回各家。高纯在十二楼下梯，楼道里漆黑如墨。他从挎包里拿出手电，探索着察看各家的门牌，窃听着每户房内的动静，一时也拿不准周欣究竟在不在这个楼层，究竟进了哪个房间。

他顺着安全楼梯继续往上走，一户一户倾听察看。十三楼同样黑暗无灯，只凭高纯手上的光柱扫来扫去，才看得清堆满杂物的楼道曲曲折折……他辗转寻到十四楼，迎面一间屋门忽然打开，屋里的灯光豁地洒将出来，两个女人的说话声随即穿透楼道的安静，惊得高纯几乎无处躲闪。

一个粗粗的声音刻意压低了嗓门："你每次这么晚过来，路上可要小心。你生病了一个人行吗？"

一个细细的声音反倒平平静静："哦，没事，这段时间这边没碰上什么麻烦事吧？"

粗声："没有，我也很少出去。"

细声："以后要是有人敲门，就算是推销产品什么的，只要你不认识，一律别让进屋。"

两个女人聊着，没有留神附近，高纯得以侥幸躲开，屏息藏进暗处。他在屋内灯光溢出的刹那，已经认出那细声说话的女人，就是他在寻找的猎物。周欣一边和那位粗声粗气的中年女人小声说话，一边朝他藏身的地方走来，高纯连忙避向安全楼梯，并顺着楼梯向上面的楼层逃去。

他逃到十五楼，又担心周欣下楼失控，因此快步跑到十五楼的电梯间，按了下行的电梯按钮。电梯来了，轿厢没人，高纯直接按了一楼的按钮，电梯刚走了一层就吱嘎一声停住。梯门打开，从十四楼进梯的乘客把高纯吓了一跳，上来的不是别人，正是周欣。

高纯和周欣的近身接触，只有不久前他开车送她去医院的那回。那时周欣的眼球被尿水蜇伤，始终没有睁开双目，所以她对电梯中这位年轻的男子，自然没有任何印象，上梯后目光在高纯脸上不经意地扫过，便仰头注视上方的数字去了。荧光显示的数字慢条斯理地变动着，两人近得呼吸相闻，周欣面目平静如水，而高纯则因遭遇得太过突然，一时竟紧张得面红耳赤。

数字缓缓更替，电梯缓缓下行，轿厢微微摇动。时间已近深夜，再无乘客上梯。轿厢行至七楼，忽然砰地一声，上方的数字显示和整个轿厢的照明一同熄灭，电梯应声停住，四周漆黑一团，天地万籁俱寂，整个世界如同沉入暗箱之中。

数秒之后，周欣在黑暗中发出疑问："怎么回事？"她的疑问虽然未带恐惧，但语气上的平静，似乎掩饰不住内心的焦急。

高纯下意识地反应了一声："停电！"

"那怎么办？"

黑暗中高纯看不见周欣的表情，只听见她开始有节制地敲打梯门："喂！电梯里有人！电梯里还有人哪！"

整个世界，无人应声，漆黑依然。

敲门的声音开始用力，梯门发出咣咣的回响，但没有任何救援的迹象，周欣的呼喊已经有些愤怒。

"嘿……"

啪地一下，高纯的手电亮了，电梯里马上有了生机。周欣的喘息也立即平定了许多，借着手电的光亮，高纯看到周欣脸色苍白，额头布汗，面有病容。他连忙上前按下梯门一侧的呼救按钮，但没用，电梯是停电而非故障，呼救系统没电也一样瘫痪……

"停电了……"

高纯重复了一句，手电的光芒将两个人的脸孔，映得鬼魅一般。

周欣没再说话，她翻出手机，一通拨打，但拨打不通。高纯也掏出手机，同样发现封闭的电梯已将网络讯号完全隔绝。两人对视一眼，也许因为如此狭路相逢，形同盯梢暴露，高纯的眼神不免躲躲藏藏，而周欣的神经则完全关注于困境的本身，好在她的焦急与愤怒，很快换成听天由命的表情，不再敲门叫喊，环顾上下左右，说了句："好热。"

高纯抬腕看表，往常此时，他应该已经回家。往常此时，金葵会在车库的门口等他。

电梯里确实闷热异常，时间越久，温度越高。两个无计可施的男孩女孩，分别厄坐于轿厢的两个角落，身上已被汗水湿透。高纯听到周欣的呼吸越来越重，他再次拧亮手电，手电光柱礼貌地没有直接照脸，但足以看清周欣蜡样的脸色。

"嘿，你不舒服吗?"高纯试探着问了一句。

周欣双目紧闭，冷汗淋漓，没有应声。高纯不知她是中暑还是生病，但能看出她已相当不适。他脱下外衣为她扇风降温，扇了几下又停下观察着她的反应。他轻轻喊着："嘿，你没事吧，你哪儿难受啊?"

周欣呕吐起来，吐出腹中的苦水，高纯帮她清埋擦拭，难免弄脏自己的衣襟。周欣气息微弱，无论高纯问她什么，一律无法答清。高纯站起身来，用力去扒梯门，但梯门紧闭，人力无法开启。高纯全力喊道："来人啊！开门！这里有人不行啦！来人啊！"

只有回音，无有回应。

高纯用手电照向电梯顶部，电梯的天花不高，天花上一块盖板此前已被拆下，大概是方便维修之故。高纯把手电放在地上，疲弱的光柱向上委靡，他顺着光柱奋力一跳，双手扒住了维修天窗，身体随即向上牵引……

这次停电的时间也许比居民们预想得要长，无人记录至此已经停了多少时间，半夜时楼口的电闸咣地响了一声，楼内的灯光哗地亮了起来，电梯也随之发出一声震动，摇晃着向下缓缓运行，行至一层，梯门打开，两个小区物业的保安议论着什么走进轿厢，其中一人首先看到了瘫在地上的周欣，不由吓得惊叫起来。

“哟，怎么还有人呢！”

“怎么回事，她怎么啦？嘿！你怎么了？”

另一个保安也上来察看，看到周欣仰着毫无血色的面孔，呼吸急促不安。保安们正要蹲下施救，电梯的顶部忽然荡下两只脚来，吓的二人几乎魂飞魄散……

“哎哟，有人！”

高纯的整个身体露了出来，重重地摔落在轿厢的地面。

天亮了，周欣还躺在芳华里小区附近的一家医院里沉睡未醒，手上输的药液不知已换了几瓶。一个医生让一直陪伴在旁的高纯走到治疗室外，简短介绍了周欣的病因病情。

“不要紧了，她是血糖太低，供血不足，本来已经感冒发烧，所以疲劳过度，体液补充不上，有昏迷症状也是正常的，醒了就不要紧了，把这瓶药再输完估计就没事了。”

上午不到十点，太阳又毒热起来，高纯带周欣离开医院。周欣的气息尽管仍然虚弱，但已经可以清楚无误地指点路径，指引高纯把车开到她的住处。她当然不知道她住的这座公寓大楼，高纯其实每天光顾。

在公寓楼的门口，周欣下了汽车，下车前把对高纯的感激，表达得非常由衷，她还要了高纯的手机号码，表示康复后一定和他联系。两人互道再见，高纯隔窗又嘱咐一句：哎，你这几天多吃点好的吧，医生说你血糖太低。周欣对高纯感激地笑了一下，这是高纯第一次看到周欣的脸上，竟有如此优雅的笑容。

周欣下车走进楼门，高纯拨了陆子强的电话号码。电话拨通后陆子强没容他开口汇报，即先质责在先："昨天我打你手机你上哪儿去了，怎么老不在服务区啊？"

高纯结巴一下，仓促中没有说出他与周欣受困相识的情形："呃……昨天没上哪儿去啊。一直在跟她呀。她昨天不舒服上医院了，早上刚刚回家，我现在就在她家楼下呢。"

陆子强不无恼火，说："芳华里小区那边你查清了没有？"

高纯说："我马上查，我估计她今天不会出去了，我今天就去查。"

陆子强说："你尽快查吧，查清是什么人住在那儿！"

高纯说："知道了。"

陆子强把电话挂断了，挂得有几分粗暴。高纯不免有些闷闷不乐，他收了手机，启动车了，向芳华里小区的方向开去。

白天的芳华里小区，看上去老人居多，和晚间一样安静有余，活力不足。高纯再次进入昨夜厄于此的那个楼门，乘梯直达十四楼。在十四楼他记下了周欣造访的那户门号，又侧耳倾听门内动静，听了片刻忽然受惊般逃开，闪进一侧的垃圾通道。果然，那户门叮咣响了一下，走出一位中年女人，拎着个提兜走向电梯，按了电梯下楼去了。高纯这才从拐角出来。他犹豫了一下，走到那户门前，举手敲门。

咣咣咣……

屋里好像没人。

他又敲了一遍，敲得战战兢兢，还是没有任何反响。他连忙叫梯下楼，中年女人的背影还在视野之内。高纯远远跟着那女人进了一家菜市场，在那女人挑菜时拍下她的照片，然后，又踱到一侧的书摊上买了一本时尚杂志，又跟在那满载而归的女人后面，走回小区。

中年妇女目不旁顾，径直进楼。高纯稍后跟进，乘梯上去。再次敲响了那户房门。

门打开了，开门的还是那位中年女人，挤着门缝，目光警觉，问他："你找谁呀？"

"啊，我是时尚杂志社的，"高纯说："我们主任让我把这期的杂志给您儿子送来。"

中年妇女并不上钩："我儿子，你搞错了吧？我没儿子。"

高纯抬头做状地去看门牌号码："没错呀，这儿不是芳华里九号楼1406房吗？没错啊。"

中年妇女坚决摇头："找错了，没这人。"

中年妇女就要关门，高纯挡住："哎，你儿子不住这儿吗？那可能是你先生吧，对不起可能是我说错了。”

中年女人还是把门关上了：“没这人，你找错了。”

高纯冲着紧闭的房门喘了口气，转身下楼。

楼外，有几个老人闲坐聊天，高纯上前打问：“老师傅对不起我问一下，楼上1406房那家儿子平时回来吗？”

老人们怔了一下，一个说：“1406，你找谁呀？”

另两个老人互相问道：“说谁呀，1406？王桂珍家呀。王桂珍哪有儿子……”

最先答话的老人再次说：“这家没儿没女，你找错人了吧？”

高纯说：“没有啊，要不就是她先生，不是王桂珍吗，没错啊。”

老人问：“你找哪个王桂珍，是印染厂的王桂珍吗？”

高纯顺坡赶驴，说：“是啊。”

“王桂珍哪儿有儿子女儿啊，”老人问：“你是哪儿的呀？”

高纯说：“那她先生平时在家吗？”

老人还是问：“你是哪儿的呀？”

高纯说：“我是时尚杂志社的，我们社让我送杂志来，就找1406房的，但肯定是个男的，要不就是她先生？”

老人们早就看到高纯手里拿着的杂志，高纯的模样也不像坏人，于是七嘴八舌地说：“王桂珍爱人早去世了，你肯定找错人了。”

高纯不死心：“那到印染厂去问问能问清吗？印染厂在哪儿啊？”

老人们笑道：“印染厂早关了，人都下岗了你找谁去。”

高纯不知道还能问啥了。

傍晚，还是在那个僻静的小街，还是在那辆奔驰轿车的前座，高纯给陆子强看了数码相机中的照片。显然，陆子强对高纯拍下的那位中年妇女，看上去并不面熟。

“她去找这个下岗工人干什么？”

陆子强对高纯的调查结果感到奇怪，高纯也只能一通胡猜：“那个王桂珍是不是她的亲戚？”

陆子强说：“她说过她在北京没有亲戚。”

高纯没话了，没有再做其他推测。

陆子强也推测不来，只能命令高纯：“你继续盯！”

高纯支吾了一下，说：“我手上……没钱了。”

陆子强不满地问道：“你钱呢？怎么这么快就花没了？”

高纯说：“当时租这车的押金就交了一万……”

陆子强皱着眉，从身上掏出钱包，点了两千块钱，交给了高纯。

“盯紧点。”他说。

高纯点了下头：“啊。”

离开陆子强后，高纯直接去了百货商场。还是那个箱包柜台，他买下了金葵喜欢的那只手包。然后，他把金葵约了出来，约到了一家挺讲究的餐厅。餐厅里人不多，金葵一坐下来便大声发问：“嘿，你刚抢完银行啊，怎么想起到这儿来吃？”然后又环顾四周，放小声音：“这儿挺贵的吧？”

高纯未即答言，他把装了那只女式手包的提袋放在金葵面前，说了句："生日快乐。"

对他们这种客居他乡的"北漂"来说，这是过分奢华的一顿生日晚餐。但在他们酒足饭饱从餐厅出来，上了停在路边的汽车之后，"寿星"的脸上不仅没有一丝笑容，反而显得满腹心事，愁肠百结。

高纯问："怎么啦？过生日再不高高兴兴的，小心一年都没好心情。"

金葵叹了口气，叹得老气横秋："你说，以后咱们还跳舞吗？"

高纯说："跳啊，你到底想起什么来了？问这个干吗？"

金葵说："你整天这么开车跟在人家屁股后面，我整天给那些富婆富妞把杆儿，咱们离舞蹈真的越来越远了。"

高纯反驳："怎么远了，咱们这不是为了攒钱考舞院吗？再说咱们不是天天早上都在练吗？"

金葵抱怨："考舞院的钱什么时候能攒够啊，你一有点钱就买东西，什么时候才能攒够啊……"

高纯气短："今天不是你过生日嘛，而且这个包我早答应过你的。你放心，我都算过，考舞院连准备带食宿带各种费用，大概一万块足够了。一年的学费和食宿费大概两万多。等我替陆老板干完这份差事，得个三万块钱还是有可能的。等钱一到手，你就先去考。你条件比我好，你先去考，我继续开出租车再干点别的，或者回劲舞团去上班，供你以后几年的学费，应该供得上的。"

"那你呢，你真不考了？"

"等过一两年钱多点了，或者你学得差不多了，我再考。我早想过了，按现在的情况，咱们两个人同时考，不现实啊。”

金葵眼里含了眼泪，她转过身来拥抱了高纯。她不知道高纯一旦得到这笔学资她会不会独自去考，她只知道此一时刻，她爱死了这个男孩。

第六章

惊

周欣病在了公寓，高纯就可以歇班。他陪金葵回到车库，路上还想着这个生日之夜，该怎么浪漫一番。谁料在车库门外，他们意外地看到了早已等在这里的李师傅一家，从堆在门口的行李上可以看出，他们绝非串门或旅游来了。高纯马上意识到李师傅家里一定出了事情，若非万般无奈，不可能如此大箱小包地背井离乡，举家来投！

这天晚上，李师傅一家就被安顿在车库，金葵把隔墙一边高纯住的地方让了出来，铺上了李师傅一家三口的铺盖。李师傅的妻子把女儿叫到金葵面前，让她快点谢谢金葵姐姐，说上次金葵姐姐拿了那么多钱给你以后上学用！君君和金葵年龄所差不是很大，很快就有同辈的亲切，趁母亲转身咳嗽的片刻，悄悄与金葵耳语：其实我一点也不想考大学，我想去考电影学院。金葵笑道：电影学院也是大学呀，也要考的。君君说：那就容易多了吧。你们要考舞蹈学院肯定也是不想上文化课吧？文化课特烦！

隔墙的另一边，李师傅将高纯送给金葵的生日礼物拿在灯下把看，那只小包上的价签让他惊讶万分。哟，这么小的包就要一千二啊，看来你们真是发财了？高纯一时解释不清，又听到隔墙这边，李师傅的妻子千恩万谢之后，忽然哭起来了：我这病我知道，就算治得好，那又得花多少钱呀。我们那房子拆迁了，听说后年回迁回去还要再交些钱呢。今年我们君君就考大学了，我们要是不把钱给她凑出来，这要是考上了再没钱上，君君那得恨我们一辈子啊。

君君说："金葵姐你干脆帮我找个固定的工作吧，我妈有这病，我爸又丢了工作，我都不想考了，没钱考上了又有什么用啊。"

李师傅走到隔墙这边，对女儿正色道："你好好准备，家里有没有钱是我的责任，你考上考不上可是你的责任。你必须给我考下来，你爸爸出去卖血，也要供你把大学上了！"

高纯也过来了，笑道："君君你爸你妈就指望你了。"

君君回嘴："你老说我，你不是也没考大学吗？现在不是也挺好的吗？"

高纯自甘下风地说："我？我爸我妈不指着我，要指着我，我肯定得考上啊。"

君君冲父母撇撇嘴："我看出来了，没爸没妈也不错，活得多自由啊，至少没那么大压力了。还是你好。"

高纯接不上话，金葵脸上想笑一下的，却没笑出来。

李师傅倒不气，说："人家高纯，千里万里跑到北京来找他父亲！没爹没妈是啥滋味，你问问高纯！"

大家聊得很晚，才以隔墙为界，各自去睡。这是高纯与金葵第一次枕席相接，黑暗中不再授受不亲。他们互相拥抱和亲吻着对方，碍于"隔墙有耳"，每一个动作都必须轻举慢动，爱意因此反倒更加缠绵……春宵苦短，天刚放亮，高纯不得不离开怀里的女孩，起身匆匆上路。如往常一样，他把车子停在了周欣公寓的门外，耐心地等着目标出来。

这一天李师傅也早早起身，到劳务市场找工作去了。

金葵带着小君去了附近的商店，为李师傅一家的“落户”，购买日用物品。好在车库很大，李师傅一家的入住，并不使这里显得拥挤。只是金葵和高纯不能早晚练舞练功了，音乐太吵，动静太大，李师傅有卧床的病妻，有备考的女儿，再练很不方便。

一周之后，金葵的母亲再次来了北京，她乘出租车来到金葵的住处，看到了在车库门外晾晒被铺的李师傅，不免神色疑惑。进了车库她又见到了坐在小板凳上做作业的女孩君君，和床上一个满面病容的女人。她看他们，他们也看她，都把对方当作不速而来的外人，最后，她在屋子的另一个角落，见到了女儿。

女儿有点吃惊：“妈，你怎么来了？”

母亲还是专为金葵的婚事而来。

车库里有外人住宿，有话不便细说。金葵陪着母亲走出了车库，母女二人谈得并不投机，看到高纯还未搬走，母亲显得很不满意。

金葵说：“妈，你不是都看见了吗，我们这么多人住在一起，我跟高纯能有什么事啊。”

看来母亲专程到此，目的倒也不在高纯。她的话锋转开，直奔此行的主题：“你爸这次让我过来，就为问你一句话，和杨峰的事，你到底同不同意。”

金葵说：“我不是早就说了吗，我这一阵要集中精力准备比赛，其他事我一概不想考虑。”

母亲说：“葵儿，你就别跟妈兜圈子了，你就跟妈说句实话吧，和杨峰这事你到底有心没心。”

金葵沉默半晌，答得十分郑重：“妈，我有爱的人了。”

母亲虽然早有预料，但女儿这个宣告，还是让她脸色一沉。

在金葵的母亲回到云朗的当天，杨峰手下的那位助理来到了金葵家的潮皇大酒楼，开始和金葵的父兄商谈还款问题。这位姓林的助理年纪与杨峰相仿，口气却比他的老板还要盛气凌人。

“我们公司杨总虽然不在乎一笔两笔的欠债，但给你们垫的这笔款怎么着也是一笔大数，所以咱们双方还是应该有个还款协议为好，不过我们财务部坚持要求我们在这份借款协议之外，还要再和你们签一份担保协议，你们得找一家银行或者公司实体，为你们这笔借款提供无条件的还款担保，一旦你们潮皇大酒楼不能偿还这笔借款，将由担保人替你们偿还。”

金鹏急赤白脸：“银行要是愿意为我们担保还钱，当初我们也不会来求你们了。现在哪还有什么公司实体愿意给别人担这份风险，你让我们到哪儿找担保去！”

林助理淡淡一笑：“没担保也没关系，那就由你们潮皇大酒楼自保吧。你们可以跟我们公司签订一份抵押合同，以酒楼的全部资产作为抵押，一旦你们还不上钱，我们公司将有权处置被抵押的资产……”

“这不行！”一直沉默的金葵父亲断然拒绝，“我不能把我这个酒楼抵出去，我拿我这条命抵，行了吧！还不上钱你让杨峰把我的命拿去！”

金葵的母亲一直站在门边旁听，看到丈夫额头青筋跳起，金鹏也是一脸怨毒，连忙上前圆场：“咳，光顾说话了，都十二点多了，赶快请客人到前边吃午饭吧……”但杨峰的助理嘴角挂着若有若无的微笑，若无其事地站起身来。

“不吃了，给你们省一点是一点吧。担保不签也可以，那你们就抓紧还钱吧。”

杨峰的助理没吃午饭，走了。酒楼的经理把他送出酒楼大门时，酒楼的一层大厅正同时摆着两场婚宴，鞭炮声奏乐声此起彼伏。但新人的喜气并未把酒楼二层经理室的晦气驱散，金葵的父母和哥哥还在一筹莫展地商量对策，对策商量到最后，还是集中到金葵的身上。

金葵的母亲几次进京，已经有了切身感受，她对丈夫说道：“我看葵儿跟那跳舞的男孩感情已经很深了，要想把葵儿拉回来，一两句话恐怕说了也没啥用处。”

金鹏恨铁不成钢地说道：“我们在这里没天没夜地拼命挣钱，她却在北京眉开眼笑的谈情说爱，她还是不是金家的人了。现在家里有难了，她凭什么不管不顾啊！我这就到北京去！爸，金葵和杨峰这事，就得您做主，您得跟金葵下死命令！”

做母亲的倒还习惯地向着女儿说话：“这可不是下命令的事呀，再说她现在自己能挣钱养活自己了，你下死命令她死不干，你又能把她怎么样啊！”

金葵父亲沉吟片刻，摇了摇头，说：“这一两个月是餐饮旺季，差不多每周都有几场婚宴，咱们潮皇大酒楼把婚宴的名气做响了，也是一条生财之道。你告诉小陈，让他多拉这块生意，多派人出去搞搞促销，给婚庆公司的人塞点红包。只要咱们的收入上去了，先把杨峰那笔垫款的利息还上，后面的事情再想主意。”

金鹏说：“还上利息，那本钱怎么办呀？本钱还不上他还是要逼咱们签抵押合同。这抵押合同一签，他随时都能处置咱们。”

金葵父亲说：“抵押合同咱们先顶着不签，杨峰要的是金葵，不到最后绝望他不会跟咱家翻脸。只要这几个月咱们的婚宴一直这么红火，就不愁找不到买家合伙入股。现在好多老板的钱都闲着呢，看见能挣钱的好项目，肯定有人投。所以关键是生意。”

金葵母亲这才插上嘴来：“那，金葵那边，怎么办呀？”

当天傍晚，华灯初上的时辰。金葵的哥哥独自走进云朗市中心的一家饭店，等在大堂的正是白天为还款事几乎翻脸的那位林助理，但走进二楼餐厅的包间金鹏才知道，备酌做东的，竟是杨峰本人。尽管白天的龃龉余怒未散，但杨峰的礼贤之酒，还是让金鹏觉得自己很大面子。

然而酒过三巡，杨峰和他的助理都听出来了，金鹏在谈到他那位同父异母的妹妹时，口气已不似先前那样大包大揽。他把责任推给了父亲，并且酒后真言，对父亲的一再犹豫手软，也多有抱怨。杨峰的助理不禁提醒金鹏，潮皇大酒楼的情况已容不得你们再犹豫下去了，你父亲应该明白，天下没有白吃的午餐！林助理的口吻强硬，金鹏听不顺耳，为撑一时脸面，竟把中午商定的对策，就着酒菜和盘托出：最近我们婚宴的生意很火，好多人都觉得潮皇那地方特别吉利，新人多喜气多，所以我们偿还每期的利息，应该不成问题。等我们把婚宴的名气再做大一点，吸引一些有闲钱的老板参资入股，把欠你们的本钱还上也应该不难！

杨峰和他的助理对视一眼，对金家的如意算盘未做评判，但他冲金鹏意味深长地笑笑，漫不经心地问了一句：“潮皇那地方，真有那么吉利？”

晚饭的时间早过，周欣才从东方大厦出来，上了街边的一辆出租汽车。高纯跟着她来到一家露天茶座，他看到并拍下了她与那个青年画家约会的场面。他看到他们谈了一阵，很快发生争执，青年画家冲周欣吼了几句起身便走，周欣一人留在座位上，样子有几分难堪。

这天周欣很晚才回到住处，进楼之后没再出来。高纯把中午那块吃剩的面包权充了晚餐，结束任务时已饿得眼花缭乱。

这一天的晚上李师傅的妻子吃的也是面包，吃到一半不知怎么呕吐起来，女儿君君喊来父亲，父女二人一通清洁，金葵正巧下班回来，帮忙一起将李师傅的妻子送到附近的一家街道诊所。李师傅到北京后带老婆来这里看过病的，医生早知道他们状况拮据，只是出于救死扶伤的义务才把输液的针管插在了病人的手上。医生对李师傅说：这一瓶药我先给你们输上，是不是接着输你们家里人赶快商量。李师傅面带难色地问：还要输几瓶啊？医生答：今天晚上起码得输两瓶吧，最好连输三天。李师傅接不上下句，金葵站了出来：就输三天吧。我们付钱！

当天晚上金葵去了商场，退掉了高纯送给她的生日礼物。那只精美的女包价值一千二百元整，一千二百元对于李师傅妻子的病状来说，足以缓解燃眉之急。

李师傅妻子的病况在连续三天输液过后，果然大大好转。三天后的一个中午，金葵带着君君去了一家餐厅上班。那家餐厅闹中取静，老板是个女的，也是观湖形体训练班的一个学员，练了三个月依然形体臃肿，也不知练以前该是什么分量。这女老板很给金葵面子，同意君君当天上班，工资开到八百，还管两顿正餐。八百块钱对李师傅一家当前的现状，几乎可算雪中送炭！

一连两天下雨，周欣哪儿都没去，高纯任务简单，反倒百无聊赖。第三天雨过天晴，周欣午后即出，高纯扔了干啃了一半的方便面，随着太阳姗姗的去向，一路向西尾随。

午后的京西，雾霭深沉，百望山公园山势雄浑，林莽含烟。周欣负云登顶，居高临下，天地之美尽收眼底。山下，能看到公园门前停了些大车小车，能看到如织的游人和旅行团的小旗。高纯的车子，也就停在门前的停车场里。他透过车前的风挡玻璃，盯着公园的大门。

太阳终于沉到山后去了，百望山变成了一个巨大的阴影。高纯看到，周欣出现在公园门口，一边拨着电话，一边向等在路边的出租车走来。这时高纯的手机忽然响了，他接起电话，电话正是周欣打过来的。

“高纯吗，我是周欣。你还记得我是谁吗？”

高纯吓了一跳：“啊……啊，当然记得，你身体没事了吧？”

周欣说："没事了，上次真是谢谢你啊。你现在在哪儿，今天有空吗？"

周欣这时已经走到高纯的车前，高纯连忙将身体缩到方向盘下，声音也被手捂得小了许多："啊，我，我没事，我在外面呢，你有事吗？"

周欣从车窗的一侧走过去了，很惊险地没有看到车内的高纯，"我想请你吃顿饭你今天有空吗？啊，没有什么特别的事，只是想表示一下感谢……你有空吗？"

高纯微微探起头来，把一双眼睛露出窗沿，他看到周欣已经走到路边的一辆出租车前，拉开车门上去，他才敢坐直了自己的上身。

"啊，你是说今天吗？"

周欣约会高纯的地方，是一家气氛别致的餐厅。餐厅的规模不大，却是白领和小资趋之若鹜的那类去处。这顿晚餐的主题本来只是聊表谢意，但餐厅里昏暗的灯光和餐桌上浪漫的蜡烛，竟在隔席而坐的这对男女之间，弄出了几分幽会的味道。这种味道恰巧被刚刚到这里打工不久的君君嗅到，君君坐在一台收银机前学着收账，隔了长长的吧台，远处角落里高纯和周欣的哝哝低语，把君君看得一愣一愣的。

面对一杯饭后的冰饮，高纯和周欣讲述了各自的身世。高纯相信周欣的讲述发自内心，但他自己的讲述则必须真伪两兼。

他说："我从小就喜欢跳舞，但现在我的理想差不多已经破灭了，我只能找一份糊口的工作。"

周欣笑问："就是为老板开车？"

说完了真话，便是谎言，高纯撒谎，毕竟有点结巴："我，我不会别的，幸亏……学过开车。"

周欣把高纯的语迟当作了伤感，于是安慰他说："开车也不错啊，你看老板不在的时候，你多自由啊。"

高纯也就笑笑："你更自由啊，你可以从事你喜爱的艺术，至少你喜欢画画，就可以画画。"

周欣也笑："我们一帮画画的办了一个画坊，中国好多画家的画其实相当好，只是缺少推广的渠道和宣传的平台，所以我们还想到国外去办画展，把中国的画和中国的画家介绍到全世界去，这都需要钱。"

高纯问："光靠当秘书的这份工资，能凑齐你们办画展的资金吗？"

周欣沉默片刻，似乎实话实说："其实，我去那家公司当秘书，不是为了挣钱。"

高纯问："那为什么？"

周欣说："是我妈妈叫我去的，是为了完成她的心愿。"

高纯问："你妈妈……为什么希望你去做公司的秘书，你妈妈是做什么的？"

周欣说："她是做会计的，一个普通的会计。"

见周欣表情严肃，高纯试图让她恢复轻松，他笑着说道："你妈在公司里做会计呀？听说那可是最挣钱的工作！"

但周欣并不笑，她说："我妈妈只是个记记账的小会计。现在她连记账也记不了了，她病了，她回家养病去了。”

高纯也只得严肃下来，问：“你出来工作挣钱，就是为了治你妈妈的病吗？你爸爸呢，在家照顾你妈妈？”

周欣说：“我爸爸早不在了。”

高纯愕然。

“我跟你正好相反，我爸爸得了重病，我妈妈不在了。”

双方都沉默下来，互相体会着人生百味。少顷，周欣举杯：“干一杯吧，让我们同命相怜吧。”

他们彼此倾诉，彼此安慰，谁也没料到餐厅收银台里还有一双幼稚的眼睛，始终盯着他们。

饭后，高纯开车送周欣回到公寓。下车前，周欣对高纯说道：“我想求你再帮我一个忙，你愿意吗？”

高纯问：“什么忙？”

周欣沉默一下，似乎字斟句酌，她说：“我想请你……当我的男朋友，你愿意吗？”

高纯吓了一跳，不知自己是否听清。

从周欣的住处赶到观湖俱乐部，时间已经很晚，金葵在俱乐部的后门，已经等得很不耐烦了。高纯解释今天目标回家太迟，自己又刚去吃了一份盒饭。

两人边说边走进俱乐部内，穿过一条暗暗的内部通道，分别走进男女更衣间。几分钟后，两人出现在空荡荡的练功厅里，金葵把一盘磁带放进练功厅的音响带卡里，“冰火之恋”的旋律在夜深人静之时，显得格外动人。他们没有开灯，窗外的月光如水银泻地，他们在朦胧的水银上舞起衣裙。音乐的音量不大，月光也宁静无言，他们的舞蹈并不惊天动地，但却轮回着欢乐与痛苦，凄凉与甜美……

街上的夜晚则是金黄色的。

街上没人了，高纯和金葵才开车回家。路上，他们不知怎么谈起了周欣。

周欣的身世，让高纯对她不顾艺术家的斯文去当一个私营老板的秘书，有了宽容的理解，而金葵不知是否出于女人本能的嫉妒，对高纯为周欣所做的解释嗤之以鼻，她坚信一个人的选择如果正大光明，也就用不着为自己再找那么多借口，什么母亲的心愿之类，牵强得有点风马牛不相及。而高纯觉得生活中的每个人都有自己面临的困难，就算是为挣钱也没什么不好呀，周欣除了要给她妈妈治病，她和一帮穷画家还办了个工作室，搞艺术没钱也是不行的。

金葵说话越发尖刻起来："反正我是不会为了艺术这么挣钱的，她妈妈要是个正直的人，也不会希望自己的女儿用这种办法挣钱给她治病。除非周欣真爱那个陆老板，那就是另一回事了。"

高纯讶然："周欣……真爱那个陆老板？"

金葵歪头，奇怪地问："怎么，你不希望她真爱那个陆老板吗？"

高纯连忙摇头："啊？没有，真爱当然好啊，爱情万岁嘛。"

高纯显得言不由衷，金葵心中悻悻，当然悻悻得也无据无凭。

第二天，高纯与往常一样，早早开车走了。金葵也趁早起床，凑热闹与君君一起在门外的水池洗漱。君君看着高纯开走车子，悄声对金葵检举揭发：“金葵姐，昨天我看见高纯哥了。”

金葵问：“在哪儿看见的?”

君君说：“在我们餐厅呀。”

金葵问：“在你们餐厅，什么时候呀?”

君君说：“昨天晚上呀。他带一个女的，在我们那吃饭，我在吧台里边没法过去跟他说话。我们餐厅有规定，不让职工跟熟人聊天。”

金葵脸上有些沉不住了：“他带一个女的？那女的……什么样啊?”

君君回忆：“嗯，比你稍矮一点，梳短头发，挺好看的，穿的挺讲究的，一看就是个白领。是不是高纯哥单位里的同事呀?”

金葵愣了半天，连她自己都没有发觉，当她再次开口，声音竟变得气愤难耐：“昨天几点?”

还不到午饭时间，周欣就出现在东方大厦的门口，她和另一位女子一起上了公司的一辆汽车。高纯正要跟上，陆子强忽然一个电话命他留下，并且让他下车上来。

这是陆子强第一次叫高纯走进自己的公司，一个公司的工作人员把高纯从公司门口带了进去，一直带进了陆子强的办公室里。工作人员退去之后，陆子强让高纯汇报了周欣这两天的表现。

“这两天没什么表现，她每天过来上班，不上班的时候就去那个画坊和那帮画家在一起，还去公园画过风景。”

“她带人去过她的住处吗？”

“没有，前天她搬一幅画回去，还是让我……”

陆子强没听清：“让谁？”

高纯自知语失，连忙遮掩：“啊，还是让我上次跟您说过的那个男的搬的，那男的也是他们一伙的画家，把画帮她搬上去马上就走了。”

陆子强看定高纯：“她昨天晚上在哪儿吃的饭？”

高纯吓了一跳，惊慌不知何以作答：“昨天晚上……”

陆子强尖锐的目光，让高纯几乎以为昨晚与周欣共进晚餐的事“东窗事发”了，他的气息变得短促起来：“昨天晚上，昨天晚上……她和画坊的一个画家吃的，在光华路那边有个餐厅。”

“又是那个年轻的画家？”

“不是，是个年纪大一点，咳，可丑呢，脏兮兮的。”

陆子强似乎放心了一些，最后嘱咐说：“好，你就这么继续跟，要是发现她去了什么可疑的地方，和什么陌生的人接触了，你随时打我手机。”

高纯也松下气来：“好的。”

陆子强表示见面可以结束了：“那你走吧。”又说：“哎，以后我不叫你，你自己不要到公司里来。”

高纯应声点头，退出了陆子强的房间，他顺着来时的通道，向公司的出口走去。他看到这家公司的每间办公室里都有人忙碌，走廊上的人也个个目不暇顾。在拐弯处他接到了一个手机来电，竟然又是周欣的声音，他连忙压了嗓子加快几步，迅速走到楼道的尽头。

周欣不知在哪儿打过来的，她问高纯在干什么，是否有空，是否愿意到他们的画坊来。她建议高纯多少接受一点现代艺术的启蒙，而他们的画坊正可以承担这类功能。

高纯答应着周欣，匆匆挂断电话。楼道的尽头，就是公司的出口，公司的出口，就对着下楼的电梯。高纯在按下电梯按钮后无意回首，目光似乎被眼前的一片金色蓦然胶住，那片金色就是挂在公司入口的那块招牌，那招牌就镶嵌于楼层白色的墙面，招牌上中英对照的两个大字格外醒目，让高纯看得不眨一眼。

——百科！

两个大字的下面，是一行小字，与大字的张扬隆重相比，那行小字显得镌刻细致，笔触精纤。

——百科投资有限公司。

越是在小城市里，婚丧嫁娶的阵势越是吓人。

在档次并不很高的潮皇大酒楼举办婚宴，照理绝非显赫一族，但不仅新人的座驾披红挂彩，亲朋好友的车队也好不威风。门前鞭炮此起彼伏，堂上宾客拱手相庆。喧闹的音乐中新娘新郎由伴娘伴郎陪着款款走下宽大的楼梯，主持人略带诙谐的语调抑扬顿挫，烘炒着现场的热度。

酒楼内的这场婚礼正式开锣，酒楼门外忽然停下两辆大型客车，一群素衣男女鱼贯而下，个个仪表肃穆面目阴沉。打头的几个披麻戴孝，随后的一群高举丧幡，他们前拥后攘，漫上台阶。酒楼的门僮和领位小姐拦之不及，这群丧头丧脸的人等已经拥入大厅。

一楼大厅的婚礼渐入佳境，台上新人对饮交杯，台下亲友其乐融融，主持人添油加醋地哄抬气氛，只有新娘酒至半樽斜眼看到大厅入口丧幡摇曳，以为白日撞鬼，不由唬得酒杯失手，面色如纸。

同样惶然失色的还有酒楼的经理，他冲上去试图阻止这一大片丧服丧幡的继续进入，但他和身边的几个服务生显然势单力薄，办丧事的人已经自行散开坐满空桌。一个中年男人上来大声命令经理拿菜单来，说他们一共要六桌，三百一桌包括酒水。经理拧着眉毛与那中年人低声交涉，但显然来不及了，婚礼这边已经一片哗然。

经理拉着中年人的胳膊，语无伦次："不行，你们赶快……对不起对不起，这个厅有人包场了，你们上二楼吧，二楼有座……"

中年人吹须瞪眼："这不是也有座吗，我们又不是不给你钱！"

经理说："这厅客人在办喜事呢，你们帮帮忙到楼上坐吧，我带你们去！"

中年人索性大吵大闹："哎！你们酒楼怎么回事，光接红宴不接白宴呀，有这么做生意的吗！"

中年人的高腔大嗓，大有搅局之意。几个女人还在高一声低一声地哭丧着死者的名字，不哭的人也七嘴八舌大声"劝慰"：人死不复生啊，节哀吧阿姨，您自己身体要紧呀……诸如此类。这边婚礼公司的工作人员和新人的亲友也冲上来拉住酒楼经理愤慨理论：怎么回事呀，你们潮皇大酒楼怎么婚丧不分呀，今天我们办喜事你们怎么还接丧宴呀，你们酒楼有没有公德，有你们这么唯利是图的吗？你们太缺德啦，缺八辈子德啦……不依不饶。

婚礼的司仪和新娘新郎一样愣在台上，直到新娘哭着跑上楼梯，司仪才想起该说点什么挽救局面：“啊，今天我们的婚礼有一些小小的意外，不过我相信我们的新人新气，一定会把所有意外全都逼退！”可惜他的话音未落，新郎也跑了，一路喊着新娘的名字，追上了楼梯。

台下大乱，新人的亲友几乎都站了起来，有的追上楼梯去安慰新人，有的冲向酒楼经理怒加质问，有的则动手驱赶那群搅局的不速之客，还有的站在原地举措茫然……婚宴和丧宴的两拨人大打出手。整个酒楼大厅顷刻被砸得狼藉不堪。金葵的母亲闻声从楼上下来，楼下的场面让她双脚瘫软，金葵的父亲和哥哥这时开车从外面回来，下车听到动静不对，进门才发现局面已经不可收拾……

和云朗潮皇大酒楼的喧嚣恰恰相反，此时北京的独木画坊安静异常。高纯陪着周欣走进画坊，开阔的画坊空无一人。高纯跟着周欣从一幅幅画作和雕塑的成品半成品前面走过，在从未身临其境的艺术氛围里他的目光无不新奇。直到周欣从库房里搬出一幅油画，才连忙上前帮她搬上门外的汽车。车子起步之后他才问起去向，他没想到周欣居然说要到观湖俱乐部去。

“观湖……俱乐部？”

周欣当然不明白高纯为何对观湖俱乐部如此敏感，方向转得迟迟疑疑。这个时辰俱乐部的客人寥寥无几，更衣室里显得空空荡荡，周欣打开自己闲置已久的柜子，从中取出存放在这里的衣服软鞋毛巾浴液。她离开时将柜子的钥匙留在了柜门上，示意她再也不会重返此地。

她当然没有留意，自她进入俱乐部后，等在车里的高纯就一直如坐针毡，直到周欣回到车上，直到车子开上马路，高纯悬跳的心才将将沉稳。其实侥幸并未眷顾，命运难逃巧合，此前他瞻前顾后帮周欣拉开车门的样子，恰恰被提前上班的金葵尽收眼底。

每日此时，金葵总是先于她的学员，提早来到俱乐部进行课前准备。于是她在俱乐部的门外，就意外地看到了高纯的汽车，意外地看到了周欣，看到了周欣冲为她开门的高纯笑着说了句什么，表情亲热得相当可疑。

她看到两人驱车匆匆离去，立即拨打了高纯的手机，手机空响，无人接听。整个下午金葵神不守舍，学员做着动作，她念着口令，总是念着念着就停下来了。学员们都奇怪地看她，不知老师今天出了什么问题。课间休息时金葵再次拨打了高纯的电话，这回高纯接了，金葵的恼火可想而知。

“高纯，你现在在哪儿？”

此时的高纯正在周欣的小公寓里，搭手帮助主人整理画室。金葵电话中的质疑和不快他当然听得出来，但碍于周欣在侧，他只能撒谎搪塞一时。

“我在工作呢，呆会儿再跟你聊啊……什么？我一个人呀，当然是一个人呀，刚才？我一直一个人啊。我呆会儿再跟你聊吧，啊。”

高纯话音未落，金葵已把电话愤怒地挂断。一挂上电话金葵的眼泪就掉下来了，学员们陆续走进练功房，有人问她：“教练，开始吗？”她连忙背身擦脸，说：“啊……开始。”

高纯接完电话马上神色有变，周欣也隐隐感觉到了。她问：“你是不是有事呀，我没耽误你的事吧？”

高纯收了电话，仓促应答：“啊，没有。”

周欣于是把话题扯开：“有个车还真是方便，学开车难吗？”

高纯心不在焉，也不知自己答了什么：“啊……不难。”又说：“哦，我有个事先走，行吗？”

周欣说：“当然。”

周欣当然看出来了，刚才的电话让高纯心神不安。不然他不会走得那么匆忙，匆忙得近乎惶然。

金葵终于熬到了下课时间。她在更衣室换衣服时，那个当餐厅老板娘的学员注意到她红肿的双眼，关心地问她：怎么了教练，没事吧？金葵掩饰地说：没事。眼泪却又涌了出来。

女老板叫道：“哟，怎么了这是，怎么了这是？”

金葵也说不清自己这是怎么了，她走出观湖俱乐部，恰逢高纯匆匆赶来，两人在俱乐部门口撞个迎面。高纯叫了一声：金葵！金葵视而不见，扭头甩脸，径自走向街边的公交车站。

高纯追上去，明知故问：“你怎么了，生什么气呀？”

车辆进站，高纯想拉住金葵，却被金葵甩开，两人在公交车站拉拉扯扯。金葵索性扬手拦住了一辆出租，上车就走，高纯叫着追了几步，望尘莫及。他急急跑回自己的车子，开车赶回住处，跑进车库后，看见只有李师傅的妻子一人在屋。高纯匆匆问道：阿姨，金葵呢？李师傅的妻子从床上支起身子，说：上班去了，吃完中午饭就走了。高纯问：刚才回没回来？李师傅妻子摇头：没有啊，怎么了，没出什么事吧？

显然，高纯脸色不对，李师傅的妻子于是也紧张起来。高纯扭头跑出了车库，他也不知道该去哪里寻找金葵，他盲目地开车，不停拨打金葵的手机，金葵的手机始终关着。他又拨了方圆的手机，方圆的手机无人接听。

晚上，高纯开车又回到车库。李师傅早就回来了，正在收拾刚刚吃完的碗筷，高纯站在门口，目光在屋里每个角落快速扫过，知道金葵并未回来。他没有理会李师傅夫妻询问的目光，扭头又跑出了车库。

高纯去了他和金葵去过的小餐厅，去了他和金葵一起购物的商场，当然没有任何奇迹发生。高纯心焦如灼，他看看手表，时间已晚，用手机再次拨打金葵的手机，手机依然关着。高纯站在商场外的街边，街上的行人已渐渐稀少，他犹豫再三，终于用手机拨打了云朗金葵家里的电话。

"喂，这是金葵家吗？我是金葵的同学，听说她要回家了，她今天没给家里打电话吗？"

保姆答："没有啊，你找她有什么事吗？要不要跟她妈妈说说？"

高纯连忙表示："啊，不用了，不用了，谢谢。"

高纯挂了电话，他能感觉到金葵的母亲就在保姆身边，他能想象到当金葵的母亲听到"金葵"二字时，表情该有多么关注，如果不是他早早挂掉，金葵的母亲肯定会接了保姆手中的话筒。

他猜得没错，金葵的母亲就在金家的客厅，就在保姆的身旁，当她听到来电话的人是找金葵的时候，果然接过了话筒。她冲话筒喂了一声，发觉电话已经挂了。

金家的客厅里，这时正在进行一场重要的会晤。会晤主宾，是金葵的父兄和一个辗转请来的律师。会晤的内容，是关于潮皇大酒楼与婚礼事件的受害方日益复杂的官司。从金葵父亲和律师的脸色上，金葵的母亲看得出他们已经谈得焦头烂额，唯有金葵的哥哥金鹏仍然嘴硬，一副理直气壮的模样。

"办丧事的那批人又不是我们请来的，又不是我们拉来的，又没在我们这儿预订过，他们自己冲进来……"

律师打断金鹏："可结婚的这家人向法院提交的证据已经证明办丧事的这家向你们酒楼预订过那天的餐位，也就是说，潮皇大酒楼那天应当知道他们会来。"

金葵父亲闷着头，没有做声。金鹏断然否认："不可能，要是有预订我肯定知道。酒楼的业务我天天盯着。"

律师说："他们通过你们内部的人，从你们酒楼的电脑里打出了酒楼的预订登记表，上面记载着在婚礼的前一天，有一个四十六人就餐的预定，而且预交了五百元的订金。"

金鹏脱口而出："四十六人，原来就是他们?"

金葵父亲抬头，不满地扫了金鹏一眼。金鹏支吾了一下，不得不向父亲承认："陈力凡说，那天是有一桌四十六人的预订，可不知道这伙人是办丧事的呀，而且他们那天来了至少六十多人，谁知道他们就是这拨人呀。"

律师说："来的人是不是超过四十六人，并不影响他们曾经做过预订这个事实的成立。”

金鹏说：“他们预订时也没说是办丧事的呀，我们还以为预订的那拨人没到呢。”

律师说：“现在办婚事那家找到了办丧事那家，可能是给他们塞了钱吧，反正拿到了他们订餐人的一份证词，订餐的人在证词中咬定，他订餐时就说了是四十五六人到六十人之间，是丧事，要求桌上不放花，不围红色台裙……”

金鹏叫道：“不可能，要这么说了我们的人肯定会记下来的，他们不可能说了。”

律师继续说：“订餐的和接受订餐的，一个人说说了，一个人说没说，在没有第三者佐证的情况下，就要看哪个人与本案没有直接利害关系。显然，订餐的人与本案没有利害关系，而接受订餐的一方，也就是你们潮皇大酒楼，与本案有直接利害关系，所以，法院很可能采信订餐人的这份证词。”

金葵父亲开了口：“娄律师，你的意思是，这次他们告我们，肯定能告得赢啦，那法院能判我们怎么着？”

律师想了一下，答：“原告方作为受害人，他们受到的损害是确实发生了的。既然有损害发生，就必然有责任人。法院很可能认为：潮皇大酒楼作为婚礼的承接人，不是在预订安排上存在纰漏，就是对突发事件现场的处理上有不足之处，法院在责任认定上，肯定不会让你们一点责任不承担的。一旦确定我们酒楼方面有失误，那肯定就要进行赔偿。”

金葵父亲最关心的正是这个：“赔偿多少钱呢？”

律师最不敢答的，也是这个：“赔偿包括经济上的赔偿和精神损失的赔偿，特别是精神损失的赔偿，法无定数，不好估计。”

金鹏傻眼去看父亲，父亲想了想，又对律师问道：“如果，我们现在跟他们私了这事，他们肯不肯？”

律师说：“现在对方已经向法院起诉了，当然起诉也可以撤诉，庭外和解当然可以。不过，如果婚礼这一方对官司已经有了必胜的信心，我们这一方现在才提出私了，对方提出的赔偿数额恐怕不会比他们原先想要的减少太多。既然这样，还不如把这官司打了呢，法院总不会比原告要求的数额判赔更多吧。”

金葵的父亲沉默下来。

律师又说：“还有，我听说原告方已经把这个事情捅到云朗晚报上去了，晚报很可能这几天就登出来。你们在报纸那边要是有熟人的话，最好把这篇稿子压下来，否则对你们潮皇大酒楼的声誉，对接下来的这场官司，都很不利。”

金葵父兄彼此看看，没有应声，从他们的表情上律师已经看出，他们在新闻媒体方面，没什么过硬的关系。

律师走了，金家老少还都留在客厅里，愁眉不展。

金葵的父亲已经预见到即将到来的灭顶之灾：“官司一打，至少半年，这半年生意不可能好做，万一报纸再一登，谁还愿意到咱们这儿来办婚事？好事不出门，坏事传千里，那些个记者，就喜欢小题大做。”

金鹏的血气也降了下来：“生意一差，想给咱们入股投资的人还怎么来呀……”

“废话，”金葵父亲说：“现在还想什么入股投资！”

金葵母亲想到的，则是眼前现摆的麻烦：“那……欠杨峰的钱，怎么办？”

金葵父亲低头抽烟，屋里沉默良久，直到他把烟头缓缓按灭，闷声说了句：“不是我们不认命，是命不认我们。”金葵的母亲目光发呆，在她的印象中，丈夫似乎从未如此气馁。

“现在，咱们一家的命，都攥在金葵手上了。”金葵的父亲看一眼妻子，说：“只有咱们这个宝贝女儿，能救咱们。”

第七章

逃

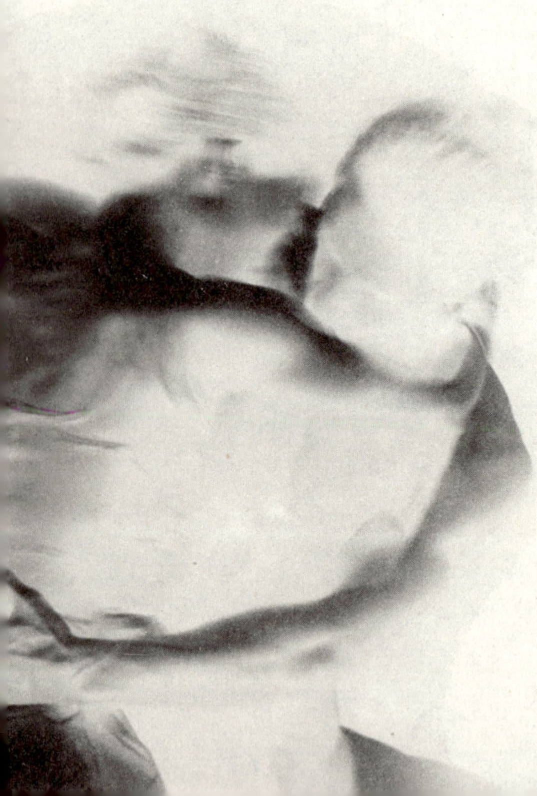

高纯给金葵家里打完电话，不知为什么心里略微踏实了一些，金葵毕竟没动回家的念头，这实际上也是高纯的心情底线。他开车回到住处，放在一边车座上的手机在路上响了两次，他两次都没听见。

他走进车库时李师傅一家都还没睡，君君还趴在板凳上复习着功课，李师傅正和一个客人抽烟闲聊，那个客人回头一望，让高纯顿时叫出声来。

“老方？”

夜色已深，高纯驾车，载了方圆，穿过夜深人静的街道，向方圆的住处驶去。

路上，方圆说了金葵的情形：“她是在你走以后来找我的。除了你我之外，她在北京没有一个熟人，除了你们住的那个车库之外，她也没有一个可以落脚的地方。你估计的没错，你们吵架了，她肯定会来找我。”

高纯问：“她都跟你说了什么？”

方圆反问：“你认为她会跟我说什么？”

高纯没底：“她……肯定恨死我了。”

方圆笑了：“她恨你？”

高纯说：“她以为我和别的女人有交往，女人都恨这个。”高纯目视方圆，求证：“对吗？”

出乎他的意料，方圆居然摇头：“不，她不是憎恨，她是恐惧，她害怕你跑了，害怕你离开她。”

高纯怔住，他意外地看了方圆一眼，然后转脸前方，不知该说什么。方圆接下去说道：“她托我找你，托我告诉你，托我向你说声对不起。”

高纯以为听错：“对不起？她向我……说对不起？”

方圆肯定地点头：“她说她再也不冲你发脾气了，再也不使性子了，今天下午她情绪有点失控，现在她非常后悔。她说她什么都可以接受，就是受不了没有你的生活，她和你在一起已经习惯了，她不能想象她离开你一个人生活……那种生活该怎么过。”

高纯开车，没有回答。路灯一明一暗的从他脸上划过，有点像音乐的旋律流动，节奏如“冰火之恋”最舒展的段落，一波一波地抚摸，等待高潮的到来。

在方圆的住处，高纯见到了金葵。他把她抱在怀里时，金葵哭了，但没有出声。

第二天太阳升起的时候，生活重新恢复如旧。高纯又如往常一样跟踪周欣上班，从公寓跟到公司，又从公司跟回公寓。他不想再发生什么“故事”，昨天的波折已经让他受惊。

整整一周风平浪静，唯有周末的下午周欣是搭陆子强的汽车回家去的。周欣给陆子强当助理已有时日，单独与陆子强同车而行却并不太多。行至半途陆子强将一只信封放在她的腿上。周欣不看也明白里边装的什么内容。尽管陆子强解释得非常正派：“这一段你工作不错，这是发给你的奖金。”但周欣还是马上把信封推还回去：“不用了，我来公司没做什么，每天又是半天工作，领那份工资已经有愧了。你有钱就拿去给国家交税吧。”

陆子强哈哈大笑：“交税，你是税务局的呀。”他把钱重新放到周欣腿上，说：“你不是说想去学开车吗，就拿这钱去找个驾校吧。现在学开车可以指定师傅单独教练，一人一车，随叫随到。现在只要肯多花钱，想怎么方便都行。”

由于周欣与陆子强同在，所以高纯不怕丢梢。他远远地跟在奔驰后面，一路走得不慌不忙。奔驰车转过两个路口，在一个大型商场的路边停住，放下周欣径自开走。高纯的车子从周欣站着的路边缓缓开过，他从反光镜中看见周欣在拨打手机。

高纯刚想找地方停车，自己的手机响了起来，来电显示正是周欣。他马上把车子拐到另一条街上，接听的口气装出些兴奋。

“啊，周欣呀……我在外面啊，刚帮我们老板送东西去了。现在？现在没事了……去哪儿，你家？”

高纯本来不想再去她家，可无奈自己刚刚说了现在没事。一刻钟后，周欣下了出租车走进公寓，高纯的车子也驶进了公寓的停车场里。他上楼敲开了周欣的房门，周欣正准备用画布绷制画板。

“来这么快？”她对高纯的速度有些吃惊。

高纯：“啊，我就在这附近呢。”

周欣把高纯带进客厅，说：“哎，我求你帮个忙行吗？”

高纯问：“什么忙？”

周欣说：“收我当个徒弟。”

高纯道：“教你画画？”

周欣说：“教我开车。”

高纯一愣："我？教你开车？这是不是……又和当你男朋友一样，也是假的？"

周欣认真："男朋友那事不需要了，我宣布取消。开车这事可是真的呀，我付费的。"

高纯道："你真想学开车呀？"

周欣也笑："想呀，多一门手艺有什么不好，技不压身嘛。"

两人正说着，门铃突然震响，高纯吓了一跳，惶然去看周欣。周欣似乎早知有人要来，从容不迫地打开房门。高纯认出来了，来者还是那位青年画家，周欣叫他谷子，也不知谷子是绰号还是真名。

谷子进门看到高纯帮周欣拿着画板，不由皱眉埋怨周欣："你绷画布怎么不叫我来帮你，他会吗？"

也许上次在茶座争吵气还没消，周欣有点故意冷淡谷子："不会我可以教他。"

谷子白了周欣一眼，径直朝高纯走去，不容置疑地从高纯手上接过画板，说："我来吧。"然后拖着画板走开。高纯两手空了下来，转脸去看周欣。周欣已经随在谷子身后，去另一间屋里继续冷战："……没有啊，我叫他过来帮忙怎么不行，你今天不是上你老师家吗，我哪知道你没去呀……"

高纯站在外屋，有点尴尬，有点无趣。

每天，只有晚上，才是高纯拥有快乐的时间，无论是在观湖俱乐部与金葵练舞，还是在练舞之后开车回家的路上，只有和金葵在一起的时候，心情才算真正放松。金葵还是忍不住总要谈到周欣，她与高纯虽然和好，但周欣还是被她视之为敌。

金葵说：我不是生气你，我是讨厌她。反正我认为她这种人不配当画家，画家好歹也算是搞艺术的，热爱艺术的人有她这样的吗！因为刚刚经历了金葵“负气出走”，高纯仍然心有余悸，为周欣的解释也就万分谨慎，甚至用了探讨研究的口气：在公司兼职也不妨碍热爱艺术吧？但金葵不忿：什么兼职呀，要是真给老板当助理当秘书能一天只上半天班吗？我真佩服她，要拿当二奶的钱把他们的艺术推向世界，你说这到底是高雅还是低俗！高纯比金葵嘴笨，争辩起来有些口吃：你，你说话干吗这么刻薄，我也没发现她跟陆老板有那方面的事呀。可能就是陆老板喜欢她，想追她。可到现在为止，他们连拉手之类的事我都没看见过。金葵喊了一声：这种事能让你看见吗？停了一下，又说：那边钓老板钱，这边又约你上她家想钓你，放着正规驾校不去，非让你教她学车，什么意思呀！高纯说：就是学车呗，能有什么意思？金葵说：什么意思你还不知道吗？你还真答应她！高纯说：我答应她也是为了你，也是为了咱俩呀！金葵撇嘴：为了我？高纯说：她付费给我，她答应按学车最高的标准，付费给我！

这下金葵眨着眼，不说话了。

两天之后，周欣学车的课程在郊外一处路静人稀的地方正式开始，高纯发现，周欣是个不擅长干“技术活”的人，无论他怎样耐心指导，她的起步停车总是磕磕绊绊。学车之余，周欣常有些杂事请高纯帮忙。高纯有一辆汽车，周欣的一些完与未完的画作，就常常劳驾高纯从公寓运到画坊，从画坊运到公寓，比雇出租车方便了许多。

这样，高纯便常常被周欣带到独木画坊，于是不可避免地，要常常和谷子相遇。一看到高纯谷子便无心做事，周欣和高纯亲熟的样子，让谷子不由不忿忿多疑，可最终还是受不住冷战的折磨，某日不得不放下尊严向周欣示好。

“哎，不是说好了哪天我去帮你搬过来吗，怎么今天自己搬过来了？”

而周欣却依然冷淡谷子，神态腔调不予对接，“高纯反正没事，我就让他搬了，省得你还要找车。车子高纯就有。”

周欣如此淡淡处之，把谷子的殷切架空别处。谷子也有谷子的办法，他竟然往高纯手中塞了三十块钱。这笔“车费”立即将高纯置于“帮工”的位置，以剥夺高纯对奉献的内心享受。其实高纯确实单纯，一通脸红说不用不用……谷子不由推辞，一本正经地说道：啊，谢谢你了，这儿没事了，你可以走了。

于是，高纯就讪讪地走了。

在高纯被谷子“赶”出独木画坊的这天，一辆从云朗开来的旅行轿车挂满征尘，开上了宽阔的长安大道。车子在经过天安门广场时都未及旁顾，直奔金葵暂住的车库来了。

高纯离开画坊，并未回到车库。他估摸周欣短时间不会离开画坊，便开了车子朝东方大厦驶来。他在大厦的值班台前找到一位物业的值班员，试图打探到一些和百科公司相关的情况。

“麻烦您我想请问一下，这楼里有没有个叫高龙生的老板开的公司？”

值班员似乎对这个问题十分茫然：“高龙生，哪个公司的？”

“好像是百科公司吧。老板是叫高龙生吗？”

“百科公司有的，老板叫什么不清楚。”

“百科公司有电话吗？您能帮我问问吗？我想找一下高龙生。”

值班员是个小姑娘，对这种眉清目秀的求助者当然不会拒绝，认真地查了一下号码本，替高纯拨通了百科公司的接待电话。

“喂，是百科公司吗？我是大厦值班台，这里有一位先生要找你们那里的高龙生，请问可以让他上去吗？什么……”

电话那边大概问了句什么，值班小姑娘转问高纯：“他是哪个部门的？”

高纯摇头：“不知道，应该是个头头吧。”

值班小姑娘对电话那边转达：“不清楚什么部门，你们头头有叫高龙生的吗……哦，好，打搅了啊。”

小姑娘挂了电话，对高纯回复：“他们那里没有这个人，没有叫高龙生的。你要找的是百科公司吗？”

高纯说：“是叫百科公司呀。”

小姑娘说：“没有。”

又说：“你要找百科什么公司呀，北京叫什么百科万科的公司可能不止一家。”

高纯说不出话来，只得怏怏作罢。

他把车子开出东方大厦，看车上的时钟，该是金葵出门上班的时候。这时金葵也恰恰穿戴整齐正要出发，不料却被哥哥金鹏堵在了门口。金葵吃惊地叫了一声："哥，你怎么来啦？"话音未落，她的父亲竟然紧跟在金鹏的身后，走进了车库。

"金葵！"

"爸？"

父亲和哥哥的脑门全都皱着，不难看出他们来者不善。金葵下意识地看看手表，不知今天自己会否迟到。她笑着对父亲说道："爸，你们什么时候到的，到北京来办事呀？"

父亲没等金葵请坐，没有一句寒暄，迎面便说："金葵，咱家出了点事，你马上跟我回去，我和你哥就是专门接你来的。"

金葵从父亲的脸上似乎猜到了什么，她想了一瞬，还是把父亲往屋里延请："爸，您先坐下喝口水吧，家里出了什么事啦？"

父亲堵在门口，说："不进去了，咱们得马上赶回去，车在外面等着呢。"

李师傅走了过来，问："金葵，这是你爸爸呀？快请里边坐呀，开水没了我帮你烧点去。"

金葵再次请父亲进屋："爸……"可只有哥哥金鹏独自进去，走到金葵的地铺前面，强硬地问道："金葵，这是你的铺吗？你要带上什么，我帮你收拾！"

父亲口气更像命令："不用带什么，这些东西以后派人专门来拿。"

金葵站在屋里没动，既没去收拾东西，也没有听话出门。连李师傅都看出气氛有些不对，父亲的严厉和女儿的倔强，短短几秒之内，似乎已经剑拔弩张。

金葵说："爸，咱家到底出什么事了，我现在回不去，就是回去也得把今天的课上了，然后还得跟我们俱乐部请假。那么多学员都是交了钱的，我不能说不去就不去了。"

父亲对女儿当着外人如此顶撞感到愤怒，整个面庞都在瑟瑟打抖："咱们家，咱们家快垮了你知道吗？咱们家快活不下去了你管不管？我和你妈，从小把你养大。我和你哥，这么多年供你念书，我们吃苦受累，费神操心……现在，咱们家是死是活就看你了，你要真是见死不救的话，你还算金家的人吗！"

金葵也抬高了声音，她的声音和父亲同样激动："您让我怎么救啊，我欠家里的恩欠家里的钱我以后一笔一笔都还给你们还不行吗！我给你们养老送终还不行吗！我不是商品我不能让你们谈个价钱就把我卖了！"

父亲一掌打在女儿脸上，弄得李师傅眼都直了，上去拉劝父亲："哎哎，小孩子不会说话您别跟她生气，屋里坐屋里坐……"但金葵父亲的骂声立即把李师傅压在一旁，完全没有了劝解的余地。

"你现在就把我气死，把你妈气死，你还给谁养老送终！"

金葵哭了，哭着夺门而出，被哥哥金鹏追上拉住："金葵，你上哪去，你看爸都气成这样了你上哪去？"

金葵抽泣着说："我，我上班去……"

金鹏拉着金葵：“你上什么班呀，你上班才挣几个钱！咱家酒楼垮了要赔多少钱你知道吗？你傻呀你！”

父亲大步跟过来，命令金鹏：“先拉她上车，别啰嗦了，回去再说！”

金鹏人高力大，连拖带抱，拉着妹妹朝院外走去。金葵哭叫挣扎，李师傅再次上来拉劝：哎哎，你们一家人好好说嘛……被金鹏瞪眼喝开：我们家的事你捣什么乱啊！李师傅只能松手止步，看着金葵被父兄拖走。李师傅的妻子不知出了什么事情，在床上连连询问无人回声，她爬下床扶着墙走到门口，以为金葵遭人绑架，颤声向四面大声呼救：救人啊，有人绑架了！快来救人啊……慌得李师傅赶忙回身捂住妻子的嘴巴，把她搀扶回屋。

“哎哟别叫，你叫什么，谁让你起来的……”

妻子面白如纸：“救人啊……”

金家的面包车就停在院外，车上的随从见老板拖着女儿出来，连忙下车接应。在手接手的瞬间金葵忽然挣脱出来，快步向街口跑去。金鹏带着随从蜂拥追出，金葵已冲过横亘的马路，金鹏等人被阻隔在车流如梭的对面。一个戴袖标的交通协管员挥着小旗跑过来拦住他们，大声制止这帮外地人危险横穿，为金葵赢得了脱身的时间，得以让她穿街过巷，一路狂奔，穿过一个商店的后门，拐进另一条人流如织的大街。她瞻前顾后汇入人海，掏出手机匆匆拨了高纯的电话。

这时高纯正开车离开东方大厦，金葵在电话中的述说让他大吃一惊。二十分钟后他把车子开到一个僻静的街巷，金葵已经在这里等候多时。

金葵一上车便抱住了高纯，想忍也忍不住，眼泪哗哗地流淌下来。一通哭泣和安抚之后，两人在车上做了紧急商议，达成一致然后分手，高纯为金葵拦了一辆出租汽车，目送金葵走远，才驾着自己的车子向另一个方向赶去。

高纯去的地方，还是东方大厦，他快步从大厦值班台前跑过，并未理会那位值班小姑娘诧异的目光。他乘电梯直接来到百科公司，在公司的接待处直接求见老板。很快他被人带进陆子强的办公室里，陆子强对高纯不速而来备感意外。

“我不是说过没我招呼你不要自己到公司来吗……”

高纯从挎包里拿出了相机、手电等一应工具，陆子强立即明白了他的意图。五分钟后，陆子强把五千元现金放在了高纯的面前，意味着接受了高纯的辞职申请。

“本来我是可以不给你结账的，”陆子强说道：“因为现在并不到你可以辞职的时间。可既然你家里出了急事，那就这样吧。你在这个收条上签个字，咱们之间就算清了。”

高纯拿到了钱，他走出百科公司后给金葵打了一个电话，知道金葵已经在舞蹈学院附近的一家小旅馆里，开好了一个房间。

高纯随后驾车去了观湖俱乐部，托俱乐部的工人取出金葵放在更衣柜里的衣物。工人问他金葵怎么还没过来，高纯便托她替金葵辞职。

“她不干了，我们要上学去了。麻烦你替她跟这里的老板辞个职吧，这个月的工钱让老板扣了就行。”

工人大惊小怪："辞职？哟，怎么啦，怎么不干啦？"

高纯未及答话，目光的余梢，已看见金鹏带着一帮随从出现在走廊一端。金鹏也看见了高纯，吼了一声：就是他，别让他跑了！高纯转身就跑，金鹏急起直追。楼道里忽然暴发的呼叫和杂乱的脚步，震动四周，俱乐部的学员和工作人员纷纷惊惶张望，谁也不知此刻发生了什么事情。

高纯的衣服被金鹏的一个随从抓住，紧接着另一个随从也扑了上来。高纯左冲右突，拳脚并用，甩开一个，打倒一个，从侧门的安全楼梯突围而出。他在奔跑中听到金鹏不知在冲俱乐部的什么人大喊大叫："你们应该拦住他！你们应该赶快报警！他把我妹妹拐走了，放跑了他我找你们负责！"

高纯连气都不换，疯也似地逃出俱乐部的后门。后门是他们每天来这里偷偷练舞的通道，几拐几弯都已烂熟。

他开动汽车，汽车的轮胎发出刺耳的怪叫，打着横冲上马路，他先给金葵打了一个电话，探问她此时的安危。金葵还在旅馆的房间里等他，她把旅馆的地址和房号再次重复给了高纯。

高纯说："好，我知道了。我现在得去咱们住的地方拿上东西，然后还要去租车公司把车退了。"

金葵说："东西先别拿了，我爸我哥他们可能还没走呢。"

高纯说："你哥你爸已经不在那儿了，我刚才在俱乐部看见他们了。咱俩的行李来不及拿，至少带几件换洗的衣服吧，再说跳舞的鞋子和衣服也总得拿上呀。"

金葵说："那你快点，别在家里呆太长时间，我爸他们找不到我，肯定还会到咱们住的地方等我回去。"

高纯说："你把手机开着，除了我的电话谁的都别接，不认识的号码也别接，我拿完东西马上过去找你。"

两人如此这般，彼此约定。

高纯打转方向盘对准车库方向，把车了丌得闪电疾风……

车库的院子此时显得相当肃静，静得有点异乎寻常。高纯把车停在院外，在接近车库大门时警惕地放慢脚步，推门的动作很轻很轻，但车库高大的房门还是发出吱嘎作怪的声响，在寂静中不免入耳心惊。

巨大的车库里，同样静无一声，视线所及之处，不见一个人影。高纯放轻脚步四下看看，连李师傅妻子的床铺都空荡无人，这反倒让他疑神疑鬼起来。这时他隐约听到某些动静，像是什么细小的东西落地的声音。他凝神闭气，静息再听，那声音不紧不慢又响了几下，又像是钟表秒针的走动，却比秒针走得迟钝清醒。高纯发觉，那声音来自车库主人垛在屋角的杂物背后，他轻轻走过去，探头去看，在那堆废物的背面，是一个修车用的地沟。地沟很深，藏得下五六个人的，高纯紧张地探头去看沟底，沟底空无一人。这时他才发觉，刚才那可疑的声音，来自地沟外一只水龙头的滴水，滴水落地，湿溅半尺。高纯悬心稍定，瞻前顾后地走到自己和金葵的床前，先从皮箱中取出要带的舞鞋，又把几件衣物快速塞进一只背包，他把背包背在肩上，起身便走，行至车库的门口，一个突然出现的人影几乎和他迎面相撞，唬得高纯晄的退了一步，喉咙被自己的吸气封住，胸腔被心的激跳撞痛，恍神再看，才看清在门口的逆光中扶门而立的，原来是李师傅病弱不堪的老婆。

“师母?”

高纯松下气来，余悸未消：“您怎么一个人出门呀，我师傅呢?”

李师傅的妻子声气细弱：“我刚去厕所了，你师傅出门给你打电话去了。今天金葵家里来人了，非要带金葵回家去，金葵跟她家人吵起来了，吵完就跑了，你师傅怕你不知道，出去给你打电话去了。”

高纯扶着师母走回床边，说：“师母，我和金葵要去考舞蹈学院了，我们打算换个地方去住，这房子我们刚刚又交了半年租金，你们可以继续住在这里。等我们安顿好了再跟你们联系。”

李师傅的妻子相当意外：“你们，你们要走?是不是因为我们住在这里，影响了你们练舞啊，那我们可以……”

高纯来不及仔细解释：“不是不是，我们得搬到离舞院近一点的地方。师母，我得走了，你替我跟师傅和君君道个别。以后我们会和你们联系的，我们过一阵还要回来取我们的东西。”

李师傅的妻子起身要送高纯，被高纯按在床上：“您别动了，你躺着，以后要是金葵家的人来问，您就说不知道我们上哪儿去了。金葵说等我们考上了再告诉她家里。”

李师傅的妻子显然也知道高纯此去，是要带着金葵远走高飞。她的眼里不禁含了热泪，却只能点头连声说好，那几个“好”字，就是她万般不舍的祝福。

高纯走出院子，左顾右盼地上了汽车，他把车子开上大路，心里的紧张和担忧才彻底松懈下来。他拨通了金葵的手机，告诉她自己已办好一切。他没有张望身后，没有发现身后有个“尾巴”，已经跟得若即若离。

高纯去的第一个地方，是那家汽车租赁公司，他在那里还了车子，再搭出租汽车朝舞蹈学院附近的那家旅馆赶去。他赶到那家旅馆时天已黑了，此时此地与金葵重逢，那种欣慰的感觉如劫后重生。他们不约而同地拥抱了对方，庆幸这场有惊无险的胜利逃亡。

旅馆的这间房子很小，却有一个“专属”的浴室。晚饭前高纯就在浴室里洗了一个热水澡，身上的污浊荡涤一净，整个心情也随之焕然一新。他洗澡时金葵上街去买晚上吃的东西，走时还隔着浴室的屋门告诉高纯，要换的内衣已经为他摆在床上。谁料金葵一走就再也没有回来，当高纯洗完澡换完衣服等得生疑之际，金葵其实已被塞在她父兄的车上远离了北京。

到了晚上九点，高纯确信出了问题。此前他反复拨打金葵的手机，始终不见金葵接应。他跑出旅馆在附近的饭馆小摊焦急寻访，访不出金葵的来影去踪。那夜高纯居然又跑回了车库，半夜敲开车库大门。睡眼惺忪的李师傅懵懵然问道：“高纯，你们到底怎么回事啊？”高纯绝望地四下巡看，车库里确实没有金葵。

高纯最后一个希望，只能放在方圆的身上。

尽管他想不出金葵还有什么可能会去方圆那里，但他还是连夜赶到方圆的住处，把方圆从梦中敲醒。金葵没在这里。但方圆听了高纯对情况的叙述，也对事态走向做出了分析。

“我估计她离开你以后，可能还是和她家里人通了电话。”方圆说：“她家里肯定真是出了问题，肯定真是有过不了的关了，不然不会这样要死要活地找她回去。”

高纯几乎傻掉：“通电话？不可能！”

方圆说：“我估计她最终还是被她家里人说服了，我估计她家里说服她的理由肯定比较充分，所以她决定还是跟家里人回去。”

高纯脸色发白：“不可能……”

方圆叹了口气，像是无奈高纯的过度自信：“这有什么不可能，你们俩才好了几天，那边毕竟是她亲生父母，养育之恩！毕竟是她从小长大的家！家里现在有了困难，她是这家的人，总不能袖手不管吧。”

“可我们都说好了……说好了在一起，一起去考北舞院！”高纯的愚钝不化，已经听得出几分气虚，“她不爱那个男的，她怎么帮她家里？”

方圆语重心长：“咳，女孩嘛，心都软，跟你在一起心就向着你，跟她家里人在一起，家里人眼泪巴叉地一说一求，心也就向着家里了，女孩子嘛……”

高纯争吵般地：“至少这件事，她不会听她家里的……”

方圆不再做声，很哲理地沉默下来，高纯的自信在他的目光下彻底崩溃，声音中的哭泣已遮掩不来：“……她就是想回家去，也可以告诉我一声啊，她说出去买吃的，她就这样走了吗……她为什么……为什么不告诉我一声啊?”

方圆问道：“你没给她打电话吗？她不是有手机了吗!”

高纯：“打了，她不接。”

金葵不接电话，更加证实了方圆的判断，于是方圆做出早有所料的表情：“啊，也难怪，你们毕竟山盟海誓，她忽然扔下你转身一走……我想，可能觉得无颜再面对你了吧。也许她现在最害怕的，就是听到你的声音。”

高纯怔了半晌，不知在想些什么，他忽然从沙发上起身就走，弄得方圆措手不及，他茫然喊了一声：“哎，你去哪?”高纯已经夺门而出。

列车在傍晚时分抵达云朗，高纯在云朗火车站前乘上一辆出租汽车，沿着熟悉的街道进入小城纵深。金葵家的潮皇大酒楼就叠在城市的皱褶之中，好在云朗的每条大街小巷高纯了如指掌，无论找到哪里全都驾轻就熟。

婚宴风波之后的潮皇大酒楼果然生意冷清。高纯从正门进入直接上楼。他在二楼找到经理室推门即入，看到屋内正有两人窃窃低语，左侧的一个高纯未曾谋面，看样子就是酒楼的门店经理，右侧的一个让高纯眼迸火星，那就是金葵同父异母的哥哥金鹏。高纯的突然闯入令二人也都吃了一惊，酒楼的经理刚问了一句：请问你找谁呀？金葵的哥哥便认出了高纯。

“金葵在哪?”

高纯理直气壮，他已无力控制自己快要发疯的神经。金鹏咽了口恶气冷冷反问：“你找金葵有什么事？跟我说吧。”

“我要见她，请问她在哪里？”

金鹏目光狞厉，口吻轻蔑：“……你恐怕见不到她了，因为她很忙，她马上就要结婚了。在她邀请的婚礼嘉宾的名单上，好像没你的名字!”

高纯脸孔憋红，眼圈也红了：“好，请你让金葵把这些话当面跟我再说一遍，只要是她说的，我马上就走，永远不再回来！”

金鹏冷笑：“当面跟你再说一遍，她有这个义务吗？你是谁呀，她是欠了你东西还是欠了你的钱呀？”

金鹏的嘲讽让已经激动的高纯失去理性，他冲上去揪住金鹏的脖领大吼嘶声：“你们把她弄到哪儿去了！你们让她出来！你们把她弄到哪儿去了！你们让她出来！”

金鹏虽然身高力大，架不住高纯突如其来，一下子立足不稳被顶到墙上。酒楼经理连忙上前救驾，外面两个服务生也闻声进屋，合力将高纯从金鹏身上拽开。金鹏在身体找回平衡的同时，一拳打在高纯脸上，又狠又准，打得高纯摔在地上。金鹏上去再施拳脚，被酒楼经理好歹劝开。

金鹏气喘吁吁地叫骂：“小兔崽子，我没动手你倒先动手了，你活得不耐烦了还敢找上门来！你，你他妈勾引我妹妹你也不看看你什么德性！我告诉你，你只要还在云朗呆一天，我见你一次揍你一次，我让你好好长长记性……”

金鹏再次上去拳打脚踢，高纯爬起来也要拼命。酒楼经理怕事闹大，命两个服务员按住高纯，自己推着金鹏出门：“老板老板，你消气消气，别跟他废话，跟他废话不值得，这里交给我，交给我……”

金鹏余怒未消，喝令经理：“赶快让他滚，他再敢来你就找人拿菜刀砍了他！出事我顶着。”出门走了两步又一头折回，冲高纯大声恐吓：“我告诉你，你还敢骚扰我妹妹我非彻底废了你不可！我妹妹马上就要办喜事了，你敢破我们家的大喜，我让你一辈子当个残废！你信不信，你信不信，不信你就来试试……”

经理终于把金鹏劝走，又有几个酒楼的保安进来，将拼命挣扎的高纯拖下楼去。他们拖着他出了大门，推着他朝马路上走。高纯口鼻冒血，回头看看酒楼的那几条汉子，个个虎视眈眈。他擦了把脸上的血迹，和他们彼此怒目相向，然后转身走开。

金葵自被父兄抢回云朗，就一直被关在她家的二楼，父母轮番上来好言相劝，从早到晚未见效果。天黑之后父亲铁青了脸下楼去了，母亲也叹着气端走了放凉的饭菜。夫妻两人在楼下的客厅里商量对策，似乎也想不出什么更好的主意。

母亲出于本能，一直替女儿解脱——葵儿和杨峰不熟，一说让她和杨峰好，总得容她心里翻腾一阵吧。但金葵的父亲此时已容不得循序渐进，因为眼前的局势已经火上眉梢，“刚才杨峰的助理又来电话了，说已经办好了去香港旅游的手续，问下周三出发有问题没有，没问题的话要去订机票了。我已经答复他没问题了。下周三！下周三以前一定要把金葵的这个劲儿拧过来。我刚才没告诉林助理金葵已经回来了。”

金葵母亲说：“下周三？葵儿以前不是好几次都说特别想去香港吗？现在要带她去香港让她敞开来买东西，女孩子，应该会高兴的吧。”

金葵母亲的分析，让金葵父亲略略放心，再冲老婆嘱咐一句：“你告诉葵儿，杨峰已经说了，这次从香港回来，他就帮她联系北京舞蹈学院，他愿意出钱让她上学去。她不就想跳舞吗！”

在金葵被抢回云朗的第三天早上，金葵家的保姆照例出门买菜的时候，被高纯拦在了巷口。

高纯说：“大姐，你是金葵家里的人吧，我是金葵同学。金葵现在回家了吗？”

保姆直犯愣：“啊，你是金葵同学呀，金葵回家了。你是她哪儿的同学呀？”

高纯说：“您能带我去见见金葵吗？你们家我不认识门。”

保姆说：“这可不行，她爸爸不许的，我带人去要挨骂的。”

高纯掏出一百元钱塞给保姆：“大姐，帮个忙，我好久没见金葵了，我也是咱们云朗的，帮个忙吧。”

保姆说：“不行不行，她家长不许的。”

保姆把钱推回来，高纯又推回去：“大姐，那你给我带个话吧，你告诉金葵，她有个姓高的同学在外面等她呢，你叫她方便的时候出来一下。我姓高！”

保姆犹豫一下，收了钱，说：“我可以帮你传个话，她出不出来我可保证不了的。”保姆瞻前顾后，压低声音，做私密状地对高纯又说：“她要结婚啦，过几天就要跟她对象去香港啦，机票都买好了。”

尽管，金家喜事临门已不是秘密，但保姆的话仍然强烈刺醒了高纯，让他在那个刹那忽然相信，关于金葵结婚的传言，并非空穴来风。

“……她要去香港?”

保姆肯定地点头：“是啊，他们要去香港玩儿，买东西！他们这就算……算旅行结婚吧。她对象是个青年企业家，经常出国的。”

高纯表情呆掉，口中无言。保姆最后说了句：“没事我走啦，我还要买东西去。”走了两步又冲高纯表白了一句：“哎，你那话我帮你传啊!”

保姆说的那个青年企业家，肯定就是杨峰。

杨峰的巅峰实业公司就在云朗市中心一幢独栋的楼房里，几乎每个出租车司机全都晓得。高纯一路进门未遇阻挡，他从一楼找到三楼，才被一位工作人员拦住盘问：

“哎，你找谁呀?”

“我找你们老板!”

工作人员一听声气不对，警觉地反问：“你找哪个老板?”

“我找杨峰，请你叫他出来!”

又有一位工作人员上来过问：“您找杨总啊，请问您贵姓?”

“我姓高。”

工作人员把高纯带到一张接待台前，示意他在此稍等，然后进屋打电话向里面请示去了。电话未完又有一个女人从里边走出，和先于高纯等在接待台前的一个男人谈开了事情，那个男人拿着什么人的几张照片给女人过目，高纯忽然听到他们提到了金葵的名字。

男人说："这几张照片就是金葵家里给的，我刚到照相馆翻拍了一下。"

女人说："办出境签证用翻拍的照片行吗?"

男人说："没问题。云朗公安局的王副局长已经给省公安厅出入境管理处打过招呼了，应该没问题的。"

高纯听得脸色惨白，他瞥见接待台上放着几张两寸的彩照，那正是金葵的免冠头像。照片上的金葵面无表情地与他对视，对他的绝望无动于衷。

男人和女人在一边继续商量："老板和她什么时候走，要在香港呆多久啊?"

"不会太久。这次他们是去买买东西，给女方和她家里人买点订亲礼吧，下周日的订婚酒席还是回云朗办。让你联系照相馆的摄影师你联系了吗……"

高纯没有再等杨峰出来，他走出这家"巅峰"实业公司的时候，那一对男女还在热谈。楼外的阳光刺得他双目流泪，街上的建筑变得混沌不清，一切景物都失去了原有的色彩，天与地与他的脑海同时空白……

第八章

噩

高纯回到了北京，回到了他和金葵相濡以沫的住处。离开不过短短数日，这里已经人去屋空，院里院外凌乱萧索，门上的铁锁也变得陌生。李师傅一家显然已经走了，高纯用力拉了一下锁头，铁锁发出的声音异常冰冷。

直到太阳西沉，车库的大门才被打开，为高纯打开大门的，是车库的房东。房东的自我赞美道出了李师傅一家“失踪”的缘由：“你可以去打听打听，你问问全北京租房子有没有退租金的。我是看他太在乎这点钱了，天天堵我门口缠着我，我想想就这样吧，剩下的月份我退了他一半，我够仁义的了我……”

在房东在场的情况下,高纯拿走了自己的行李,并且把金葵的床铺和穿用的东西,一一收拾整齐。房东问：这些东西你不拿走吗？高纯答：这是那个女孩的。房东说：你最好一块儿带走，我这儿别再帮你们存一大堆东西啦。高纯没有答话，扛了自己的行李走出门去。房东在他身后再问：哎，这些东西你们到底什么时候取？你们要是凑够了钱想再租我这儿，咱们还是那个价！

高纯走了，他的床板空了出来。而金葵的床铺一切如昨，仿佛这个床铺的主人，今晚还会回来。

高纯走了，拿走了自己的东西。他拿走的唯一属于金葵的东西，就是金葵枕下那块心形的琉璃。那块碧绿的琉璃是他和金葵的定情之物，他照理应当原物收回。

他唯一忘记拿走的，是晾在绳子上的那块红色头巾，那头巾是金葵送给他的，也是他们相爱的一个象征，现在，则是他们曾经相爱的一个物证。

高纯走了，那晚走投无路，心里搜索北京的熟人，似乎只有方圆一个，可方圆的手机无法接通。他扛着行李去了方圆的住处，反复敲门也无人应。夜色深重，他在街边的一只长椅上枯坐，放在一边的行李，把天涯沦落的孤单，写照得十分鲜明。

方圆家附近有一家旅馆，一间房要收四十元钱，还要另收二百押金。高纯倾其所有，凑不够数目，他把自己的手机交了上去：我把手机押在这儿行吗？这手机怎么也不止二百块钱吧。营业员拿过手机检查一番，疑问道：这手机好的吗？高纯拿起柜台上的电话：我拨一个你看。手机果然响了，营业员这才勉强地答应：那行，你先住吧，明天想着拿钱来换啊。

营业员为高纯办完登记，高纯又要回手机：我再打个电话。他最后一次拨了金葵的手机，手机顺利拨通，但和过去一样，久久无人接听。

手机重又交回到营业员的手中，高纯在交回前取出SIM卡，装进自己的钱夹。

饥饿可以把人的脸皮变厚，高纯再次走进北京劲舞团时已经不是出于对舞蹈的迷恋，而是出于生存的本能。当生存问题变得大于一切的时候，他才体会到生存的确是一件麻烦的事情。

他在一间办公室里见到了劲舞团的头头。从头头口中他知道今年团里的演出比去年减少了三成，演员大部分时间都闲在团里，有胆子的自己报名参赛选秀，有路子的结伙出去走穴商演，团里也都睁一眼闭一眼不去管了。“所以你现在要想回来恐怕不是时候。再说你这么久没正规练功了，还能跳吗？”头头说。

高纯也不知道自己还能跳不能跳。他想说自己练练肯定能跳，但也知道舞团不是学校，没人能等你“练练”再跳。

他又去了他原先工作过的那家出租汽车公司，与去劲舞团的结果几乎相同。公司的头头一边应付着此起彼伏的电话，张罗着进进出出交钱取钥匙的司机，一边对高纯做着意料之内的答复。

“你走了公司不能空着车等你呀。前阵一下进来二十多个司机，你要想回来就得等着，公司现在是出一个进一个。已经有不少人在我这儿挂了号，在家排队等着呢。”

高纯垂头丧气地听着。等他是等不起的，肯排队慢慢等候的人，至少短期内衣食无忧。

这天晚上，金葵终于开始吃饭了，母亲端着金葵吃剩的饭菜从二楼下来时的脸色，让金葵的父亲看出了些许希望。

“她吃了？”

“吃了。”

“情绪好点了？”

“好点了。这么多天了，气也该消了。我刚才又跟她谈了半天，她呀，最想的还是跳舞，香港不香港的，我看她倒无所谓的。”

金葵父亲扭头对身边的金鹏说道：“你回头去跟杨峰

说，就说你妹妹对去香港买衣服没太大兴趣，要是他能帮你妹妹圆了那个舞蹈梦，估计他们俩这事，也就差不多了。”

金鹏点头就走：“好，我马上去说。”

金葵父亲转脸对金葵母亲又说：“金葵和那个男孩也是在跳舞上有了共同语言的。有共同语言也就容易产生感情。要是杨峰以后能在她事业上多帮帮她，有了共同语言也就合得来了。”

金葵母亲心宽下来，点头赞同。

第二天晚上，杨峰来了。在金葵家和金家老少一起吃了晚饭。金葵也第一次被放出了那间囚牢般的卧室，下楼坐在了客厅的大圆桌旁。席间的气氛看上去还算和谐，金葵文静地坐在杨峰的身侧，脸上还化了些淡妆，遮掩了连日积聚的苍白与沧桑。关于金葵未来的事业，杨峰的承诺非常明确，表示金葵上学的事包在他身上。他今天已经派人打听好了，北京学跳舞的地方不光舞蹈学院，还有师范大学的艺术系，还有民族大学的艺术系。师范大学刚刚跟清华大学合并了，名头上不比舞蹈学院低。要是金葵考不上大本，还可以上大专，上高职。大专高职考不上的话，还可以上进修班，预习班。进修班和预习班收费高一点，高也就是一年两万三万的，两万三万不算什么。学完以后他还可以为金葵去请全国最好的编导，专门给金葵设计节目，让她上电视，上晚会，上演出，反正咱出钱赞助呗。金葵是个重事业的人，只要有了事业，心情肯定会好。

金葵父母连连点头称谢，金鹏也在一旁为杨峰挟菜添酒，金葵父亲举杯对杨峰说道：“来，我代表我们全家，也替我这丫头，说声感谢吧，这丫头不会喝酒，我这当爸爸的，替她喝了！”大家碰杯干了，都把目光投向金葵，金葵略嫌呆板的脸上没啥表情，谁也看不出是喜是忧。

这天晚上，同样面对一杯红酒，周欣的脸上也同样无喜无忧。陆子强在她对面一仰而尽，席间看去已是酒过三巡。

“干了吧，”陆子强好言劝道：“你不是能喝一点吗？今天税务局已经把咱们公司的年度财务报表通过了，所以今天我心情特别好，你总得陪我干一杯吧。”

周欣没有动杯，她的反应有些古怪，眼神意味深长，她慢条斯理地对老板问道：“税务局通过了公司的财务报表，值得你这么高兴？”

陆子强微呈醉态，声调高亢：“当然了，报表要是通不过，那还不知道要补多少税呢。咱们公司这几年能挣钱，全靠在避税上做文章，要不然挣的钱全让国家拿走了，一年到头全是白忙。哎，你喝呀！”

周欣沉默片刻，举杯未喝：“这么说，咱们公司的钱，都是靠偷税漏税挣来的？”

陆子强笑道：“办公司做生意，哪个不偷税漏税？做得不好，就叫偷漏税，做得好，就叫合理避税。合理避税，学问哪！”

周欣点头：“让人发现了，就是偷税漏税，不让人发现，就是合理避税，我算有学问吗？”

陆子强哈哈大笑：“我告诉你怎么办公司吧，办公司的初级阶段，都是注重技术，想靠技术领先在竞争中获胜。到了中级阶段就开始注重营销了，能有效地把产品推向市场的公司，才能不被对手挤掉。公司的经营到了高级阶段，必须玩转财务。只有在财务上运转得当，才能挣到更多的利润。这可不是你们画画，画得好就摆出来，画得不好哧啦一撕。公司财务报表上的数字，有时候一个数字没搞对，整个公司就哗一下子崩盘了！”

周欣将杯中酒一仰而尽，淡淡一笑：“那太刺激了，什么时候，让我也学学财务？”

“你，学财务？”陆子强做认真状：“好啊，你要真有兴趣，就干脆别当画家了，就全心全意在我公司里干。你没听人家说吗，在公司里管财务的人，不是老板的亲戚，就是老板的情人。你是我什么？”

周欣目光移开：“我只是个简单的女人。”

“简单的女人？我最喜欢的，就是简单的女人。”陆子强暧昧一笑：“那你能不能简简单单地告诉我，你是我的女人吗？”

周欣目向窗外，说：“女人，都是祸水。”

陆子强笑道：“祸水？简单的女人就不是祸水啦，更何况，她又是一个外行的女人。”

周欣转过头来，正视对方：“我现在才明白，你需要的助理，就是一个对百科公司一无所知的女人。”

陆子强轻松喝酒：“对，一无所知的人才最简单，简单的人才最纯洁。哪一个男人，不喜欢纯洁？”

周欣看定陆子强，不喜不惊地答道：“是，我来百科公司的目的，非常简单，非常纯洁。”

陆子强也看定周欣，轻声问道：“是为了我吗？”

这是一顿深奥的晚餐，陆子强喜欢这样谈情说爱。饭后他开车送周欣回家，路上他建议找个酒吧坐坐，因为时间还早，可以乘兴聊聊。而周欣则表示有点头痛，想回去早点休息。于是陆子强就把车子开到周欣公寓的门口，他关掉引擎，拉开车门，同周欣一起下车。

“我送你上去。”

“不用了，”周欣婉言谢绝：“您还是早点回家吧。”

陆子强断然锁了车门，态度坚定：“走吧，我送你上去。”

他们一起走进楼门，乘电梯上行，陆子强和周欣并肩站在安静的轿厢里，谁也没有说话。电梯到了，两人又一起下梯，周欣打开家门，再次与陆子强告别：“谢谢陆总，我到了。”陆子强却率先推门进了屋子，说道：“这儿有水吗？”

周欣只好跟了进去，从冰箱里取了瓶矿泉水递给了他。陆子强伸出手来，却没有接水，而是一把将周欣抱进怀里，他在周欣耳边轻轻说道：“我是问，有洗澡水吗？”

周欣缓缓地，却是有力地，将陆子强推开。她镇定地转身说道：“我说过，我是个简单的女人，我不想把事情搞复杂了。”

反倒是陆子强，显得有些尴尬，他喘息了一下，才说：“我也说过，我喜欢简单的女人，但生活都是复杂的，你总得面对。你不想面对吗？”

周欣说：“我面对复杂生活的办法，就是把复杂变成简单。”

陆子强试图解释：“其实这很简单……”

周欣把他打断："陆总，我不想再被什么人找上门来，再被什么人泼一身脏水。"

这句话让陆子强收敛了动作："啊……我可以保证，我保证这种事再也……"但他的话还是被周欣打断了。

"我只需要你能保证，保证把复杂的事情变成简单。"

陆子强揣摩片刻，点头："我明白你的意思。没错，我是个有家室的人……不过请你相信，我需要的只是时间！我自主决定自己生活的时候，不会太远。"

周欣冷冷说道："你在诅咒你的岳父。"

陆子强沉默一下，回答："人有生老病死，这是自然规律。我只是想向你说明，新陈代谢需要一点时间。"

周欣也沉默了一下，这个停顿意味深长："这点时间，也正是我所需要的。"

陆子强不解其意，茫然地看着周欣："你也有什么麻烦事吗？你也需要时间？"

没人知道周欣与陆子强的这场对话是什么时间结束的，那是一个没有月亮的黑夜。夜幕愈深，人睡得也就愈死，在这样的暗夜，小城云朗总是静得离奇。金葵家的人也全都睡了，只有金葵没有合眼，她说不清几点从床上起身，发现她的房门居然未锁。她惊讶于自己居然能独自走出卧室，走下楼梯，穿过客厅。客厅一片黑暗。她走到她家的大门，轻轻移动把手，发现大门已被钥匙锁死。她转身走进厨房，厨房的小窗是这幢住宅唯一未加装铁栏的出口。她小心打开这扇小窗，尽量不使窗扇发出声响，她从窗口探身向下，能看见一个安装空调的凹形天井，一个个空调主机排列有序地向下延伸，天井的井底黑洞洞的，不知多少幽深。

厨房门外的客厅里，忽然脚步响动,大概是保姆出来方便，卫生间门开门闭，放水冲厕马桶轰鸣。脚步又从厨房门口经过，所幸没有停留，客厅很快复归平静。金葵蹲在灶厨下面，虚惊一场，余悸难平。

听听外面没了动静，金葵关紧厨房的房门，毅然攀上小窗，将身体渡至窗外，双脚抖抖地向下探去，整个身体挂在半空。在粉身碎骨的危险之后，她的脚尖终于触到了一台空调的顶端。

空调机壳难堪重负，吱嘎作响，声音恐怖……

这片住宅都是这种塔式的高楼，一座挨着一座密如林莽。在这林莽中栖息的“鸟”全都睡了，谁也看不见高高的树干上还蠕动的一只“蜘蛛”!

时至深更，高纯也不能入睡，旅馆同房的两个房客一直激烈口角，从入夜吵到凌晨。高纯坐在床上数着仅剩的几张钱票，见两个房客终于动起手来，遂下床上前拉劝。两人拉劝不开，从自己的床上打到高纯的床上，旅馆的服务生和其他房间的客人都来围观。高纯不知被其中哪个捎上一拳，嘴角出血，出门去洗，洗完回房，整理床铺时才发现钱夹不见了。他反复翻找，意识到钱夹肯定在刚才乱中被顺手牵羊……

高纯急了，冲出屋子，打架的双方已被众人拉开，彼此还在互骂。高纯向围观的人高声叫道：“刚才谁进我屋子了！刚才谁拿我钱包了?”但，无人应答。

与北京这家小旅馆的嘈杂相比，金葵的夜晚静得令人窒息。她一层一层地踏着各家墙外的空调机壳向下攀爬，双手双肘渐渐出血，头发衣衫被汗水浸湿，几乎每一次失手坠落，都化解得极为侥幸，只有心跳在她的耳鼓轰鸣不息……

沉不住气的还是高纯，他找到旅馆柜台，向两个值夜班的营业员紧急求助。他尽管已经一贫如洗，但他着急的并不是钱款的损失："钱无所谓，我钱包里也没多少钱了，你们能不能帮我去找刚才那些看热闹的人问问，钱他们可以拿走，只要把钱包里的那个手机卡还我就行，我的电话号码都在里边，这个卡我不能丢了！"

一个营业员说："你怎么肯定是被这儿的人偷了？你再回去找找。"

高纯急得口齿不清："我找了，我床上床下都翻遍了……"

另一个营业员说："钱包你不随身带好，丢了找谁要去呀。谁要是真偷了你钱包再把手机卡还你，那不是不打自招吗……"

高纯无话可接。

这个时辰，金葵终于接近了地面，当染血的双手从最后一个空调上松开，身体重重跌落在地上的时候，她已精疲力尽。她躺在地上一动不动，意识或有短暂的昏迷。她在冰冷的水泥地上不知躺了多久，猛然惊醒的那刻挣扎起身，她跌跌撞撞，拼尽体内最后的余力，跑出了她家那条笔直的街巷，向城市夜色迷蒙的一端，仓惶逃奔……

天将破晓。

高纯木然回到自己的房间，房间依然房门洞开，两个打架的人不知跑到哪里去了，高纯看着自己狼藉不堪的床铺，除此已经一无所有。

太阳刚刚升起，陆子强照例早早地来到公司上班，路过公司门口的接待室时，竟意外地发现高纯已经等在里面。

陆子强左右看看，走进接待室，放下玻璃墙上的百叶帘，低声喝问："你怎么来了？"

刚刚升起的太阳还没有太多热度，一家路边小铺的店门懒懒地打开，尚未梳洗的老板娘一个哈欠未及打完，就被门口瘫坐的年轻女孩吓了一跳。

正午时分，小铺子的老板娘端来了一碗热汤面，刚刚睡醒的金葵坐在桌边，脸上的气色已见好转。她感激地看一眼老板娘，慢慢地喝下了那碗汤面。

下午，老板娘领来了一个其貌不扬的中年男人，坐下来对金葵问长问短，先问老家籍贯，又问父母双亲。金葵一一回答：老家就在云朗，父亲是做生意的，母亲没有工作，家里还有一个哥哥，哥哥帮父亲当个助手……老板娘也在一边帮腔，说父母逼婚实在心狠，害得这孩子几十里地跑了出来。那中年男人也表示同情，同时表示他能找到顺路的车子，免费带金葵回云朗去。

"云朗？"金葵连连摇头，"我不回云朗，我不想回去！"

"那你要去哪里？"中年男人问道。

金葵说："北京，我要去北京。"

中年男人问："去北京，北京有你的亲人吗？"

金葵泪满眼窝，嘴唇抖了半天，才把声音吐了出来："……有！"

晚上八点，一辆破旧的面包车停在这家路边小店的门外。老板娘照顾金葵吃了在这里的最后一顿热饭，然后送她走出店门。上车前金葵在老板娘膝前深深一拜，感激的话语一句难全：阿姨，我，我真不知道怎么报答您……老板娘和店里的一个伙计将她扶起，不用不用，我也是离家在外的人，能帮你也是给我自己积德呀。正好我们一个伙计也要搭车去北京，多你一个人又不多费几个油钱。金葵千恩万谢，随着伙计上了车子。司机是个年轻小伙，开着这辆快散架的破车，摇摇晃晃地驶向大路。

金葵上路的这个钟点，独木画坊的画家们也刚刚吃完晚餐，大家围在杯盘狼藉的餐桌边上，热烈地讨论着即将成行的欧洲画展。

小侯主张：这次既然是国际画展，那画展的主题就应该有更多的国际语言，既然我们的主体观众是欧洲的知识分子和艺术青年，那就要更多地考虑到他们的意识和知识背景。而老酸则认为：正因为我们要征服的是欧洲观众，所以才更应该表现中国主题。越是民族的就越是世界的，你搞欧洲人熟悉的东西能搞过欧洲人自己吗！对老酸的主张至少一半的画家都表示了不屑：现在时代变了，越是西方的就越是世界的，西方主流文化在东方越来越普及，东方民族文化在西方可是越来越边缘了。唯有周欣明确支持老酸：我觉得长城并不仅仅是东方的，长城既代表了东方，又是当仁不让的世界性主题。

谷子当然紧跟周欣，但他的处理方式却是西方的：我看，实在不行大家举手表决吧。同意以长城作为画展主题的举手，反正少数服从多数呗。小侯不服：艺术需要讨论。艺术争论不能用简单表决的办法解决。另一位小侯的支持者则采取了调和的态度：我不是反对去画长城，不过按照你们的计划，往返行程几千公里，费用问题姑且不论，就这体力你们行吗？我反正没问题，老刘你行吗？还有周欣，行吗女的？周欣说：你们行我就行。你们别考虑我。谷子好胜地鼓动：万里长城嘛，当然要万里长征了！光画北京八达岭，人家欧洲人早看过了，比我们都熟！

关于艺术的争论永远不可能结束，但天色已晚，杯空即散。谷子是和周欣同车走的，在他们的后面，一辆汽车无声无息地从暗中开出，车灯半亮，形同幽灵。

同样的深夜，破面包车碌碌颠簸，辗转周折，金葵坐在后座，望着窗外黑暗的旷野默默出神。小店的伙计和驾车的司机一直在前面哝哝低语，当车子穿过一片荒凉的丘陵时，金葵不知不觉地睡过去了。

当金葵在途中睡熟的那刻，城市的夜景依然缤纷，周欣和谷子也刚刚回到周欣的住处。在他们的身后，高纯透过车前玻璃，目睹了他们并肩进楼的背影。

直到进了周欣的客厅，谷子关于长城的话题还未结束。尽管画展的主题已被确定，但谷子作为长城之行的力主者之一，他的关注早已移向旅途。他迫不及待地给他的铁哥们儿阿兵打了电话，阿兵有辆旅行车的，能跑长途。可周欣却有点担心："阿兵那人太野了吧，跟咱们这帮人太不一路。"

谷子笑道："没事，阿兵这人特仗义。仗义每从屠狗辈，负心多是读书人。要交真能两肋插刀的朋友，还真别找知识分子。"

周欣反问："那你是什么，你不算知识分子？"

谷子说："我这人，表面上是玩艺术的，骨子里还是草根大众！我不像你，洒向人间都是爱。你是个小资，崇尚博爱，典型的！"

周欣笑笑："谢谢夸奖。"她看了手表，说："不早了，你早点回去吧。"

谷子却刚刚才在沙发上坐下："这才几点呀你就轰我。"

周欣说："我怕我们老板过来。"

谷子不满："什么，这么晚了他还会过来？你和他到底……"

周欣知道他要说什么，马上打断："你别瞎想了，他以前喝醉了来过。"

谷子愤愤地："我就不明白，你为什么非得去打这么一份工，你真缺那点钱吗？你说你妈让你去，你妈到底让你去干什么，子承父业？"

但谷子还是告辞了，周欣为他开门，在门厅的暗处，他们相互拥抱了对方。

谷子走出公寓，乘出租车离去。三分钟后，仍在楼外监视的高纯发现，周欣也匆匆走出楼门，在街边拦了一辆出租车。不出高纯所料，周欣还是去了芳华里，车子仍然停在九号楼，周欣下车低头进去。高纯看表记下了她的抵达时间。

这个时间已到了可以入梦的钟点，而在云朗金葵的家里，金家老少还都坐立不安，潮皇大酒楼的经理刚刚赶过来了，汇报了寻找金葵的结果：金葵几个要好的朋友家都去问过，云朗歌舞团也没人见到金葵。金葵的母亲眼泪汪汪，把事情想到了绝处：她会不会，会不会想不开就……但这个估计被丈夫断然否定。

“不会，金葵那脾气，不可能的！”

金鹏说：“她跑只能往北京跑，肯定是找姓高的去！”

金葵母亲想不明白：“……她身无分文，能去北京？”

酒楼经理小心翼翼地提示老板：“你看，要不要报警啊？”

金葵父亲想了一下，摇头：“她又不是被拐了，报警没用。”

金鹏也提醒父亲：“要不要跟杨峰说一下，杨峰人多路子广，也许他能有办法。”

这回金葵父亲想都没想就立即摇头：“先别跟他说！”他环视众人：“这几天，你们对外谁也不能说这事，咱们自己抓紧找！要是有人问……”他对妻子说：“你跟阿姨也说一下，要是有人问，就说金葵跟她男朋友旅游去了。要是杨峰那边的人问，就说她回北京辞职取东西去了，听见了吗！”

众人诺诺点头。

金葵做了一个梦，梦见她回到了北京，回到了剧场，回到了舞台。剧场里坐满了全神贯注的观众，大幕徐徐拉开，她被一双有力的手高高托起，在行云流水般的音乐中缓缓飞翔，托举她的舞者正是高纯，红色的头巾迎风猎猎，白色的纱裙如烟似雾，红与白彼此追随，在迷幻的天幕下如影随形，不弃不舍……忽然高纯一个抛举失手，金葵重重落入深谷……她惊醒过来，发现面包车在一个小镇停住，又有几个男女在这里上车。车子重新开动起来，金葵昏昏沉沉的，还想重温旧梦……

她再次醒来时已是次日清晨，恍惚发觉这辆破旧的车子已经离开大路驶入山谷，四面重峦叠嶂，脚下山路波折。她惊慌地环顾车内，车内昏暗不清，前面车座上的男女都在歪斜着睡觉，只有小店的那个伙计没睡，在前边独自抽烟。无人闲聊。

“这到哪儿啦？这是去北京吗？”

金葵发出疑问，抽烟的伙计回过头来，说：“是。你睡吧，没事。”又说：“我陪司机呆着，不陪他，他要一打瞌睡，咱们都没命了。”

金葵朝窗外东看西看，疑虑稍减，心情稍定。

车子继续颠簸，金葵继续瞌睡，再醒来发现车子已经停在一个雾气封锁的山口。伙计叫金葵下车，下车后才对金葵草草解释，说他们这车不去北京了，让金葵换乘另一辆车子，那车子已经等在这里。金葵举目相望，看到的居然是个三轮摩托卡车，车上有两个农民一样的男子。金葵刚想再问详细，伙计已经转头上车，面包车随即吼着粗气走了。金葵冲面包车“哎”了一声，声音在山谷中备显孤零。

她转过头来，再看那两个农民，两个农民也看着金葵，看得金葵心神不宁。

金葵战战兢兢地问了一句：“你们……是去北京吗？”

两个农民沉默半晌，其中一个用浓重的痰音答道：“是。”

这个清晨北京也起了大雾，高纯早早起身，驾车去了他和金葵原来的居所。他被这里的景象惊得发呆，几乎以为找错了去处——车库的院子里，不知何时高高地挂满了一层层一垄垄的长长的粉条，在漫天的晨雾里不见首尾，高纯茫然步入，如同走进一个穷通不定的白色迷宫。

当高纯领着车库的房东又回到这里时，天上起了风。风从东面疾来，浓雾仓皇散去，院子里已经能看见晾晒粉条的工人劳动。房东打开了车库一端的一间小房，高纯看到金葵的铺盖和皮箱都在这里存放。

“这些东西你还是赶快拿走吧，老放在我这儿算怎么回事。”房东说：“再放下去丢了我可不负责任，这丑话我可都说在头里了。”

在风的哨声中，高纯的言语有点发抖：“你不是说我有了钱就可以把这儿租回来吗？我现在有钱了，我带钱来了，我要把这里租回来。”

房东说：“你早不来。你这不都看见了，这地方我已经租给别人了。人家开了作坊，比你付的钱多，我又不能干等着你。再说你一个人租这么大的地方干什么？你女朋友不是也没回来吗？再说这地方本来就不适合住人嘛。”

高纯试图挽回：“求你还是租给我吧，我女朋友一旦回来，肯定还会回到这儿来。她的东西还在这儿呢。我的手机卡丢了，她打电话找不到我，我必须在这儿等她！”

房东不解：“你们……到底分手没有？”见高纯沉默，房东又说：“分手了你还等她干吗？”

高纯低了声音：“也许她会回来取她的东西，也许她对这儿还……还有点留恋，也许她突然路过这儿了想回来看看。我想，我只要在这儿，就还有可能，还有可能再和她见面。”

房东断然摇头：“这不可能了！我和那家都签了五年的合同，合同到期人家也有权优先续租。你想在这儿等她，这不可能了。”

高纯沮丧万分，他拿了钱来，却没想到是这个结果。

房东同情地表示：“这样好了，她这东西我先替她存着，如果她真的想回来拿这些东西，总会来找我吧。你把你的联系方式留下，我让她找你不就得了。”

高纯失望至极，他其实也知道，留不留联系方式，结果都一样的。不久以前他们还在这里相依为命，这里还是他们黎明起舞、夜晚归宿的温馨小窝，此时物是人非，早已不是原来的模样。他穿过粉条架组成的甬道，走到了这座院子的出口，粉条作坊的老板娘正带着她的孩子，在院外放着风筝。他没有注意他的那块红色的头巾，已经挂在了风筝的尾部，在远处的空中猎猎飞舞……

高纯开走了车子。在他走后不久，一辆旅行车开到路口，从车上下来几个男人，为首的一个就是金葵的哥哥。他们至此也是来找金葵的。那对放风筝的母子惶然看着这群壮汉蜂拥而来，大步向院子的入口走去，踏起了巷子里暴躁的尘土。

三轮摩托卡车还是继续往山里开去，路越走越窄，山越深越荒。开到太阳从东到西，金葵才肯定这绝对不是返京之路。她多次询问质疑和要求停车均告无效，逼到不惜一切想要跳车，又被车上的男人强硬按住。金葵高声呼救：“你们干什么！来人呀，抢劫呀，救命啊……”但只有山谷的回声。

三轮摩托卡车越开越快，在崎岖的山路上激烈颠簸，金葵和后座上那个男人的搏斗也同样激烈，她咬开了那男人紧抓自己的一只大手，身体失控翻下车去。摩托车随即歪斜着停了下来，两个男人下车朝后面跑来，把摔昏的金葵重新抬上了车子。

夜幕降临，三轮的大灯把路面照得狰狞毕现，也照出了前方一处荒僻的小村。一阵犬吠将金葵惊醒，她惶然四顾，刚一挣扎就又被车上的男人用力按住。三轮卡车终于在村头一座铁匠铺的门前停住，门里随即走出几个男女，和车上的两条汉子一起，有人捂嘴，有人扯臂，有人抬腿，把拼命挣扎呼喊的金葵连拖带拽，抬进了铁匠铺内。铁匠铺的门咣当一声关住，能听见金葵偶尔没有捂住的嘶叫声从院子进了屋子，从一楼上了二楼……忽然，声音戛然中断，这座前店后宅的铁匠铺子，顿时鸦雀无声。

高纯不知道还有什么途径可以联系上金葵，他给云朗艺校的好多老师同学都打过电话，托他们帮忙打听。因为艺校有些学生曾经分到云朗歌舞剧团工作，也许有人还和金葵保持联系。

除此之外，无论白天还是晚上，他仍然重操旧业，继续跟踪周欣的行踪。这天傍晚，周欣和谷子乘坐一辆旅行车去了一家超市。那辆旅行车的车主，就是谷子从小一起长大的哥们儿阿兵。高纯尚未把车停好，周欣谷子已经进了超市。高纯进门找个方向盲目追去，超市正值客流高峰。其实，阿兵和谷子就在附近挑选啤酒，而周欣也与高纯近在咫尺，当她挪开一大包卫生纸时，从货架的空格处，看到高纯的侧脸如白驹过隙。她下意识地想叫却没叫出声来，但高纯仿佛听到了她的心声，几秒之后，居然退了回来，他那试图躲闪的面容在货架的空格里被周欣的目光捉住，难掩尴尬的表情。

可周欣的惊异却相对纯粹："高纯，你怎么在这儿？"

她主动绕过货架，和高纯面面相陈，双方似乎都不知说什么是好，高纯遮掩着暴露的局促，周欣则惊喜于小别重逢。

她首先开口，把两人之间的尴尬释放："我给你打过电话，你手机一直关着。"

"我手机，我手机换了。"高纯也开始放松："我原来的手机卡丢了，里面输的电话号码全都没了。"

周欣说："噢。"又问："你还给那个老板开车吗？你那老板还没回来？"

高纯似乎已经忘了以前的谎言："啊……啊？没有。"他不想多聊，想尽快结束这场遭遇，但已经晚了，谷子拎着一打啤酒从另一排货架转了过来，他转过来时周欣与高纯的谈话即将结束，但并不妨碍谷子看出他们谈得多么热乎。

周欣也看到谷子了，热情地为双方介绍："啊，谷子，这是高纯，我的一个朋友。噢，对了，你们见过。"

周欣和颜悦色，谷子面目铁青。趁了这个停顿，高纯表示告辞："那你们接着逛吧，我先走了，有需要帮忙的时候再给我打电话吧，再见啊。”

高纯转身要走，周欣追了一步把他叫住：“哎，你新电话是多少?”高纯说了号码，周欣记入手机，又问高纯：“我的号码你也丢了吧？我发给你。”她拨了高纯的手机，传去了自己的号码。

他们互留电话，显得友情甚笃，谷子忌妒地沉默，直到高纯走后，才忿忿地质问周欣：“他不是开车的吗，什么时候又成朋友了？”

周欣看一眼走过来的阿兵，皱眉答道：“开车的就不能成为朋友啦，你朋友不也是开车的吗！”

周欣转身走了，阿兵莫名其妙，问谷子：“怎么啦，说我什么?”

这趟超市购物，购得谷子不爽，他和阿兵用旅行车送周欣回到住处，两人下车告别的时候，周欣问了句：“哎，四合苑画廊的画展你去看吗？你不是说明天下午去吗？”

谷子没有回答，却不酸不咸地反问：“能麻烦你再告诉我一下吗，不算女的，你在这儿到底还有多少朋友?”

周欣怔了一下，婉转回答：“不是跟你说了吗，我没什么朋友……”见谷子冷冷地看她，她又解释了高纯：“那个人你都知道啊，挺热情的小孩，有时候帮我忙。我跟他……也不算朋友啊。”

谷子脸色这才趋缓，周欣反倒强硬起来：“至于吗谷子，你也算个艺术家，而且是个男人！”

谷子并不示软：“艺术家别什么人都来来往往，也有点档次！”

这回周欣真生气了，懒得争吵，转身走进公寓。谷子有些后悔，和解地冲她的背影喊了一声："哎，明天下午四合苑，我等你！"周欣没有回头，回答谷子的，只有楼门关闭的声音。

谷子郁闷地回到车上，在他们身后，高纯的车子早已悄悄至此。他目睹了谷子和周欣在楼前的短短龃龉，他看见周欣进楼，谷子上车，车子开走，料今夜无事，于是把车藏在一条隐蔽的夹道之中，然后放平座椅，盖上衣服。对他来说，在车里过夜是一个智慧的选择，不怕车子被盗，也省去了旅馆的费用。

这些天的身心交瘁，似乎已经力不能支，闭眼欲想金葵，却很快沉入梦中。所以这回高纯没有看到，周欣又从楼内走出，叫住街边的一辆的士，走得静静无声。

出租车去的，还是芳华里小区。小区内灯火隐藏，万物息声。同在此时，月黑风高的野岭孤村里，只有村头的铁匠铺还亮着幽黄的烛光，铁匠王苦丁斟酒炒菜，犒劳送人过来的两个人贩子和出力帮忙的叔婶邻居。酒足饭饱之后两个人贩子开走了三轮卡车，叔婶邻居也各回各处，王苦丁一一送到门口，任众人一番调笑，嘱他洞房花烛不要贪色伤身，又嘱他楼上女子性情刚烈莫被她伤了命根……王苦丁憨厚地陪着傻笑，不急不恼。

客人散尽，狼藉一桌，王苦丁没去收拾，掌了烛台独步上楼。他哆嗦着双手，打开楼上紧锁的房间，烛光照至床头，光晕中可以看到金葵面带伤痕泪迹，瑟缩于床板的一角。

无论偏僻的乡村还是繁华的都市，不知今夜几人没有入睡。当出租车又把周欣带回公寓时，她在公寓一侧的夹道处，无意看见了高纯的汽车，看到了车内熟睡的高纯。当她敲响车窗的那个时刻，在千里之外的山林土楼里，王苦丁与金葵发生了激烈肉搏。王苦丁身粗力大，却抵不过金葵以死相拼，轻敌中被金葵一脚踢下床去，又被金葵抄起手边的任何物件，砸得仓惶夺路……小屋的门被重新锁上，门里门外一齐气喘吁吁。王苦丁有些气急败坏，金葵则是惊恐难平，她绰了一条板凳，依托墙角，全身发抖，痛哭无声。

相同的深夜，相似的处境，都是在别人的家里，心情却各不相同。周欣把高纯带回自己的寓所，高纯显然一身拘束。

周欣则落落大方："你房东不让你租那房你可以再租个别的房啊，"她说："干吗非要睡在汽车里头？"

"房子一时租不到合适的，住旅店又太不值了。"高纯答道。

周欣为高纯递了饮料，又问："那……你干吗专门把车开到这儿来，你怎么想起到这儿来停车过夜？"

高纯结巴了一下，答得还算合理："以前我送你回来看见这儿有个夹道，停车比较安静，也不会碰上巡警和治安联防的人检查，让他们查上说不定得盘问我半宿……"

周欣在高纯的侧面坐下，笑了一笑，带些同情，也带些错愕，她说："看你每天开着汽车自由自在，没想到你也会无家可归。"

高纯说："我还是回车里睡吧，我住你这里……太不方便了……"

周欣说："没事，你就在画室里打个地铺，我这儿晚上没人来的。"

周欣话音刚落，门铃砰然作响，两人都被吓了一跳，彼此面面相觑，不知值此三更半夜，究竟会是何人敲门。

门铃又砰砰地连续响个不停，其强硬无礼显示来者不善。周欣不得不离座起身，一边叮嘱高纯："可能是我们画坊的人，你就说你是我们公司的，来给我送材料的。"一边走向门口。高纯一边答应，一边起身去卫生间小解。他在卫生间里方便之后，正在洗手，从虚掩的门缝中听到那位不速之客已经进屋，周欣和他说着什么，声音中的惊惶，前所未有。她似乎在问来人为何这么晚还要过来，这么晚过来是否有什么急事……来人像是喝多了，说话啰啰嗦嗦，但声音却让高纯惊得无处可躲。他听出那人就是周欣的老板，也是他的秘密雇主。他透过门缝看到陆子强在桌前坐下，醉意微显，言辞尚清。他让周欣给他倒点水来，说刚跟税务局的刘科长喝完，刘科长酒量厉害，喝水井坊像喝白开水似的……忽然，陆子强注意到了桌上的两听饮料，看得出这里刚刚有人小坐，他问周欣："有人来过？"仿佛一下酒醒。周欣慌忙答道："啊，是我们画坊找的一个开车的师傅，帮我拉几幅画回来……"

陆子强有些怀疑："开车的师傅？这么晚还来，他人在哪儿呢？"

他一边问一边起身离座，先推开周欣的卧房巡睃一番，转身又看了旁边的画室，画室一侧的厨房也随后看了，三处同样空无一人。小小的公寓一共两房一厅，前后几步便可一览无余。周欣在陆子强身后佯作抗议：哎，你干什么，你找谁呀，你干什么呀……口中的不满难掩心情的紧张。终于，陆子强推开了卫生间的屋门，周欣的抗议在那一刻完全窒息！卫生间不过几米见方，小小的浴盆和面盆，夹着一个小小的便器……周欣挤上来刚要解释什么，但刹那间自己也哑然怔住，因为她看到卫生间竟和厨房画室一样，此时此刻空无一人。她明明看到高纯刚刚进去，无法猜测他从何时何路，从四壁合围中不翼而飞！

“人呢？”陆子强问。

“你……你到底找谁呀？”周欣心虚地反问。

“那个司机呢，不会藏你大衣柜里了吧？”

陆子强离开卫生间又奔了卧室，周欣还在满脸疑惑地扫视着卫生间的顶棚四壁。她无论如何不能想象，高纯怎样从这里蒸发出去。她追上陆子强佯作发怒状，因为陆子强已经借着酒劲将她的衣柜打开……

“陆总，你太过分了，你到底想找什么？”

陆子强醉态仍在：“我看看，人呢？”

周欣与陆子强争吵的声音，透过卫生间的小窗传到公寓的外墙，高纯双手扣住小窗的窗沿，足尖蹬住雨水铁管，将身体吊挂在楼外半空。和高纯相比，金葵的翻越就更加惊险，虽然王苦丁家二楼的窗户并不严实，但金葵还是用了半宿的时间才勉强撬开，她试图借助窗下半高的草屋跳到院中，不料一脚踩空，身体失衡，整个人重重摔了下去，草棚坍塌的同时，也完成了金葵落地的缓冲。岂料那草棚正是王苦丁的酣睡之处。金葵从天而下，王苦丁迷糊起身，金葵钻出塌顶逃出院子，王苦丁才满头草灰地喊了一声，赤身裸体地追了出去……

王苦丁在铁匠铺不远的路口追上金葵，金葵抵抗厮打拼尽全力，无奈强弱悬殊最终不敌，精疲力竭地被王苦丁扛在肩上，听着他喘着粗气走回院子。

王苦丁得胜全凭体力，而周欣脱险须靠智慧，墙外悬挂着的高纯能听到周欣开始以攻为守，听到她开始逼真地“恼羞成怒”……

“人早走了你找什么！你凭什么翻我柜子！这房子你要觉得是你的，你有权利随时进来翻箱倒柜的话那可以，我现在就把它还给你，我现在就走！”

周欣果然披上外衣穿上鞋子向门外走去，意图将陆子强从屋内引开。这一招果然立竿见影，陆子强马上表示了歉意，把周欣从门口拉了回来。

“好好好，你别生气，我跟你逗着玩儿呢。我今天这酒喝得太郁闷了，所以过来想找你倾诉倾诉。我一看有人在心里当然不高兴了……好好好，你别生气了，是我不好，是我不好，我走，我走，行了吧。”

陆子强拉回周欣，并且说话当真地走出门去。周欣听到门外的脚步渐渐走远，连忙跑回卫生间察看究竟，这时的高纯正从窗外跳回室内，周欣长出一口大气，庆幸只是一场虚惊。

第九章
厄

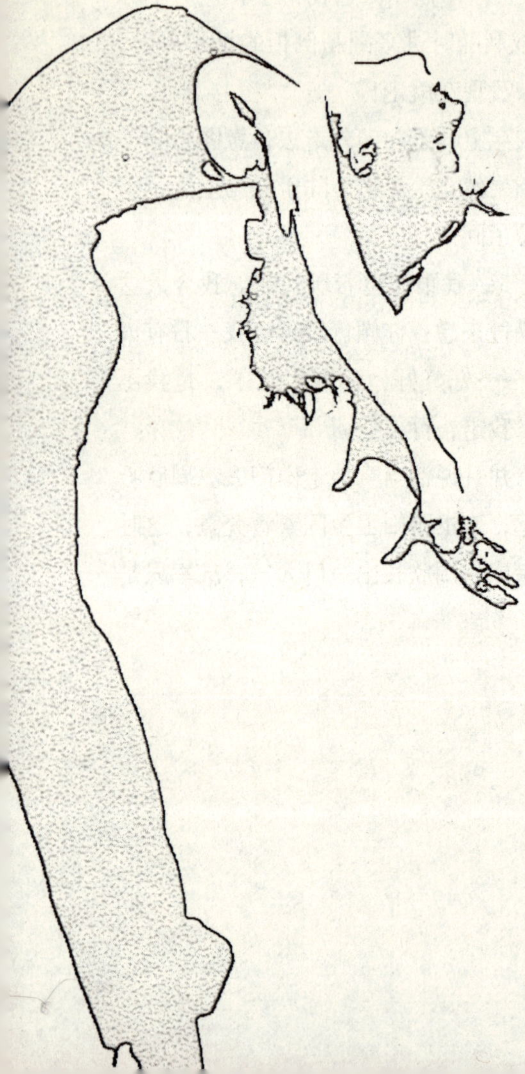

周欣的画室铺好了一个简单的地铺，枕边一侧放置了一盏小灯，高纯与周欣面对面地坐在铺上，这一夜他们的话题更加相融。对往事的述说让双方彼此信任。他们说到了各自的母亲，对母亲的敬意他们感触相同。

周欣说："我和你其实一样，也是我妈把我养大的，我妈这人太直了，心里容不下半点丑恶。可一个容不下丑恶的人，如果身边有很多丑恶的话，那她一定活得非常痛苦。"

"因为她不肯同流合污？"

周欣点头："她不肯同流合污，也不肯和平共处。也许在这一点上我和我妈是不一样的，我不会向丑恶妥协，但不妥协如果有斗争和回避两种方法的话，我可能选择后者。"

"你不敢斗争？"

周欣摇头："如果势单力薄，斗有何用？只要能够独善其身，玉碎不如瓦全，瓦全还能保全自己，也是为这世界保全一个好人。"

"不做昧良心的事，就是好人？"

"按现在的标准，应该是了吧。"

"你为什么不把你妈妈接到这里来住呢，你和你妈妈，不是感情很深吗？"

"我妈不知道我住的这套房子是我们老板送的，所以我没把她接过来住。"

“老板送你房子，是件不光彩的事吗？”

“也许有人会认为，我和老板之间，肯定有什么故事。”

“你和老板之间，有故事吗？”

高纯的问题有些尖锐，但问得如此直白反倒显得可爱和天真。周欣反问：“你认为呢？”

高纯马上说道：“从刚才老板过来找你的感觉上，应该有吧。”

周欣笑一下：“对，我不否认。”顿了一顿，又说：“但这故事的情节，肯定不是你想象的那样。”

高纯也笑一下：“那个谷子不是也很喜欢你吗，你的故事，全在他的身上？”

周欣不答反问：“你看出他是真的喜欢我吗？”

高纯收拾了地上的咖啡杯，起身走向厨房：“应该是吧，你们挺般配的。”

周欣跟到厨房门口，问他：“哎，我上次求你的那件事，你到底愿不愿帮忙？”

高纯回头，回答：“愿啊！”又问：“哪件事情？”

“当我男朋友那件事啊，你忘了吗？”

“你不是说不需要了吗，这件事你已经取消了，你忘了吗？”

“现在又需要了。”

“现在？”

“不，不是现在，是明天。”

明天很快来了。上午，高纯开车载着周欣，来到位于故宫东华门外的四合苑画廊。画廊里正在举办一场先锋派的画展，展场空旷，观者寥寥。一进展场周欣忽然亲热地挽起了高纯的胳膊，往里走得亲密无间。高纯走了几步才看到前面不远的一幅大型画作前，站着那位年轻的画家谷子。谷子正用惊愕的目光，看着他们偕肩挎臂地自远而近，他显然怀疑自己的眼睛，是否忽然走火入魔。

对谷子的愤慨，周欣故意视而不见，她扒着高纯的肩膀，向他讲解着立在过道旁的一件抽象的雕塑。谷子走过来了，高纯忍不住偷眼去看，但周欣悄悄拽他一下，那意思是让他不要转头，高纯于是重新把目光盯在那块看不懂的泥块上，看得完全心不在焉。

谷子走到他们身后，怒气冲冲叫了一声："周欣！"

高纯首先回头，周欣也就回过头来，脸上挂着平和的表情，淡淡地说了一句："噢，你来这么早。"然后再次一本正经向高纯介绍："这是我们一起的，他叫谷子。"又问谷子："你什么时候来的？"

高纯向谷子友好地点头示意，谷子瞪着眼珠怒向周欣："麻烦你把你的这个伴儿，重新再给我介绍介绍，你昨天介绍得也太轻描淡写了吧！"

周欣故作糊涂："啊，怎么轻描淡写了，他是我朋友啊。"

谷子说："朋友，你不是说他不算你朋友吗！"

周欣说："啊，从今天开始，算了。怎么了，行吗？"

谷子气得口齿不清："噢，行啊，你现在怎么喜欢这种类型的了，换口味了啊。能再说一遍你们在哪认识的吗？"

周欣说："在网上认识的。"

谷子冷笑："网上？你也上网交友了？行为艺术吗？"

周欣说："我怎么就不能上网交友？我们聊得来，聊得开心，就约了见面，不可以吗？"

谷子愤怒："好，可以，可以，你们不是已经见过好多面了吗？"

周欣："对呀，见过好多面了，彼此感觉好，就见呗。"

他们唇枪舌剑，高纯坐壁上观，看看左边，看看右边，一脸忠厚，一脸无辜。很快谷子怒不可遏，愤然走开："行，好，我祝贺你，祝贺你想开了！你好好玩吧！"

谷子大步向展馆门口走去，走了几步又走回来，狠狠地冲周欣又撂了一句："小心别把自己玩进去！网上骗子太多，骗财骗色，你好自为之吧。"

谷子说完，扭头走了。高纯看一眼周欣，周欣面色僵硬，不加反驳。高纯于是自己冲谷子背影喊了一声："嘿，你说谁是骗子呀。"

谷子头也不回地走了，高纯转过脸来，再看周欣。周欣表情郁郁，脸上并无获胜的快感。高纯提醒她一句："嘿，他走了。"她没有回答，转身朝另一个方向走开。

他们没心情再去观赏那些先锋艺术，落落寡欢地走出画廊的展厅。在路上，高纯问她："你工作的那家公司，是不是叫百科公司？"

周欣在想自己的事情，心不在焉地答了一句，自己也不知答了什么。少顷忽而停下反问："你怎么知道我们公司叫百科公司？"

高纯支吾一下："哦……你上次说过。"

周欣回想一下，回想不出，只好继续前行："啊，怎么了？"

高纯说："没怎么，随便问。你们公司是做什么生意的？"

周欣说："贸易，投资，电子产品，什么都做。"

高纯点头："噢，你们公司有几个老板呀？"

周欣说："我们老板就一个呀，就是昨天来我家的那个。不过他不是真正的老板，真正的老板过去是他岳父，现在是他老婆。可他老婆从不在公司露面，他老婆在公司里就像是个传说，真正见过的没有几个。"

但高纯关注的只是前者："他岳父叫什么名字？"

"叫蔡百科，是百科公司的创始人。"

高纯失望地住口："噢。"

两人走到街边，周欣扯开话题："你去哪儿？"

高纯这才回过神来："啊，你去哪儿，我送你。"

周欣说："我回家。你呢，你今天还住我那儿吗？"

高纯说："不不不，昨天真是打扰你了。我呆会儿就去找住的地方。"

周欣没有挽留，点头说："那好吧。"

高纯把周欣送回住处，然后再次去了车库。

在改成粉条加工间的车库里，他找到了正在干活的作坊主人，给了作坊主人一张字条，求他帮忙一件事情。

作坊老板看那字条，问道："金葵……男的女的，这是她的电话？"

高纯："这是我的电话。如果有叫金葵的人过来取她的东西，你一定让她打这个电话找我。”

老板收了条子，说：“好，没问题。”

高纯又追了一句：“如果她不打，你一定打这个电话告诉我一下。”

老板又说：“好，没问题。”

高纯道了谢，转身出了车库，作坊老板在身后叫他：“哎，原来在这儿还住着一个女孩呢，和她爸爸妈妈住在一起，你要找他们吗？”

高纯迟疑地停下脚步，一时没有反应清楚：“还住着一个女孩？”

一小时后，高纯驾车来到南城的一条旧街，走进这里的一座旧楼。这种随时可能拆迁的旧楼在北京已经不多见了，光线昏暗，楼道曲折，住户拥挤，倒也别是一番风景。楼里飘荡着一股炒菜的油腥味，也飘荡着一个女孩走调的歌声。在一户人家的门口，高纯看见了正在捅着一只煤球炉子的李师傅，还有正在引吭高歌的李君君。李师傅和李君君也看见他了，脸上现出了惊讶而又尴尬的表情……

君君还在那家餐厅里当收银员。

任何人走进这家餐厅，都不会注意到窝在吧台一角的那座收银台，但坐在收银台里的君君，却可以把餐厅的每个角落尽收眼底。她在这个岗位操练有日，收银开票的动作已经游刃有余。

李师傅也找了个交通协管员的工作，每天站在路口指挥行人车辆，督促大家遵守交通规则，好歹也算吃公家饭的一份差事。北京的那些交通枢纽从早到晚车水马龙，那种永不停歇的拥挤相比安静的云朗，说不清是嘈杂还是繁荣。

晚上七点半交通的高峰时段过去之后，李师傅才能回到家中。高纯回家当然更晚，大约和君君下班的时间相同。在这间旧楼的一角，高纯和李师傅一家二口，生活还算平静和睦。李师傅的妻子依然病在床上，李师傅依然每天一早一晚不厌其烦地伺候着。高纯要是回来的早，也帮师傅做事，熬药热饭之类的活儿都会伸手。

连病人自己在内，大家都不让君君动手，君君下班回家以后的主要任务，就是做题背书，为即将到来的高考做最后的冲刺。

偶尔，大家会聊起金葵。

李师傅问高纯："金葵还是没给你来信儿吧？我今天在我上班的那个路口，碰上云朗的一个熟人，过去跟我一起在酒楼当杂工的一个同事，他还跟我说起那个杨峰来了呢。"

关于金葵的话题，高纯早就刻意回避，可李师傅的这番话还是让他胸口发紧，在脸盆里洗涮毛巾的动作慢了一瞬，没有抬头。

"哪个杨峰？"

"就是追金葵的那个杨峰啊。你忘啦？"李师傅接着说："我们同事跟我说杨峰没跟金葵结婚，说杨峰后来又找了另外一个女的，听说也是个舞蹈演员，他带那女孩后来又去我工作过的那酒楼吃了好几次饭，出双入对的，一看就是那种关系。不是金葵。"

高纯仍未抬头，言语也故作随意："你那同事，平白无故跟你谈杨峰干吗？"

李师傅说："杨峰在咱们云朗，也算是个名人啊！青年企业家，又是政协委员什么的，头衔一大堆呢……"见高纯没甚反应，李师傅才说："啊，是我先问他的，上次杨峰不是在我们那酒楼请金葵一家吃过饭吗，我们同事见过金葵，我就问他来着。他说金葵肯定没跟杨峰结婚。"

高纯抬起头来，眼睛看着墙壁："她真的没和杨峰结婚？"

高纯掩饰不住的关切，让李师傅的话语变得犹豫，他吞吞吐吐地说道："不过听说金葵现在也不错，听说她爸爸把她送到国外上学去了。"

高纯转头，冲李师傅质疑："不可能啊，他们家的买卖都快垮了，哪儿来的钱送她出国留学？"

李师傅想当然地："肯定也是有人出钱吧，金家有金葵这么一朵鲜花，还怕不能招蜂引蝶……呃，招商引资？"

高纯仍然疑问："你怎么知道的？"

李师傅摆着手答："这还不是明摆……"

高纯追根问底："你怎么知道的？"

李师傅愣了一下："就是听我那个熟人说的呀。云朗就是那么大点地方，好事不出门，坏事传千里。哦，当然，这也不算什么坏事。"

高纯再问："她到哪个国家留学去了？"

李师傅摇头："这就不知道了。"

李师傅的妻子女儿都小心地看着高纯脸色，见高纯的刚刚燃烧的目光又慢慢枯萎下去，屋里一时没了声音。少顷，才听到高纯再度开口，问的声音有气无力。

“她出国……还是学舞蹈吗?”

没人答话。李师傅点了一下头，又摇了一下头，全都似是而非。

金葵去的地方，叫苦丁山。

买了金葵的铁匠从小有姓无名，自己叫自己王苦丁。

王苦丁三十多岁，相貌朴实，身材黑壮。金葵在他家的那些日子，他放下了铁匠铺里的一切活计，每天在家伺候金葵，一日三餐，晨昏起居，无微不至。王苦丁家就住在铁匠铺的后楼，金葵就被锁在后楼二层的一间屋里，每餐饭菜都由王苦丁送到床头，顿顿有肉，尽管粗糙油腻，却看得出山里人的慷慨和殷勤。

王苦丁的胃口很好，顿顿大口吃饭，见金葵懒动筷子，总是好言相劝：“我知道你想家，想家也要吃饭呀，等咱们过好了日子，你给我生个孩子，我陪你一起回你家看你爹妈去，这总可以了吧。”

金葵仍然不动筷子，但终于开口说话：“你先让我回家去，我再跟你谈过日子。”

王苦丁是农民，但农民并不傻：“你要先跟我过日子，先给我生了小孩子，我才能让你回家去。”

金葵说：“你是我什么人呀我凭什么跟你过日子！凭什么给你生孩子！”

王苦丁说：“你是我媳妇！我花了那么多钱把你买过来，就是要跟你过日子！我的钱是辛辛苦苦挣来的，又不是偷来抢来的。你快吃！我让你吃你就要吃，你是我媳妇就必须听我话！你吃！”

温文尔雅一阵，王苦丁还是耐不住性子，很快露出大男人的本相，口中也放出凶腔，并且上前动手强迫金葵吃饭。金葵挣扎两下，撕扭中掀翻了炕桌，饭菜洒了一地。王苦丁恼羞成怒，老拳相向，在山里男人打媳妇天经地义，王苦丁不觉是多大事情。

山里的天比城里黑得要早，灯光转眼归隐院落，山里人习惯早睡，整个村子很快暗无声息。只有村口铁匠铺的后楼，还持续着男人女人的叫骂，锅碗瓢盆的摔打，直到电灯都被什么东西蓦然砸灭，后楼的厮打才刹那停息。

夜深人静。

李师傅一家人也睡了，整幢楼房里的人都睡得很早。只有这个时候，高纯才能将包在黄绸里的那块心形翡翠，拿到灯下揣摩端详，才能压着粗厚的声音，像孩子一样偷偷哭泣。如果他知道千里之外有一个穷僻的山村，他哭的女孩也在那里哭他，那又该是何等幸福。但他不知道。金葵也不知道。只有天上的明月，看得见高纯脸上的泪痕和金葵眼角的青肿。

很生气的王苦丁也早早睡了。

王苦丁睡得很香很香。

苦丁山刚刚被曙光染红的时刻，农民们便陆续出门各奔营生。王苦丁打开后楼门上的铁锁，端着热腾腾的早饭走进屋子。倚在炕角昏睡的金葵被门声惊动，她呆呆地看着一个黑壮的男人进来，昨日的记忆才慢慢苏醒，惊恐刚刚由心上脸，她看到的却是铁匠脸上憨厚的表情。王苦丁把早饭放在炕头，带着羞涩冲金葵笑笑，说了句：喝点热粥吧。便讪讪出门。金葵听见门外上锁的声音响过，才爬过去看那碗里的东西。碗里除了热粥和咸菜，还有一个油炸的鸡蛋，炸得金黄闪闪。金葵怔怔的，麻木的嘴角竟微微一动。

整个上午，铁匠铺后面那座业已糟朽的木楼都没有动静，不知主人是出门去了还是在铺内忙碌。直到中午，王苦丁才又重新在楼上出现，他打开房门，送来午饭。还给金葵带来一份早已翻旧的杂志，和午饭一起放在了床头。

“这本书很好看的，我从王长贵媳妇那里借来的，你看看解解闷吧。”

金葵瞟了一眼，那是一本《知音》杂志。她冷冷地说道：“早就过期了。”

“啊？书还有期呀……”王苦丁很认真地困惑着：“咱们这里离镇上太远了，下次我到镇上给你去买新的。”

金葵没再说话，王苦丁用恳求的口吻又说了句：“吃饭吧。”

金葵于是吃饭了。十分钟后，王苦丁去而复来，拿来几套干净的衣服放在炕头，对金葵说道：“把衣服换换吧，你把衣服脱下来，我给你洗洗。”

金葵衣服早就脏了，和王苦丁打了一架，更是污秽不堪，但炕上的那两件衣服显然不是女人穿的。王苦丁看出了她的眼神，又说：“你先凑合穿穿，我把你身上的洗完晾干你再换回来嘛。过些天我去镇上，给你去买好看的衣服。”

金葵忽然想到了什么，主动开口向王苦丁问道：“去镇上……要走多远？”

这个下午，王苦丁没去铁匠铺里打铁，而是一直在院里洗着衣服。从午饭过后金葵的屋门就没再上锁，金葵几经试探，终于走出屋门。王苦丁听到楼梯响动，抬起一脸汗水，他看见金葵走下楼来，一直走到院子当中，竟然接过他手里的衣服洗了起来。王苦丁高兴得满脸憨笑，岂料金葵刚刚洗了两下，忽然大呼小叫起来：

“嘿！你怎么把你的衣服和我的一块儿洗呀！太恶心啦！”

金葵将大盆里王苦丁的衣服、短裤，以及袜子之类，统统拎出来甩在地上，脸上挂着厌恶的神情。王苦丁连忙上前将自己的衣裤袜子一一捡起，尴尬地拿到一边去了。

金葵将盆里的肥皂水统统泼掉，似乎泼不尽心里的玷污。

太阳还剩了些抖动的余烬，王苦丁家的院子里又响起了咣咣的声音。铁匠王苦丁做起了木匠，那只被金葵摔坏的炕桌很快修复。太阳终于落下山了，王苦丁家点起了油灯。电灯在前一天也被砸坏了，油灯在这个三天两头停电的山村里，似乎是个必不可少的器物。

王苦丁把饭菜端上刚刚修好的炕桌，把筷子摆在金葵的前面，看着金葵拿起了饭碗，才嗫嚅地说了句：“咱们俩……”见金葵警惕地瞪着双眼，他越发口吃起来：“咱们俩……咱们俩……一起……一起吃吧？”

金葵犹豫了一会儿，点头：“啊。”

王苦丁这才坐在炕边，傍了炕桌的另一侧，满脸带笑地吃了起来，一时忘乎所以，还不断为金葵夹菜。金葵躲开饭碗，皱眉说道：

“你再拿双筷子来。”

王苦丁怔了一下，不明事由，但还是下炕去拿了双筷子过来，金葵将那双筷子架在一只碗上，说：“以后夹菜用公筷!”

王苦丁没听明白似的：“公筷?”他指指那双筷子：“这个?”

晚饭之后，王苦丁和金葵一个坐在炕头，一个缩在炕尾，彼此之间像是隔了千沟万壑，但两人之间的对话，听来已经心平气和。

王苦丁说：“……我可以不锁门了，我明天就不锁门了，我不锁门其实你也跑不了。从这儿出去走到公路，走上半天也走不到的，不认路走一天你也走不到的。所以我不怕你，你跑不了的。”

金葵说：“我跑不了你锁门干什么，我不明白你锁我有什么用呀！怕我找你们村长去？你们这儿有村长吗……”

王苦丁说：“你找村长做啥？我这情况我们村上都知道，村长还等着喝我的喜酒呢。”

金葵说：“你们这儿……愚昧！你出去吧，我要睡觉了。”

王苦丁说：“那么早就睡呀，你们城里的人不是都睡得晚吗?”

金葵说：“废话！我这几天都没怎么睡，你出去吧，我困极了!”

王苦丁动了一下屁股，说：“那……咱俩的事到底怎么办呀？”

金葵说：“咱俩什么事呀？”

王苦丁说：“生孩子过日子的事呀。我是我们家独苗，我要是给我爹妈绝了后，我在这村里可怎么做人哪。”

金葵说：“你绝后又不是我的责任。你快出去我困了你让我睡觉！”

王苦丁站了起来，继续说：“你睡觉就睡觉，我反正要跟你过日子，你同意也得同意，你不同意也得同意。我可是一直好话跟你说的，你别敬酒不吃吃罚酒。我攒了十几年的钱，好不容易把你娶回来了，我死也不会让你走！你不干我就把你锁在这里锁一辈子，我每天揍你一顿，我看你服不服！”

王苦丁脸上憨厚，却再次目露凶光，金葵表面倔犟，其实心里又开始发抖。

高纯陪着周欣在戒台寺画了一天松树，回城后天色已经彻底黑了。等红灯时他的手机忽然响了，来电显示的竟是陆子强的号码，他慌忙将手机的铃声按断。几秒钟后铃声愤愤然卷土重来，高纯索性关掉了手机的电源。

高纯不接电话，与之同车的周欣也不无疑惑：“怎么不接呀，干吗把电话关了？”

高纯遮掩：“没事，一个无聊的人。”

周欣笑笑：“女人？”

“不是，男人。”

周欣点头说道：“噢。”少顷好奇地又问：“你交女朋友了吗?”见高纯未答，便笑笑：“漂亮小伙子，没一个不花的。以为自己有资本，不把女人当回事的。”

高纯说：“你这岁数的女孩更可怕！男的爱上哪个女人，一般都是爱上她的人了，女的要是爱了哪个男人，一般都是爱上他的钱了！因为有钱才会让女人觉得安全，才会让她放心去追求自己喜欢的一切，包括艺术。”

车子已经开到公寓的门口，两人本来都是无所指的玩笑话，唯有高纯最后这句，情不自禁说到了金葵，那是他自己心里的痛处，但周欣或许认为高纯攻击到自己，不由沉默了片刻，才推开了车门。

“我不知道，我给公司的老板当秘书这件事，为什么让你得出这种结论。”周欣说：“我不想解释什么，你愿意怎么想就怎么想吧。谢谢你这一天的辛苦，这些天你帮了我很多忙，我会感谢你的。”说完，没等高纯回答，周欣便下了车子，走进楼门。

车门砰的一声关上，高纯坐在车里，他看到了挂在车前的那颗心形琉璃，眼中忽然涌泪，他似乎到现在也无法相信，他的金葵，与他曾经山盟海誓的金葵，真的为了钱，或者，为了跳舞，跟着另一个她不爱的男人走了。

从周欣住处离开后，高纯把车开得漫无目的，开了很久他才发现，他前方的去向，居然又是那个车库。他把车停下，在路边停了很久，才想起打开电话，拨了陆子强的手机。陆子强的手机始终占线，高纯随后看到了他不知什么时候发来的一条召见的信息……

高纯开车去了码头，陆子强还在游艇上与来宾纵酒，他拐到船尾，冲着刚刚赶到的高纯发了脾气。

“你刚才到底干什么去了，我打你手机你为什么不接，为什么把手机关了？”

高纯撒谎：“我手机没电了，一接就断。我刚充上电。”

陆子强怒气稍退：“这几天怎么听不到你的消息？”

高纯答道：“您不是说有可疑情况再打电话吗？这几天没什么可疑情况，都挺正常的。”

陆子强问：“她今天都去哪了？”

高纯答：“去庙里了。”

“去庙里干什么？”

“庙里有棵树。”

前甲板上有人在叫陆子强，说要切蛋糕了，陆子强匆匆对高纯又说了句：“我告诉你，你干的这个事，也是一门职业，你得有点职业道德，我要是发现你糊弄我，你可就拿不到我们谈好的那个数了。”

直到月上中天，游艇才尽兴返航，这场商务酒会到此结束。主宾谈笑风生地走上码头，彼此握手告别，汽车的车门一通砰砰作响，一辆辆轿车鱼贯开出。进入城区后车队四散，南辕北辙或奔东西，陆子强的奔驰穿街过市气宇轩昂。闪着转向灯拐进了一条小巷，在离巷口不远的一处宅院门前稳稳停住。随着一声金属的响声，一扇电动的车库门缓缓打开，放奔驰进入之后，又缓缓关闭，整条小巷随即鸦雀无声。

半分钟后高纯的车子也驶过院门，他在离开游艇后并未离开，一直在码头附近等着陆子强出来，他跟踪陆子强一直至此，把车停在前方稍远之处，下车步行返至宅院门口，踏上门前台阶，扒着门缝向里窥探。他看到一个砖雕的影壁，雕刻精致而又古朴简洁。昏黄的电灯把院内的门道照得幽深寂静，听不见里面的一点声音。

他退下石阶，抬头仰视，视界框满这扇对开的朱漆大门。大门一侧的墙上，有一个铁质的门牌，上写“仁里胡同三号”几个楷书小字。他用手机存下这个地址，在他离开后整条胡同空无一人。

高纯以为，周欣不会理他了，但两天之后周欣又来了电话，请高纯去了她的公寓。

这间公寓里最大的屋子，做了周欣个人的画室。画室里泡好两杯清茶，支起一张画板，画板上已经勾勒出了一个年轻男子的素描半身。在画板的对面，阳光倾泻的窗台上，坐着她临摹的模特——高纯。

高纯的轮廓被午后的阳光镀亮，皮肤华丽如缎，线条起伏有致，画板上渐渐有形的那张面孔，标致得几乎完美无缺。

日落而来的阴影也改变了周欣画室的调子，画板上刚刚着色的高纯显得忧郁冰冷。画者与模特在燃亮电灯的同时都已离开了原位挤进厨房，共同制作他们简单而不失时尚的晚餐。

晚餐后高纯在厨房帮周欣洗了碗筷，周欣在客厅对“高纯”做着修改。她用绿色修补着高纯颈上的琉璃，试图再现那玉石般晶润的光泽。见高纯从厨房走出，她笑着问了一句：“这好像不是男人戴的东西。”

高纯淡淡反问：“这也分男女？”

周欣说："当然啦，男人最多戴一块不加雕琢的璞玉，很少有戴心的。心形的首饰一般象征感情。感情，是女人才关心的东西。"

高纯脸上，连苦笑都未成功："女人……真的在乎感情？"

"一般是这样吧。"周欣说："男人更在乎事业，太儿女情长就不是男人了，也没出息。女人就不一样了，女人很在乎内心的情感，对父母，对孩子，特别是……对自己爱的人。"

"没有例外吗？"高纯问。

"当然有，什么事都有例外。我是说一般。"

"不是说，女人一般都最爱钱吗？"

"那是另一回事，你扯了另一个范畴的话题。"周欣说。

在离开公寓的路上，高纯依然情绪低沉，他托起挂在颈上的琉璃用心凝视，不知它是否真的还能牵挂住一个女人的情意。

回到住处之前高纯再次去了暗随陆子强去过的那条仁里胡同，那是北京老城的一条旧巷，鳞次栉比都是砖墙筒瓦的老式院落。巷内的清静与干净显示这里的居民已经不是普通百姓，北京四合院已有不少成了富人的寓所和收藏，成了品位与财富的象征。高纯把车停在离三号院不远的墙边，下车徒步走到院子门前。这座院门在这胡同的位置与外观似乎最为显赫，朱门大瓦煞是扎眼。

天色已晚，路无行人，高纯顺着围墙左右察看。不远一户人家正开门送客。高纯想了一下，大步过去，客人的汽车恰巧开走，两位主人正要进门，高纯上前用话拦住：对不起，请问你们知道那边三号院里住着什么人吗？那一男一女大约五十来岁，目光老到地打量高纯，男的回答：不清楚。高纯锲而不舍：那院子里住的人是姓高吗，是不是一个叫高龙生的人？男的再次回答：不清楚。并且转身进门。女的随在男的身后，却又回头反问高纯：你是做什么的，打听那家有事呀？高纯忽被反问，应答仓促：哦，我……我找人。女的重复了一句：我们也不清楚。便随男人进了院门。院门关闭的刹那，高纯才想起该说一句打搅了，才意识到自己如此打探，不仅冒失，而且愚蠢。

是夜，没有故事发生。

中午饭后，周欣按时按点走出东方大厦，高纯跟在她的后面去了公寓。周欣小小的画室中，肖像临摹继续进行。尽管轻描淡写尚未着色，但画板上的高纯轮廓初拟，眉宇间的一丝忧郁尤其逼真。

周欣说："我们请模特一般一天五十块钱。不过我总觉得给你钱不太好吧。"

高纯答："啊，是不太好。我不要钱。"

周欣说："这几天你好像不太高兴，有什么不顺利的事我能帮忙吗？"

高纯答："啊，没有，没有，你不是不让我笑嘛。"

周欣看着画中的高纯，问："是你的眼睛天生忧郁，还是你这两天情绪不好？不过这正是我想要的那种眼神。"

高纯说："是吗？"

周欣问："你的眼睛，像你爸爸还是像你妈妈？"

高纯说：“像我妈吧，我没见过我爸。”

周欣说：“噢，我想起来了，你到北京就是来找你爸爸的，还没找到线索吗？”

高纯说：“没有。”又说：“我也不想找了。”

周欣见他不想多谈这事，便移开话题谈起别的：“你总把那颗琉璃戴在身上，是随便戴戴还是有什么讲究？是想什么人吗？想你妈妈？”

高纯没有回答。

画室里忽然静了下来，窗外好像开始起风。

第十章

亡命

风是从苦丁山那边吹过来的。金葵和王苦丁这一对“痴男怨女”，炕头炕尾地拉着距离，在窗外风声的伴奏之下，相当严肃地谈开了“感情”。金葵显然已经镇定下来，尽管声音仍然毫无力气。

“我看你这人也挺好的，我不是不想和你一起过日子，可让我跟一个男人过日子，他起码得明媒正娶地和我结婚。”

王苦丁说：“那我明媒正娶还不好吗，我跟你结婚还不好吗。我可以把村里的人全都请上，把村长也请上，结婚的钱我想办法去借！一定不让你受委屈还不好吗？”

金葵说：“不好。让我跟一个男人结婚，总得先跟他谈谈恋爱吧。你知道什么叫谈恋爱吗？”

王苦丁使劲点头：“知道，怎么不知道，那咱俩就谈恋爱嘛，你说咋谈就咋谈。”

金葵说：“在我们城里，谈恋爱的时候，男方必须对女方特别好，什么事都得听女方的。等把女方娶回家了，女方才什么都听男方的。我爸妈就是这样的，结婚前我爸事事听我妈的，结婚后家里都是我爸说了算！咱们要谈也得这个样。以后等咱们结了婚，我就什么都听你的，可谈恋爱的时候，你得处处顺着我。”

王苦丁马上保证：“好，我顺着你，我听你的。”

金葵马上核实：“你真听我的吗？”并且再次威胁：“你要不听我的，我死也不会跟你，你还不如现在就把我弄死呢，然后让公安局再把你弄死。反正到了阴曹地府我也不跟你结婚。”

王苦丁说：“我听你的，听你的还不好吗，我对天起誓还不好吗？”

金葵严肃地点头：“那好吧，那我就先相信你。那我就提几条要求，先考验考验你。”

王苦丁紧张：“什么要求？”

金葵说：“你看，一听我提要求你又害怕了。”

王苦丁说：“没有没有，你提你提。”

金葵说：“我第一条要求，以后咱俩的事，咱俩自己商量，不许叫你叔你婶你们村里人来，你找他们来，能成的事我也不成了。”

王苦丁犹豫：“那我没爹没娘了就剩我叔我婶了，我有什么事总得……好好好不叫他们不叫他们，反正结婚前我什么都听你的还不好吗？第二条呢？”

金葵白了他一眼：“第二条。你得带我进趟城，挑几样好看的衣服，我不能穿这身衣服就结婚吧？结婚是一辈子的大事。”

王苦丁气短：“进城？我攒的钱都花在你身上了，县城太远了，进一趟城要花多少钱呀……”

金葵瞪了他一眼：“结婚都不舍得给新娘子买衣服，那这婚谁跟你结呀。我们城里人结婚可复杂呢，得穿好几套衣服，得租一个车队在城里转一大圈，得办几十桌酒席，办喜事前还要去照相馆照结婚照，我这些都不要，就要你带我进城挑两件衣服你都不愿意，这婚我肯定不结了，你还不如现在就把我弄死然后再让公安局弄死你呢……”

王苦丁连连安抚：“成成成，我带你去，我带你去，你总得让我把钱凑齐吧。买衣服……要多少钱呀？”

与王苦丁达成“协议”的第二天早上，金葵醒来，下床推门，发现门仍然锁着。她探窗看到楼下铁匠铺里有人说话，紧接着看到王苦丁送他叔婶从铺子里走了出来。再接下来是有人上楼的声音，门声响动，有人开锁进门。金葵退回床上装睡，抬头见王苦丁进来，把早饭放在了床头。

“吃饭吧，我去打洗脸水。”

金葵坐起身，在他身后板脸说道：“你又去找你叔叔婶婶了？”

王苦丁回头，结巴一句：“没，没有啊，我是找他们商量借钱的事。”

“借钱？”

“是啊，结婚的钱我算了一下，要在村子里摆四五桌酒，还要去城里给你买衣服，我想，既然进一趟城，那就照个结婚照吧。怎么也要弄个一两千块钱吧。我正想和你商量呢，我们好不好就去镇上买衣服？镇上的衣服也很新潮的。镇上也有个照相馆，我跟村长打听了，镇上那照相馆里有婚纱租。村长去年又娶了个老婆，就是在镇上照的婚纱照。去县城走山路很远的，一天赶不回来，在外面一住下，钱就没边了。这次我们先去镇上买，等结婚以后还上钱，再到县城逛，还不好吗？”

金葵迟疑：“镇上？”

三天后的早上，王苦丁和金葵走出了铁匠铺子，在村民好奇的目光中走到村口，沿山路向镇上走去。王苦丁总想和金葵肩臂相靠，金葵则刻意与他保持距离。

他们走了几十里山路，中午才走到山下的小镇。在镇口王苦丁碰到了一高一矮两个同村的青年。高个青年向王苦丁问道：王苦丁，你怎么也到镇上来了，来做啥咧？王苦丁说：买两件衣服，照个相片。你们来做啥咧？矮个子说：打个电话，我老姐在县上说给我找工作，我打个电话问问。高个子又问：苦丁，听说你娶媳妇了，是这个吗？怎么不摆上酒叫大家喝喝？王苦丁说：还没办呢嘛，娶媳妇哪有那么简单，还要买衣服，还要照婚纱照，还要请村长给定个日子……高个子说：定了日子不要忘了请上咱，让咱到你家好好闹一闹。矮个子马上调笑高个子：嘿，你想闹自己也找个媳妇嘛，闹人家的媳妇干什么。高个子说：我哪有王苦丁那样有钱，人家开打铁铺子就娶得上这么好看的媳妇嘛，我娶不上媳妇还不让闹闹吗？

他们一路说着走进镇子，在街边一个小饭摊前吃了简单的午饭。吃完饭王苦丁大声吆喝：老板！收钱！老板过来了，两个同村青年也在口袋里摸钱，王苦丁大方地要替他们付账：我请客，我请客！两个青年拉扯着客气：这咋好，这咋好……推挡几下也就依了。这顿饭金葵吃得心不在焉，眼睛悄悄左顾右盼，一时找不到脱身机会。这座小镇人气不旺，街面冷清异常，身边又有三个精壮汉子不离寸步，几乎没有半点可乘之机。

饭后，王苦丁拉着金葵，就在镇上唯一的一家邮电所里，陪着姐姐在县上的那个矮个青年打了电话。矮个青年问他姐姐找工作的事，连旁听的金葵都听得出八字还没一撇。

邮电所只有二十米见方，中间还设了一条柜台，金葵扯扯王苦丁的袖筒说道：“哎，我也要给我姐姐打个电话。”

王苦丁愣了一下，脸色马上就变：“你打电话做啥，叫她过来接你？”

金葵理亏似的口吃起来：“我……我也报个平安嘛，我家里人肯定急死了。”

王苦丁不傻，拿着架子说：“我早答应过，可以让你打电话，以后还可以带你回家去，可你必须先和我过上日子咧，生个孩子咧，以后咋做都成还不好吗？”

两个青年打完电话过来，垂头丧气地分析着县上的情况，王苦丁和金葵的谈话于是中止。接下来，是两个青年陪王苦丁和金葵在集市上买衣服。穷山僻壤的集市，几乎没有任何像样的东西。

集市旁边就是个照相馆，门前果然摆了婚纱摄影的俗艳招牌。王苦丁的两个伙伴陪着他们一起进去，嘻嘻哈哈地看着他们试穿照相馆里肮脏的婚纱，看着他们在聚光灯下让照相师摆来摆去。这家照相馆和刚才的邮电所一样狭小，女更衣间连采光的窗户都没有一个，前后左右找不到一条可供脱逃的路径。照相时王苦丁倒是非常配合，但动作还是紧张僵硬。金葵应付差事，心事重重，被照相师一再要求启发，才将头部朝“丈夫”肩头靠了一靠，脸上凑出一点虚伪的笑容。

闪光灯哗地一闪，“新娘和新郎”的笑容，被定格在胶片正中。

从镇上照相购衣回来之后，晚饭还是王苦丁做的，饭后金葵主动洗了碗筷，她弯腰洗碗的身段让王苦丁欲火中烧。他哆哆嗦嗦地从身后抱住金葵，惊得金葵把摞在一边的一叠花瓷大碗摔得粉碎。

王苦丁接触到金葵的肉体，喘息立刻不能控制，他用尽力气将金葵抱住，凑上嘴巴强行亲吻。金葵尖叫着拼命挣扎，这场突兀的“亲热”演变成一场激烈的肉搏，金葵的尖叫中夹杂着王苦丁恳求般的呓语：老婆……老婆，你是我的老婆……金葵挣脱了身体，一掌抡在王苦丁脸上，打得他懵懂片刻，金葵趁机奔逃上楼去，进屋反手将门从里面插住。插住之后金葵开始疯了似的在屋里翻找自卫的武器，当她终于翻出一把剪刀的时候，却发觉门外没了动静。金葵手握剪刀上床靠住墙角，做出拼死一搏的姿态。接下来她听到哗啦哗啦的一阵响动，她听出那是铁链锁门的声音。她松下气来，听见王苦丁下楼去了。她顺着墙角瘫坐在床上，才发觉刚才短短一搏，已耗尽了全部体力。

周欣在百科公司兼职秘书，并不都是半天上班，逢公司某些会议需她列席记录的时候，或者陆子强招待某些客户让她出面应酬的时候，下午也是出不来的，有时陪吃陪喝也会很晚。逢这种情形陆子强一般都会用车把她送回住处，不放过任何与周欣独处的机会，没有机会便创造机会，且不论这种创造有多么牵强附会。

这天周欣帮陆子强打印一份文件，傍晚才走，陆子强照例开车送她。车至公寓楼下，陆子强忽然表示有点晕车，“你那儿有去痛片吗？我去吃一片。”

周欣说：“我那儿没有去痛片。”

陆子强说：“那我上去喝杯热水吧。”

陆子强和周欣一同下了车子，双双走进了公寓的楼门。他们乘电梯上去，周欣刚刚打开自己的房门，陆子强在狭小的门厅里，突然强吻周欣。周欣未及反应，未及挣扎，陆子强已经把她放开，率先走进了客厅。

陆子强问：“你什么时候走？”

“去哪？”周欣怔怔地，还站在门厅里。

陆子强回过头来，淡淡说道：“长城。”

周欣直到确信除了那个猝不及防的亲吻之外，再也不会发生什么，才慢慢从门厅走进屋子，为陆子强倒了一杯开水。陆子强并没有坐下休息，而是端着水杯东看西看。屋子的各个角落，堆放着些胡乱勾描的画稿，这些画稿陆子强大都见过，无甚新奇，唯有客厅一角的画架上，一幅刚刚完成的肖像画引人注意。那是一幅年轻男子的画像，面目英俊，神态悲愁。周欣洗了手从卫生间出来，看到陆子强站在高纯像前，久久审视，魁梧的背影一动不动。

苦丁山的太阳照常升起，又一个白日依序光临。金葵缩在床上似睡又醒，听着门外开锁的声音，看着王苦丁端饭进屋，才仓促爬了起来，睡眼惺忪。

“快点吃饭吧。吃完咱们上镇上去。”王苦丁放下早饭，态度照例忠厚得不行。

金葵未醒的脸上，挂了一丝惊异：“今天？……还去镇上?”

王苦丁摆开早饭，笨拙地解释：“那天照相穿的西服是人家照相馆的，他们讲，男人结婚，总要穿件西服的。我借的钱还没有花完，我想去买件西服，前天咱们照的相片也正好可以取了。你放心吧，我一定听你的，按你们城里的规矩办，没有结婚办喜事前，我绝对不再碰你了。你放心好了，我都听你的，还不好吗?”

金葵看着王苦丁，她也许应该相信他的话，但相信了也不值得庆幸，因为在王苦丁看来，他是无论如何要娶她的，不过是早晚的事情。

和上次一样，早饭之后，金葵和王苦丁拉着距离，沿山路向山下的小镇走去。金葵已经穿上了上次在小镇买的那身衣服，崭新而又俗气。而她的脚下，却还是自己原来那双快要穿烂的鞋。

和上次一样，他们走了三个小时，走到了小镇。

王苦丁带着金葵，在小镇的那家照相馆里取了他们的“婚纱照”，照片上的“新婚夫妻”，笑得还算“幸福甜蜜”。王苦丁让金葵把照片收好，又带她去了集市。在集市的一个服装摊位前，王苦丁挑选了一件紫红色的西服，穿在身上向金葵咨询：“这件好不好看?”

金葵对那颜色很吃惊，她替王苦丁挑了旁边一件深蓝色的，说：“还是这件吧。”

“这件?”王苦丁上下比划，似乎嫌它老气。

金葵又帮他挑了同色的裤子，她问：“你们这儿有试衣间吗?”

卖货的摊主拉开摊位里面的一扇小门，往里躬请：

“有，里面还有镜子。”又对王苦丁说：“你女人选的这件好，这件是刚从广州运来的，广州那边照着国外的样子做的，现在这是最新型的了……”

金葵把裤子塞在王苦丁怀里，推他往里：“里面有镜子你去照一下，要买就要试好……”

王苦丁一脸幸福，听话地拿了衣服进去了。金葵环顾左右，今天是个大集，逛市场的人比上次拥挤了许多，人们都在忙忙碌碌。这是金葵这么多天来找到的唯一机会，她紧张得面孔发僵，见卖货的又去招呼新的顾客，她松手扔了替王苦丁拿着的西服上衣，踉跄着退了几步，转身就跑，顺着熙熙攘攘的集市大街，朝着一个她也搞不清的方向，亡命狂奔！

金葵不知道她奔跑时的脸上，究竟是何表情，只感觉路人纷纷侧目，目光好奇。她心无旁顾，拼尽全力，跌跌撞撞跑出镇口。一辆破破烂烂的长途汽车正要离站，关门前被金葵一步挤了上去。

长途汽车开动起来，不知是路面坎坷还是车子老旧，摇晃得像个风中的簸箕。

长途车的售票员显然对金葵苍白的脸色感到疑惑，警惕地问金葵：“去哪里？买票！”金葵身无分文，她只能用急促的声音，表达自己真实的困境。

“我要去公安局！我要报警！”

金葵终于安全了，在离小镇最近的一个公安派出所里，她身心安顿地吃了民警端来的盒饭，民警同时对她做了询问笔录，民警首先想要弄清的，显然是她的真实身份。

民警问："除了你刚才给我们的那个电话，你还有其他联系人吗？你的户口所在地在哪里？"

金葵答："户口……在云朗，我们家在云朗市湖岗大道三十五号……"

民警问："你家里还有什么人吗？"

金葵答："我还有……爸爸妈妈，还有一个哥哥。"

民警问："你爸爸叫什么？"

金葵答："我爸叫……"

问答之间，另一位民警走进房间，打断他们，冲金葵问道："这电话是你什么人啊？"

金葵说："他是我男朋友……"

民警说："这电话停机了。"

金葵万分意外："……停机了？"

高纯再次来到百科公司，他在百科公司的牌子前端详片刻，然后走了进去。

高纯等在百科公司的小会议室里，看到电梯间几个黑老大模样的人物与陆子强拱手作别。陆子强透过会议室的玻璃隔断看到高纯，用目光示意高纯到他办公室来。高纯进屋站在门口，陆子强则站在办公室的窗前向外凝视。

"你手机怎么停了？"

"没费了，我还没充呢。"

陆子强没再责备高纯，转而问道："这些天，周欣都去哪里画画了？"

"这些天……她没怎么出去。"高纯回答："可能就在家里画吧。"

“这几天，有谁去她家了？”

“那个年轻点的画家去过，就是他们独木画坊的那个……”

“不是那个！”陆子强转过头来，打断高纯：“是另外一个人，一个更年轻的人。”

高纯疑问：“更年轻的人？”

陆子强点头：“对，是个很帅的年轻人，也留着你这种头发，很像你。”

高纯心跳加速：“您……见过这个人了？”

陆子强肯定地答道：“见过。”

高纯吓得吸气：“在，在哪儿见的？”

“在她的家里。”

高纯心虚了，强自镇定：“不……不会吧……我没看见她那儿有什么人去过呀，您什么时候看见的？”

陆子强目光盯住高纯，仿佛早已洞悉奸情，高纯头上开始冒汗，但陆子强随后说出的话语，让他的心情倏然放松。

“昨天，我到她那儿去了，我在那儿看到一幅刚刚画完的油画，画的是个年轻的男人，我想知道，这个男人是谁。”

高纯甫一安定，思维就变得灵活起来：“会不会，她是照着图片画的？”

陆子强思索：“她为什么要照着图片画这个人呢？而且他们这些专业画画的人，一般是不照图片画人的。这幅画肯定是照着真人画的，这个人，肯定是她认识的人。”

高纯继续装傻：“会不会是她花钱请的模特？”

陆子强还是摇头："她会让一个这么年轻的男人单独去她家吗？一个年轻美貌的男人，单独呆在她的家里，这合理吗？如果是这样的话，那她玩的到底是绘画艺术……还是行为艺术？"

陆子强问高纯，又像自问，高纯无以为答。

陆子强沉默下来，思谋良久，忽然抬头，对高纯命令："给我查到这个人！"

金葵在这家派出所里住了一天。第二天的晚上，晚饭之后，她在派出所自建的一个简易的浴室里洗了澡，洗完刚刚穿好衣服，刚刚拉开浴室的铁皮门，就看见派出所的一位民警领着两个风尘仆仆的男人走进院子，走进一间办公室去了。院里灯光昏黄，但金葵仍然认出灯晕下的两张面孔，一个是自己的亲生父亲，另一个是同父异母的哥哥金鹏！

父亲和哥哥被民警领进一间办公室去了，金葵关上铁门，喘息起伏，思想斗争，终于，她决定逃走。她从铁皮围出的这间浴室攀上墙头，上了屋顶。她在一片屋瓦上磕磕绊绊地向前逃窜，终于找到一个地面堆着杂物的拐角下来。这是一条人迹僻静的小巷，小巷的一端连着农田，金葵朝着农田的方向跑去。大概就在此时，金葵的父兄跟着派出所的民警走出了那间办公室，一边说着感谢的话，一边朝浴室这边走过来了。民警先叫：金葵金葵，小金！父亲随后叫道：金葵，是我，我是爸爸！但门内无人应声。

民警敲门，未见反应。推门，门被反锁。民警喊来一位路过的女民警，女民警脚下垫着东西扒上铁皮门，她看到这间简陋的浴室，早已是座“空城”。

这天晚上陆子强在他的游艇上举办了一个小型的私人晚宴，前来赴宴的正是那几个黑老大模样的人物。令人意想不到的是，这样一场男人的宴聚，周欣居然受邀作陪。席间主宾一问一答，言语故意有涉江湖，尤其是为首那个秃了顶的客人，腔调野野的，像是故意要在周欣耳中，制造一点惊恐。

“老陆你放心，你上次交办的那件事我第二天就派了几个人去了一趟，把那小子吓坏了。你放心，他不会再来找你麻烦了。”

陆子强表示了谢意，同时侧目看了一下周欣，似乎想看看她的反应。周欣低头喝汤，目不斜视，没有任何反应。

秃顶又问：“哎，老陆，上次你说有人纠缠你的女秘书，你搞清人了没有？这种事你找我，我去摆平他！”

周欣仍然不动声色地喝汤，用餐巾慢慢地擦嘴。陆子强语意幽长，慢慢地说道：“现在还不需要，如果有人真的让我不舒服了，我自会麻烦你的。”

除了这类言语，席间别无多话，散席后送走客人，陆子强陪周欣下船。走到自己的车前，陆子强忽问周欣：“怎么，你不高兴了？”

周欣似乎在想着什么心事，仓促答道：“啊……没有。”

陆子强拉开车门，把车钥匙递给周欣，说：“车学得怎么样了，要不要试试？这时间街上车少。”

周欣犹豫了一下，接了钥匙。陆子强坐在了她的身侧，看着周欣把车发动起来。周欣挂挡后忘记松开手刹，陆子强微笑着替她松了。

奔驰车开出了码头就拐错了方向，经陆子强提醒，周欣把车倒回，还没摆正车头，车尾砰地一声振动，像是撞上了什么东西。车子熄火停住，陆子强急忙下车去看，原来车尾撞上的，正是高纯隐蔽在拐角暗处的车头，车尾无恙，车头却碎了一盏大灯。周欣没敢下车，她从倒视镜中看见陆子强与高纯在车头车尾处交涉着什么，很快陆子强回到车上，而高纯还傻傻地站在后边。

陆子强说："我来开吧。"

陆子强开车送周欣回家，车子在周欣的公寓前停下，周欣伸手开门，车门未被开锁。她转头去看陆子强，陆子强兀自沉默，沉默中似乎有话要说。

陆子强终于开口，声音沉闷："你们……这一去大概要多少天呀？"

周欣淡淡回答："你不是给了我三周的假吗？"

陆子强点头，但说："啊，你要去那么长时间吗？"

周欣转开话题："刚才，我撞上的那辆车，你怎么跟那个人说的？"

陆子强说："这种事你别管了，我会补偿他的。"他又把话题转了回来，"你们什么时候出发？"

周欣说："日子还没定呢，我们需要五辆车，还差一辆没找到呢。"

陆子强淡淡地问："要我帮忙吗？"

天亮之后，金葵终于在路边的一个草窝里倒下，她口唇焦破，面色肮脏。远处开来一辆卡车，这是这条寂静的公路自夜至晨出现的第一辆车子。金葵吃力地爬起，挣扎着走到公路中央，挥动手臂……卡车放慢速度，缓缓停下来了。

同样的早晨，北京的街上拥塞了数以百计的汽车。

谷子搭乘的出租车早早地来到周欣的住处，接了周欣下楼出门。他在上楼前就已留意，一辆似曾相识的车子，鬼鬼祟祟地泊于暗处。在与周欣上车之后，谷子回首观察，果然看到那辆眼熟的汽车从暗处开出，驾驶座上的那张面孔，果然就是高纯。

出租车开动起来，谷子怒不可遏，他再次回头，发现高纯的车还跟在后面，于是转向周欣，横眉相问："你本来是让他来接你的吗？"

周欣莫名其妙："谁？"

两人回头，周欣看不明白："谁呀？"

谷子恶狠狠地："你那个小白脸朋友啊，跟在我们后面呢。"

周欣再次回头："谁呀，哪一辆呀？"

谷子自信抓住了把柄，质问已经变成指责："是你让他来的吗？他每天都来接你上班？"

周欣刚想解释，被谷子愤怒打断："停车！"

出租车司机慌忙把车停在路边，回头看着后座上忽然翻脸的这对男女。高纯的车超过他们开到前边去了。谷子冲周欣冷笑："去吧，叫住他，省得让他白跑！"

周欣显然受不了谷子的态度，愤而推门下车。尽管高纯的车子在前方不远犹犹豫豫地停了下来，但周欣没有过去，而是抬手拦住另一辆的士，上车扬长而去。

高纯坐在车里，疑惑地看着周欣的车子从自己的左侧开过。谷子也闷在车内，面孔铁青地看着周欣越走越远，满腔的愤懑无法言说。

在这条公路上一个荒凉的三岔路口，金葵看到了一顶帐篷。她下了卡车。她谢了司机，目送卡车朝更加荒野的山里开去，才走近那座破旧的帐篷。帐篷是空的，仿佛是被谁遗弃在此的一个废墟。金葵只能沿着另一个方向，投向远处依稀可见的村庄。

太阳西去。

在独木画坊的院子里，周欣与画家们一起，试着支起了一顶露营的帐篷，同时检查着各种随行的用具。老酸和小侯等人计算着可以“征用”的车辆：大何的越野，李东的帕萨特，还有卫华的那辆改装车，谷子又把他哥们儿阿兵的旅行车动员来了。阿兵本来就是干个体运输的，因为跟谷子是发小，所以答应收个成本钱就行。现在有四辆车了，要能再搞到一辆就宽松多了……周欣犹豫一下，向老酸表示，她公司的老板好像愿意赞助一辆车子，支持这次行期在即的“艺术长征”。众人欢欣鼓舞，只有谷子在院子的另一个角落狠狠抽烟，向自己请来开车的朋友阿兵低声倾诉。

天色渐晚，周欣最先和大家告别离开画坊，她从谷子和阿兵身边走过时目不斜视，走到街边上了一辆出租。谷子和阿兵说了句什么，两人一起上了阿兵开来的那辆旅行轿车。旅行车追出画坊的院子，竟意外地发现高纯的汽车从街对面的一个巷口开出，尾随在周欣的出租车之后，将旅行车的视线完全阻隔。

谷子骂了声："妈的，又是他！"

谷子和阿兵的车子紧随在高纯身后，一起跟到了周欣的公寓。让谷子略感意外的是，在周欣到家后高纯并未停车，而是加快了车速继续前行，谷子示意阿兵跟定高纯，沿着马路向前追去。

高纯去了方圆的住处。

高纯是在路上接到了方圆的电话，然后赶到方圆家的。方圆刚刚到外地转了一个大圈，据说马上要到成都工作，要高纯过去告个别的。高纯从方圆口中，进一步证实了其实早已证实的事情。

"我这趟先去的成都，后去的上海。从上海出来也没回北京，我回了一趟云朗。"方圆说："云朗歌舞团散伙以后，那楼房一直空着。不过我去了一趟你们云朗艺校，你们艺校倒还不错，你们好几个老师都打听你呢。"

高纯心不在焉，说："噢。"顿了一下，他把问题迫不及待地转向自己的疼点，"你听说金葵的事了吗？"

方圆说："听说了，我听原来歌舞团的人说，她跟那个杨峰已经吹了，原来都说好到香港旅游的，结果没去。不知道因为什么，金葵她爸又把金葵许给另外一个人了，听说是个特有钱的土大款。"

这是旧闻，只是进一步证实而已。高纯没有惊愕。

方圆又说："杨峰那人，在云朗太跋扈。她爸可能也是怕金葵嫁了他受欺负吧，所以又给金葵找了个厚道的。

听说是个外地的老板。歌舞团有两个人听说金葵回来了去她家看她，她家里人说金葵跟她男朋友到外地去了。那两个女孩也认识杨峰，跟我说肯定不是杨峰，因为金葵走以后他们还见过杨峰，杨峰一直呆在云朗哪都没去。”

高纯喃喃：“是个外地老板？”

方圆感叹：“咳，漂亮女孩，还愁嫁不出去。”

高纯的表情有点呆滞，垂着头颓自言自语：“我到我们住的那个大车库看过，她的东西还在那儿呢，我想她早晚会回去取她的东西吧。我的手机卡丢了，所以我想把那个车库租下来，在那儿等她。如果还能见到她的话，只有在那里等她。”

见高纯情绪悲哀，方圆婉言开导：“你呀，别再生活在幻想里了，我在文艺圈混这么多年，这种事见多了。女孩子初恋的时候，一般都是找个志同道合的白马王子，可结婚的时候，挎着的都是个有钱的肥胖胳膊。恋爱就是娱乐，就是夜里做的梦。结婚才是生活，才是白天醒了以后的生活，你得搞清楚了！”

高纯灰心丧气，心情坏到极点。方圆看看他的反应，小心地补了一句：“云朗歌舞团的人说，金葵走了以后就再也没回过云朗了。据说她和那个外地老板领了结婚证，那老板就安排她出国上学去了。”

方圆看到，高纯的脸色一下变得煞白，眼睛一动不动直了起来。他叹了口气，忍不住替他总结了人生：“梦总要醒的，还是现实点吧，你也该早点考虑一下自己的生活啦，啊！”

在方圆对高纯进行这场开导的时候，谷子和阿兵的旅行车藏进了方圆家楼下的树丛，也做起了“私家侦探”的营生。如果说高纯做私家侦探是为了挣钱的话，那么现在的谷子，则燃烧于难以熄灭的妒火！

他和阿兵坐在车里，一边喝着啤酒，一边等高纯。终于，他们看见楼门里出现了两个人影，正是方圆送高纯出来。他们看见两人在门口的路灯下握手告别，看见方圆转身回去，高纯走向自己的汽车。谷子已经有些醉意，满目仇恨推开车门，却被身边的阿兵拉住。阿兵示意他留在车上不要出面，自己下车迎着高纯走去。昏黄的路灯把他魁梧的身躯衬出一个黑色的轮廓，能看出他的个头比高纯要矮，但和高纯擦身而过时，结实的肩头仍然可以将高纯一下撞歪。高纯歪过身子想看清是谁，看到的却是迎面一拳。那一拳打得猝不及防，从高纯应声倒地的效果分析，确实打得又准又狠。紧接着阿兵又冲那具倒下的身躯猛踢几脚，那身躯已经毫无反抗之力。阿兵从容转身朝旅行车的方向低头快步，动作敏捷地上了车子。

高纯是一下被打蒙的，喉咙里好一阵才恢复气息，口腔和鼻孔都堵了鲜血，连吐的力量也无从聚积。他用双肘撑地，想坐起上身，视线中模模糊糊划过一辆旅行车的黑影，那黑影以极速马力驶向路口。这时他听到砰的一声闷响，连带着一阵金属的分崩离析，随后是刹车带发出的短促尖叫……高纯混沌的意识被这刺耳的声音瞬间激醒。在他的目光复明之际，只看到旅行车的尾灯倏忽一晃，只听到马达的轰鸣声嘶力竭，路口随即复归平静，再无一个人影，再无一丝声息。

周围又黑了下来，如果不是口中的咸血，脸颊的疼痛，一切都像一场噩梦，来去匆匆。高纯慢慢从地上爬起，体力一点点恢复，思维一点点苏醒，他踉踉跄跄走向自己的汽车，吃力地拉开车门。车子空响了半天才发动起来，歪歪斜斜地向路口开去。

路口的景象令高纯震惊，一辆三轮人力车的残骸翻在墙边，挤压着一个四肢扭曲的枯瘦躯壳。高纯的车子悍然停下，他拖着伤痛下车察看，勉强看清那是一个老人，上身在墙上半仰，两臂向空中伸张，三轮车的一只轮子压住了他的头颅，眼睛还微微睁着，但已枯萎了生命的灵光。

后来高纯知道，老人当时并未死亡，但被救护车送进医院抢救了一番后，推出急救室时还是罩上了白布。他的亲属赶过来了，老伴和儿女们先是抱尸痛哭，后又闯进医生的办公室里，揪住脸上带伤的高纯又撕又打，好不容易才被正在询问高纯的两个警察用力拉开。死者的老伴激愤难平，仿佛要与高纯以死相拼：我打死你，我打死你，我跟你拼了，你连我一块撞死吧你！儿女们也个个红眼流泪，不依不饶：你把我爸爸还给我们……你是人生的吗？是人养的吗？你有没有父母！你父母让人撞死你心里怎么样？你父母……

警察们拉着高纯从屋里突围出去，尽管医生护士都上来保护，高纯的身上脸上还是挨了不少拳脚。警察们把他护送出急诊部的大门，拉上了停在门外的一辆警车。

高纯的车子也被开到了交通大队，几个警察拍下了车头的照片，提取了车上的相关痕迹。凌晨天最黑的时候，高纯连车带人都被释放，警察说："那就这样吧，感谢你支持我们的工作，让你受委屈了啊，回头有情况我们再找你……”

警察的表情略带歉意。

天色蒙蒙亮了，高纯才回家睡下。他不可能想到在很远很远的一个铁路小站，金葵也同样刚刚睡下，一列拉煤的火车刚刚驶出站台，金葵就睡在最后一节车厢的煤堆上面。高纯睡下时眉眼尚且青肿，金葵爬上火车前就已蓬头垢面。

天亮得很慢，阿兵的旅行轿车停在街边的一家个体修车店前，阿兵叫开店门，与睡眼惺忪的老板嘀咕半天。谷子站在车前看他们谈好价钱，老板才过来查看撞坏的车头车灯，以及车身的划痕。

老板看了一圈，进去填修车单子去了。谷子左顾右盼，心神不安。他惶恐地去看阿兵，阿兵则看看四周——这条小街的前后，还没有多少行人。

“没事，”阿兵低声说：“这老板是我哥们儿！”

太阳高启，正午时分，周欣奉召来到陆子强的办公室，在这里意外地看到了高纯。

高纯坐在陆子强办公室的沙发上，脸上还挂着前一夜的青淤伤痕。他看到周欣进来时表情镇定，不像周欣那样慌张难掩。好在陆子强并未注意到二人的眼神接触，他当然想不到周欣和这位暗中监视她的跟踪者，早就是一对过从甚密的友人。

陆子强见周欣进来，说道：“我给你找了一辆车，还专门替你们配了个司机，钱我已经付给他了，一路上你们只管他吃饭就行。我给你介绍一下，他姓高，你叫他小高就行。”

介绍完高纯，陆子强转脸又对高纯说道：“小高，路上你一切都听周小姐的。我答应付你的另一半钱，等你回来后我一定付清。”

高纯对周欣礼貌地点了下头，眼中微笑：“周小姐，请多关照。”

周欣的紧张这才松弛下来，但这个安排还是让她意想不到，她转脸向陆子强问道：“你从哪儿找的，是你们公司的人？”

陆子强答道：“不是，他就是那天被你把车撞坏的那个人。我帮他付了修车的钱。我看他有车又有时间，就把这差事交给他了。他反正闲着，让他挣点外快，也算是代表你对他做点补偿吧。他年轻，跑长途远路能吃苦，这你放心。”

周欣转过头来，把目光重新投向高纯，脸上也现出释然的笑意：“谢谢你了。”她说：“上次不好意思。”

高纯也微笑着，礼貌回应：“不用客气，陆老板已经付我钱了。”

陆子强站在他们中间，左顾右盼，对二人相识得如此“融洽”，似乎不在意料之中。

第十一章

密语

清晨，拉煤的火车在一个人烟荒僻的小站短暂停留，列车上的工人终于发现了金葵并将她赶下车来。工人大惊小怪地吼道：“你真不要命啦，这一路穷山恶水的，你说你要是在哪个没人烟的地方掉下来，摔死都没人知道，你爹妈连尸首都没处收去！”

金葵衣服单薄，瑟缩双肩，低头走出了小站。

小站的外面，弥漫着湿漉漉的雾气，空气显得有点稀薄。

太阳的轮廓渐渐显现出来，从东面吹过来的风因此形成了强劲的暖流。当暖流将稀薄的雾气驱散的时刻，远征长城的六辆汽车在北京东郊高速公路的收费站外集合，按照既定的行程计划，长征之旅将于此处始发。

六辆汽车中有两辆越野轿车和两辆拉帐篷及给养的小型货车，接下来是高纯的车子。最后赶来的一辆，就是阿兵开来的那辆旅行车。阿兵的旅行车新换了一只车前灯，撞凹的车头也凸回了原貌，车身的划痕上喷了油漆，若不仔细观察，事故的痕迹已经遮掩殆尽。

周欣和高纯同车赶到起点，下车后与大家彼此寒暄。画家们大都正值精壮，年纪最大的名叫老酸。老酸也不过四十出头，因相对年长被推为首领。他大声叫着画家们的名字，清点着人数，嘱咐头车不要开得太快，强调后车必须跟紧，何时停车方便休息吃饭，一律听他号令，不得各行其是。周欣把高纯介绍给还没见过面的同伴，同伴们七嘴八舌不忘调侃：哟，还是漂亮女孩有办法，一找就能找这么帅的司机来，你这路上是让谷子照顾你呀还是让司机照顾你呀……周欣是这一队人马中唯一的女性，自然成为大众娱乐的中心。

在彼此介绍相识之际，高纯的目光却投向了阿兵的轿车，他脑海中闪回了几天前的那个夜晚，在方圆家门外肇事的同款车型。那个晚上的记忆和当时的夜色一样昏晦，他被打倒的刹那并未看清袭击者的眉目，但旅行车仓惶逃走的尾灯，却清晰印在脑海之中。

“这是大庆，这是小侯，这是谷子……”周欣还在继续向高纯介绍她的同伴：“啊，谷子你见过，这个是谷子的朋友，哎你叫什么来着，阿兵？阿兵和你一样，也是临时过来帮忙的。”高纯冲每个人点头，让他意外的是一向咄咄为敌的谷子，和他目光相对时竟有几分躲闪，而那位被叫做阿兵的冷峻的壮汉，却做了个咧嘴微笑的表情。

最后一个介绍给高纯的是队长老酸，老酸是这次远征的最主要的倡议者和组织者，所以周欣特别补充：“老酸是画家兼摄影家，兼长城研究的专家。”

老酸说：“专家不敢当，只能算个爱好者吧。不过长城在全世界，都应该是门学问！”

老酸招呼着大家上车，嘱咐着注意事项，事无巨细，鸡毛蒜皮，大家应声散去。高纯再次回首，看着阿兵和谷子向旅行车走去，一路咬着耳朵。谷子回头看了一眼，正与高纯目光相碰，他马上回避开来，低头上了阿兵的车子。

高纯车上一共坐了四人，除高纯和同在前座的周欣外，后座上又坐了老酸和小侯。因为老酸在座，这辆车子无形中成了车队的先导车和指挥车，阿兵的旅行车就跟在他们后面……老酸一声令下：走啦！高纯加油使舵，六辆车鱼贯启程。

远征正式开始，车队沿高速公路向前开去。大家有说有笑，兴奋至极。只有高纯表情沉闷，他用反光镜不时观察身后，身后的旅行车看上去簇新无损，模样似乎有几分阴沉，又有几分故意张扬的凶狠。

正午时分，远征队已经远远地把北京抛在身后，沿着辽阔的平原上一条细线般的公路意气风发一往无前。打头的车里，老酸最为兴奋，他就像一个资深的向导，对长城的脉络谙熟于心："咱们中国的万里长城，是世界上最宏伟最壮观的人造奇观，从古至今，没有任何史迹，能和它相提并论！"老酸说："人人都喊不到长城非好汉，以为跑到八达岭慕田峪照两张照片，就算到了长城，了解了长城。其实，长城到底在哪儿，到底是什么样子，很少有人知道。"

小侯不解："八达岭慕田峪难道不是长城吗？"

老酸不屑："八达岭慕田峪是我们后人修好了让大家参观旅游的长城，已经不是真正的古长城了。好多老外都以为万里长城就还剩下他们看到的这一小段了，其实长城东起山海关，西至玉门关，横穿了中国北方大地。怎一个八达岭慕田峪可以代言！"

周欣好奇："那真正的古长城还有吗？到底在哪儿？"

老酸慨然："真正的古长城当然还有，只不过，历经千百年风雨战乱，它们已经悄悄地藏起来了。你要有心，就得耐心地去找。咱们要找的长城可不是旅游的景点，而是历史，是物化的历史。我早说过，咱们这次画展绝不能搞成风光画展，一定要有历史感，有宇宙感，要让全世界都感慨，人类曾经有过什么样的壮举，有过什么样的灾难，人类曾经有多么伟大，有多么无知。”

老酸的高谈阔论，令年轻的画家目光兴奋，只有开车的高纯，依然不时疑心地从反光镜里，审视着身后的那辆车子。那车子的风挡玻璃在太阳的照射下，闪动着一片鬼魅的光斑……

分不清几时几分，金葵精疲力竭，才碰到了一处孤村小店。这村子看上去很小很穷，村口的这家小店只卖些日用杂货。店老板是一对老年夫妇，一个在阳光里收拾柜台，一个在阴影中编织草筐。

金葵踉跄上前，哑声哀求：“大爷大妈，给口水给口饭吧。”

老头坐在屋里，头也不抬，默不作声。老太太疑惑地打量金葵，这时的金葵，衣履肮脏，面容枯槁，口唇焦破，满头黑灰……

在这家孤村小店的一张木板床上，金葵终于放松地睡过去了，她睡得很死。这也许是她被拐之后和逃亡以来，最安全也最踏实的一觉，无梦无魇。

天黑以后，远征车队在途中的一个小旅店里停车过夜。画家们聚在一起喝酒吃饭，天南地北地聊着，消解着一天的征途劳顿。吃饭时谷子傍着周欣就座，神情依然有些沉闷。周欣为他倒了啤酒，言语亲和，尽力启发着谷子的欢颜。

“你怎么了，这次你不是最想出来吗？怎么一出来你反倒蔫了？”

谷子端了酒杯，说：“啊？没有啊。”然后喝酒，喝罢揽住周欣，用力地搂了一下，假装兴奋，其实依旧寡言。

高纯和画家们不熟，因此话题不多。他一个人走出房间，来到旅店的院内。六辆汽车在院内一字排开，周围不见一个人影。高纯傻站了一会儿，慢慢走到那辆旅行车前。他围着车子转了一圈，转到车头，蹲下细看。天太黑了，一切都藏在暗中，无法看清，他用手摸摸车前的大灯，不料那只大灯像被惊了一样，砰地一下亮了起来。

高纯吓得一屁股坐在地上，车前大灯晃得他睁不开双眼，他的视线向上躲避，正好看到车内驾驶座上，阿兵阴冷的面容隐在光晕的背后……

金葵寄宿的那家乡村小店里也亮起了灯光，光线却是昏暗异常。老头还在编织草筐，手上的活计似乎晨昏不停。老太太找出一身干净衣服给金葵换上。衣服偏短，偏肥，但还是感动得金葵热泪盈眶。

老太太说：“这衣服是我闺女在世的时候最爱穿的，你穿倒正好。站起来我看看……”

金葵没站，反而离座屈膝一跪：“奶奶，爷爷，你们好心帮帮我吧，你们能借我点钱吗？我一到北京马上给你们寄回来，或者我亲自给你们送回来，我双倍的还你们，行吗？”

老头依然低头干活，一声不吭。老太太先叹了口气，又摇了下头，说道：“唉，我们没儿没女，自己挣一点吃一点，哪来的闲钱。”见金葵哭着又要磕头，老太太拉住她说：“你要实在想走，就在这儿帮老头干点活吧，等把筐卖了，把路费挣出来，你要走就走吧。”

金葵跪地抬头，看看这间聊遮风雨的低矮小屋，知道自己只能暂厄于此，一时是走不掉了。

白天，远征车队继续前行，行程的第二天下午，从路标上看，已经跨过河北进入山西。在山西境内行走不久，画家们看到了黄河。

小侯最先惊呼起来：“看，黄河！”

黄河的出现使整个车队心情振奋。

他们沿着河岸加快马力，在太阳落山前到达了山西河曲县的平原村，在这个小村的村边，他们看到了此行的第一处长城。这段长城用黄土夯成，时断时续，与周欣印象中的长城截然不同。

被老酸称之为长城的这段土岗从车队的右舷划过，说起山西的长城老酸如数家珍：“山西在历史上一直是汉族政权与蒙古游牧民族发生冲突的地方，所以长城就成了不可缺少的军事设施。山西境内有汉长城，北魏长城，但留存最多的，还是明代长城。”

车队攀上山崖，在崖顶停下。高纯随着画家们下车，眼前的景象令他惊诧——远处陡立的石壁夕阳尽染，石壁上一座孤立的烽火台傲视群山，百米之下的陡岸夹峙，便是滔滔不息的黄河激流。

这是高纯第一次见到黄河，远远俯瞰，浊浪雄浑，逆风入耳，水声连天。画家们纷纷支起画板，老酸的大号相机咔咔忙碌。高纯也拿出相机拍下了这个壮观的景色，然后，拍下了周欣和画家们交流作画的实况。他没有忘记周欣仍然是他监视的目标，将她的行迹录入存盘，是他此行被陆子强指定的任务之一。

天黑下来了，画家的车队驻扎于黄河岸边一处古老的村落。窑洞里亮起了灯光，老酸仍然高谈阔论，话题仍然关于长城，按老酸的说法，这一带老百姓都是古代长城守军的后裔。明朝政府为了抵御游牧民族的入侵，弄了一套长城守军世袭服役的卫所制度，让这地方的人世世代代都吃皇粮，子承父业守着长城，几百年的故事，讲起来可苍凉得很哪……

老酸说的长城，就在大家的头顶之上，灯光暖暖的窑洞就穿凿于荒草凛凛的黄土山包，山包上的黑夜里，壁立着明代古长城的敌台垛口，在冷冽的夜风中的确苍凉。

是夜，画家们半梦半醒之间，都听到了窑洞上方大风呼啸，风的嘶鸣与残喘，似乎真的带了些历史的回响……

天亮之后，风缓日出，早饭匆匆，车队上路，从这一天开始，沿途山脉延绵起伏，古长城的遗迹出没不定，经常可见黄河陡岸之上城垛林立，长城与山梁风化一体，蔚为壮观。第二站的终点，仍在山西境内，那就是著名的水景长城——老牛湾。

与平原村相比，老牛湾的黄河不再奔腾不羁，忽然变得清澈如镜，波澜不现。一座长城的瞭望楼就建在老牛湾的牛头上，听老酸说，这是万里长城唯一的入水之景。站在瞭望楼的楼顶，眺望高峡平湖，黄河峡谷的壮丽配以延绵不绝的长城，让画家们无不叹为观止。

当老牛湾峡谷留在浓墨重彩的画板上之后，画家们进入了相距不远的老牛湾堡。他们从堡内历经数百年的青石古道走过，古道两侧铺屋夹列，庙宇古朴，残楼宛然。

一连数日，画家们每日朝发夕至，盘桓于山西的丘陵城堡，孤村古隘之间，比老牛湾堡更加印象深刻的，当属著名的得胜堡了，城关上方的砖雕古迹仍然历久弥新。

两天之后，在周欣的画板上，终于出现了云岗石窟的巨佛雕像。描摹云岗是她上学时就有的一个愿望，她只是没有料到，此时落笔的重点，已经不是大佛的慈祥。在石窟佛龛上方的山顶，一座烽火台的遗迹赫然入目，抢尽了佛门的风光。在周欣的身后，高纯拍下的也并不是那座著名的大佛，而是在佛前作画的周欣。

这天晚上画家们在石窟附近安营扎寨，夜色很快吞灭灯火。同样的夜晚在远方的孤村小店更加深不见底，只有金葵脸上的泪痕隐现光泽。只有在自己独处的深夜，她才可以露出天性的脆弱，让眼泪无所顾忌地尽情流出。她并不知道她困厄的这个偏僻小村位于北京的什么方向，她每天除了笨手笨脚地和老头学着编筐，就是帮着老太太烧火做饭。从衣装容貌上看她和此地的村妇已经别无二致，每天日出而作日落而息，生活过得辛苦而又忙碌。

村子附近的村子，逢十大集。这里地广人稀，所谓大集，不过是一条小街两边摆出些地摊小铺，逢十这天，金葵随了老头老太，来到集上售卖草筐。老头在摊前少言枯坐，老太热衷与旁人闲聊，反倒是金葵为主吆喝生意，无奈喊哑嗓子依然问者寥寥。

一个老太的熟人过来，加入老太的闲聊。又和老头打着招呼，老头问一答一，表情木然。那人是个中年男子，也是农民模样，对老头见怪不怪，眼睛却盯上了守摊的金葵，直问老太金葵是何方亲友。老太答得模棱两可：外地的。中年人问道：过来帮忙卖东西？老太答曰：帮什么忙呀，是来做工的。那人诧异说：这女娃样子好嘛，来给你编草筐呀？老太说：对呀，草筐编得好着哩，要不要买个回去用？那人转而问金葵：姑娘你哪里人呀？金葵说：云朗。那人惊讶：云朗，云朗在哪里，很远吗？怎么跑到这里来了？金葵不想多说，草草回答：哦，打工挣钱呗。那人上下打量，点头：哦，在这里挣到钱，不容易。金葵就没再接话了，转脸又去招呼过往的农民：要不要筐？新编的！

这一天集赶下来，多少还是有些收入，到了晚上，老太就在油灯下细数进账。进的都是散碎票子，票面肮脏。金葵盯着桌上那些银钱，看得目不转睛，眼睁睁的看着老太把钱装进一只小铁盒中，锁进木柜，将柜子的钥匙贴身装好，然后端着油灯走出里屋。

里屋黑了下来，灯光亮在外屋。金葵一个人在黑暗中的桌边坐着没动，脸上的表情有些木然。

逢十这天，远征车队终于走出了山西，进入陕西，在陕西定边县的安边镇，他们看到了长城的另一番景象。陕北的长城不见砖石，皆为土墙，年久无修，大都塌成坡状。废堡断垣被黄沙包围，那种沧桑之美摄人魂魄，感观非常。

画家们拍照，摄像，作画，各选角度，各取所需。阿兵陪着谷子扛着画架向一个沙丘走远，使高纯得以再次走近阿兵的车子，俯身仔细观察那颇为可疑的车头。

显然，车头疑点重重，左车灯与右车灯新旧两异，前杠上方的车皮也有失圆整。车身的一侧，不同寻常地被油漆包新，高纯蹲下身来，以手摸试，似乎能感觉出车身在油漆覆盖下的凹凸划痕。

这时，已经走上坡地的阿兵无意回头，他看见了高纯在那旅行车前左右盘桓，他马上与谷子说了句什么便返身下坡，大步走回停车的空地。他回到空地时高纯已经离开，阿兵望着高纯的背影又看看自己的车子，目光说不清是恐慌还是凶狠。

这段细节当然无人关注，车队随着每天日出日落继续昼行夜伏。在安边镇之后他们穿过靖边县的统万城遗址，看到夕阳在长城的残垣断壁中忽隐忽现，傍晚时画家们在统万城遗址附近的村子里扎营休息。晚饭后高纯认真洗刷了车身上的厚厚尘土。周欣也端着一只借来的脸盆，到水井这边汲水洗衣。天就要黑了，她无意抬头，瞥见谷子和阿兵在房东的屋顶上说着什么，她听不见声音，但从动作上可以看出，二人似乎发生了争执。

次日清晨，画家们起得比往常要早，他们在晨雾未散之时赶到了榆林县境内的长城镇北台。镇北台在水蒙蒙的空气中肃然拱立，雾中的长城在画板上更显气息凝重，大家纷纷拍照摄像，匆匆画着素描草稿。高纯也随着众人的目光左顾右盼，南边绿阴如海，北边沙漠连天，长城的残迹出没其间，荒芜毕现……

高纯拍下两张照片，他的镜头继续移动，阿兵和谷子进入了取景画面。从镜头中可以看到，阿兵和谷子没有随众登台，他们单独留在镇北台下，留在那辆旅行车边。谷子激动地对阿兵说着什么，阿兵一通摇头摆手。高纯用长焦将二人拉近，把他们和那辆可疑的车子，一同锁定在画面中间。

两天之后，画家的车队继续在陕西横穿，沿途可见古长城横亘于地平线的坡脊之上，西风残照，肃杀生烟。老酸昨夜睡得好觉，此时神情灿然，又滔滔不绝地讲开了长城典故。

“光是明代修的长城，工程量就有五千万立方的砖石，一点五亿立方的土。如果用这些材料铺成十米宽的大道，可以绕地球两圈还多。按当时的生产力水平，工程的残酷性可想而知了。所以说，中国历史上的内忧外患，国家兴亡，光从长城的修建史来看，就不知道有多少故事。咱们今天画长城，要是能把这种历史感，把咱们人类的回顾与反省，都表达出来，那就有意思多了……”

老酸话语未落，小侯忽然打断：“哎，你看怎么回事，他们没跟上来，他们怎么停车了？”

高纯从反光镜中看到，后面旅行车果真停下来了，堵住了道路，整个车队都跟着停了下来。高纯也把车停住，老酸下车跑去查看究竟，高纯也下车跟在周欣后面，一起向旅行车走来。远处土色的长城墙垛楼峰高低错落，仿佛都在争睹这群远道而来的造访者，不知他们泊于荒野之中究竟发生了什么。

旅行车的前盖被阿兵打开来了，几个画家围住探头探脑，周欣向谷子问道：怎么了，车坏啦？谷子说了句：不知道，好像发动机声音有点不好。一直躬着身子检查机器的阿兵抬头擦汗，与高纯的目光瞬间相碰，高纯的视线刚刚从机罩盖前延伸进去，阿兵马上直起身子，将机罩盖砰地一声重重关上。

有人问："怎么啦，没事吧？"

阿兵警惕地瞟一眼人后的高纯，跳下车头，对谷子低声说了句："没事了，上车吧。"

大家散去，各回各车。高纯和阿兵彼此相视，对峙良久，然后才各自走开。一边的谷子当然看得懂彼此的猜疑，只有周欣不免有些莫名其妙，她转头试图询问谷子，谷子转身低首，已经上了车子。

周欣跟在高纯身后，走回他们自己的汽车。周欣问："哎，你跟阿兵和谷子是不是吵架了？因为什么呀，是因为我吗？"

高纯一言不发，上了车子，周欣未再追问，也上了车子。车队重新出发，高纯从反光镜中看出，阿兵有意拉开了距离，远远地跟在他的身后。他抬头向前看去，车队的前方就是陕甘边界。从老酸嘴里高纯知道，接下来的道路将更加荒凉。

果然，当车队进入甘肃后，高纯就感觉离时代越来越远了。第三天的午后他们抵达了举世闻名的嘉峪关，万里长城在嘉峪关向南约七公里的讨赖河边，戛然终止。

在长城的尽头，无人不被黄土筑就的长城和白雪皑皑的祁连山深深感动。高纯拍下了画家们作画的背影，镜头的焦点当然还是周欣。而画家们则用画笔和镜头，向大自然，向历史，向中国古老而壮丽的文明，默默致敬。

中国古老的文明也许还包括那些封闭的农村，那种接近于男耕女织的生活习惯。金葵在那个孤村小店的生活周而复始，每日的内容几乎完全相同——老太太守在柜上看着那点杂货，她和老头坐在屋里编织草筐。她编筐的技术已经渐渐娴熟，神态也比初来时安定了许多。

在高纯见到嘉峪关的这个午后，金葵的乡民生活也平地起了一点风波，前几日在集上见过的那个中年人忽然造访，在柜台前和老太嘀嘀咕咕。金葵听不清他们说些什么，但从动作神色上，像是在说她的事情。她立刻警觉起来，重新变得心神不宁。

到了晚上，似有预感的事情终于来了。

晚饭以后，点灯熬油的时间，老太太对收拾饭桌的金葵说道："姑娘，你坐下来，奶奶跟你说件事情。"

金葵坐了下来，老太说："上次我问你，你说你今年二十了吧?"

金葵点头："啊。"

老太说："我看你这命也够苦的，你没家了，一个人多难呀。你刚来那天又脏又瘦，吓了我一跳，还以为是刚从大牢里跑出来的呢，这些天气色倒是缓回来了。我不是不让你走，可你再东跑西跑的总不是办法呀。你都二十了，也该有个家啦。"

金葵大致猜到是哪类事了，紧张地听着。

老太太接下来开宗明义：“前边的小井村里，有个人家挺不错的。那家人前两天在集上看见你了，也挺可怜你的。今天那家的叔叔来了，替他侄子来提亲。他侄子我见过，人挺老实的，他哥哥嫂嫂都在县城的工厂里上班，都是见过世面的，你看你……”

金葵明白了，她打断老太太的话，马上表态：“奶奶，我在老家交了对象，我对象现在在北京呢。”

老太太意外地怔了一怔，没想到的：“噢，你有对象呀，那……那你对象是干什么的呀？我跟你说的这人条件可好，他家刚给他盖了三间大房，你要是过去马上就能……”

金葵再次打断老太：“不行啊奶奶，我和我对象都是学舞蹈的，我们约好了要一起去考北京舞蹈学院呢。我们感情挺好的，过几天等我攒够了钱就得回北京找他去。”

老太太又怔了一怔，半天才发出了失望的回声：“噢……”

老头低头编筐，始终没吭一声。

太阳升起来了。

除了高纯之外，大家都起得很早，为了一睹长城之端壮丽的旭日，每个人都穿了厚厚的衣服，站在风中静静读秒。太阳升起来了。嘉峪关被红日烘暖的颜色之美妙，确实无以言传。但老酸一声令下，画家们还是拔营启程，恋恋不舍地向日勒古城的方向转移。

在日勒古城的附近，画家们看到了汉、明两代长城在大漠之上并行延伸的奇观，这难得一见的景象让画家们选择在此停车造饭。此时正值风和日丽，天空蓝得让人醉眼。大多数人跟着老酸到汉明并行的长城残墙下感叹历史去了，阿兵戒备地留在车上没有动窝，高纯也没走，他拉开车子的前罩盖检查着汽车引擎。周欣也有意留了下来，在高纯的身边欲言又止。

“那天是怎么回事呀，你到底是跟阿兵较劲，还是跟谷子？”

高纯沉默，埋头调整汽车的油嘴，他看了周欣一眼，说：“没有啊，我跟他们前世无怨……”

周欣接了后半句：“今世有仇？”

高纯想了一下，反问周欣：“你了解阿兵这个人吗？”

周欣摇头：“不了解，他和谷子从小一块长大，是谷子的铁哥们儿。我了解谷子。”

高纯意寓深长：“谷子的任何事，你都了解？”

周欣怔一下，自信地说：“谷子什么事都不瞒我，包括对我的不满，他都会毫不隐藏地表达给我。”

高纯淡淡地笑一下：“他对你，还能有什么不满吗？”

周欣顿了片刻，回答：“他以为，你在追我。”

高纯也顿了片刻，目光并不去看周欣：“那你告诉他，他多心了，没有这事。”

周欣却盯住高纯：“那你为什么……为什么总是悄悄跟着我？谷子说他不止一次地看见你悄悄跟我。”

高纯表情回避，语气含糊：“……没有。”

周欣却相当肯定：“我也发现了，我想恐怕那天就是因为你跟我，我才撞了你的车！”

高纯不再做声。

周欣问："为什么，为什么跟我？"

高纯的无语，在周欣的感觉上，显然被当作了默认，甚至被当做了爱情的羞涩。她温和了声音，说道："其实我早有感觉，我知道你对我不错，总是帮我。这年头，一个素不相识的人平白无故地帮你，总是有原因的。说心里话我对你感觉也挺好的，真的挺好的。可是，我和谷子……我们毕竟相处这么久了，我不是那种不负责任的人。"停了一下，周欣又自嘲了一句："尽管我和他，根本没到必须彼此负责的阶段呢。"

高纯看一眼周欣，闷着声再次表态："你让谷子放心，我对你，没有那个意思。"

高纯的态度，显然不能成为他一直跟踪周欣的合理解答。于是他的表态就显得有点遮掩躲避，有点言不由衷。周欣笑一下，明知故问：

"没有哪个意思？"

"没有他想的那个意思。"

周欣讪讪地，转头看着老酸他们离开汉明长城，朝这边走过来了，谷子也跟在其中。她自言自语地回了一句："噢，那也许……是他多心了。是我们多心了。"

高纯也看一眼渐渐走近的谷子，他对周欣道出了他的祝福："你们是天生的一对。你热爱画画，把绘画艺术当作生命，他应该也是吧。你们志同道合。"

周欣目光尖锐，反问高纯："你呢，在这个世界上，还有谁，值得你去爱吗？"

高纯闷了半晌，终于开口："有！"

周欣追问：“谁?”

高纯回答：“舞蹈!”

周欣有些茫然，但又无可辩否。

画家们在这里休整了两天，然后继续前进。前途漫长，日勒古城的下一站，是名贯古今的玉门关。他们在玉门关附近的河巷古城的荒漠上搭起了他们彩色的帐篷，这一天依然响晴薄日，长城的黄土残壁与碧蓝的天空交相对映，将天与地的色彩表现得相当极致。

高纯和画家们一道，在搭好的帐篷里准备午餐。老酸指使小侯再去拿桶矿泉水来，小侯转而又去指使别人——阿兵车上有水。别人问：阿兵呢？小侯说：和谷子到河巷古城那边逛去了。周欣放下手中正在择的菜，走出帐篷，她说：我找他们去。高纯灵机一动，说了句：我去拿水。也从帐篷里走了出来。

他们出了帐篷，然后南辕北辙，周欣朝河巷古城那边走去，高纯来到阿兵的旅行车前。四周空旷无人，太阳明丽耀眼。他用手拉一下车门，车门锁着。他围着车子走了一遭，不时观察四周，四周无人。他屈身蹲下，再次观察了车子的前脸和大灯，还有已被新漆覆盖的左侧车身，的确有损伤的痕迹，被人刻意遮掩。

这时的周欣，已经跑到远离帐篷百米之外的长城残壁，寻找阿兵和谷子的踪迹。此处便是著名的河巷古城，历史的辉煌繁盛早已烟飞灰灭，埋没在浩瀚的黄沙之中，千百年后留下来的，只有天上的风和地上风化的长城。

风声之外，一堵形状狰狞的土墙背后，还有秘密的低语。周欣放轻脚步，悄悄靠近，听出低语者正是她要寻找的谷子和阿兵，谷子和阿兵虽然各自压着声音，但仍能听出他们在彼此争执。阿兵的声音坚决果断，果断得近乎残忍：

“司马台，乌龙口我都去过，最险的还有箭扣岭！箭扣岭，绝对万无一失！”

谷子的声音则有些气急败坏：“你把事情想得太简单了。你从小就头脑简单，碰上这么大的事还这么简单！”

阿兵的回应也确实简单：“大事就要简单处理！等处理完了我把车子找个偏僻农村一卖，然后我就到江西我朋友那儿去……”

谷子把阿兵打断：“你走可以，但我不想把事情闹大。”

阿兵的声音透出凶狠：“不做，事情就更大！”

两个男人的对话让周欣一头雾水，她只能从他们的语气上，感觉出有件事情非常重大。接下来周欣听到的，是一阵脚步声，她看到阿兵从城墙的豁口走了出来。大步朝帐篷的方向走去。周欣脊背贴着长城的土墙一动不动，生怕阿兵回头看见自己。尽管她不清楚她刚刚听到的这段私下争吵，究竟是什么不可告人的秘密。

残壁内外都静了下来，周欣像是想起了什么，起身从近处的豁口进入壁内，恰逢谷子低头走出，两人险些撞在一起。谷子一怔，没料到周欣会忽然出现在这里。他神色紧张，下意识地问了一句：“你怎么到这儿来了？”

周欣没有回答，她看到谷子的眼里，藏了不祥和恐惧。

“你们在谈什么？”她问。

“没谈什么。”谷子神魂不守，故作烦躁地走出城墙，向帐篷的方向迈开大步。

周欣追在他的身后，高声质问：“谷子，你到底有什么事瞒着我？”

谷子站住了，目光回避，口齿含混，又想以攻为守：“问这话的应该是我！”

周欣厉声回应：“我和高纯什么都没有，我可以发誓，我可以说清！”

谷子欲行又止，他转头回望周欣，脑筋一时没转过来似的，喃喃反问了一句：“高纯？”

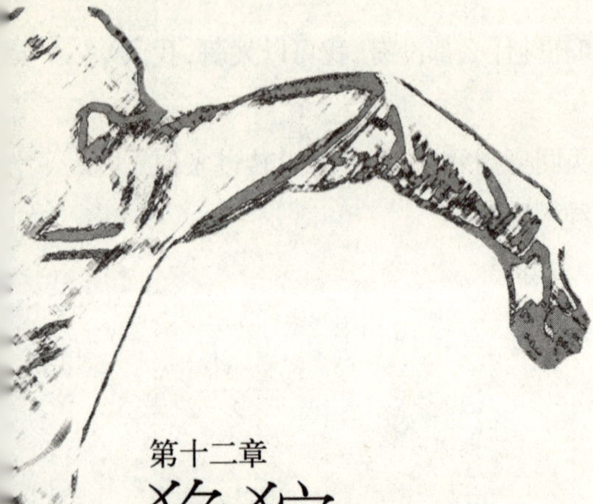

第十二章

狰狞

对于那个孤村小店来说，这又是平淡无奇的一天。老头依然在后屋编着草筐，老太照例在前店守摊。这一天发生的唯一一件新鲜反常的事情，就是金葵从后屋的灶间走到前店，向老太张口借钱。

“奶奶，我想先支一点工资，去镇上打个电话，镇上有能打长途的电话吗？”

老太太没听明白似的：“工资，什么工资？”

金葵说：“我在这儿干了这么多天活儿了，我多少也帮你们挣了些钱吧。我想先预支一点钱，去打个长途电话。要是能找到我男朋友，他也许就能把路费寄来了，我就不用再在您这儿给您添麻烦了。”

老太太这才明白了：“你在我们这里，哪里挣来钱啦，上次你陪我老头去集上卖筐，才卖了几个钱呀。你在我这里吃饭睡觉穿衣服，我还没一笔一笔给你算哪，你哪里还挣来钱啦。”

金葵说：“奶奶，我和我男朋友约了要去考学的，我再不走就误了时间啦，您给我点钱让我去打个电话吧，镇上没有长途电话，我就到县里去打。”

老太太见她当真了，口气软下来：“县里？去县里要走一天一夜呀。这样吧，过两天我找个人带你去。不带你去你也找不到路呀。好啦好啦，你先做饭去吧，啊。”

有人进店吆喝着要买香烟，老太太转脸招呼生意去了。金葵只好怏怏转身，退回了后屋的灶间。

这地方确实太闭塞了，还处在交通基本靠走，通讯基本靠吼的状态。金葵与外界完全无从联络，她并不知道在她向老太要钱的这一天，在她的老家云朗，在他们金家的酒楼，发生了一件大事。杨峰手下的那位林助理，因为到潮皇大酒楼要债，与她的哥哥大打出手，双方各有数人受伤，金鹏的眼角也挂了红彩，林助理鼻子豁裂破了面相。虽然酒楼方面人多势众将“入侵者”赶出门去，但与杨峰显然就此结下冤仇。

天下太大！

车队出了甘肃，进入内蒙。在古凉城的六酥木附近，画家们看到了从来没有看到过的大片的荞麦地。天上黑云残日，把一望无际的荞麦压得色近苍郁。在这片荞麦地的中央，一座巨大的长城敌台静卧于天地之间，远远望去，犹如炉火煅过的一块铸铁，古锈斑斑，厚重浑然。这一天的黄昏，在画家们的画板上，在一片由黄色、绿色、褐红色织成的田野中，太阳的余烬正在慢慢熄灭。地平线上连贯完整的白阑沟长城被夕阳最后的光辉，镀成一缕奔腾的金线，景色之壮观，融汇了田园的诗意和历史的庄严，正适合周欣与高纯的此时此刻，关于艺术与理想的一场交谈。

周欣的提问，与其说是关心，不如说是好奇，她对这个常常帮助自己的美貌少年，一直充满巨大的疑问：“你真的要考舞蹈学院吗？你没有去考真的仅仅因为缺钱？”

高纯的回答，与其说是解释，不如说是伤感：“我会挣到上学的钱，不过我现在是在等一个人，一个和我一样热爱跳舞的人，我们约好一起去考的。除了舞蹈，我不会再爱上别的。”

周欣的疑问反增不减：“你在等……一个什么人，男人还是女人。”

“女人，是一个和我同岁的女孩。”

周欣沉默片刻，继续刺探：“是你同学？”

高纯也沉默片刻，不知该怎样描述金葵：“她……是我的舞伴。”

周欣笑笑，话锋尖锐：“一般跳舞的舞伴，就像花样滑冰的舞伴一样，不是兄妹就是恋人，这样跳起来才容易配合融洽。她是你什么？兄妹？还是恋人？”

高纯面目僵硬，他本不想回答，但开口出声，却答得发自肺腑：“她已经结婚了，我不知道新郎是谁。我只是希望她还能和我一起跳舞……我们练了很久，没有人能像我们一样，就像一个人那样默契。”

周欣说：“跳舞是个青春饭碗，而且也很难挣钱，真的值得你付出一生？”

高纯说：“你喜欢画画，难道就是为了挣钱吗？”

周欣想了半天，不知做何回答，她说：“这不一样吧，这好像是两回事。我画画，是事业，是文化。而跳舞对你来说，有点像是谈恋爱吧？”

恋爱二字让高纯如鲠在喉，他看着周欣，反问一句：“你不也是吗？你的恋爱和你的画，和你的画家朋友，不是同样密不可分？”

周欣看到，高纯瞟了一眼在身后作画的谷子，把这句反问的指向，瞟得极为明朗。于是她微微一笑，迎着高纯的目光，答得似是而非。

“对，我们这些人，都爱上了画画，所以走到一起来了。至于我们之间是否相爱，与画画无关。”

高纯再问：“人与人之间能否相爱，与什么有关?”

周欣再答：“与时间有关。谁也不能预测未来，让时间替那些寻找爱的人做主吧。”

周欣语调乐观，高纯却沮丧依然：“时间太深奥了，多长时间才叫时间?”

太阳沉到长城下面去了，老酸在喊大家收摊，周欣收起画板，向太阳升起的方向走去。她回过头来对高纯说道：“对我来说，时间就是将来。你认为将来我会嫁不出去吗?”

高纯说：“不会。”

周欣笑了一下：“所以我不着急！你着急了吗?”

高纯严肃回答：“我终生不娶!”

高纯这话让周欣惊异，她再次回头，但她的惊疑并未流露出口。

远征车队在中国的北方绕了一个辽阔的半径，终于走到行程中最后的省份——河北。这天晚上，车队进入张家口以东赤城县的一个村庄，古长城土黄色的遗迹，在村边不露声色地蜿蜒穿过。

画家们在村内停车驻扎。晚饭后，谷子把周欣从屋里叫了出来，说是有事想和她谈谈。周欣看一眼正在帮老酸收拾床铺的高纯，猜到谷子还是要谈她和高纯的事情，于是磊磊落落地走出来了。

他们走到屋外，走到村边，走到长城的残墙之下，出乎周欣的意料，谷子没谈高纯。

谷子说："周欣，我想求你一件事，你能答应我吗？"

周欣问："什么事？"

谷子说："我不想再跟大队一起往前走了，我想到上海去。我们老师已经答应安排我到英国去，去给一个英国画家当助手，你愿意和我一起走吗？"

周欣当然意外，这事很重大，似乎不该这样临时动议，她说："马上快到山海关了，到了山海关这一趟就走完了，已经快到最后一站了，你何苦要中途退出？"

谷子说："我白天刚跟我老师通了电话，这事要去就必须马上走，所以……"

周欣说："这事你以前早就说过，你不是说那个英国人主要是想带学生收费吗？给他当助手就是给他打杂，你不是不愿意去吗？怎么现在突然又愿意了，而且要走得这么急？"

谷子说："我想来想去，还是去的好，我已经求我表姐帮我办手续了。我希望你能跟我一起去，一个人在国外肯定很孤独。你愿意和我一起走吗？我跟我老师提了你，我老师正跟对方联系，应该没有问题。"

周欣摇头："不，我爱画画，但我想自己画，不想给什么人去打杂。我爱长城，我想把我看到的长城画出来，我不想退出这次采风。你对这次出来不是一直非常积极吗？这次长途跋涉马上就要胜利结束，可你居然想半途而废，我不明白！"

谷子的面孔在黑暗中看不太清，但他的声音可以听出急切和惶恐："周欣你听我说，我必须去，是什么原因我以后会慢慢解释给你。我求你答应我，跟我一起走好吗，我发誓以后一定会好好照顾你的。"

谷子想拥抱周欣，周欣却把身子躲开，她难过得几乎流泪："我不明白，谷子，你为什么要这样离开！你疯了吗！"

谷子使劲抱住周欣："周欣……"但他的话音未落，身侧的暗处，忽然传来一个男人粗哑的声音："他是疯了！"周欣和谷子都吓得悚然回头，他们看见长城断墙的豁口，站着一个幽暗的人影，那人影看去肩宽背厚。

他们都听出那是阿兵的声音，阿兵的声音好像永远带着一丝冷笑，带着一种刻意做作的轻松不屑："这条路都走这么远了，想半途溜走恐怕没那么容易啦，还是同心协力，善始善终吧。"

谷子怒目阿兵："你在偷听我们谈话！你在跟踪我们？"

阿兵不理谷子，他的声音投向周欣："谷子没事，他会跟大伙一起往前走的，他主要是被高纯那小子吓着了，才编出这种事来试探你，看你对他是个什么态度。其实我早跟谷子说过，高纯那小子没什么可怕的。谷子是讲义气守信用的好人，积德就能添寿啊。"阿兵目光转向谷子，说完了最后的话尾："所以谷子今后肯定会平安幸福，生活美满。对不对谷子？"

谷子哑然失声，周欣似懂非懂。她看看阿兵，又看看谷子，仿佛今晚每一个人，都格外的诡异。

早上，画家们大都还在睡觉，高纯黎明即起，信步出村，在村边看到农民们日出而作，扬场晒谷。他发现自己并非起得最早，老酸小侯和周欣都已在场院架起画板，描摹写生。他这才注意到场院上居然当当正正地，矗立着一尊古长城的夯土敌台,土黄色的敌台长满了枯草,仿佛那草枯得自古已然。周欣注目高纯,用微笑问好。高纯也点了点头,用一个含糊不清的表情,做了礼貌的回应。

太阳升高，早起写生的画家们回去吃饭。高纯也回到他住的屋子，感觉背包行囊有些异样。他检查了一下，发觉自己的相机没了。

他头上冒汗，反复翻找，确信相机真的丢了，才忽地从炕上跳起，破门而出。阿兵恰巧刚刚走进院子，还没放下手中的脸盆就被高纯一把揪住，高纯吼道：“我相机呢，你给我拿出来!”正在院子里洗脸刷牙抽烟闲聊的画家们全都愣住，谷子从一间厢房披衣走出，被两人撕扭的场面弄得不知所措。周欣和老酸走进院子，也被高纯和阿兵的厮打惊住脚步。

阿兵不甘示弱，想要甩开高纯，一步没有站稳，反被高纯顶在墙边，不由恼羞成怒：“你他妈松开我，松开我，不松开别怪我手重……你他妈小子几斤几两还跟我斗!”他发力甩脱高纯，还在高纯胸口重重一掌，击得高纯跌坐在地。他没想到高纯一个翻身又扑上来，动作快得出其不意，一拳既出，阿兵应声而倒，高纯上去又施拳脚，被醒过神的众人拥上拉开。

画家们：“别打了，别打了，都是一块儿出来的，有什么大不了的误会说不清啊，别打了，别打了，到底什么事啊……”

老酸也以领队和长者的身份，对双方施以批评：“你们怎么回事，这是干什么，什么话不能好好说呀，都回屋去！高纯你年纪不大，脾气不小，早晚得吃亏！你就记着我这话吧……”

两人被大伙拉开，彼此怒目而视。大家纷纷散去，纷纷低声议论：

“怎么回事呀，怎么打起来了？”

“高纯平时看着挺老实的，今天为什么呀？”

“听说是为了周欣，小高这几天和周欣热乎了点，谷子不高兴了。阿兵不是谷子的人吗……”

“可今天是小高先动手打的阿兵呀，又不是阿兵打小高。”

“这就不清楚了……”

议论声渐渐散开，周欣还站在门口，脸上写满猜疑。连日来的种种事故，似乎彼此无关，又似乎彼此关联，令人费解，令人揪心……

事态平息，饭后，车队出发。

高纯忿忿上车，怒目瞪着从车前经过的阿兵和谷子。他在反光镜中看到阿兵谷子走到后面的旅行车前，阿兵在谷子耳边嘀咕一句，有几分得意，谷子没有言语，没有表情。

周欣上车，对身边的高纯问道：“你没事吧？”又问：“你肯定相机是他拿的吗？我知道阿兵是个粗人，可也不至于偷你东西吧。”

高纯脱口而出：“他偷的不是相机，是相机里的照片!”

周欣茫然：“照片，什么照片?”

高纯未及回答，外面传来老酸的呼喊：“都上车了吗？跟紧了啊，出发!”

车轮滚滚，尘土飞扬，车队浩浩荡荡，向下一个目的地进发，一切话题暂且搁置，暂停问答。

这天早上，金葵也是早早出门，她和老太太一起坐上一辆驴拉的板车，到外村去打长途电话。赶车的也是外村的，看上去是老太太专门请来的一“驴的”。

路不好走，辗转颠簸，金葵不断询问：还有多远啊，还有多远啊，他们那村子真有电话吗？老太太一路安慰：有电话，有电话。这点路就算远呀，你那天说要到县城去，去县城当天还回不来呢。

驴车沿着崎岖的土路行进，穿过无人的荒野和丘陵，直到中午，才看到了人烟稀落的另一个村子。这个村子比金葵住的那座村庄规模略大，却同样贫穷。从老太太与驭手一问一答的交谈中，金葵听出他们要去的地方，是村长的家。老太太告诉金葵：“村长的家里，有电话。”

村长家就在村子的中央，开门迎客的竟是金葵在集上见过的那位男子。那男子显然就是村长了。村长对老太太和金葵二人煞是热情，迎进正房递烟泡茶。正房里还坐着两男一女，一看便知是一对夫妇和他们的儿子。那做儿子的生得憨头憨脑，年龄约有二十多岁。金葵进屋落座还未言语，这家老少便已上下打量得目不转睛。父子两人像是相当满意，做母亲的却面挂疑问：“哟，这姑娘身段养得真好啊，眉眼也俊，不知受不受得了苦啊？咱们农村人，哪家都养不了大小姐啊。”

这话不知是问金葵还是问村长，还是问带金葵来的老太太。村长应道：“这个当然，这姑娘样样都行，我都问过，在婶家做饭收拾屋子编筐啥都干的，还帮着老犟在集上卖筐呢，里里外外一把手，我都见过。这样的女人家可不是随便找的，你们家的聘礼一定不能差了，不能让人家姑娘亏了面子。”

那年轻男人马上把恳求的目光投向父亲，男方的父亲于是正经地咳嗽一声，然后开口发问：“姑娘的家在云朗呀，家里都有什么人哪？”

一进村长的厅房金葵就已经明白老太太不是带她来打电话的，她没有理会那对父母的提问，而是把目光生气地转开，转向了老太太那张从一进门就始终干笑的脸。

“奶奶，电话在哪儿啊？”

车队抵达河北崇礼县境，在一片丘陵起伏的草场停车采风。

这里的景象与陕甘宁截然不同，崇礼的古长城皆由巨大的石块堆砌，虽坍塌过半，积成瓦砾，但碎石蜿蜒在绿草如茵的丘陵之上，犹如一条灰色巨龙不见首尾，倒也壮观依旧。几个牧马汉子把一大片黑黄相杂的马群赶过坍城，口中高亢的牧歌随风渐远，相比陕甘宁苍凉的黄土西风，这里确实显得丰饶动人。

画家们支起画板，相机的闪光灯明灭不定。高纯没了相机，一时闲得无措手足。阿兵也跟着谷子等人往坡上走去，与高纯擦肩而过时自语风凉："与人方便自己方便；积德行善可保平安，人生至理呀。"他并不等待高纯的反应，一摇三晃往前去了。周欣从身后上来，把自己的数码相机递给高纯。

"拿我的拍几张吧，这儿多美呀。"

周欣说完，也不等回答，拎着画架朝坡地上走去。高纯双手捧着相机怔了片刻，慢慢举起镜头，朝着周欣轮廓修长的背影，按下了冰冷的快门。

毛驴车按原路踏上归程，金葵始终板着面孔，老太太一路上不停地解释说明，其实反而越描越黑。

"我都跟他们说了你有对象你有对象，可他们还是非要见见你不可。他叔是那村的村长，在村里说一不二，你去了保证不会受欺负啊，人家又肯出大礼，你去见见面总没坏处嘛，又不掉你一斤肉的。人家可是诚心诚意，要是这家人条件不好，奶奶也不会给你撮合这个事呀，奶奶可是好心。"

金葵眼睛望远，随车颠簸，一声不吭。

老太太又说："我也搞不懂他那里的电话怎么打不了长途，我还以为村长家的电话哪里都打得通呢……"

……

驴车结束了一天的颠簸，虽然没去更远的县城，但仅仅两村之间的往返，也足足一日方还。天黑下来的那刻，金葵和老太太才回到了小店。那天晚上她没有吃饭，给老太拉了一晚不爽的脸色。第二天的早饭她也没吃，到中午真觉得饿了，大吃一顿，吃得老太太眼都发直。午饭之后她趴在饭桌上，用不知从哪找来的一张小纸片写了一封短信，走到前屋的货摊前来找信封。她看见老太正在门口和一个男子低声说着什么，金葵认出那就是相亲青年的父亲。青年的父亲拿着一个信封要塞给老太，老太推来推去不肯接承，那男子索性把信封往货摊上一放，转身就朝村口走了。

老太太追了出去，嘴里叫着："哎哎，你等等，你把话讲清楚啊……"金葵看了看上面扔着的那只信封，信封的封口并没封住，能看到里边装着一沓钞票，摸厚度约有千元左右，在这样的穷乡僻壤，这当然是一个大数。

老太太回来了，嘴里自言自语，抬眼看见金葵手里拿着那把钞票，不由怔着停住了脚步。金葵显然猜出那男人扔下的这笔钱肯定与她相关，说是聘礼似乎嫌轻，说是给老太太的好处费辛苦费，又似乎过于大方。

金葵把钱扔回货摊，拿了那只装钱的信封转身回了里屋。老太太盯着货摊上的钞票，不知是尴尬还是愧疚，张了张嘴，却什么都没有说出。

小村里的习惯，晚饭吃得很早，饭前金葵去井边提水，一步踩空扭了左脚。饭后点灯熬油的时间，金葵封好白天拿到的信封，跛着脚来找老太太："奶奶，家里有邮票吗？咱们这边寄信到哪里去寄呀？"

老太太警觉问道："寄信，给谁寄信？"

金葵回答："给我同学，我上艺校的同学，我让他们给我寄点钱来。"

老太太说："哦，寄同学呀。我明天到坡下村去，那里就可以寄信，有个邮递员每个星期会经过坡下村，我托那村的人把信给他。”

金葵有几分不放心地犹豫了一下，但也想不出其他办法，只好将信放到了老太太的手心。

早上，车队整装待发。老酸照例挨车清点人数，检查行装，然后高腔大嗓地宣布启程：

“走！慕田峪啊！头车开慢点，大家跟紧，出发了！”

“慕田峪”三字，让旅行车上的阿兵和谷子相视无言，让头车头座上的周欣心中不安。她对刚刚上车的老酸问道：“听说慕田峪那边……有个箭扣岭？”

老酸答：“有啊，箭扣长城算得上万里长城最险的一段，咱们今天就可以看到，像你这种追求刺激喜欢冒险的女孩，感觉肯定好！”

周欣一怔：“我怎么追求刺激了？”

老酸说：“你追求艺术，行了吧。追求艺术更得上箭扣岭啦，那地方从哪个角度看都是一幅画。就是山高风大，可险，去了你敢不敢上？”

出乎老酸的预料，周欣并没一句豪言壮语，反而显得忧心忡忡：“要是真的险，你当领导的，何苦让大伙冒这份险呢？”

周欣的“闻风丧胆”让老酸略觉反常，“哟，也有你怕的地方呀？没事儿，你要万一出了什么意外，我们追认你为烈士，哈哈哈这总行了吧。”

老酸向高纯命令：“稳着点开！当烈士不用那么急。”

车队卷起烟尘，烟尘托着阳光，弥漫到公路窄窄的入口，遮蔽了车尾减速的红灯。

车队借行六环，向东挺进。进入山区后，道路变得狭窄起来。路上高纯周欣全都沉默不语，只有老酸小侯偶尔闲谈。在他们身后，旅行车里的阿兵紧盯着前车的车尾，目光严肃得有些反常。而在他身边的谷子，则在貌似凝重的神色中微露张皇。

车队首尾相衔，逶迤辗转，慕田峪长城遥遥在望。

慕田峪入口，游客寥寥。

画家们弃车登山，向索道的方向走去。谷子忽然过来，对站在高纯身边的周欣低声说道："大家的东西都放在车上，最好留个人看车，让高纯留下来吧，就别让他跟我们上去了。"

谷子和蔼得异乎寻常，但周欣还是奇怪地反问："是老酸的意思？"

谷子说："不是，我是担心这儿的人杂，别再让人撬了车门。"

周欣疑心地盯着谷子低回的目光，又问："以前没有收费停车场咱们都没特意留人看车，为什么在这儿反而要留？"她转脸又问高纯："高纯你愿意留下来吗，还是愿意和我们一起上去？"

高纯看一眼谷子，说："我怎么都行。"

老酸急急火火地走过来叫道："别磨蹭了，走吧，走吧，快点！"

周欣请示地问道："这儿要留人看车吗？要留我和高纯一块留下。"

老酸不假犹豫地回答："看什么车，走吧，能上的都上。"他又对周欣说道："呆会儿爬箭扣长城的时候你可以弃权，那地方太险，女士豁免。”

谷子再次向老酸附议：“让高纯留下来看车吧，这人太杂了，咱们车别让人撬了。”

老酸说：“咱们车上又没金银财宝，撬什么。高纯跟大家都上吧，不在乎多一个人的缆车费，男孩子不爬箭扣长城，不是白来一趟。”

老酸朝前走了，周欣冲高纯小声说了句：“走吧，你跟着我，别自己乱走。”

高纯说：“你怕我走丢了？”

周欣说：“怕你乱走出危险！”

高纯说：“出什么危险？”

周欣看一眼闷声跟在身后的谷子，对高纯说：“我怕我出危险，让你随时保护我，行了吗？”

高纯说：“噢。”

他们朝山上走去，谷子跟在他们身后，他看看他们的背影，目光又与前边台阶上冷眼相望的阿兵相碰。谷子像被烫了一下似的低了头，朝前方的大队人马走去。

缆车徐徐，依次向上，谷子本来要与周欣同车，周欣却偏偏拉着高纯。阿兵冷笑地凑近尴尬发呆的谷子，风言风语：“夺人之爱，恩怨情仇啊。还是跟我同船共渡吧！”谷子无奈，和阿兵挤上一车，随在周欣与高纯之后，向山间飞渡。

终点不高，画家们下了缆车，他们没有朝那段铺装一新游人如织的长城行走，而是向西直奔古意森然的箭扣长城。箭扣长城从未修葺，还保留了历年坍毁的历史痕迹，不仅荒野真实，而且正如老酸和阿兵所说，确实万般险峻。敌台障墙皆建于峭壁之上，天堑浑成，令人叹为观止。

画家们各选角度，架板作画。高纯站在周欣一侧，看她勾勒险峰垛楼，画面大象磅礴。谷子在离他们不远的一处垛口，目光四顾，无心下笔。高纯看了少时，抽身欲走，被周欣叫住："你去哪儿?"高纯有些奇怪，不知今日周欣为何不愿他离开半步。

"我去方便一下。"

"这儿有厕所吗?"

"咳，这么高的山，站在城头往下尿，飘到一半就没了。"

"哦，别走远了。你今天是我的保镖，你得尽职尽责!"

"噢。"

高纯走了，心中有点莫名其妙。他走过一段荒毁的障墙，转到一个烽火台上，从墙洞探头遥看山野，深谷之中人尽鸟绝。他在残墙一角方便完毕，还没系好裤子，身后忽闻人声。

"嘿，求你帮个忙行吗?"

高纯吓了一跳，转身看到一个券门的门洞里，站着一个深色的人影，那人的身体微微前倾，脸部被一缕阳光鲜明分割。其实无须端详那张半阴半阳的面孔，仅仅声音腔调已经耳熟能详，在这空山废墟之上，阿兵的话语带了些回响，经久不散地飘在半空。

"我想在这儿留个影，你能帮我按一下快门吗?"

高纯警惕地看着他，没有马上做声。

阿兵的声音带着笑意："一下就好。"

话音未落，阿兵的一只手已经抬起，那只手递过来的，是一只相机。那正是高纯丢失的那只数码相机。那相机原样未变，丝毫未损，看得高纯分外眼红。

两人的目光敌意地对峙，也许只有几秒，高纯已经镇定下来，他说：“谢谢你把它还给我，里边的照片你都删掉了吗?”

阿兵冷冷一笑：“没有，都留着呢，我尊重别人的隐私，也尊重别人的劳动成果。放心，你这些天一直在偷拍哪一位美女，我会替你保密的，我不会让谷子知道的。拿去吧，真的，里边的东西我原封没动。就求你帮我再拍一张我站在这儿的，要这个景，你在那儿拍就行。这儿太美了，人要是死在这儿，也算值了。”

高纯接了相机，正反检查一下，未见异常。阿兵指指他身后的垛口：“你到那儿拍，我要一个全身的，一张就够。”

高纯迟疑一下，不知阿兵那一脸和解的笑意，究竟是真是伪。他拿了相机，转身朝垛口走去，两步之遥，身后便是一声嘶叫，紧接着一片瓦砾作响，像是什么东西重重摔在墙角。高纯回首惊看，他看到了意想不到的景况，阿兵和谷子滚在了一起，那样子几乎是一场殊死搏斗。他迟疑片刻还是冲了上去，他冲上去只是想把二人拉开。

但已经晚了，谷子头部被阿兵重重一击，倒在地上。这时高纯才看清阿兵手上握了凶器，那凶器是一只卸车轮用的长柄扳手，正是这只扳手让谷子头破血流。

凶器的出现让“斗殴”变成了凶杀，高纯冲上去试图揪住阿兵，被阿兵一扳手抡在胳膊上，手中的相机应声飞出障墙，融化进山谷焦灼的阳光中。高纯身体趔趄，脚下不稳，一屁股坐在墙角的残砖碎石之上。他只看到长柄扳手高举过顶，阿兵魁梧的身躯山一样压来，随着砰地一声沉闷的声响，那山一样的身躯就重重地砸到了高纯的身上。

阿兵硕大的头颅歪在高纯肩头，从脑后流出的血迹污染了高纯的衣裳。高纯惊恐的目光透过这颗带血的头颈，看到的竟是周欣惨白的面庞。周欣的手上，抓着半块带血的城砖，城砖掉在地上发出的声响，就是这场生死搏杀最后的尾声。

画家们惊魂不定，将伤者抬下山去，对箭扣长城的激情写生，因这场凶案草草中断。当接到报案的警察赶到医院时，头部受伤的阿兵刚刚苏醒，经医生允许，警察们进入抢救室对他进行了简短审问。头部同样受伤的谷子经过包扎已无大碍，被周欣扶着，也在一间办公室里接受了警方调查。老酸小侯等几个画家都坐在医院走廊的长椅上，等着整个事件结束。

在另一间办公室里，警察检查了那只曾被阿兵偷走的相机，然后对站在一边的高纯说道："我们二十多人搜了三个小时才把它找到，居然没摔坏。不过里边什么都没有了，照片已经全部删除。"

天色很晚，周欣、高纯、谷子和老酸等人才回到旅馆。周欣没与高纯多言，扶着谷子进了房间。高纯站在旅馆的院里，望着周欣的背影发呆，小侯说："高纯，咱们住这屋。"他也没有动窝，仿佛还未从白天的噩梦中清醒。

这天早上，没有太阳，天的颜色，有点像画家们的心情。大家走出旅馆，各上各车，老酸照例前后督促，清点人员，整个车队萎靡不振。

这天中午，他们看见了大海。

大海犹如地球的尽头，那灰蒙蒙的颜色与天相接，至少宣告了长城并不能无限延伸，遇海当为穷尽之时。

他们登上了山海关，并在画板上勾画出山海关伟岸的造型。晦日收山之前他们又驱车来到长城的终端老龙头，并在这里祝捷欢庆。对长城的征服与膜拜到此为止，艺术的远征胜利收官，有人打开香槟助兴，胡乱碰杯发泄感情。谷子也被这气氛感染，忘记了头上还在疼痛的伤口，忘记了昨日的生死搏斗，他尽情拥抱了周欣，流下了感慨的泪水。

只有高纯没有参加这场狂欢，在一切行将结束的此刻，他独自站在长城的尽头，仿佛看到了自己的爱情也如长城一样奔腾万里，倏忽一瞬消失无踪。

周欣被谷子的怀抱温暖着，目光却被高纯城头的背影触动。她没有过去惊扰孤独，但高纯远远的轮廓，却令她的心情与身边的热闹忽然格格不入。

金葵的左脚越肿越大，她一天没有下地，一天没有出门。晚上点灯的时候，老太太把几个匆匆赶来的男女迎进家门，径直带到后屋金葵的床边。一个貌似医生的老者在金葵的腿脚上捏摸了一阵，对众人表示只是筋扭肉挫，未伤骨头，只需活血化淤，静养几日就好。嘱咐金葵这几日尽量躺着别动，更不可出门行路。

金葵看到，来人中竟有那位相亲的青年和他的父亲，那位江湖郎中也像是由他们请过来的，诊断结果和治疗方案主要是向他们报告。诊毕他们陪着那中医去外屋开药方去了，做父亲的向老太太表示，明天可以让他儿子骑自行车去镇上抓药，争取明晚天黑之前送过来服上。镇上是有个医疗站的，也是私人开的，只是不知这方子上的药是不是都有。

金葵躺在里间床上，听着外屋男人们商量。心里不知应该感激还是恐慌。自己已经寸步难行，一切只能听天由命。

第二天早上，老太太烧了早饭，端到金葵床前，早饭有肉有菜，比平时丰盛了许多。老太太也给老头盛了肉菜，端到饭桌上给他吃了。老太太对金葵说："这都是坡下村赵家送来的，你看我没说错吧，这家真是好人，听说你受伤了，人家马上赶过来了。那个老中医也是他们带来的，又买了这么多吃的东西，让我好好给你补补。今天赵家那小子又到镇上抓药去了，今天送不来，明天也能送来。"

金葵马上放下碗筷，说："我可不吃他家的东西，奶奶，咱家昨天剩的饼呢?"

老太太皱眉："哟，你这孩子怎么这么倔呀，怎么翻脸不认好心人呀。"

金葵下床，跛着脚往灶间走："我自己去拿。"

老太太生气地骂道："真是个不讲情义的东西，那饼子我早喂狗了，你不吃就饿着，饿死你，你就知道谁好谁坏了。就是吃太饱了，吃饱了的人，全都不懂道理!"

金葵扶着灶间的门框，没有回头，没有回嘴，眼里含了眼泪，忍住没让它流出。

第十三章

绝杀

傍晚，和金葵相亲的那位姓赵的青年来了，从他和老太太的寒暄中，金葵听出他这一天骑车往返，至少跑了八十里山路。抓来的药中西兼有，虽然品种相当常规，但在这个乡僻之地，也算竭尽资源之能事了。中药活血化淤，西药消炎止痛，更加八十里山路颠簸辗转，因此无不显得珍贵异常。

老太太和那青年一起照顾金葵吃了药，借口有事离开了后屋，把空间让给两个年轻人自己闲聊。老太一走金葵便很尴尬，偷眼看那青年，对方也同样拘束无措。

“听胡奶奶说，你今年二十一了，不像。”

那青年终于找到一个话头，扭捏开口。相形之下，金葵倒还从容：“啊，我显大吗？”

“不是，显小，看你也就不到二十。你没怎么干过农活儿吧，养的。”

“你多大了？”金葵问。

“二十六了。”青年答。

“也不像。”金葵说。

“我也显小吗？”青年笑。

“显老。”金葵没笑。

“哦……”

青年有点尴尬，两人一时无话。少顷，还是男的主动另选话题，一听也是没话找话。

“我从镇上给你买了水果，我去拿给你吃。”

“不用不用，我不爱吃水果。”

“噢。”青年见金葵挺坚决的，抬了屁股复又坐下，说：“听胡奶奶说，你老家在云朗。云朗离这里远吗？听说你们家也不富裕，你们那里年轻人像你这样跑出来的多吗？”

“我们家……”金葵不知该怎样解释自己，“我们家还可以吧，我离开家是因为跟家里吵架了，所以就跑出来了。”

“噢，”青年很有兴趣地：“因为什么吵架呀，因为钱？”

“不是。”金葵答得干脆利落：“因为我男朋友！”

“你……你男朋友？”青年有些发傻：“你，你有男朋友？”

“我家不同意我交这个男朋友，非得给我介绍一个我不喜欢的人，我没办法了就跑出来了。后来又让人骗……咳，一言难尽吧。”

“那你，那你男朋友呢？”青年显然只关心这段男女之情，不及其他。当他听到金葵说“我男朋友还在北京等我呢”的时候，目光中的意外和绝望，已经难以遮掩。

“你男朋友还在北京等你？”

“对呀，胡奶奶没跟你说？”

青年摇头，摇得惶然失度：“没有啊，那你和你男朋友……还没断吗？”

“没有啊，我男朋友还等着我呢。”金葵说：“哎，你知道离这儿最近的地方哪里能打长途电话吗？我想给我同学打个长途电话，让她给我寄点路费来。你能带我去打长途电话吗？你有手机吗？”

青年仓惶地点头，继而摇头：“我，我没有手机。”他忽地起身向前屋走去：“我去问问胡奶奶去。”金葵知道，他要问的当然不是手机。

很快，她听到姓赵的青年在前屋和老太理论起来，声音忽大忽小，听不太清，但能听出青年在抱怨，在质询，老太在安抚，在解释。过一会儿没声音了，金葵跳着一只脚蹭到门边想听仔细，不料和仓促走进后屋的老太迎面撞在一起。

金葵跌坐在地上，老太太没有理会，高腔大嗓地一通抱怨：“咳，让你们两个年轻人好好聊聊，你怎么把人家给气走了？你现在看病吃药，吃那么多好东西，都是人家送来的，你怎么就不能陪人家好好说说话呢。”

金葵自己爬起来：“我好好说了，谁知道他要走。”

老太太说：“你好好说什么了，你是不是说你有男朋友了？”

金葵说：“说了。我本来就有男朋友嘛。”

老太太无可奈何地：“唉呀，人家有什么不好，花那么多钱给你。你呀，放着金盆银盆不要。你男朋友比人家有钱吗？有钱怎么把你扔在这里了？有钱也肯定是变心了。”

金葵眼里忽然含了泪水：“我男朋友……我男朋友不会变心的，他最爱我了。”

老太太说：“男人，我看得多了，女人一不在身边，就都花心了。”

金葵抹着眼泪，忽然笑了一下：“那爷爷也花心吗？”

老太太看一眼闷头坐在屋角的老头，说：“他呀，要是有女人要他，他也不是好东西。”她喊老头：“嘿，你生病了还坐在这里看什么，还不去睡觉！”

老头听话地起身去小屋睡觉了。老太太转脸又对金葵说道：“反正你一时半会儿也走不了。还不如和小赵好好处一处呢。我们这里人很老实的，对人好就好，坏就坏，不像城里人那样花花肠子。听奶奶的劝，交对象还是要找老实人。你和小赵交交试试嘛，不行再说不行。”

金葵闷了片刻，抬头回话：“奶奶，您收了他们多少钱呀？”

这天上午，高纯开车载着周欣和谷子来到机场，同车送行的还有画家小侯，小侯拎着谷子的行李走进候机大厅，高纯拎着周欣的行李跟在身后。周欣找地方安排谷子坐下，又和小侯一起在登机柜台托运行李，办好登机手续之后小侯找谷子去了，周欣与高纯面面相对，不知该说什么告别分手。

周欣首先打破沉默，重复了告别的理由：“谷子受伤了，不能再和你们一起长途开车回去，我陪他先走。你今天晚上一定睡好，路上开车，安全第一。”

高纯点点头，说：“昨天你一直陪着谷子，我一直没机会跟你说声谢谢。”

周欣说：“谢什么？”

高纯说：“谢你救命之恩。”

周欣沉默了一下，说：“我也一直没有机会对你说声谢谢，自从认识你以后，你帮了我很多忙。我知道你对我好，我都知道……可我不能对不起谷子。这些天我想来想去，你给我的那么多帮助，我只有找其他方法再回报你了。”

高纯也沉默了一下，说：“噢，你误会了，我帮你做的都是小事，而且我能认识你本来是因为……啊，你误会了。”

周欣笑笑，说：“我知道我这样拒绝你伤你自尊心了，漂亮男人的自尊心与生俱来。这世上绝没有无缘无故的付出，你对我好，我心领了，我会报答你的。”

小侯搀着谷子走过来了，两人中止了交谈，小侯说走吧，再不进去就晚了。周欣点头说好吧。

他们朝登机的入口走去，小侯朝他们挥手告别。周欣回头向高纯投来最后一瞥，高纯一动不动地站着，脸上没有表情。

这天中午，那位赵姓青年的父亲又来了，在外屋与老太激烈交涉。老头儿仍然病着，委顿地坐在里屋的床边。金葵坐在过道门口独自编筐，用心倾听着外屋的交谈。

外屋的声音不甚清楚，断续听出在谈钱的问题。赵家是找老太太算账来了，算得不仅仅是他们给老太太的辛苦费，还算了他们为金葵请医生雇驴车买药买吃的买营养品等等费用，还有付给他们村长的感谢费，诸如此类，一笔笔算出来都不是小数目。赵家父亲理直气壮，问罪之声声声入耳，老太理屈气短，辩解之辞萦萦回回。好一会儿前屋安静下来了，双方像是不欢而散。又隔了一会儿，老太才蹒跚进了里屋。

金葵看她，她回避了目光，独自走进灶间去了。

黄昏之前，老太独自出门，不知去了哪里，晚饭时也没有回来。金葵热了剩饭，照顾老头吃完睡下，自己照例在床上劈腿下腰，尝试恢复状态。她的脚腕还是肿的，稍不小心触及痛处，痛得格外钻心。

这一夜金葵睡得很香，毕竟老太与赵家的纠纷，并无她的责任。她看病吃药是赵家自愿，之前她又不曾承诺半分。黎明前天最黑的时候她被激烈的敲门声吓醒，跛脚下床打开木门，看见老太站在门口。这里晚上常常停电，老太手中端着一盏油灯，把苍老的脸孔照得恐怖吓人。

老太声音磕巴，有些气喘："你，你快穿衣服走吧，赵家人呆会儿就要来啦，他们要你还钱，你不还钱，不还钱他们就要把你带到他们那去，你快走吧。"

金葵睡眼惺忪："凭什么让我还钱？"但被老太太不由分辩地打断："坡下村也是个穷村子，人很野啊。他们在你身上花了那么些钱，不找你要找谁，找我我又没钱，他们知道的。"

金葵说："我我我也没钱呀……"

老太太再次打断她："没钱他们就要你的人，你愿意去我就不管你啦啊，你去了是还钱是讲理你自己看！"

金葵怔了半天，这才完全醒了，醒后的第一反应就是转身回去，手忙脚乱地穿裤穿衣。老太太在门口消失了片刻复又出现，将手里的一卷零散银钱塞给金葵，然后推着金葵出了前门，指点着方向，放她朝村口的黑夜踉跄而去。

月黑风高，路静人绝，一阵狗吠将金葵送出村外，她在黑不见底的土路上深一脚浅一脚地奔跑，早已辨不清脚上的伤处是否疼痛。风迎面吹来，把她脸上的两行泪珠，打得飘零破碎。

天亮了。

画家的车队从山海关启程，凯旋而归。

仍然是高纯打头，所不同的是，他的身侧没有了周欣。画家们个个有说有笑，唯有高纯和来时一样，闷闷不乐，少言寡语。

太阳升起来了，金葵灰头土脸，在一条土路上艰难跛行，回首张望，后无追兵。晨雾散去的旷野里，只有她一人踽踽独行。

太阳升上去了，阳光在树匝中闪闪烁烁，画家的车队沿着宽阔的林阴路疾驰猛进，高纯放下遮阳板，脸上的光影依然暗暗明明。

太阳照亮大地的时候，金葵终于搭上了一辆拖拉机，土路的尽头遥遥在即。她把老太塞给她的散钱数了又数，弄清她拥有两百多元宝贵的盘缠。她长长地出了一口气，因为这些钱足以让她回到北京！

是的，她要回去的地方，不是云朗，而是北京。

夕阳西斜的时候，画家的车队接近了北京，老酸小侯都睡得七歪八扭，只有高纯把握着车子的方向，面容严肃，目不转睛。

同一轮夕阳之下，一辆长途客运汽车也向着北京的方向，疾速行进。金葵望着窗外的晚霞，面容憔悴，目光炯炯。

车队回到北京，那些熟悉的街巷让高纯感慨万分，他对这座客居的城市，不知应该忘却还是必须铭记。他在独木画坊帮老酸等人搬下帐篷和旅途中的种种工具，老酸们也对他说了好多感谢和告别的话语，相约保持联系，有空再聚。他和画家们分手后驾车去往自己的住处，从周欣的公寓楼前经过时他没有减速旁顾。

北京也是金葵这场噩梦的终点。时隔数月，她终于又回到了这座城市。这是她熟悉的一座城市。她在这里经历了初恋，她曾是这城市中一道美丽的风景，尽管此时她已满面沧桑，衣着如乞丐一般肮脏褴褛……

天黑以后高纯走进了他和李师傅一家共同租住的那座旧楼。李家正有客人，李师傅在楼道里忙着烧火做饭，君君还趴在小桌上复习功课，李师傅的妻子躺在床上，有气无力地陪着客人家长里短。看见高纯回来大家都很高兴，李师傅问他吃饭没有，君君问他这么久都去了哪里，李师傅的妻子说一直替他担心，走那么远路能平安回来就好……高纯说我没事我开车现在比我师傅还稳。李师傅向高纯介绍了他的客人：这是老马，也是咱们云朗的，原来在云朗大酒楼和我一起看过车子，现在在一个公司当采购了，今天到北京办事，就过来看我。高纯你没吃咱们一起吃吧，饭马上就好。高纯说行，我先把东西放回去。

和两个月前的高纯一样，金葵回到北京去的第一个地方，就是他们以前共同的巢穴——那座已经变成粉条作坊的车库。她和高纯一样，被这里的变化惊得目瞪口呆。

这里的每个角落都变得凌乱不堪。天上开始下雨，工人们忙着给晾晒的粉条搭上雨布，没人顾及金葵的惊愕。

金葵离去时看到的最后一样东西，就是一只丢弃在杂物堆里的风筝。那风筝上绑着的一块肮脏的红绸，湿了金葵的双目。那是她为高纯设计的头巾，在那出冰火之恋的舞蹈中，是动人心魄的火焰！

雨滴越来越大，金葵发抖的双手，拿起了那块被尘土和污垢作践的红绸。

云朗来的客人走了。

屋里唯一一盏小灯，供给君君准备考试，高纯和李师傅在灯影之外的角落里促膝相谈，只有那些不堪回首的往事，才经得起唠叨。

李师傅说："过去的事，该忘就忘，你不是也听我那同事亲口说了，杨峰没跟金葵结婚，杨峰和金家反目成仇的事在云朗好多人都知道。云朗就那么巴掌点大，杨峰又是名人，好事不出门，坏事传千里，金葵靠杨峰也成了云朗的名人了，连老马都知道金葵把杨峰甩了又攀了外地另一个老板的高枝，杨峰反过来又把金家的酒楼端了这件事。听说金葵的哥哥把杨峰的人也打伤了，现在法院已经封了酒楼抓了人，就等着拍卖还杨峰的钱呢。"

高纯低头不动，默默听着。光线太暗，看不清他脸上的表情是悲伤绝望，还是麻木不仁。李师傅的脸也仅仅被烟头的火光短暂地映红，随即也同样眉目不清。他的感慨被烟气呛在喉咙里，夹杂着沙哑难听的痰声。

"金葵这孩子，可是把她家害苦了。她为了你不愿意嫁给那姓杨的还说得通，忽然和一个外地人跑掉了，她家可真是没想到啊。老马说，那外地人好像还没杨峰有钱呢，而且长得也很土气，不知用了啥招法硬把金葵给降住了。还有人说，金葵是为了报复她家里人，才和那个人结婚的，那人以后要真能一直对金葵好，要真能帮金葵家还上债，那金家还算没吃太大亏。要是金葵和这人也长不了，那她爹妈可真算白养她了。我们君君今后要是这么对我们，我们做父母的那得多寒心！”

高纯转脸去看君君，君君也在灯下瞪眼看着他们，她显然听到了她父亲的感慨，却不知她今后能否遂了父母的心。

第二天高纯去找了方圆，想托方圆帮他找份工作。尽管他知道方圆在成都混了几天刚回北京，也还没有固定的工作，但偌大的北京，方圆是他唯一私交较深的“能人”。

“你不给那老板干了？”方圆问他：“还是老板不让你干了？”

“我自己不想干了，”高纯说：“我和周欣已经那么熟了，再长期跟踪她不可能不暴露。再说，周欣人挺好的，我不想再做损害她的事情。”

方圆反倒替高纯开脱：“你跟踪她这么久，无论主观上还是客观上，都没做任何伤害她的事呀，你不必有什么罪恶感。”

高纯说：“你能帮我找找别的事吗？”

方圆说：“你想干什么？你肩不能扛手不能提，动脑筋玩智慧的事你也干不了。我早说过，跳舞的孩子都是头脑简单四肢发达，除了跳舞什么都不会。要是还能跳就是艺术家，要是不能跳了连民工都不如。你说你想干什么，你说你能干什么？”

高纯闷了一会儿，低头说："我还是想跳舞。"

方圆怔了一下，不无意外："还想跳舞?"他有点恨铁不成钢似的，问："你还能跳吗?"

高纯说："我一直没间断练功，我只要恢复正规训练，跳肯定没问题的。"

方圆想了想，说："我明天要去杭州，杭州有个叫超级舞者的歌舞团想让我去当市场经理，我先去看看情况。不过现在就算你还能跳，就算也有地方要你跳，那你也得想明白了，你跳舞挣的钱，可不一定比你现在开车挣的多!"

高纯说："我以前和金葵约好了，一定要去考舞院，一定要坚持跳下去，跳不动了我们就教学生，哪怕是回我们云朗艺校教学生……"

方圆打断他："可金葵已经不跳了，她已经和人结婚成家过日子去了，她也不会再考北京舞蹈学院了，舞蹈对她已经画了休止符。你一个人坚持再跳下去，你不孤独吗?"

高纯沉默了半天，有点任性地说："不，我爱舞蹈，就像我爱金葵一样，一生都不会变的。我想我如果坚持跳下去，我如果考上了北舞院，将来一旦和金葵再见面，我就可以告诉她，我遵守了我们的约定，我坚持了我们的理想……"

"那又能怎么样?"方圆说："你就能让她回心转意吗？她回心转意了，你还愿意要她吗?"

高纯顿了顿，他缓缓地，摇了摇头："我只要她知道，我履行了我们的约定，我只要她记得，我们曾经有过一个约定。这就够了。”

方圆哑然息声。

在找到工作之前，金葵也去找了方圆。方圆的电话号码存在她的手机里，手机没了，她只有去了方圆的住处。但方圆的住处屋门紧锁，敲了半天没有回应。

金葵来找方圆，是为了找到高纯。

她反复回想了每一个有可能找到高纯的地方，都没能发现高纯的来影去踪。仅仅从汽车租赁公司一个业务员的口中，才得知高纯几天前刚刚来过这里。

金葵万分激动，她回到北京之后，关于高纯的信息总是缥缈虚无，只有这一次，她仿佛听到了高纯刚刚离去的脚步。

“从我们这里登记的情况看，他是大前天来的，他大前天过来把他租的车退了，办了退租的手续。”

尽管高纯和这里的交易已经终止，但金葵还是看到了希望：“他留了他的电话吗？他应该在你们这里留了他的电话吧。”

业务员查看着电脑上的记录：“他留了一个手机，这是他登记租车的时候留的，还留了身份证上的地址和身份证号码……”

金葵迫不及待地：“他电话多少？”

业务员却把目光从电脑前移开：“啊，这个我们不方便告诉你，我们对客户的个人资料都是保密的，除非公安机关或者司法机关依法调查，否则我们无权透露，对不起啊。”

金葵急得几乎落泪："求求你告诉我吧，求求你了！他是我男朋友，我现在找不到他了，我陪他来过这儿，你们这儿应该有人见过我的……"

在这屋里办公的人都被金葵的哀求吸引了目光，一个经理模样的人过来劝解："哎，这位小姐，你是要了解客户的情况吗，请问您是他什么人呀？你有证件吗？女朋友？女朋友不行。你要实在想了解的话可以去找一下公安局。你男朋友是不是丢了？那你也应该先到公安局去报案嘛，让公安局来我们这里查，这样才行。你先回去再找一找，你求我们没用……"

经理和业务员你一句我一句，不顾金葵的苦苦哀求，金葵扒住柜台不走，反复大声恳请："你们就告诉我吧，你看我都这么求你们了，我们约好去考学去的，所以我得马上找到他，要不来不及了……他的电话是13910999180吗？"

业务员看了下电脑，又看一眼经理，经理也看一下电脑，抬头反问金葵："你既然知道你怎么不打呀？"金葵的脸色一下子萎靡下来。

"这是以前的，他早换号了。他前天来没留新号吗？"

业务员摇头："没有。"

经理看了一眼记录本，同样摇头。

金葵没了声音，一屁股坐在地上。

一连三天，金葵没有找到高纯，没有找到工作，甚至也没有找到住的地方。老太太给她的两百块钱早就花光，她每晚都在火车站的候车大厅里过夜，靠在旅客候车的长椅上，睡睡醒醒，坐坐躺躺。高纯在云朗没有亲人，没有住处，就算知道他的身份证也没有用的。身份证上的地址，只是他过往的历史，而他现在天涯何处，金葵已经隐隐绝望。

两天之后，高纯在百科公司的一间会客室里，见到了他的雇主陆子强。在领高纯进来的秘书退出房间之后，陆子强才开口质问高纯。

“据我知道，你三天前就回来了，怎么今天才来报到，你的手机为什么一直关着？你别跟我撒谎，我既然能雇你跟踪周欣，我就也能雇人跟踪你。”

高纯疲倦地答道：“周欣这些天没有任何特殊情况，我一路上都在电话里向你汇报过了。我回来一直在找工作，所以耽误了两天时间。不过那辆车我已经退了，他们没退我押金，租赁公司的老板说他们直接跟你结账。”

陆子强稍感意外：“找工作？这么说，你今天过来找我，是来辞职的？”

高纯说：“对，这差事我不想干了。上次我出发前你答应过，等我回来就给我结账。”

陆子强反应了一会儿，干笑了一下：“好啊，结账！”他说：“我要的东西你今天带来了吗？咱们一手交钱一手交货，如果货真的话，我给你的价钱也会很实在的。”

“什么货？”

“什么货你都忘了，这一趟我让你干什么去了！照片呢？古老的长城和时尚的美女，我得看看你的摄影水平，这一趟长进了没有。”

高纯这才想起来了：“照片……”

高纯敲开了周欣的家门。

为他开门的周欣穿戴整齐，行色匆匆似乎正要出门，她惊喜地把高纯迎进屋里，就像见到久别重逢的亲人。

“高纯，快进来，你回来好几天了吧，我一猜你就会来找我。来来，进来坐吧。我回来后还没来得及上班去呢，一直……”

周欣的热情被脚步声打断，高纯回头看见谷子从卧室里走出：“谁来了？”谷子的询问刚刚出口，目光就与高纯迎面相碰。两人的视线都尴尬了瞬间，还是周欣的话语转移了气氛。

“我回来一直照顾谷子，昨天去公司打了个照面。还没正式上班。”周欣注意到谷子和高纯之间的局促，她迟疑一下，对谷子说：“谷子你先下去叫车，等我一会儿，我和高纯说几句话就来。”

谷子疑惑了一下，很短的片刻，随即点头：“啊，好，那我先去。”便低头走出了屋门。周欣目送他出去，才又回过头来，解释地冲高纯笑了一下：“我陪谷子去医院复查一下，他已经恢复得差不多了。你还好吧，你老板从国外回来了吗？”

高纯说：“还没有。”

只此一句，两人都没了话题。高纯于是道出他此来的目的。

“啊，上次我用你的相机照了一些照片，我想去把那些照片打印出来，不知道是不是方便。”

周欣也恍然想起：“啊对了，我相机里有你照的照片，你急着要吗？不急的话我过几天一块帮你打印出来给你？”

高纯说：“啊……我过几天就要上班去了，我换工作了，可能就没时间过来了……”

“你换工作了？是吗！换什么工作了？”

“我还是想去跳舞，我有个朋友帮我联系了一个舞蹈团，在杭州。我过几天要去考试，如果考上的话，可能就要离开这里了。”

“啊，也不错呀。”周欣很体贴地笑笑，说：“你还是忘不掉你的舞蹈啊。不过也挺好，人总要有热爱的事业，总要有寄托。”

周欣一边说着话一边走进卧室取出她的数码相机，这正是陆子强为周欣买的那只相机，是周欣在古长城前借给他的那只相机。高纯将相机装进挎包，致谢告辞，周欣出声把他叫住。

“高纯。”她说：“你真的要去杭州了吗？我们还能再见面吗？”

高纯站在门口，想了一下，说：“我不会忘掉北京的，这里有我的很多经历，有我最难忘的经历。我对这儿……挺有感情。”

周欣拥抱了高纯：“原谅我吧，其实我挺喜欢你的。但是，也许谷子更需要我。谷子是个外表坚强，内心脆弱的男人，和你相比，他也许更需要我。我妈妈从小就告诉我，一个人之所以幸福，就是因为有人特别需要他。”

高纯木然地让周欣拥抱着，不知自己该说些什么，做些什么。他不想告诉周欣她是自作多情，他不想用语言刺伤周欣，他和周欣已如亲人一样，彼此熟悉，情同手足。

他说："那我钦佩你，愿意为别人的需要而生活的人，真是越来越少了。其实大家都知道，所有人都只顾自己的社会是地狱，但是把别人的快乐当作自己快乐的人，还是太少了。"

周欣松开了高纯，她说："谢谢你，你能这么夸我，说明你原谅我了。"

高纯要离开北京了，为了寻找舞蹈，寻找梦境。而金葵回到北京则是为了寻找爱情。她再次去了那个车库，车库的房东替她打开了存放行李的那间小屋。高纯的东西已被高纯取走，挤在一屋杂物中的，只剩下她自己的箱子和铺盖，以及几个装满衣物的纸箱。

在找回爱情之前，她也必须先找工作。观湖俱乐部练功厅里的钢琴声依然如故，而随着钢琴节拍传出的口令则有些陌生。这里早就换了新的教练，整个城市的生活节奏没有丝毫的改变和停顿，变化的只是不同的面孔。

时光流转，物是人非。时间和空间的交汇永远只是短短一瞬，能留下这一瞬的只有那些从相机中洗印出来的照片，那些照片让高纯又看到了万里长城。从河北到内蒙，从山西到陕甘，大多是周欣自己拍的，而在高纯摄下的那一部分画面中，长城变得并不重要，往往只是周欣身后的一个背景。

高纯将他拍摄的这部分图片拷在软盘上，相机存储中还有几张白色图片微缩不清，显然并非出自旅途。高纯迟疑了一下，也许仅仅是出于好奇，他将那些图片在图片社的电脑中打开放大，他看到的竟是几份复杂的图表，图表上的数字密密麻麻。他把图表继续放大，图表上的汉字渐渐可以看清。高纯看到了资产负债表、利润表、现金流量表、费用明细表等等字眼，进而撞入眼帘的，是报表下角“百科投资有限公司财务部”几个小字，这些神秘图表不知何时何人存入，它们藏在相机存储空间的深层，似乎有些鬼鬼祟祟，并不正大光明。

从图片社出来，高纯直接去了陆子强那里，他把洗出的照片摊在了陆子强的办公桌上。照片不多，一览无余，陆子强的不满之情溢于言表。

“怎么就照了这么点？你都干吗去了！”

高纯说：“开头我照了不少，后来不小心删了。反正那些天她除了画画走路吃饭睡觉，确实没干什么。”

陆子强咽了口气，问：“她和那个年轻的画家，那个叫谷子的，怎么样啊？”

“没怎么样啊，”高纯说：“都是集体活动，男的住一屋，女的单住，也不能怎么样啊。”

陆子强低头翻看那些照片，照片上的周欣不是独自一人，就是偕众同行，没什么可疑，没什么反常。

陆子强问：“她回来以后一直在家没来上班，你这几天又去找过她吗？”

高纯说：“没有。”

天很晚的时候，周欣乘出租车回到住处。她下车上楼，进了电梯，又乘电梯上到自己住的楼层，掏钥匙开门时忽然看见地上坐着一个人影。她吓了一跳，借着楼道昏暗的灯光，她认出那个站起身来的人影就是高纯。

周欣当然估计不到，高纯来者不善，当她在客厅的茶几上看到打印出来的那几张图片时，不由大吃一惊。

“什么意思?”也许周欣真的没有反应过来，真的忘了她相机中除了长城的壮丽景象，还藏着这些不可告人的秘密，“你从哪儿弄来的?”她问高纯。

“你相机里存着的。”

高纯看得出来，周欣在故作镇定，她说：“哦，这是我们公司的报表，怎么了，你把它们打出来干什么?”

高纯答非所问：“我听说，一个公司的财务报表，是这个公司的核心机密，而你在百科公司，好像并不负责财务工作。”

高纯的意思非常明确，周欣却依然欲盖弥彰：“可我是百科公司总裁的助理，也就是说，是他的机要秘书。公司里的一切，对我都不是秘密。”

高纯执著着自已的怀疑：“你不是陆子强的机要秘书，你只是他养的一个小蜜，一个不过问也不了解公司业务的小蜜。”

周欣怔住了，终于无法镇定下去，高纯从未有过的直白和毫不客气的语气，让她估量不出他的来意。

“高纯，我不明白你的意思。你今天来，你把我相机里的东西打印出来，你想要说明什么?”

高纯说：“我什么也不想说明，我对你，只是好奇。而且，你救过我，所以我今天来，是想对你说一声抱歉。”

周欣目光困惑：“为什么抱歉，你做了伤害我的事吗?”

高纯说："我和你认识，我总跟着你，我开车陪你们去长城，这一切都是有人安排的，都是为了监视你。"

"谁?"周欣惊愕得目光发紧："谁安排的?"

高纯说："是你的老板。"

周欣应该想不到的，所以她感到震惊："陆子强？你是什么人?"

"我是受你老板雇用的一个密探!"

这天夜里，周欣乘坐一辆出租车再次去了芳华里小区，还是在那栋神秘的居民楼里，她敲开了那扇她经常深夜造访的房门。

和她同车而来的，还有高纯。

这是高纯第一次走进这所他曾经反复刺探和蹲守的房子，开门的还是那位中年妇女。她紧张而又惊讶地看了一眼似曾相识的高纯，看着他跟在周欣身后进了屋子。

他们一直走进了卧室，卧室里的床上，躺着一个枯瘦的女人，那女人还没有睡去，一双无神的眼睛木然地看着他们。

"这就是我的母亲!"

高纯礼貌地叫了一声"阿姨"。

周欣说："她听不见。"

高纯问："她没有听觉吗?"

周欣说："她任何知觉都没有了，她是植物人。"

高纯惊愕。

当两个年轻人走出芳华里小区的时候，夜色已深，公交的末班车已经开走，也见不到一辆出租车显目的顶灯。

他们顺着空旷无人的街道向前走去，在夜深人静的时刻回顾往事，每句话几乎都可直抵内心。

“陆子强并不知道我妈妈原来也是百科公司的一名职工。”周欣说：“他并不知道我的根底，他以为我只是一个画画的，对百科公司一无所知。”

高纯默默地听着，他对眼前这个女孩更加好奇。这个他以为只是贪图老板钱财的女孩，只懂得画画的女孩，原来竟有这样一个不可告人的背景。

“百科公司自陆子强当上总裁之后，一直采取制造虚假账目的方法瞒税骗税，赚取黑心的利润。我妈只是公司财务部的一个普通会计，可她慢慢发觉公司里是有两套账的，真实的账是给陆子强看的，假账是给税务局看的。我妈提醒过公司的财务总监，告诉他这样做等同犯罪，可他们不听。那时候我还在上大学，我妈有一天给我打了一个长途电话，她问我如果她不能供养我了，我能不能半工半读完成学业。她说她要到税务局去举报她的公司，她说她这一去就等于把自己的饭碗砸了。举报自己公司的财税内幕对一个职业会计来说，就等于把自己一生的职业全都毁了，也许以后没有一家公司愿意聘用这样一个会计。”

周欣停了下来，高纯看到，她的眼里含了泪水。他问：“后来，她真的去了？”

周欣摇头：“她还没有来得及去，就在她把她的决定告诉我的当天晚上，她在回家的路上被人下了毒手。他们本来是要让她死的，可她没死。她在医院昏迷了半个多月，醒过来以后就是现在这个样子，再也不会说话，再也没有表情。可是陆子强没有想到，被他除掉的这个小小的会计还有一个女儿，这个女儿还能说话，这个女儿还有表情!”

高纯怔了半天，他想起周欣不止一次和他谈到过母亲，她不止一次地说起过母亲的正直，不止一次地说过母亲要她完成的事情，她只有遵命，她必须完成!

他问：“你后来是靠自己打工上完大学的?”

周欣说：“我没有上完大学，我退了学，回到了北京。尽管我在这里找到了许多志同道合的朋友，我参加了他们的画坊，但这并不是我到这里来的目的。我到这里来，就是为了进入百科公司!”

高纯不再疑问，此刻他对周欣，对她的母亲，全都肃然起敬。

周欣怀了感激，也带了信任，她对高纯说道：“我感谢你高纯，你不止一次地帮我，不止一次。我想再问你一句，你还愿意再帮我一次吗?”

早上，周欣拿着一沓文件走进陆子强的办公室里，陆子强正和财务总监窃窃低语，见周欣进来，两人都收了话头。

陆子强对周欣说：“你昨天就上班了吧，我听小张说你昨天来了。怎么样，这一趟跑的，真和两万五千里长征差不多了吧。”

周欣笑笑，没有作答，把文件放在陆子强桌上，说：“这是总裁办刚送过来的文件，还有王主任让我问问您，中午和审计事务所的人吃饭，您几点出发?”

陆子强说：“十点半准时走吧。我得先到，别让他们等我。你让王主任提前去游艇布置一下，别再出上次的笑话。”见周欣应声要走，他又把她叫住：“哎，你等等，我还有事跟你说呢。”

财务总监见状，起身告辞：“那我先走了，报表您先看看，有问题您随时叫我。”

陆子强也起身绕过周欣，和财务总监一同出门，两人一同放低了声音。

“给税务局那套报表不是已经报了吗？这一套就不急了吧？”

“两套表都拷在那张盘里了，您先看看，今天中午审计事务所要问的话你也好说。”

“这来不及了，我回头把盘带上，等下午送走他们，我在船上看看……”

门外的声音越来越小，听不清了，少顷门声一响，陆子强回到屋里。他亲热地搂了一下周欣，笑道：“想没想我？我可是天天想你，你要再不回来，我还想过去找你探营去呢。”

周欣应付地笑笑：“你刚说有事要和我说，什么事呀？”

陆子强说：“没什么事，有点想你了和你多说几句话还不行嘛。”

周欣说：“王主任等我回话呢，您不是让他早点上船检查一下中午的活动吗，我得赶快告诉他去。”

陆子强只好放了周欣：“好吧，你先去吧。哎，下午五点你到船上找我，咱们聊聊，晚上我在船上请你吃饭，给你洗尘接风。”

周欣说道："哦……好啊。"

下午五点，周欣被公司的一辆汽车送到京郊游艇码头，乘上了等候在此的一艘快艇。太阳正把西方烧红，整个湖泊风平浪静，快艇划开蓝色的水面，绕过一艘艘闲散的游船，向陆子强的船舶靠近。游艇上的盛宴早已曲终人散，除了开船的舵工只有陆子强一人没走，他坐在舱房里的一台手提电脑前，审阅着财务总监上午交来的两套报表。周欣上船以后，陆子强立即从电脑前站起身来，亲手给周欣倒了饮料，邀她一起坐进沙发闲聊，问长城风光，问途中见闻。看来中午和审计事务所的人谈得不错，陆子强印堂放光，春风得意。周欣不冷不热地喝着饮料，问一句答一句，既不沉默，也不饶舌。

陆子强的雪茄灭了，他让周欣替他去找火柴。雪茄烟专用的长火柴就在写字台上，周欣取火柴时看到电脑的屏幕处在自动保护的状态，但电脑旁两张磁盘的外盒却赫然触目，周欣的目光未敢久留，取了火柴便抽身离去。她把火柴递给沙发上的陆子强，陆子强却叼着雪茄让她点上。

周欣说："雪茄怎么点，我不会。"

陆子强说："不会学呀，你做不了我的业务助理，总应该做做生活助理吧。"

陆子强示范地划着一根火柴，然后用火柴燃烤着雪茄的一端，雪茄的端头慢慢红了，陆子强才把火柴熄灭，"看见了吧，就这样点，下次你来。"陆子强的雪茄叼在嘴上，还未来得及吸上一口，就被轰的一声巨响震落在地。整个船身都在这声响动中摇摆起来，周欣若不是顺势扶住一根柱子，险些也要跌倒在地。

陆子强顾不得去捡地上的雪茄，恼火地从沙发上站了起来，歪歪斜斜地走出舱门，想到外面查看究竟。他走到前甲板才明白他这艘宝贵的游艇是被一条机动船撞了一下，陆子强的舵工正与那小船激烈理论。陆子强一边询问舵工，一边责骂小船，一边探身察看游艇的伤势……他忘记客舱里只留下周欣独自一人，也想不到这个只懂画画的女孩对他留在电脑里的磁盘会有兴趣，更不会想到这时周欣已经用最快的动作，拷下了磁盘中的全部内容。

小船上的人一再争辩，大意是说并非他们撞了这条大船，而是大船撞了他们……其中一人陆子强看着煞是面熟，那人戴了草帽，留了胡子，陆子强一时想不起在哪里见过。

疑惑之际他的下意识似乎被忽然触动，不知想到什么急急转身，走到一半他已经从客舱的窗外看到周欣在动他的电脑，那一瞬间两人的目光甚至隔窗相持。陆子强似乎还没有完全意识到事情的性质，但周欣那一刹那的目光让他陌生至极。

陆子强大步进门，磁盘的复制恰正完成。陆子强的视线在自己办公桌凌乱的桌面上快速扫过，似乎才真的意识到发生了什么，但已晚了，周欣直接登上桌子踢开窗扇一跃而出，动作之麻利干脆，犹如一个身手矫健的男子。

陆子强的思维尚在恍惚，但反应却本能地快如脱兔，他冲出客舱快步追去，仅差一步就要抓住周欣，周欣危急中越舷跳水，跳得竟有几分英勇壮烈！

陆子强扶着舷索大声喊叫："抓住她！别让她跑了！"也不知竟是喊给谁听。舵工闻声跑了过来，不知就里地扔下一只救生圈去，陆子强气急败坏眉目走形：“我让你抓住她！”吼得舵工不知还能做甚。

接下来的情形更是出乎意外，他们眼睁睁地看着刚刚撞击游艇的那只机械船快速折返，戴草帽的青年也跳入湖中，他挥臂划水游向周欣，搭救她攀上机动小船，小船随即开足马力，向岸边野渡破浪直行。陆子强五官麻木，只能疯狂挥舞手势让舵工赶快开船，除此竟然气噎失声。等舵工跑回舵舱开动引擎急起直追，小船已经走远，在视线可及的水面，化成一只绽放的浪花。

陆子强跌跌绊绊跑回客舱，客舱的写字台如遭洗劫，两张磁盘胡乱地扔在电脑一侧，那一刻陆子强的脑袋里万念俱空。

第十四章

秘境

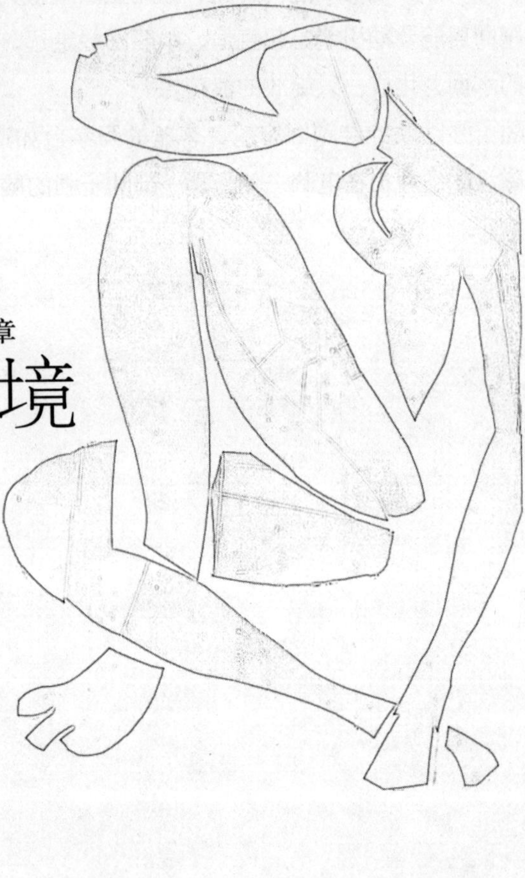

陆子强匆匆回到公司，他快步穿过公司走廊时的神色，令每个迎面相遇者无不暗暗吃惊。

他回到办公室，一个工作人员不识眉高眼低，拿些琐事进屋请示：“陆总，昨天那辆黑奔驰修好了，已经从修理厂开回来了，杨师傅问您……”他的话随即被陆子强生硬打断。

“赶快叫财务部项总监来！”

“好的。”工作人员唯唯诺诺，转身退至房门，居然不识时务地回头再问：“杨师傅问今天您要不要换坐这辆……”

“去叫项总监！”

陆子强吼叫一声，工作人员悚然一震，仓惶退了出来。很快，财务总监来了，陆子强示意他关上房门，从老板的脸色和语调上，财务总监显然知道出了大事。

陆子强首先要问的是：账能不能马上改过来，但这个想法被财务总监不假思索地否定。

“改账不可能，以前每个月的账表都是报了税务局的，要改只能改最后这一个月的，对全年报表数据的影响不可能很大。”

“如果……”陆子强试图分析这事：“如果她就是税务局派来的卧底，那税务局肯定已经盯上我们了！周欣来了有大半年了吧？”

他的分析让他自己都紧张起来，但财务总监的判断则没有那么悲观："不会，税务局管那么多单位那么多公司，哪有这么大精力花大半年时间给咱们派卧底呀。再说税务局又不是公安局，不会自己派卧底的。我估计……陆总，周欣在您身边这些天，您是不是老跟她说公司的这类事呀？说不定她拿了你的短处，觉得能敲你一笔钱，我觉得这种可能性比较大些。"

陆子强低头回忆："没有啊，我没跟她谈财务方面的事啊。"

财务总监说："陆总，您也许喝多了酒，在女孩面前吹吹你怎么挣钱，这都保不准啊，说完了您自己也忘了。不过周欣要真是为了敲您一笔钱那倒是件好事，至少她拿了钱就肯定不敢再把账表捅出去了，因为敲诈本身也是犯罪。现在咱们得赶快找到她，和她谈判，看看她到底要个什么价钱。"

陆子强听明白了，他从座位上急急地站了起来，大步向门口走去。走到一半又转身回来，抓起了桌上的电话。

他拨了周欣的手机，连拨了两遍，都拨通了，但铃声空响，无人接听。财务总监紧张地看着他的表情，直到他放下电话。

"关机了？"

"她不接。"

"那……"

财务总监还想说什么，陆子强已经咣地一声推开电话，拉开抽屉翻出一把钥匙，连抽屉都没关就朝外走去。财务总监望着他的背影，面色沉重，似乎预感到大势趋败，凶多吉少。

陆子强直接去了周欣的公寓。

他把那辆黑色奔驰开得风驰电掣，周欣的公寓变得近在咫尺。他乘电梯上楼直奔周欣的单元，拿出钥匙将门使劲打开，进门后发疯似的各屋寻找。周欣不在，确实不在，他连壁橱都打开看了，连床头柜和书桌的抽屉都拉开翻了，人和磁盘全都了无踪迹。

离开公寓陆子强把车开上马路，车速快得有些离谱。他掏出电话拨打手机，拨打手机时差点和对面的车子迎头相撞，他猛打方向盘闪了过去，又挤了身边一辆正常行驶的卡车，卡车紧急转舵躲过剐蹭，随即爆发出长长一声愤怒的鸣笛。

一小时后，陆子强在一家酒楼的包房里，焦急地等来了他紧急约见的几位客人，为首一个秃子，不久前还是他游艇上的座上嘉宾。客人进屋之后房门随即关闭，门外的服务小姐连主宾之间应有的寒暄，都一声未闻。

包房里的餐桌上摆满酒菜，但整顿饭下来陆子强水米未沾。他离开那家酒楼时天色已晚，他没有回家，独自驾车来到酒楼附近一条僻静的街道，早已等在这里的财务总监下了自己的汽车，左顾右盼地跨街过来，上了陆子强的奔驰。

"情况怎么样?"陆子强问。

"我从晚饭前就一直打地税分局袁副局长的电话，他一直不接。刚才我把电话打到他家里，才把他找到。"

"他说什么?"

陆子强的声音已经掩饰不住极度紧张，面孔却还顾自强作镇定。财务总监答道："我故意说我们的年报今年想换个会计师事务所审核，请他帮我们推荐一个，想听听他的口气有什么异常……”

“有异常吗?”

“表面上听不出来，他说现在有资质的会计师事务所挺多的，他帮我们考虑一下。”

“没说别的?”

“没说别的，前后客气几句，没什么实质内容。”

“那他为什么不接电话?”

“他说他今天回家早，电话放在包里忘拿出来了。”

“噢……”

陆子强松了口气，低头沉吟，财务总监反过来问道：“你找孙大胆他们谈过了，他们能帮什么忙吗？这种事，也不宜让他们这路人搅得过深，他们层次不高，有时成事不足，败事有余。”

“我让他们先帮忙找找周欣，至少在周欣住的地方盯上几天。另外让他们帮忙查查那条机动船是哪儿的，我记住了那条船号码的最后三个数。这种事让公司里的人查不方便。”

财务总监不再说话。

孙大胆是陆子强早年认识的朋友，手下马仔很多。常年在生意场上行走的人，有一两个这样的江湖朋友，也很必要。谁也说不定没有麻烦，有些麻烦靠他们这路人去摆平搞定，要比常规处理省事得多。

从那天晚饭之后，在周欣公寓的马路对面，就停上了一辆小面包车，车里的两个男人坐了整整一夜，一个睡着，一个盯着公寓的门口。但直到初升的太阳由青变白，又渐渐把整栋楼房染红之后，也没有见到周欣的身影在那楼门进出。

在太阳跳出山坳的时候，另一彪人马出现在东郊的湖区码头。湖区的码头设有多处，有游艇俱乐部的专属码头，也有一般游船汽艇的租赁码头。这几个陌生男子在租船码头盘桓很久，租船的驾船的挨个打听。远远看去，谁也不知道他们姓甚名谁，何方神圣，是寻人还是问事……游船汽艇载着游人和往常一样进港出港，马达声吆喝声和往常一样此起彼伏。

时近中午，孙大胆赶到了湖区，在陆子强的游艇上，与陆子强完成了他们之间的第一笔交易——陆子强交给孙大胆一个装着两万元现金的信封，孙大胆交给陆子强一张二指宽的字条。

字条上写着一个地址，字迹潦草。但陆子强不问自明，收起条子，拱手道谢。

“船主说，租这条汽船的是个年轻人，船主没问他叫什么。”孙大胆指着字条说：“昨天因为租船超了时要加租费，所以船主派人跟着这个人去了他家取钱。他家住在南边，是个快拆迁的城中村，那地方都是外地人住。地形挺复杂的。你要想弄住这个人，可得多带人手。”

这天傍晚，陆子强和孙大胆等人分乘几辆车子，直扑那片巷陌纵横的城中村。他们很快找到了字条上写着的那个地址，他们发现那是一幢陈旧的小楼，院落曲折，楼梯陡峭。这时正是各家各户开火做饭的时辰，男男女女看到一大帮彪形大汉穿过狭窄的过道，不无惊恐地避身争睹。他们看到这群不速之客敲响了最里面的一扇木门，声响巨大，住在隔壁的李师傅颤巍巍地上前干涉：请问你们找谁？话音未落木门已被大力撞开。李师傅和站在自家门口的君君只听见一阵乱喊：抓住他！别让他跑了……便见那帮汉子一半冲进屋里，一半掉头出来，沿原路朝楼下跑去。李师傅惊惶得说不出话来，君君也吓得睁圆了双眼。谁也不知道发生了什么，只知道那些人没有抓到目标。也许只有进过那间小屋的人才能明白，那屋子有个后墙的小窗，后墙的楼下便是一条弯曲的短巷，短巷的出口，便是人来车往的宽阔街衢。

陆子强也随在那群人身后追下楼去，他们踢飞了楼口的鸟笼，撞翻了过道的炉子。李师傅赶紧跑进高纯的小屋，小屋果然后窗洞开。他又返身朝楼下跑去，顺着一条窄窄的夹道跑到后墙，他看到后墙下面，那群汉子围成一团，两个亲眼目睹高纯飞窗跳下的路人惊在一边，陆子强是最后一个赶到的，他冲上去扒开围住高纯的打手们，将摔得昏迷过去的那具身躯翻转，他看到了那个年轻而苍白的面容，谁也不明白陆子强的目光何以如此惊呆。而陆子强自己，在那一刻却忽然明白，他不知是冲身边的孙大胆还是在自己的心里，喃喃道出了迟到的醒悟。

“我知道她去哪儿了！”

和拥挤的城中村相比，芳华里小区稍嫌静僻。陆子强的奔驰轿车一马当先，孙大胆的几辆破车紧随在后，一串刺目的车灯逶迤前进，将这里的安宁恣意打破。

陆子强也是第一次进入这个居民小区，但从高纯的无数次报告中，他已经知道这里是周欣的一个“窝点”，所以他一看到那个楼号立即显得熟门熟路，带着孙大胆及其打手们冲进一个楼门，他们拥出十四楼电梯时楼道里漆黑一片，几只手电的光柱随即猖狂晃动，直到他们要找的房门被用力敲响，敲门声之放肆几近土匪明火执仗。

为他们开门的正是高纯在报告中多次提到的那位中年妇女，陆子强推开她大步进屋，孙大胆等人也并不理会那中年妇女的惊声诘问，跟着陆子强直闯卧房。

这套一房一厅的住宅格局简单，他们在卧房里没有发现周欣的踪影，卧床上只有一个枯瘦的女人。那女人让陆子强蓦然止步，那张蜡黄的面孔似曾相识。瘦女人见到陆子强忽现床前，僵化的脸上渐渐浮出怪异的表情，一向混沌的视线忽然有了方向，直直盯住了陆子强惊疑的面容，仿佛认出了相违已久的杀身仇人。陆子强似乎也认出她了，他不敢置信地后退了一步，他分明看到那张麻木已久的脸庞，居然浮出一丝笑意，他分不清那隐约的笑意所要表示的，是胜利还是讥讽。

这天夜里，高纯被李师傅父女送到医院时还处在昏迷之中，在进行了长达五个小时的抢救后才送进病房。没人知道高纯昏迷的大脑是否还有梦境，是否还能梦见他心上的女人。而他心上的女人其实已经重新接近了他们共同的梦想——她又穿上“冰火之恋”的纱裙，她又找到了丢失已久的舞蹈，尽管那仅仅是少年宫舞蹈班临时聘用的一名老师的职位，但她终于又回到了练功房。在练功房那面巨大的镜子里，她试着迈开舞步跳跃旋转，她的动作小心翼翼，她欣慰地发现自己对舞蹈的感觉依旧良好，身体的柔韧和力量，依旧给她信心……

清晨，高纯醒了。也许他在昏迷的夜里，真的相会了金葵，也许他真的梦见他和金葵一起教会了两个学舞的少年跳起“冰火之恋”。他苏醒后看到的第一个画面仍然是金葵的容颜，他张开嘴想要叫她，却蓦然发现俯身焦急注视着他的，原来是周欣。在周欣的身后，还站着面目严肃的谷子。

早上八点以后，医生们陆续上班，白班医生在与夜班医生交接之后，才向高纯的“亲友”，也就是周欣和李师傅，通报了高纯的伤情。

“病人的两臂没事，只是有些肌肉挫伤。两腿肱骨都是粉碎性骨折，左肋骨也有两根断了，胸腔积血比较严重。昨天夜里我们做了紧急抢救，用了消炎和镇痛的药物，病人入院时处于昏迷状态，头部和其他部位是否有伤还需要进一步诊断。”

周欣问：“他的腿，还有肋骨，现在都接好了吗？”

医生说：“还没有接，因为整体伤情还需要进一步诊断，再说怎么治疗还要和病人的亲属商量。你们是病人的什么人，你是他父亲吗？”

医生问李师傅，李师傅连连摇头：“不是不是，我是他邻居。”

医生问周欣：“你是他什么人，女朋友？”

周欣怔了一下，没有点头，她急切地说道：“他没有亲人了，我们就是他的亲人。麻烦你们快给他治吧医生，千万别给他耽误了。你们该怎么治就快点给他治吧医生！”

医生看看周欣，又看看李师傅，问：“他家里没有别的人了吗？你们就算他的亲人了吗？那他的住院费、手术费和治疗的费用，你们谁交？”

周欣和李师傅对视一眼，周欣问：“要交多少钱？”没等医生回答，又说：“你们先赶快治吧，钱我们肯定交！”

医生公事公办：“你们还是先交上钱吧，手术费、治疗费和昨天抢救检查的费用，再加上住院押金……你们的经济情况要是不允许的话先少交点，先交三万吧，钱交了我们马上做手术。早做了病人也少痛苦。另外，病人抢救前随身的衣物你们收一下吧。”

周欣和医生交接了高纯的衣物，衣物中唯一引人汴目的，是一颗心形的琉璃。那琉璃碧绿如玉，显然是高纯颈上的饰品。周欣以手摩挲，似乎感觉到了那颗“心”的优美质地——冰凉细腻，油润无比。

清晨短暂的苏醒之后，高纯再度昏迷，那昏迷也许就算是一种睡眠吧，医生护士都没着急。黄昏时他再次睁开双眼，看到的仍然是一个女孩的面容，但那已经不是周欣，而是李师傅的女儿君君。

“高纯哥，你醒了。”

君君俯身，想要寻找高纯的视线，她看到高纯仰视上方，口中切切，似乎发出了一丝声音。

“什么？”

君君凑近高纯，她听清了高纯的话语。

“我的心……我要我的心……”

君君没听明白：“心，你的心不是在这儿吗，在这儿跳呢!”

高纯气若游丝，再次重复：“我要我的心……”

“是不是原来金葵姐戴的那个琉璃呀？你放哪儿了？”

谁料听到金葵二字，高纯竟然热泪盈眶，言语忽然变得分外清晰：“君君……你能找到金葵姐吗？我……我想见她……”

“金葵姐，不是……不是已经结婚了吗？”

君君小小年纪，已经懂得该让高纯死心，但还是把话说得战战兢兢，生怕高纯再受刺激。不料高纯只求一见，对重温旧梦似乎早已死心。

“她结婚了……我为她高兴。我只是想见见她，只想和她……跳舞……”

“我到哪里去找她呀？”

高纯也不知该去哪里找她，他闭了眼，一颗未被锁住的泪珠，从眼角滚落，弄得君君瞳仁的四周，也是一片潮红。

金葵的瞳仁里，也闪动着红色。

那是一块火焰一般的红巾，在一个少年的头上飘舞。红巾在白裙的翻卷之下，显得格外炫目。两个男孩女孩的舞姿已经娴熟自如，一首“冰火之恋”的舞曲让金葵陶醉如梦，她仿佛又看到了自己跳过雨雾中的水泥隔墩，奔向公路收费站高纯的汽车；又看到了她和高纯在那间阁楼的灯下娓娓交谈；看到她和高纯一起买下绿色的琉璃和红色的头巾；看到那块红色头巾戴在高纯的头上；看到高纯与她随风起舞……头巾又把金葵的视线带回现实，现实中的男孩在音乐的高潮中将女孩举向半空……

少年宫下课的时间一般都在晚上八点之后。晚上八点半金葵准时等在了一个热闹的公交车站，与姗姗而来的另一个女孩相约碰头。这女孩是她在省艺校的一个学长，当过省艺校的学生会主席。金葵是在去少年宫应聘时碰巧遇上的，校友见面相惜如亲。这位学长正在北京舞蹈学院进修，金葵就托她打听今年舞院有没有一个叫高纯的考生。她猜想高纯会不会一个人考舞蹈学院去了，学长帮她查下来的结果，让这个本来连她自己都不太相信的猜想彻底落空。

“我帮你打听了一圈，大本、大专、高职和进修班，今年都没有一个叫高纯的考生。我还专门托人找了一直赞助各种舞蹈比赛的久游网的熟人，看看像什么舞林大会之类的比赛他有没有报名。人家还没回话。他肯定还在北京吗?”

金葵的回答非常迟疑：“应该还在吧。”可随即又否定自己，“当初他来北京是为了找他爸爸，现在他爸爸找不着，北京他又不熟，连个同学朋友都没有，如果他没去报考舞院的话，他还会留在这儿吗?”

回答变成了询问，学长当然不知其然，只能就近举例，合理类推：“也可能吧，你在北京不也是人生地不熟的，而且北京的东西肯定比你们老家的还贵，你不是也留在这儿没想回家嘛。我也是啊，今年春节我都没回家看看。对年轻人来说，特别是对咱们搞艺术的来说，北京的吸引力永远最大！你有多久没回家了?”

从公交车站穿过一条小街，就到了学长在北京的住地。关于游子和北漂的感慨也就到此为止。金葵和学长分手之后，在路边站了很久很久，然后，她用街上的公用电话，拨了云朗她家的电话号码。

这是金葵从家里跳窗逃走之后，第一次拨打家里的电话。

电话拨通了，很快有人接听："喂……"

金葵没有说话。

电话那边，母亲的声音有些疑惑："喂，喂，你找谁呀？"

金葵把电话轻轻地挂上了。

同一个时间，周欣和李师傅一起离开了医院。

李师傅是高纯的同乡，又是高纯的师傅，但说起高纯此时的处境，李师傅也只能爱莫能助。

周欣问他："那除你之外，高纯在北京还有别的朋友吗？他在云朗还有什么朋友吗？他这情况，只能靠朋友一块想想办法了，我可以一个一个去找，去求他们。"

李师傅想都没想就一劲摇头："他的朋友都是艺校同学，毕业后各奔东西，都没什么来往了。高纯跟着我开车拉活儿，干这行没什么固定朋友。他原来交的女朋友家里倒是有钱，可那女孩家里反对她和高纯相好，那女孩现在也嫁人结婚了。"李师傅停了一下，又想起一个人来："他和那女孩好的时候有个大哥姓方的——不是亲的啊——倒是常来往，我知道他住五道口那边，不行我去找找……"

周欣问："他那大哥……有钱吗？"

李师傅也说不清方圆有钱没钱。不过那天晚上他真的去五道口找了方圆，他找到方圆时方圆恰巧搬家，大件东西都已拉走，方圆正在狼藉不堪的空房里收拾“细软”。方圆搬家就和他换工作一样频繁。看来李师傅真是来巧了，晚一步与方圆失之交臂，恐怕连这个唯一认识高纯的“大哥”，也再无踪迹可寻。

方圆听到高纯的消息后，倒是表现出“大哥”应有的关怀，第二天就跟着李师傅到医院来看望高纯。但他在离开时给李师傅的回答，却让李师傅忧愁如昨。

“我这话说的好像有点见死不救了，”方圆说：“不过我也只能这么说。我刚从杭州回来，本来那边有好几个地方想让我去，可我还得考虑一下才能决定。现在我手上真是一点钱也没有了，你昨天晚上也看见了，我连房租都付不起了，现在只能临时到我朋友那儿挤一挤。”方圆如此说，但还是掏出一千块钱给了李师傅：“这一千块钱解决不了什么问题，只能当我一个心意吧。”

李师傅接了那沓钱，和方圆面对面站着，谁都无话可说。

周欣也在筹钱。在这个城市，甚至可以说，在这个世界上，她能够求助的，只有那些画画的同仁。在高纯入院的第三天，周欣在独木画坊拿到了画家们凑出的三万元钱。

她站在画坊的一个大画案前，看着同伴们陆陆续续过来，把等额一份的钞票放在画案上，又各自回到自己的画板前埋头作画去了。周欣低着头，做出鞠躬状，用只有自己听得见的声音说着谢谢。谷子上前，替她把钱收进包里。

几天之后的一个清晨，金葵登上一列开往云朗的火车，离开了北京。

火车抵达云朗时天刚刚黑下来，天有些冷瑟。

金葵家的巷子里，缺少了往常此时该有的热闹，风刮着地上的残叶，凸显着几分陌生的萧条。

是父亲给金葵开的门。

父女相见的眼神隔了一道门坎，竟如隔世般苍凉。母亲从父亲的身后看见了金葵，颤巍巍地叫了一声"葵儿!"母亲的呼唤依旧耳熟，让金葵泪夺双目，让她不知不觉松手扔了提包，扑入久违的家门。

在金葵回家的第三天，在云朗监狱的会见厅里，她见到了哥哥金鹏。金鹏是半月之前才审结入狱的，头发刚刚剃青，身上的囚服也是崭新的，脸上的气色却灰败如死。隔着会见厅的玻璃，他也许看到了妹妹脸上早生的沧桑，他眼神中流露的，不知是愧疚还是凄惶。

金葵用女孩的同情叫了他一声"哥"，叫得金鹏眼泪汪汪。他沙哑地说了句："酒楼垮了，咱家也完了，你还回来干吗……"

金葵说："酒楼就让它垮了吧，可咱们家没垮，爸妈也都没垮，我们都等着你，等你出来!"

妹妹的声音依然如孩子般纯真，又加了些成熟女人的温存。金鹏回避的视线重新拾起，他似乎在妹妹青春如昨的眼神中，找到了母性的坚韧。

仍然是一如既往的黄昏，黄昏仍然一如既往地绚烂，金葵重新走进她曾经"避难"于此的那间阁楼时，干涸的眼眸却反射不出当年曾有的温暖。

这间阁楼位于云朗的高处，从这里可以眺望整个小城。小城的上空笼罩着白雾状的炊烟，犹如金葵此时虚无的心情。

这里曾是庇护心灵的港湾，是爱情远途的起点，自从高纯离开此地偕她远走京城之后，这间阁楼便一直空闲至今。屋里原有的旧家具上落满尘土，宽大的天台也显得萧索荒芜。金葵用目光在天台堆放的每件杂物上缓缓抚摸，屋里屋外每个角落都让她依依不舍。她不知不觉中摹拟了岁月的视线，仿佛真的看到了一年之前—— 一年前的少男少女万般灵秀，在夕阳下的天台上第一次跳起“冰火之恋”，行云流水的舞蹈风一般的曼妙、纱一样轻盈……

比起云朗小城，北京当然是一座泱泱大都，比起阁楼上的那个简陋的天台，少年宫的排练厅当然堂皇气派。但，在阁楼的天台上舞蹈，可以看到整个云朗，回到排练厅里继续教课，金葵看到的只是一对少年孤独的舞姿，和自己更加孤独的徘徊——在落地镜的一角，形单影只。

高纯要做手术了。

断在胸腹和双腿里的骨头每天都在疼痛中煎熬，他不能吃饭，无法睡觉。终于，这天早上，医生和护士推来了担架车，有人上来搬动他的身体，没人跟他解释什么，但他知道，他也许就要得救了。他想笑一下，对所有人笑一下，但他脸上的肌肉已被经久不止的剧痛累坏，他已不知道怎样来笑。他想让自己安定下来，想让自己重新体会高兴的滋味，但被担架车推进手术室的那刻，他脸上的茫然和惶恐，还是泄漏出内心的孤独。这是他人生第一次躺在无影灯下，全身赤裸，眼前全是陌生的面孔，耳边全是金属器具冰冷的碰击。他想找到一点可以镇定和抚慰自己的回忆，找到某些温暖的源头，于是，他想到了舞蹈。与舞蹈同来的，是他亲爱的金葵。

他被戴上了麻醉面罩，冥蒙中他看到了金葵。金葵一身白色的轻纱，与他头上的红巾纠缠萦绕，他们在一个洁白透明的世界里如泣如诉地一路舞去，彼此勾连，难舍难分……高纯的视线模糊起来，轻纱和红巾渐行渐远，直到从视野中全部淡出，天地间只留下空洞而混沌的白色，万物皆空……

梦中的舞蹈一曲终了，高纯的手术也告完成。他被推出手术室时尚未苏醒。但沉睡的面容已恢复宁静。医生随后向等在外面的周欣和李师傅，以及特地赶来的方圆，还有一直陪着周欣的谷子，通报了高纯的病情。

“骨头已经接上了，手术还比较顺利。但是术前病人胸部有强烈痛感，下肢却没有知觉，因此怀疑他的神经系统有些损伤。骨头是接上了，但有没有其他方面的问题影响患者的正常恢复，还要进一步检查诊断，现在还不能过早乐观。病人有可能需要长期治疗，不是短时间就可以出院的。你们上次交的钱支付抢救费、手术费，用的已经差不多了。下一步继续治疗还需要花些钱，你们谁来承担以后的费用，能不能承担以后的费用，希望你们尽快商量一下，给医院一个答复。”

医生没说以后的费用是多少钱，周欣和李师傅们也都没问。这还用问吗，肯定少不了的。谁知道“以后”究竟会是多久，谁知道到底还需要多少钱，才能让高纯重新像以前那样，正常地跳舞和行走。

那几天周欣一直住在谷子家。她把母亲和为母亲雇请的那个阿姨也接来了。谷子就住在独木画坊后面一个即将拆迁的楼房里，屋子大而空旷，大到谷子和周欣在屋子的一角小声说话，完全不必顾忌在另一角照顾周欣母亲的那位阿姨听到。

周欣明明知道，关于高纯的一应事宜，谷子并不是个合适的相谈对象，可事到如今，她也找不出第二个人可以与之商量。她和谷子讨论高纯的病况，自己也说不清是为寻求谷子的理解，还是寻求谷子的主张。

她对谷子说："如果高纯真像医生说的……躯干神经受损的话，恐怕就不是一天两天能治好的了，所以我想，我们应该……"

谷子打断周欣的话："我们已经仁至义尽了，大家都不富裕，可一下子给他凑出了三万多块钱来……"

谷子的话又被周欣打断："可他是为了我才……"

周欣又被谷子打断："可你以前也救过他的命，这一次就算一报还一报吧，你现在并不欠他！"

周欣怔了半天，她盯着谷子，直盯得谷子心虚地把目光躲开。周欣说："可你欠他！"

谷子想说什么，他试图做些解释，可周欣没有容他开口。

"我今天要救他，也是因为你！因为你的哥们儿曾经要害他！"

谷子低头，不再说话。

周欣说：“所以我欠他！”

谷子抬头：“就算我们都欠他，就算我们想救他，可我们有这个能力吗？他要是在医院一躺几年甚至更久，你有这个能力吗？”

这回，轮到周欣无话。

高纯住在嘈杂拥挤的大病房里，术后的状态相当萎靡。周欣走进病房时高纯已经醒了，守在床边伺候他的是一个十七八岁的女孩，周欣认出那就是李师傅的女儿君君。

君君和周欣早就见过，两人的寒暄也就囫囵简短。高纯身体虚弱，虚弱得连目光都无力移动，周欣只能凑近床前俯身看他。她看到高纯眼睛干涸，眼神却像饱含了泪水。

她问高纯：“你好些了吗？”

高纯合了一下眼皮，算是回应，也不知他是不是真的感觉好些了。周欣安慰道：“医生说，你的手术很成功，只要你把自己的心情调整好，很快就会恢复的。”

高纯脸上，挤出笑容，因为勉强，所以难看。

“……谢谢你。”

他的发声相当吃力。周欣从皮包里拿出那块心形琉璃，呈在高纯眼前，“这是你的吗？”她问：“这是什么？”

那块碧绿的心形琉璃，让高纯的双眸灵光忽现。他用几乎听不清的哑声说道：“这是心……是我的心。”

周欣点点头，把琉璃放在高纯的枕边，说：“给你放在这里。”又问：“你真的什么亲人都没有了吗？除了李师傅一家人，你还有其他朋友吗？”

问到亲人，高纯的眼球立即凝固不动了，直直地望着屋顶，似乎在思索，又似乎很茫然。

北京的酒吧街是这个城市的夜晚最热闹的地方，可一到白天，整条街就变得冷清下来。这里是城市白领、艺术青年和有闲阶层最熟悉的地方，白天清静又方便谈事，所以周欣就把方圆约到了这里。

两人并不相熟，相见的话题只有高纯，开门见山没谈几句，方圆便谈到了失踪的金葵。

“高纯本来有个女朋友的，咳，要不这孩子也是可怜呢，他对他这个女朋友可真叫一心一意，两个人都是跳舞的，也有共同语言。那女孩家在云朗还开着酒楼，也算有点钱吧，可前一阵她忽然就离开高纯闪电式的就嫁人了……现在真是流行闪婚了。听说嫁了个有钱的土财主，高纯为这事都快疯了，刺激受大了！”

周欣有些意外：“高纯……一直有女朋友？”

“有啊，一直好着哪！”

“他女朋友……结婚了？那，她还能念他们的旧情，帮帮他吗？”

“这可能不行了吧，你想，她那老公怎么可能为她以前的男朋友出钱呢。再说，那女孩跟她家里人闹翻了，自己跟老公嫁到外地去了，和过去的朋友都不联系了，我也找不到她呀。”

周欣有点绝望：“那高纯……再也没有别的朋友了

吗，远一点的亲戚也没有了吗？”

方圆说：“朋友也就是同学邻居什么的，过来看看他没问题的，但跟人家要钱，这年头，不太现实吧。那还不如登报或者上网拉点捐献现实呢。我也算高纯的朋友吧，可我和你一样，凑点钱出来可以，可一直供着让医院把他治好，我也没这个实力。”

周欣疑问：“上网，或者登报，能拉到钱吗？”

方圆老到地说：“当然不容易，那么多没钱看病的要是都能这么拉到钱，那也别搞医疗改革了。要这么拉钱关键得有一个特别的策划，首先，你得编好一个故事，煽情一点的。比如说，就说高纯是一个天才舞蹈演员，说他自幼丧父丧母，举目无亲，靠半工半读完成学业，忽然一场厄运降临……其实高纯是靠他母亲生前供他上的学，而且他的生父也还在世，但你不能这样说，这样说就不足以吸引公众同情了。对公众的同情心没有特殊刺激的故事，媒体也没兴趣……”

“高纯的生父还在世？”

方圆忽然被周欣打断，有些恍神：“啊……在呀。”

“那李师傅为什么不告诉我呢？他为什么没告诉我高纯还有父亲，却告诉了我你的电话，他父亲也没能力帮他？”

“他父亲……我估计应该是个有钱人吧。”方圆说：“高纯从云朗跑到北京，就是来找他父亲的。他父亲曾经委托一个人到云朗来找高纯，说他父亲患了绝症，立了一份遗嘱，大概是要承认高纯这个私生子了，还留给他一大笔钱——咳，也不知道真的假的——高纯想拿到这笔钱和他的女朋友到舞蹈学院上学去。可他还没到北京呢，他父亲委托的那个蒋教授就被车撞死了，等他到了北京他女朋友又跟人跑掉了。高纯爱他女朋友，爱跳舞，现在全都不行了，他还能不能走路都成问题了，能走路还能不能生活都成问题了。唉，这就是命，命运啊！”

周欣被命运二字震惊。她仿佛看到了那一幕幕情景，仿佛看到了高纯在目睹车祸和女友背叛时愕然无助的神情。

一连两天傍晚，周欣都会到医院来，给高纯带来吃的东西。那几天负责在医院轮流照顾高纯的，一直是李师傅父女二人。若轮到君君来时，李师傅便让她带上课本和复习资料，趴在病床的一侧边读边写。

高纯的气色未见好转，胸肋的疼痛还挂在眉梢，他平躺在床上一动不动，听着君君在周欣耳边不停唠叨。

“医生今天又催咱们交钱呢，说再不交钱就不让住了。催得我爸都不敢来了，总让我来。”

周欣问：“他好点了吗？”

君君答：“他老说疼。骨头断了，肯定疼吧。”

君君做出的模样，仿佛对那疼痛感同身受。她问周欣：“你找到他朋友了吗？他朋友能帮忙吗？”

周欣没有回答，她俯身下去，与高纯双目相迎。高纯的呼吸显然牵动着肋部的剧痛，显得吃力而又紧张。他辨认良久，认出眼前的面容，用几乎无声的气息，说出三个颤抖的字音：

“太疼了……”

周欣含了泪水，她用轻柔的声音，贴近垂死的高纯。

“你有一个父亲，你亲生的父亲，我能找到他吗?”

周欣在地图上查了很久，她确信那个地方应该在怀柔。

“青龙口、白马台、红尘去、古今来。”

像武侠剧中的炼丹秘境，像反特小说中的接头暗语，这是蒋教授留在观湖俱乐部的一个住址，也是以前高纯唯一没有查过的地方。

怀柔红螺寺以东，在地图上看，有一个青龙湖，去怀柔的长途汽车在青龙湖有一站停靠。周欣从青龙湖车站搭乘乡间的拖拉机向湖区的方向走了一个时辰，才知道青龙湖原来藏在一座大山的背后。进山之处险隘夹天，路旁有碣，上面刻的，便是“青龙口”。

进山便开始徒步。下车前向拖拉机司机打听，司机从未听过白马台这个去处。沿途又问了数人，大都脸上茫然，只有一人遥指前方，说半山倒有白马寺一座。周欣看到湖水的时候也看到了镇湖的山上，果然有一座庙宇，红墙黄瓦，佛光环绕。放眼巡看，视野之内，似是唯一可居可游之境。周欣于是逢山登山，遇庙拜庙，进寺先烧一炷高香，后拜正殿里的佛像，出门向值守的一位小僧打听，小僧竟然向北一指，确认“古今来”就在庙后。

周欣大喜过望，绕过庙墙，沿山间石径，向上逶迤，一座石砌门拱，凛然出镜。门拱上有凹刻字样，“红尘去”三字赫然入目。碎石曲径从门拱下穿过之后，林木渐渐茂盛，一座白墙小院，掩映其中。小院残损破败，门锁却是八成新的。门楣上方，高悬“古今来”三字石匾，字形古拙。门缝里可窥见院内孤房一樑，黑旧的瓦顶从院墙的杂草中寒酸半露。周欣击门呼喊：有人吗？鸦雀无声。周欣返身回到庙内，再问小僧：山上那院子有人住吗？小僧答：有人住。周欣问：住什么人啊？小僧答：城里的人。周欣又问：那城里人叫什么？小僧答：叫教授。周欣最后问：那教授年老还是年轻？小僧答：老。

周欣让小僧带她找到了一位老僧，老僧大概就是这庙里的住持。从老僧口中周欣知道小院的租主果然姓蒋，是区里什么领导介绍来的。住在这里读书写字，寒暑也有两来回了。前阵说要出趟远门，去了至今还没回来。这院子他当时一下租了五年，租期未满，门上的锁都是人家自己的，我们也打不开的。周欣说：蒋教授离开这里是到云朗找人去了，回来的路上遇到了车祸，他已经死了。我是他的学生，我有件东西放在蒋教授这里了，你们能不能打开门让我进去找找？老僧小僧一齐双手合十，低头哀悼：阿弥陀佛。弄得周欣也连忙跟着合掌颔首。老僧说：蒋施主是区里游处长介绍来的，我们要报告游处长，他的房子可不可以打开，还是请政府决定吧。老僧言罢，又吩咐小僧到正殿里，去为仙逝的蒋施主烧三炷香，佛祖会保佑他的，阿弥陀佛……周欣只得随着小僧退了出来，一起去正殿里燃香致哀。小僧为蒋教授念经超度，周欣也在佛前闭目默祷，而她心里祈福的，却是高纯。求高纯命有佛佑，能健康地活下来，求大家最担心的事情，一定不要发生。

陆子强最担心的事情终于发生了，这一天的上午，几个税务官员在百科公司的会客室里，约见了他和公司的财务总监，出示了执法检查的有关文件，宣布了税务当局的决定：因百科投资有限公司涉嫌税务欺诈，经市地方税务局批准，从即日起对百科公司立案调查，公司的财务账表须全部封存，接受审计，希望公司的负责人和财务负责人暂时不要离开本市……

虽然，税务官员们说的只是“希望”，但在陆子强听来，官员们的口气是强制性的。他自己心里清楚，一旦出了内鬼，百科的账目是经不起查的。这“希望”二字让他感到绝望，知道败局已定。

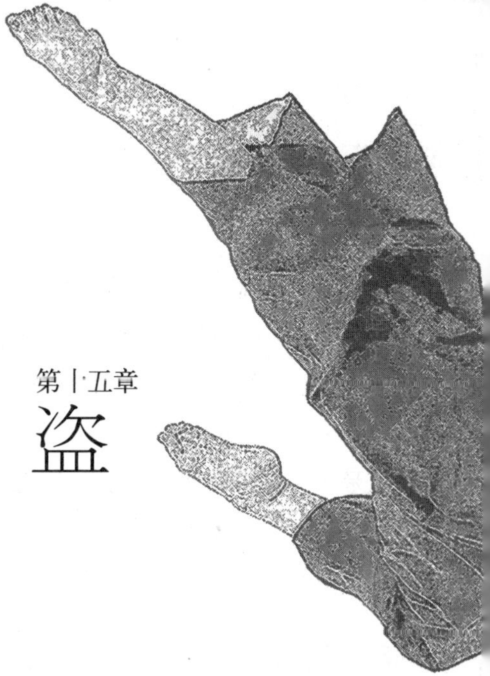

第十五章

盗

自从离开了陆子强和百科公司，周欣就结束了那种地下党式的隐蔽生活，尽管陆子强及其帮凶很可能还在到处找她，但她毕竟可以重新回到母亲身边，和母亲一起住在谷子家里，起居饮食，晨昏相伴。她可以在每天上午推母亲下楼去晒太阳，可以在每晚睡前帮阿姨为母亲洗脸擦身。也许只有她能感觉得到，母亲是有知觉的，在那张貌似混沌的脸上，和她一样流露着胜利的笑容。

谷子的身体也已基本康复，已经可以回到画坊，如往常一样和画家们一起厮混。自从周欣搬进来后，他每天都早早回家，陪周欣一起吃饭，但周欣与他之间的话题，最多的还是关于高纯。

“今天老夏带我一起去了公安局户籍处。”谷子说：“老夏的那个同学挺热情的，帮我们在电脑上查了半天，查到了几个叫高龙生的。还有几个音同字不同的高龙生，一看情况基本都排除了。”

周欣说：“可高纯说他父亲就叫高龙生呀，那个来找他的蒋教授，也管他父亲叫高龙生……”

谷子沉默一下，慢慢开口：“高纯以前一直在找他父亲，能找的地方恐怕他都找过了，可到现在也没找到，咱们恐怕也不可能找得到了。咱们别再白费力气了。就这么一点线索，咱们该查的也都查了，该跑的也都跑了。现在他的骨头也接上了，我觉得无论从道义上还是从感情上，咱们都对得起他了。我不承认我还欠他什么，你就更谈不上还欠他什么!”

相比谷子的激动，周欣显得相当平静，她说：“我不是想要对得起高纯，而是想要对得起我自己，对得起我自己的良心！谷子我不想勉强你，你完全可以到此为止，剩下的事我自己去做!”

谷子沉默片刻，降低了腔调，闷闷说道：“今天，工商局我也去了……”

他停顿下来，周欣盯着他，问：“怎么样，有其他公司也叫百科公司的吗?”

谷子先点头后摇头：“今天我先去的工商局，可他们不给我查。他们说对公司企业进行调查需要什么手续，说了半天就是不提供情况。我在工商局营业厅的电脑上查了查，连你工作的那家百科公司都查不到。”

周欣万般焦虑，问：“能找到认识工商局的人吗?”

谷子情绪低沉，但做了回答：“原来老侯有个亲戚说是工商局的，不知道是工商局的头头还是在工商局做饭的，明天我问问他吧。”

周欣说：“今天我又去蒋教授教过课的学校，学校里已经没什么人和蒋教授还有来往了。我按高纯告诉我的地址去蒋教授家那边问了两个邻居，邻居说好像蒋教授好多年都没回来了。我又去找了老住持说的那个游处长，也没有一点线索。”

谷子没情绪地说：“他不是住到山里去了吗?”

周欣自语：“一个人，如果能忍得住寂寞，那该是什么样的境界呢?”

这个话题说到此处，两人再也找不出可说的内容。谷子情绪低落地站起来说：“我累了，我去洗个澡，时候不早了，你也早点休息吧。”

谷子朝自己的卧房走去，他推开他的房门时，周欣在背后把他叫住：

“谷子！”

谷子站住，没有回头。

周欣也没有上前，还坐在原地，她甚至没有把目光抬起，而仅仅把声音投向谷子：“谷子，我需要你帮我，再帮我一次，可以吗?”

谷子回答：“我明天就去问老侯，但愿他那个亲戚，是工商局的头头。”

谷子走进卧房，在房门关闭之前，周欣再次把他叫住。谷子仍旧没有回身，但这次，他似乎能感觉出周欣的目光已经落在他的背上，他隐隐觉出了那目光焦灼的热度。

“谷子，你还记得咱们以前看过的一张碟吗？一个美国片，名字叫《雌雄大盗》，里边有一对男女情人，他们飞檐走壁……”

谷子关门的那只手停了下来，他的脊背像一尊强健的泥塑，充满力量，但静止不动。

关于高纯父亲的线索，只剩下蒋教授这个缥缈的人物。蒋教授和原来的单位早已断了联系，亲友何在也无人晓得，唯一与他生前有过“亲密接触”的，只有他离群索居的那处“古今来”。蒋教授一年前就是从那座仿佛古往今来一直荒芜的院落下山远行的，从此一去再也没有回来。于是那院子就被遗弃在湖畔的空山古刹之后，白墙斑驳，杂草掩路，偶有飞鸟，人迹孤绝。

一年后的此夜，月黑风高，“古今来”院墙的半坍处忽然翻上两个人影。他们互相抵助翻进院内，利刃在玻璃上嗞嗞游走的声音如蝇在耳，窗上的玻璃被迅速划开一个整齐的洞口，黑影很快跳进屋内，两只手电的光柱随即在屋子的各个角落恣意横扫，无意中扫过彼此的面孔，能认出这对“雌雄大盗”，就是谷子和周欣。

他们翻了主人的桌子和衣柜，床下的杂物也被一一搜索。屋侧的储物间堆了些农具之类，被手电左右晃了一下，光芒并未进入。入侵者在一个书柜下方的抽屉里翻出一沓大大小小的信封和纸袋，他们逐一打开检阅，内容大多无关紧要，只有一只牛皮纸袋里的文件封面上，“公证书”三个大字赫然入目。移开公证书露出的另一份文件上，另外两个大字撞入眼眸，那两个字让周欣意识到她已接近真相，而真相则意味着高纯的新生！

——遗嘱！

周欣没有去看遗嘱内容，她迫不及待地翻到遗嘱的尾页，尾页落款处的署名令周欣几乎不敢相信自己的眼睛！立嘱人的署名签得笔划颤抖，却是清晰易辨的正楷仿宋，手电光柱把那白纸黑字的名讳照得笔划分明——“蔡百科”三个大字触目惊心！

周欣和谷子都是有生以来第一次走进公证处这种地方，“公证”这类字眼此前于他们何其陌生。他们在这里很顺利地找到了办理那份遗嘱公证的两位公证员，公证员的解释让整个事件的来龙去脉渐渐条晰缕清！

“蔡百科先生虽然早就不再担任百科投资公司的法定代表人了，但仍是公司的主要股份持有者。他去年查出患有癌症后就立下了这份遗嘱，由于遗嘱对财产的处理涉及到他的非婚生子女高纯，立嘱人不希望他的女儿蔡东萍过早知晓遗嘱内容，所以指定蒋达成先生作为遗嘱的保存者和执行人，以便在他死后监督执行这份遗嘱。至于蔡百科是否已经去世，是否知道他的受托人蒋达成已经意外死亡，这些情况我们也不清楚。既然你们是这份遗嘱的受益人之一蔡百科儿子的代表，完全可以去了解一下情况，如果蔡百科还在世的话，他们父子不也正好可以相见了吗？”

在两位沉着老成的公证员面前，周欣就像一个听故事的孩子，她茫然地看着摆在桌上的遗嘱和公证文件，各种头绪一时整理不清。

“高纯一直以为，他父亲叫高龙生，他不知道他父亲其实姓蔡。”

公证员熟练答道：“据我们了解，蔡百科原名是叫高龙生，蔡百科是他当年结婚时改的名字。”

而谷子则以男人的理性和务实，询问了更为实际的问题：“我们要了解蔡百科，也就是高纯父亲现在的情况，去哪里了解呢，是不是只有公安局才掌握他现在是死是活？”

公证员说：“也不一定吧，你们至少可以到百科公司去问问嘛。据我们了解，百科公司现在的负责人就是蔡百科的女婿，他肯定了解他岳父现在的身体情况吧。就是公司里的一般职员，对他们的大股东是不是还活着，也应该知道吧。如果不方便到公司去问，你们作为蔡百科儿子的代表，作为蒋达成先生的转托人，也完全可以直接去蔡百科的家里问问，一旦了解到蔡百科已经去世，这份遗嘱就可以立即执行了。”

每个家族都有复杂的历史，高纯在一年前从云朗出发访祖寻宗，辗转周折半途而废，这个行程在他垂亡之际重新启动，目标从寻找父亲的踪迹去向，转为查证他的生死存亡。周欣义无反顾地成了高纯的代表，她没想到命运会如此安排，让她在百科公司两代统治者之间，奇特地转换着自己的角色。

她让谷子陪着，先去了蔡百科的家。蔡百科的家也就是陆子强的家。陆子强追求周欣时间不短，但如果不是高纯指点迷津，周欣根本不知道陆子强究竟夜归何处。

那个归处，就是高纯尾随陆子强发现的仁里胡同三号院。

这是周欣第一次走进一座纯正的北京四合院，此前她并不知道在繁华拥挤的闹市一隅，还能藏着如此幽静的院落。青龙白虎，朱雀玄武，上马石，抱鼓墩，传统的规制一应俱全。她和谷子按响门铃，能听出铃声遥远，足以丈量出朱门之内，几多广大，几许幽深。

等候良久，门上的小窗被人打开，一个年轻男子声气粗壮，贴窗喝问：“找谁?”周欣仗义而来，答得从容不迫：“蔡百科先生在吗?”年轻男子显然只是个门房的角色，蔡百科三字让他气势转弱：“请问你是哪儿的?”

“我是百科公司的，有急事找他。”

“请问贵姓?”

“我叫周欣。”

年轻人说了句：“请等一下。”便关闭了小窗。

三分钟后，也许四五分钟吧，院门打开，狭长的前院首先现身。视线的尽头，绿阴掩映，一扇月洞门障人眼目。周欣谷子跟在年轻门房的身后，从前院的垂花门进入正院。正院的四角，紫薇玉兰红花绿叶，回廊抱厦柱红瓦青，懂行的人应当一目了然，这院子的布局装饰绝非民宅可拟，显见是王府的气派规格。

他们踏着金砖墁地的院子，穿过曲曲折折的游廊，被门房引入客厅。从客厅的正面可以看到一座不小的花园，小桥流水，山石叠嶂，竹木荫郁曲折婉转于意想之外，除非身临其境，断难意料拥挤的都市之中，居然别有洞天。

客厅里的沙发和明式的圈椅错落而置，不像实用的座席倒像观赏的陈设。周欣和谷子在两只圈椅上落座，立刻感觉椅面冰凉，有一种彻骨的激爽。少顷，年轻门房从园中去而复返，随在他身后的，是个三十多岁的粉嫩女人。从那女人雍容得有些傲慢的步态上，周欣猜她就是自己要找的那人。

那女人进得屋来，看周欣从椅上站起，也并不客套，上下打量一下，目光短促干脆：“你就是周欣？久仰大名!”

周欣也直截了当，不另寒暄：“你是蔡百科先生的女儿吗？我有事需要和你谈谈。”

周欣要找的，正是蔡百科的女儿，陆子强的太太，从来不在百科公司抛头露面的蔡东萍。

蔡东萍并不接话，神态仍旧慢条斯理：“我早就请大师算过命了，说陆子强四十一岁那年，会碰上一个妖精。大师就是大师，不服不行。白骨精三十六变，这回变成了一个画家。”

周欣还未答腔，谷子抢先恶语相向：“嘿，你讲话请文明点！”

谷子的反响，令蔡东萍的目光，移到了他的脸上，但口吻中的冷笑不变，方向依然冲着周欣。

“怎么，这是你的新男友？看样子也是艺术家吧。大师早说过，男婚女嫁，还是得门当户对。也怪我当时没听人劝，像陆子强这种小门小户出来的猫，喂得再好也还是会去偷腥。”

周欣迎着对面的冷笑，以攻为守：“大师有没有告诉你，我今天来，是为了什么？”

蔡东萍慢慢走近周欣，相形之下，她的身材显得有些矮小，而且已经开始发福。她冷冷说道：“陆子强再怎么偷腥，我不闻不问。因为大师早就说过，他早晚要毁在妖精手里，我只是没想到这么快罢了。陆子强是个能干的人，本来还可以再为我们百科公司多卖几年命的，现在只好再换别人。我一猜你就会来找我，你大概是想告诉我你和陆子强的事吧，可惜晚了，你们之间勾勾搭搭也好，反目成仇也罢，对我来说，早不是新闻。”

周欣面目庄严，语调镇定：“你没有猜对，今天我来这里要告诉你的，并不是关于陆子强的事情，而是关于你，关于你们蔡家的某些事情。”

“我们蔡家，我们蔡家和你有什么关系？”

周欣看出来了，蔡东萍脸上的意外，用冷笑已难遮掩。周欣知道她将要道出的话语，会把还勉强挂在那张面孔上的冷笑，扫荡一空。

“你有一个同父异母的弟弟，是你们蔡家的骨肉，他现在身患重病，需要你们的帮助。你们是他的亲人，他需要你们的帮助。”

蔡东萍果然怔住，脸上的状况，果然可以用目瞪口呆加以形容。她的目光随即移向谷子，显然以为谷子就是她的同胞。她一时不知做何反应，只能下意识地遮掩她的震惊！

“……胡说八道！你在胡说八道……”

周欣把语气放缓，她希望她的口吻能够煽动亲情的力量：“你的弟弟名叫高纯，今年刚满二十二岁。他的腿摔断了，刚刚做了手术，他现在还躺在医院里，伤情随时可能恶化。你们是他唯一的亲人，只有你们能够帮他！”

蔡东萍强作镇定，但话从口出，却忽然歇斯底里：“你，你说我有个弟弟，你说我弟弟才二十二岁？哼，我要有儿子倒是快这么大了，你要敲诈勒索就把故事编圆一点成吗？不过要敲诈勒索那你算找错地方了。小张！”她喊那位年轻的门房：“送他们出去！”

蔡东萍说完转身向门外走去，年轻的门房上来做出送客的示意，周欣冲着蔡东萍的背影高声叫道：“嘿，你弟弟就在光明医院，你不想去看看他吗？”

蔡东萍继续向外走去，同时气急败坏地大喊大叫：“让他们出去！让他们走！什么乱七八糟的人都放进来！”

她的叫喊余音未散，客厅的大门轰然打开，几个男人大步走进，为首的一个与周欣视线相撞，撞得彼此目迸火星。

进来的就是陆子强本人。

冤家路窄。

陆子强想不到在他的家里，会碰上“祸水”周欣。跟在他身后的正是孙大胆和他的几个打手，见周欣自投罗网，个个虎视眈眈。他们彼此对峙，连孙大胆都一时拿不准这样一个“现场”，该如何处置。而这座深宅大院真正的主人，在客厅门前止住脚步，她对陆子强的态度，并不比对周欣稍稍温情。

“陆子强，这位小姐是你的助理吧。麻烦你请她从这儿滚出去。我不是跟你说过了吗，现在唯一能让我清静一点的，就是这个院子，你要是连这点清静都不给我，那你也从这儿给我滚出去！”

陆子强看看门前的妻子，又看看面前的周欣，他不知自己该如何发作，该如何隐忍，他面红耳赤，咬牙切齿，一口恶气竟然无处发散。三人之中，反而周欣最为镇定，她用两句喜怒不形于色的话语，结束了这次不速而来的访问。

“我告辞了。”她这话是冲陆子强说的，也是冲他的打手们说的。

“你等着律师吧！”

这话是冲蔡东萍说的。

都说完了，她走了出去，和谷子一起，从这间客厅，从这座院子的正门，走了出去！

这一天不知是不是因为周欣交来的费用正好花光，医院里对高纯的大部分用药突然停供，君君看着小药盅里还勉强保留的那几粒可怜的药粒，去问一位巡视的护士。护士倒是直来直去：“还保留的药都是消炎和退烧的，这还是医院给你们垫着钱开的呢。快点叫你们家送钱来吧，要不再过几天就不让你们住了，啊！”

护士的态度让君君无地自容，看看左右的病人和陪床的亲属，左右的病人和亲属们也都在看她。那种目光让君君第一次感觉贫穷是一件多么羞耻的事情。她低头转脸，去看病床上的高纯，疼痛和高烧已麻木了高纯的神经。

周欣第二次走进仁里胡同三号院，是在几天之后的正午时分，这一次她的身份仅仅是一个向导，她带来了高纯的正式代表，一位由她替高纯请来的律师。

律师仗法而来，不得不被这幢大宅的主人延入客厅，除此之外再无其他礼遇，没有寒暄，也未看茶。主人的冷峻面孔，律师也许司空见惯，落座之后开门见山，直言不讳。

“我是你父亲蔡百科的非婚生子女高纯聘请的律师，我们今天来，是想安排一下我的当事人与他父亲蔡百科先生见面的事宜。你作为我当事人的同胞血亲，我们希望你能够理解他的这份亲情，给予必要的协助。”

蔡东萍的情绪，不似几天前的激烈，但她的态度，却一如既往的坚决：“我没有这个弟弟，我父亲也没有这个儿子，我没兴趣听你们给我讲这个离奇的故事！我最近真是撞鬼了我，什么说不清道不明的事怎么都让我摊上了！”

律师的语气则照旧平和："如果你对我当事人的血缘真伪持有异议的话，那是可以申请进行DNA检测的，DNA检测作为……"

"我申请得着吗?"蔡东萍不容律师继续："我又没想认什么哥哥弟弟，我没事好好的凭什么要去检查DNA呀!"

律师的发言被无端打断，依然表现得不急不恼，继续说道："如果你不愿意申请检测，也可以由我们这一方向法院提出申请。如果你们对我当事人的血缘关系确实持有异议的话，那我们任何一方都有权申请亲子鉴定。"

"他就是鉴定出来我们也不承认！他没有在我们蔡家生活过一天，也没对我父亲尽过一天的孝心，我凭什么要承认他，凭什么?"

"血亲关系是天然形成的，不需要经过任何一方承认或否认。而且我当事人没有对他的亲生父亲尽孝，也不应当承担任何责任。相反，他的父亲既然生了他，就应当尽到养育的责任。至于他的父亲，也就是蔡百科先生，是否尽到了这个责任，不是我们今天要来讨论的话题。我现在只要求见到蔡百科先生本人，把我当事人的意愿，当面告诉他，然后，安排他们父子尽快团圆。因为按照我国法律的规定，非婚生子女与婚生子女享有完全同等的权利。"

蔡东萍的面孔由白变红，由红变紫，她从沙发上站了起来，气息不匀地说道："你甭跟我谈什么权利不权利，你们赶快给我走人！这是我家，让你们进来轰你们出去都是我的权利！走人！以后你们要谈找我律师谈去!"

周欣始终旁听，这时忍不住开口插话："蔡女士，俗话说，血浓于水。我想你在这个世界上也没有几个亲人了，我不明白你对你的亲弟弟为什么这么无情。在他最需要亲人帮助的时候，你就没有一点怜悯之心吗？做人总得有点做人的道义！”

蔡东萍停下出门的脚步，她投向周欣的目光，饱含新仇旧恨：“周小姐，要跟我谈什么做人的道义，你可就没有一点权利了。你勾引我丈夫就是你做人的道义？你为了钱什么下贱事都做得出来，让人泼一脸尿你都不觉得臊！就是你做人的道义？现在又给我弄出个弟弟来。你们不就是为了钱吗？俗话也说过：君子爱财取之有道！你们这么做，就是你们的道义？你就甭觍着脸跟我这儿谈什么道义了！走人，啊！小张，送客！”

蔡东萍转头出门，年轻门房随即进屋，挥着手赶他们出去：“走吧走吧，听见了没有？”周欣想冲上去拦住蔡东萍继续理论，但律师抬手制止。律师冲着蔡东萍的背影提了最后一个问题，这最后的一个问题，再次将蔡东萍的脚步拉住。

“蔡女士，请问，您的父亲，蔡百科先生，还在世吗？”

蔡东萍声音发抖：“有你这么说话的吗？你这是人说的话吗？你是哪个律师事务所的，我要告你去！”

律师毫无惧色：“如果你不正面回答我的话，那么非常抱歉，我们将依法向人民法院提出申请，要求法院对蔡百科先生进行生命和健康状况的认定，以保护我当事人的合法权益。我想您肯定不愿意我们这么做吧？”

蔡东萍张口结舌，或是愤怒，或是慌乱，一时失语失色。周欣和律师的目光同样坚定，盯着那张无措的面孔，不知过了多久，这场对峙才被蔡东萍的吼叫打破。

“滚出去！滚！”

律师淡淡一笑，以胜者的轻松和大度，说了句：“后会有期。”并且在主人之前，率先走出了客厅。

周欣也走出了客厅，但她并不轻松。直到离开这座深宅大院，上了律师的汽车，她还在愤懑和失望的心情中不能自持。她已两次无果而归，蔡东萍的嚣张依然如故。律师倒是口气平和，用一副事务性的神态，说了下一步的举措。

“现在，只能通过法院强制调查蔡百科的情况了，如果他真的已经去世了。我们还需要对百科公司和蔡百科个人的财产情况展开调查，以确定你朋友到底能够获得多少遗产。”

提到百科公司，周欣沉默了片刻，她说：“百科公司……也许已经完了。”

百科公司是真的完了。

在百科公司垮台的这一天，周欣的母亲重新回到了这幢大楼。她坐着轮椅，由女儿推着，从“百科”的金字招牌下从容进入，无人设防。因为这一天也是税务部门与公安部门联合查封行动的一天，整个公司的走廊上乱成一片，几乎每个办公室都狼藉不堪，被封存的财务报表及经营档案堆成小山。公司的职员们在税务官员和警察的监督下，慌乱地收拾着属于个人的物品，准备撤离。周欣的脸上挂着庄严的微笑，而她的母亲却像婴儿一样东瞧西看……混乱中无人顾及他们的长驱直入，无人认出轮椅上这位眼神空洞的女人究竟是谁。也许这个女人已经面目全非了，在轮椅经过财务部办公室的一刻，没人意识到她曾是这里的一名职员。但她自己似乎意识到了什么，她的面庞斜了过来，微微抖着，目光盯住财务部的门牌，似乎想说什么，但无法形诸语言。

轮椅继续向前，就是周欣最熟悉的房间，她也曾经是那房间里的一名职员，左面的大门就是陆子强的办公室，右面的小门就是她“上班”的秘书室。大门在此刻被人打开，陆子强被几个警察押着从门内出来，周欣母女的视线一齐迎面截击，灼灼目光烧得陆子强仓皇万般。周欣看到，陆子强的手上，已经戴上了亮闪闪的手铐。手铐是一个象征，象征着一年前她在走进这座大楼时立下的誓言，终于实现。

陆子强从她们的面前被押过去了，周欣和母亲都没有回头，她们看着那扇洞开的大门久久凝视。在那一刻，充满感知的和毫无感知的目光，相同之至，难以言传。

蔡东萍也许没有想到，那个祸水美女周欣，居然真的搬动了法律，当一辆印有法院字样的车子开到仁里胡同三号院的门前时，她才意识到关于她有一个弟弟的传闻，真的不是空穴来风。

在那间面向花园的会客厅里，两位法官向她出示了证件和一应法律文书，然后不给她任何诘问和思考的时间，开门见山：

“请问你是蔡百科先生的什么人？”

蔡东萍很不情愿地答道："我是他女儿。"

法官不留间隔，再问："蔡百科先生在家吗？"

蔡东萍下意识地看一眼站在法官身侧的周欣，迟疑了一下，说道："啊，我父亲在……在睡觉。"

法官说："那就麻烦你请一下吧。"

蔡东萍说："他现在心脏很不好，刚刚吃了镇定的药，刚睡。"

两位法官对视一眼，对蔡东萍说："好，那我们等他。"

蔡东萍见法官们不请自坐，她愣了一下，还是发出了强硬的声音："对不起，我父亲现在身患重病，他最近不能见客。"

法官端坐在两把明式的大圈椅上，似乎与那圈椅古意一样，代表着天圆地方的规矩法则。他们说话的口气，也如古时问案的师爷刑官，威严有加，而又不紧不慢。

"我们不会耽误他太多时间，我们只需要和他见个面，只需要问一两个问题，不会妨碍他的健康。"

法官们面目庄严，但措辞毕竟委婉，蔡东萍却软硬不吃，态度依然刁蛮："怎么不会！我父亲现在生命垂危，你们还要拿这些乱七八糟的事情刺激他，你们还有没有人性！"

法官的回答有理有据："这件事也关系到你父亲自身的利益，他有权利知道这件事的情况，他有权利做出自己的选择，任何剥夺他这一权利的做法，事实上都是对你父亲利益的侵犯。"

蔡东萍未被说服，固执已见："不行，我现在顾不了那么多了，我只能顾一头了。我现在只能考虑我爸爸的身体了，他现在很虚弱，绝对不能再受刺激。让他多活一天，就是他最大的利益，这也是我们做晚辈的最大的责任！”

蔡东萍语气坚决，没有任何让步的迹象，为首的法官只好从大圈椅上站起身来，做了告辞的表示。

“那好吧，请你再仔细考虑一下，我们下次会请你父亲的医生一起过来。他见我们一面是不是就会危及他的健康和生命，由医生来做决定吧。”

法官说到做到，两天之后他们和周欣及其律师一起回到仁里胡同三号院时，不仅带来了一直负责为蔡百科看病的医生，还带来了一辆救护车以备急用。但他们在前院还是被百科公司的一个干部拦住，无论如何不许他们继续深入。

“对不起，蔡先生病得很重，他现在见不了人。”工作人员还是那套托辞：“他已经委托律师来代他处理这件事情了，你们还是……”

法官说：“这是复外医院的李医生，他对蔡先生的情况是了解的……”

工作人员挡在垂花门前，不再后退半步：“对不起，今天蔡老板很不舒服，他已经睡了，现在不能见人，医生也不行……”

一再受阻让法官失去了耐性，开始厉声警告阻拦者涉嫌妨害司法：“我告诉你啊，我们是人民法院来依法执行公务的，你这种行为是妨害司法，妨害司法是构成犯罪的你懂不懂？蔡东萍在哪儿，叫她出来！你们这种行为是要受到法律惩罚的！”

那位年轻的门房闻声跑来，一见又是周欣过来“找事”，遂不知高低深浅地上前动手动脚，推着法官和医生往外轰人：“走走走，怎么又来闹，不是跟你们说了有病见不了人吗！走吧走吧，不走我们要叫警察啦！”

推搡之中，法官火了，盛怒之下，声腔高亢：“你们干什么！啊？你们藐视法律，可是要付出代价的！我警告你们啊，你们的行为已构成妨害司法了，我再问你们一遍……你松手！你把手放开！我再问你们一遍，人你们到底让不让见？不让见是吧，好！我们走！”

为首的法官率先向院外走去，年轻的门房鲁莽无知，还在身后高声叫板：“我又没犯法我怕你什么，你们法院就可以随便进人家家里要见谁见谁呀，你们法院有什么了不起的！”但那位公司干部已经面有惧色，拉着法官试图缓和。

“你们过两天再来吧，过两天我们蔡老板估计会好点了，我一定把你们来的事跟老板去说……”

法官面色铁青：“过两天？我明天就来！我明天来是来带你走的，还有你！”法官指着门房：“你们今天的行为已经涉嫌犯罪了，你们一个也跑不了！”

“我今天怎么啦？我没做什么嘛……”公司干部知道不好，跟在法官身边一通解释：“这都是老板家里人的意思我也没有办法……”

法官、医生、律师以及周欣等一干人怒目向院子的大门走去，身后忽然传来一个女人的声音：“等一下！”周欣不用回头就已听出，蔡东萍大概沉不住气了，终于现身。法官站住了，回头去看，蔡东萍站在正房房门的台阶上，面孔冰冷，目光仇恨，她死死盯住的，不是法官，而是法官背后的周欣。

“你们要见我父亲？好，你们见吧。”

她身后的房门是打开来的，随着她的话音落下，一辆轮椅从屋内的阴影中被慢慢推出。推车的是个强壮的女子，年龄与蔡东萍相近，表情比蔡东萍还凶。她的目光在周欣脸上扫了一下，未做停留，而周欣的目光则全部关注于轮椅上那位病入膏肓的老人。那老人应当就是久闻其名不见其人的蔡百科了，应当就是高纯不远千里来到北京所要寻找的那个高龙生了。

蔡百科衣帽严整，捂着围脖，身形枯萎，面色含蜡，眼眶深凹，眼目浑浊。但他的视线似乎在众人当中，一下捉住了周欣。那位模样强悍的女子把他推进院子，院中的阳光让他的精神抖擞了一些。他的目光也从周欣脸上向周围移动，接下来他看到了他的医生。医生上前做了问候：蔡老板，你这些天好些吗？感觉可以吗？您还是不愿意住院吗？蔡百科木然点头，不知是在认同医生的哪一句话。法官抓紧时间上前开口：“您是蔡百科先生吗，我是区人民法院的，我姓罗。你现在身体怎么样？我有一个问题现在可以问你吗？”

蔡百科表情迟钝，但法官还是看出他的头微微点了一下，于是接下去说道：“我们需要和您单独谈一下，医生可以在场，时间不长，可以吗？”

蔡百科这一次很清楚地点了头，法官直起身来，像主人一样命令蔡东萍："请把你父亲推到房间里去吧，我们要单独谈一下。"

蔡东萍迟疑了一下，和强壮女人一起将父亲推进了侧面的一个房间，又在法官冷冷的目视下，很不情愿地和那女人一起，悻悻退出。

屋子里，只留下了两位法官和一位医生，周欣请来的那位律师，经法官允许也进入了房间。法官就在这个房间里，向蔡百科做了如下询问："请你看一下，这是你去年一月立下的一份遗嘱，有长城公证处出具的公证书，你确认一下，是这份遗嘱吗？"

蔡百科身体虚弱，但神志清醒，他略略辨识了一下法官手上的遗嘱文本，然后点头表示确认。

法官抬起头来，对医生说道："我问完了。"

其实，当法官见到蔡百科出现的那一刻，他们的使命就已经完成。他们来此的任务，就是核查这位立嘱人是否还活在人世。律师不失时机地接过话头，上前说道："蔡先生，您是否委托过一位蒋达成先生去寻找过您的儿子？您知道蒋达成先生一年前已经在一场车祸中过世了吗？但是您的儿子，他已经为您找到了。"

蔡百科的眼眸忽然定住，从昏沌中透出一丝光芒，他的喉咙咕噜作响，像是在排除壅痰的阻挠，他终于把自己沙哑的声音送出胸腔，听得律师大喜过望。

"……我，我的儿子……在哪儿？"

在律师与蔡百科开始交谈之后，法官们已经步出房门，蔡东萍带着那位强悍女子立即进入，对父亲的身体问长问短。而律师则仍然坚持着自己的话题，在蔡东萍一句接一句的问候声中抢空提问："蔡百科先生，您的儿子现在就在北京，我们可以安排你们见面。如果您认为有必要，我们也可以先安排他去做DNA亲子鉴定，您需要做这个鉴定吗？"

蔡东萍粗暴地打断律师，不允许律师的问话继续进行："你不要再跟他说话了，你看不出他已经不能说话了吗！孙姐，把我爸推回卧室去！"

她指挥那位女子推走轮椅，轮椅上的蔡百科忽然全身挺直，歪着头试图用目光寻找律师，同时再次发出嘶哑的声音："我的儿子，在哪儿……"刚刚走进屋子的周欣冲过蔡东萍和百科公司那位工作人员的隔离拦阻，快步抢到轮椅面前，蹲下身子急切说道："他就在北京，就在北京，您的儿子，他找了您一年！"

蔡东萍气急败坏，大喊大叫："把他们都赶出去！谁让他们进来的！"

工作人员和年轻门房一齐上前拉起周欣，周欣拼力抓住轮椅的扶手："蔡先生，您想见您的儿子吗？他患了重病！他现在患了重病！他是您的儿子，您能帮他吗？"

蔡东萍也冲上来拉扯周欣，试图将她从地上拖起，从蔡百科的膝前拉开。律师刚刚上前理论一句：你们让她把话说完……也被那位强壮的女人推搡到一边。场面有点乱。但接下来的情形让蔡东萍蓦然怔住，她在拉起周欣时忽然看到，周欣的胳膊被她的父亲死死拽住，她看得见父亲手上的青筋，在惨白的皮下蜿蜒，也许她意识到自己与之角力的，并非年轻的周欣，而是垂死的父亲，她的手松开了，她已经无法遏制周欣说出她要说的话来。

“蔡先生，您的儿子就在北京！他是蒋达成先生带到北京的，他在北京找您！他现在得了重病，只有您能救他，您希望您的儿子活下去吗？”

“他在哪儿？”

“他在医院，您要见他，我们马上可以带他过来。”

蔡百科抓住周欣的手忽然松开了，他吃力的疑问虽然气虚字弱，却显得声嘶力竭：“你……你是谁？”

“我是……我是您儿子的朋友。”

“你是他的……女朋友？”

周欣不知如何回答自己的身份，她刚要摇头，蔡百科枯瘦的手已经再次抓住了她的双臂：“过来……你，你就是我未来的儿媳妇吗？你过来……你带我去，去看我的儿子……”

这个垂死的父亲让周欣忽然感动，蔡百科的声音、动作，那副干枯骨架的每一个颤抖，都让周欣为之动容。

她说：“好，我带您去，去见您的儿子！”

蔡百科当然不可能跟随周欣去见他的儿子，他的身体状况不容许他过久地离开卧床。高纯那些天也发了高烧，神志忽迷忽清，一时也无法离开医院的监护，因此这一对父子虽然近在眼前，却暂时无法彼此相认。在高纯片刻清醒的时候，周欣用一只DV机拍下了他的一些镜头，她料想蔡百科一定渴望尽早见到儿子的模样，哪怕此时的高纯已是满面病容。

父子虽未相见，但父亲的资助已经送到了医院。高纯的用药得以恢复，而且被换到一间单人病房。那病房不仅空间充裕，而且设施齐全，君君做功课也不用趴在床边了，病房里不仅有桌子和沙发，还有电视和冰箱，还有独立的卫生间，就像高级饭店一样舒适方便。

为了让高纯尽量显得精神一点，在拍摄前周欣为他整理了头发，擦洗了面庞，扶他靠在枕头上，拍下了他病中的不同侧面。镜头中的高纯消瘦憔悴，委靡不振，但仍然英俊，仍然年轻。

“你笑一笑，笑一笑，得让你爸爸看看你高兴的样子啊！”周欣举着DV机，变换着不同高度，指挥着高纯脸上的表情，“你找到你爸爸不高兴吗？君君，你往那边点……”

君君抱着作业本挪了挪地方，让周欣无碍地拍摄高纯：“高纯哥跟他爸又没见过，没见过肯定没啥感情，没感情肯定笑不出来的。”君君说：“对吧高纯？”

高纯没答，咧开嘴做出笑容，笑了一下又收了回去，他问：“我爸，他会来看我吗？”

周欣并未挪开眼前的DV，边拍边答：“他身体不行，出不了门。你赶快治好你的病，等你能活动了，我就带你去见你爸。”

高纯问：“我爸，他病很重吗？”

周欣答：“有点吧，不过还行，还管我叫儿媳妇呢，都把我当成你女朋友啦。”

高纯问：“他……他问我妈了吗？”

周欣把DV机从眼前挪开，看着高纯，斟酌着回答：“他……身体不好，不能多说话。不过能看出来他很想你，你看，他一下就把你治病的钱送到医院来啦，所以你一定要好好治病，快点治好，治好你就能见到你爸爸了。”

高纯说：“你拍我给我爸看，那能不能把他也拍下来，带给我看看？”

周欣停止了拍摄，答：“我争取吧。不过你那个姐姐，也许她并不一定希望你爸爸见到你吧。我争取吧。”

高纯连疑惑都显得有气无力：“我姐姐，为什么不希望我爸见我，是因为我妈？”

周欣含糊其辞：“也许……你爸身体不好，你姐不想让他太激动吧。再说，你们家是有产业的，有产阶级的家庭会有什么想法我就说不清了，以后你自己慢慢了解，慢慢就会清楚了吧。”

高纯不再说话。

周欣现在最盼望的，就是高纯能够康复。高纯因她而伤，因伤而病，所以一旦落下残疾，这个心理压力，必将随她一生。高纯父亲的钱汇入医院后，周欣又向主治医生做了多次探询，但从医生的口气上听，高纯的伤情病况，仍然不容乐观。

“他的左腿的胫骨、腓骨和跗骨都有多处不同程度的骨折和骨裂。右腿的胫骨和髌骨，也就是膝盖骨，都是粉碎性骨折。骨折嘛本来很好治，我们的处理也是得当的，但毕竟因为病人的治疗费用一直拖欠，所以治疗上有些药用的迟了。后来发现他的体内有病毒感染，这些天病人天天发烧，有时神志不清，就是体内炎症所致。现在当务之急不是治疗骨伤，而是要尽快退烧消炎。不尽早退烧消炎，还有可能引发其他病症。”

周欣说：“现在我们的钱已经到了，医生，你们有什么好药都给他用吧，钱用完了我们再付！”

医生说：“没有钱治不了病，但是，钱也不能包治百病。他现在几种病症胶着在一起，需要辨证施治。目前他的体质太弱，又不吃东西，这可能和他的精神状态有关。他过去是跳舞的，跳舞是他的理想，所以他的腿伤给他的精神打击，可能比普通患者要大得多了。你们要多做思想开导工作，他精神如果崩溃了，身体的抵抗力和免疫力也就会跟着崩溃。”

医生说得心平气和，周欣却听得心惊肉跳。她似乎至此才更加明白那句人生至理，钱并不是万能的。但医生下面的叮问又让她同时明白：没有钱是万万不能的。

“下一步的治疗肯定会比较复杂，你们在费用方面肯定没问题了吧？”

尽管高纯父子尚未相见，但既然已经相认，按理说，费用问题应该没问题了。但面对医生的叮问，周欣只是在喉咙里含混地唔了一声，并未爽快答应。医生似也看出了她的迟疑，只补了一句：“反正你们做好准备吧，”并不多言。

周欣也反复分析眼前的局面，她也知道，父子相认，并不意味着高纯已经成为蔡家的一员，更不意味着高纯今后的病养死葬，都已后顾无忧。接下来的几天，周欣和她请来的那位律师代表高纯，与蔡东萍及蔡东萍的律师又进行了几次艰苦的交涉，在高纯作为蔡百科血缘子嗣没有争议的前提下，就蔡百科遗嘱的落实问题，讨价还价，反复相持。

高纯一方律师的观点是：既然高纯已被蔡百科确定为

遗产的合法继承人之一，而蔡百科又已同意公开他的遗嘱内容，所以有必要尽快委托专业机构对蔡百科的遗产数量、范围和价值，进行详细的核查，并予以适当的保全。

而蔡东萍的律师则认为：所谓遗产，是指立嘱人死亡后的个人财产。现在立嘱人并未死亡，所以也就谈不上什么遗产，更不存在继承问题。如果在立嘱人死亡之前清查立嘱人的财产，只有立嘱人自己做出决定，才能进行。

在讨论中周欣曾经提议：可否由律师出面向蔡百科先生提出提前核查财产的建议，以取得蔡百科的同意。但她的建议立即被蔡东萍严厉否决。蔡东萍表示就算她的父亲同意核查财产她也不会同意的。人还没死就想分他的财产，你们也太缺德了吧。缺德的人，得了财也不得好死！

蔡东萍习惯出口伤人，周欣为顾大局也只能忍耐。那次交锋之后双方律师又见了几次面，每次见面都是无果而终。谈判既入僵局，谈无可谈，便中断了一段时间，双方律师都在暗中准备新的对策，新的方案。周欣于是得以每天往返于医院与画坊之间，照顾高纯，也兼顾着筹备正在争取中的“长城”画展。独木画坊委托的法籍艺术品经纪人正在向欧洲文化协会申请画展的支持及赞助，并请专业摄影师拍下画作的照片，制成电子文件传送到国外的相关机构，以供遴选和评判。送出的画作有周欣作的一幅《箭扣岭》，画的是箭扣长城叹为观止的陡峭和惊险。

第十六章

闪婚

天气越来越热，学校快放暑假了，学生们都在忙着期末的考试，少年宫的学员每天上课的时间也不得不向后顺延。

每一天的日落之前，来得早的同学一走进楼门，就能听见练功房里忧伤的音乐，站在练功房的门口，就能看到黄昏的夕阳染红的空气，看到他们的老师在雾般的暮色中孤独的舞蹈。老师身上穿着飘逸的白纱，头上包着红色的头巾。白纱似云浮卷，头巾似火劲燃。孩子们挤在门边，隐隐感动，默默无言……

学生们的暑假开始之后，大人们反倒越来越忙。针对蔡百科遗嘱的相关问题，他的儿女及其各自的代理律师再次碰面，谈判的气氛照旧不睦，彼此的分歧尖锐如前。蔡东萍的策略还是以攻为守，态度强硬，而高纯面临的问题则显得现实而又迫切，迫切得几乎刻不容缓。

双方律师的这次碰面周欣依然到场，她要向蔡东萍强调高纯的治疗不可拖延："根据医生的建议，高纯必须尽快退烧，最近用了些进口的药，等烧退之后，要马上做第二次手术，才有希望恢复行走的能力。前一阵支付医院的两万元费用花得差不多了，需要尽快再支付下一步治疗和手术的费用，万一因为费用问题耽误治疗时机，对你弟弟的康复会非常不利。"

对高纯的危难蔡东萍似乎无动于衷，面部表情始终冰冷："对不起，我父亲承认他有这么个儿子，我可没承认我有这么个弟弟，你别跟我这儿弟弟不弟弟的，我听着难受！”

周欣压着火气，说道：“那好，既然你不承认有这个弟弟，那我们跟你也就没什么好谈的了，那我们只能再去找你父亲。拯救他的儿子，是他做父亲应尽的责任。”

蔡东萍冷冷地又说：“我不承认有这么个弟弟，不等于我没权利过问他的事情。我父亲已经全权委托我代表他，和医院协商处理高纯的治疗事项。我父亲的身体比高纯还要差你们也都知道，他不可能再去操心这些事情。蔡家的事一律委托我全权处理了。对不起了这位周小姐，不好意思啊，你对高纯的关心我代表我父亲表示感谢。我后来才从其他方面了解到你并不是高纯的女朋友，所以我真的很钦佩你这种助人为乐的精神，如果你没有其他目的的话，你真可以算得上是一个当代女雷锋了。不过从法定权利的角度上说，你的爱心可以到此为止了。高纯应该怎么治疗，应该用些什么药，要不要做第二次手术，我会亲自和医院一一交涉的。我看报纸上说现在有些医院为了挣钱，不管需不需要，硬是给病人开好药贵药，开单间病房，不管该不该动手术都给病人来一刀，这种事我不敢说这家医院也有，但我也不能不防。”

蔡东萍居然“抢班夺权”要接管高纯，大大出乎周欣的意料，她和律师对视一眼，一时全都应对失声。律师刚要张嘴，蔡东萍这边的律师却抢先一步，把蔡东萍的话题继续下去。

“根据我们的建议，我的当事人，也就是蔡百科先生，昨天又立了一份补充遗嘱，对原先的遗嘱做了技术上的完善。这是我们代他起草的补充遗嘱的副本，这上面有蔡百科先生的亲笔签名。”

对方律师突然拿出一份补充遗嘱，惊得周欣一身虚汗。这份补充遗嘱看上去内容不长，简明扼要，白纸黑字地摊在桌上，让人顿觉凶多吉少。高纯的律师倒是面不改色，拾起那份文件从容阅读。对方律师也许看出周欣心里七上八下，脸上于是带了些胜利的微笑轻松说道：

“高纯虽然享有遗产继承的权利，但鉴于他现在身体残疾，神志不清，应该说，并不具备完整健全的行为能力，所以，立嘱人蔡百科先生决定：在高纯完全康复或者结婚成家之前，他现在的治疗及日常生活，以及他日后继承的遗产，均由蔡东萍女士代为管理。对高纯的生活及治疗的安排及财产的处置，在不违反法律，不损害高纯根本利益的前提下，蔡东萍女士有权做出任何决定。”

周欣叫起来了：“这怎么可能！高纯完全可以自己管理自己应得的财产，完全可以安排自己的生活。他身体现在虽然不方便，但他有律师、有朋友，大家都可以帮他！”

对方律师马上反击：“这是立嘱人的意愿，蔡东萍女士是高纯的亲人，她受立嘱人的委托承担管理责任，不仅天经地义，而且合理合法，任何人无权干预。”

高纯的律师试图插话，用手势阻止周欣，但周欣执意争论，双方之间的气氛顿时紧张。

“她连有这么个弟弟都不愿意承认，她有什么资格管理高纯的生活管理高纯的财产，她怎么可能为高纯负责，怎么可能尽亲人的义务！”

对方律师有条不紊：“蔡东萍女士管理高纯的生活和

治疗事务，并且管理他接受的遗产，是立嘱人授予的权利，也就是法定的权利。我想问一下：你们究竟谁是高纯的法律代表，是你，还是他?”

对方律师显然烦了周欣，开始质疑周欣的参与资格，试图将她排除在会谈之外。高纯的律师连忙插话进来，为周欣圆场。

“啊，她是高纯的代表，高纯是委托她来找到我们的，现在，我们共同代表高纯。”

对方律师依然咄咄逼人，不客气地说：“我希望我们的协商，是在法律的框架和范畴内进行的，过多从感情和义气出发谈论问题，就没有意思了，也浪费我们大家的时间。”

高纯的律师看了周欣一眼，周欣闷声不再说话了。高纯的律师将那一纸补充遗嘱，默默地从桌上推到她的面前。也许这时候他和周欣都还没有充分意识到，这一纸薄薄的补充遗嘱，将给接下来的事情，带来多少麻烦。

从律师事务所出来，周欣直接去了医院，她在高纯的病房里没有见到高纯，高纯的病床不知何故竟然席褥一空。她出门去问护士，才知道病人已经被病人的亲属搬到楼下的大病房去了。

大病房就是十多人共住的经济型病房，高纯入院时就住在这样的病房里，他父亲的钱入账后周欣听从了医生的建议，把他搬到了三楼的单人病房。高纯病情重，生活不能自理，三楼的医生力量配得较强，周欣和李师傅过来照顾，在单人病房也方便一些。现在高纯又被搬回普通病房，其中的因由可想而知，但周欣还是不由自主地大声诘问：“怎么搬到楼下去了？他病这么重，好不容易搬上来为什么又搬回去了？”

护士四平八稳地答道：“这是他家属的意见，他们家里可能付不起单人病房的钱了，所以就把他又搬下去了。”

周欣忽略了她的声音已经变成了责问：“他的哪个家属！是谁把他搬下去的？”

护士反感地白了她一眼：“你是他女朋友吧，上午他家里来人了，是他父亲委托的两个人，找医生问了情况，就要求退掉单人病房，把他搬下去了。”

护士不再多费口舌，顾自走了。周欣赶到楼下的普通病房，病房非常拥挤。高纯躺在最里面的一张床上，脸色更白，眼睛更呆。周欣先试了他头上的热度，依然有点烫手。又问他李师傅怎么没来，高纯声音疲乏，吐字困难，说：没来。周欣问：那上午谁来了，谁把你搬下来的，他们怎么说的？高纯回答依然简短：没说什么，就给我搬了。周欣问：你没问他们为什么搬吗？高纯答：他们说，是我父亲让搬的。

高纯的眼窝是干涸的，但周欣猜想他心里在哭。不是因为病房的大小，而是因为：那是父亲的旨意。周欣坐下来抓住高纯的手，她想把事情解释清楚，她想减轻高纯感情上的孤独。

“不是你父亲，我知道，让你搬下来的肯定不是你父亲。你父亲我见了，他很想你，他还拿出钱来给你治病。上午来的人肯定是你姐姐派来的，你姐姐不欢迎你，她不愿意认你这个弟弟。”

高纯的脸，像孩子，“我姐姐，为什么不愿意认我？”

周欣不知该怎样回答，骨肉相煎，是人生大悲。她只能抽象地解释："可能这个社会太现实了，爱也好，恨也好，都是为了一个钱字。"

高纯听着，这些他应该想得到的，他说："我不想……要他们的钱。"

周欣说："可你有权去要，你是你父亲的亲生儿子，你是蔡家的一员，你应该拥有合法的权利。"

高纯所疑问的是另一个问题："那我父亲为什么找我，也是为了钱吗？"

周欣说："父子之间的爱，是因为血缘，你和你父亲是血缘的关系……"

高纯说："我姐姐和我，不也是血缘的关系？"

周欣说："你姐姐和你，有利益冲突，而你父亲和你，就没有这种冲突。"

高纯沉默了一会儿，声音越发虚弱："如果我父亲和我也有利益冲突，他也会不认我了吗？"

周欣也沉默了一会儿，答："以前可能有，以前他如果认你，很可能会给他带来麻烦，影响他的利益，所以他就没法认你。现在那些麻烦不存在了，他才会认你。"

高纯问："那你呢，你一直帮我，也是为了钱吗？你帮我，对你有什么好处吗？"

周欣被问住了，她想了半天，才说："因为……因为我欠了你的。"

快到中午，方圆来了。周欣和方圆在病房外面说了会儿话，也是在说高纯的事情。病人的中午饭送来了，周欣去给高纯打饭打水，方圆就在高纯床前又呆了一会儿。他看出来高纯有很多话想和他说，无奈碍于气力不支。

“老方，你爱我吗？”

方圆被问得直愣：“我？”

高纯又问：“……你欠我吗？”

方圆这回摇头：“没有吧，我欠你什么了？”

高纯说：“那你为什么要来看我？”

方圆怀疑高纯开始说胡话了，“你还烧着呢吧。”他伸手去摸高纯的头。高纯的自言自语，犹如呓语一般，但能听出他口中的字字句句，都出自肺腑，都震痛于心。

“我一直以为，世界上肯定有一种爱，和金钱，和利益，都没关系，就像我妈对我，我对我妈……”

方圆老气横秋，看着高纯，说道：“在没有大的利益冲突的时候，这种爱，应该有的。”

高纯还是自言自语：“就像过去金葵对我，我对金葵……”

方圆显然想避免再谈金葵，但他忍了一会儿，还是客观地提醒高纯：“别再想金葵啦，想也没用啊。金葵已经结婚了，丈夫挺有钱的。她有她的理想，金钱，总归能帮她实现理想吧。”

高纯哭了，只有眼泪，没有声音，方圆也不劝他，任他继续哽咽。

“她就是想……想跳舞，想考舞蹈学院……我，我希望，她的理想……能实现。”

方圆找卫生纸巾为高纯擦了眼泪，他说：“理想人人都有，你现在也应该有你的理想，那就是早点把病治好，重新跳舞，重返舞台！”

把病治好的关键，还是钱。

方圆是高纯在北京唯一的朋友，那天晚上周欣便约了方圆，约了她为高纯请的那个律师，就高纯争取合法权利的相关问题，一起进行了商谈。

商谈是在律师事务所的一间小会议室里进行的，因为涉案金额较大，主办这个案子的那位刘姓律师还专门请来了事务所的另一位合伙人级的资深律师，一起参与了讨论。

那位资深律师姓佟，是个女的，商讨前刘律师为双方做了简短介绍，方圆被介绍为高纯的“朋友”，周欣则被介绍为高纯的“女朋友”。也许刘律师一向就是这样认为的—— 一个女孩子，能这样一直守在高纯的身边，不是女朋友又是什么？

刘律师首先分析了当前的形势：蔡百科病情很重，不能视事，在家族事务上只能委托蔡东萍代劳。所以蔡东萍掌控一切的局面不可避免。蔡东萍与高纯姐弟之间，只有利益冲突，没有情感牵连，这对高纯争取自身合法权利的努力，势必构成极大障碍。高纯本身的伤病也比较重，无法与他的父亲直接沟通，这些客观情况也造成了蔡东萍可以大权在握，为所欲为。

对刘律师的说法，方圆不以为然，他说：蔡百科毕竟已经认了高纯是他的儿子，而且也已经立下了遗嘱，遗嘱里对遗产的分配，也已经说得一清二楚，所以一旦将来蔡百科不在了，高纯合法继承遗产这件事，照理应该不成问题的，蔡东萍再怎么浑，总不能无视法律吧。

而此时此刻，更让周欣着急的并不是将来，而是现在。现在怎么办呢，蔡家往医院汇的钱已经快用完了。蔡东萍前天派了人去，把高纯从单人病房又搬回了普通病房。搬回去也不是不可以，可下一步怎么治疗，就全得听蔡东萍的安排了。蔡东萍至少名分上是高纯的姐姐，代表高纯的父亲，医生当然得听她的，她不让用好药，医生也没办法。

姓佟的律师没有急着回应周欣，而是首先对方圆的问题做了说明：遗嘱虽然明确了高纯应分的遗产范围，但这里肯定有漏洞可钻。第一，蔡东萍完全可以在她父亲去世之前转移或套空蔡百科的资产，比如，以投资的名义动用资金，然后以投资失败的名义把蔡百科的资金做空，甚至，将本应由高纯继承的房产以偿债的形式抵押出去，她完全可以让高纯在蔡百科去世后拿不到实际的遗产。第二，即便有部分遗产分到高纯名下，由于高纯连生活都不能自理，所以这些财产还是会由蔡东萍代管。高纯今后的治疗和生活费用，还是会在蔡东萍的控制之下。

佟律师的分析透彻而又实际，方圆和周欣只能面面相觑，彼此全都哑口无言。

刘律师接过话说："从我这几次接触蔡东萍的印象看，她是一个个性很强的女人，可以说强到有点泼的程度。"

方圆插嘴："就是泼妇！"

刘律师又说："她如果知道高纯的伤残与百科公司被税务机关查处这件事有关的话，从感情上说，对高纯更不会有怜悯，只能有仇恨。高纯现在又要来分她的遗产，那就是旧恨新仇，火上喷油了。她这种性格的人，不太可能在对高纯的救治上施以爱心，她恨不得高纯永远站不起来，甚至更惨。”

刘律师没有说明“甚至更惨”是什么意思，但周欣和方圆都听得打了一个冷战。

方圆的语气，已经有点悲观：“那我们该怎么做？现在我们还能做什么？”

两位律师沉默了片刻，佟律师开口：“这两天我们商量了一下，现在只有一个办法，既可以控制蔡百科去世后的局面，又可以解决高纯现在的救治。”

周欣和方圆一齐问：“什么办法？”

刘律师答得相当干脆：“让小周马上和高纯结婚！”

周欣哓一下怔住。

方圆也吃了一惊。

佟律师解释：“如果周欣成为高纯合法的妻子，那么自然可以在法律上代表高纯的亲人主导高纯的救治，并且在今后顺理成章地协助高纯管理财产。”

周欣连忙张嘴解释：“我和高纯……我们其实没有……”但话被佟律师又接了过去：“我们知道这是一个人的终身大事，特别是高纯现在这个样子，结婚这种事……当然要慎重考虑。何况高纯以后什么样，能不能治好，都很难说，但我听刘律师说你对高纯感情挺深的，否则你也不可能一直这样守着高纯。这事我们只是一个建议，究竟怎么办，得你自己决定。我们只是说，这是挽救高纯的一个途径，而且比较简便易行。”

方圆开了口，想替周欣解释：“噢，你们可能误会了，她和高纯呀，其实也就是一般朋友。其实呢……”他不知怎么想的，忽然又转向周欣，含意暧昧地说道：“其实高纯这孩子真不错，形象、人品、个性，都还行，也就是这腿、这病，这孩子太可怜了！要没受这次伤，他跟你绝对可以……你接触长了就知道了，这孩子对感情绝对专一。”

周欣瞪着方圆，她自己也不知道自己的脸上，是何表情。是慌乱、是错愕、是无奈，还是有口难辩，还是……兼而有之。

那几天，照顾周欣母亲的阿姨有急事请假回老家去了，母亲的一日三餐，洗漱排泄，都由周欣亲历亲为。给母亲喂晚饭的时候谷子过来帮忙，打些送杯子递手巾之类的下手。

律师关于周欣应立即与高纯结婚的建议本来是个误会，完全可以解释一下，苦笑一下，也就罢了，但周欣没有。她甚至回家把这事和谷子说了，说的态度也非笑谈。她那份凝重的表情让谷子感觉暧昧，也令谷子相当不悦。

“让你跟高纯结婚，这律师也太糊涂了，有这么乱点鸳鸯谱的吗！就他们这眼神还当什么律师啊，搞案子非成冤假错案不可。”

在谷子看来，律师的建议只是在一场悲剧中，一个无心而作的小小幽默，这幽默中带了些苦涩，如此而已。假如这场悲剧的情节主干是一个风华正茂的艺术青年被一场意外的灾祸打倒，后来得到几个朋友的帮助而幸免于死，那么也可以不把它算做悲剧。但周欣此时的语气，却让谷子对这种常见的故事套路，产生了某种节外生枝的预感。

“那高纯怎么办呢，”周欣像在自问：“就把他交给他那个姐姐?”

床上的母亲目视女儿，像在察看女儿沉思的表情。谷子似乎也注意到那张一向呆滞的面孔，此刻居然像在倾听。他没有理会床上这具徒有生命的躯壳，而是对床边的周欣万般不解。

“你到现在，到现在还觉得自己对不起高纯吗？他是帮了你的忙，可他摔伤的罪魁祸首并不是你，而是陆子强和那些帮凶！何况这事出了之后你一直在帮他，我们都在帮他！帮他找到了父亲，帮他住院治病，帮他找律师打官司，我们都尽心尽力！周欣，你为高纯已经做得够多了，你完全可以问心无愧了!”

周欣看一眼激动的谷子，低头收起了床头的餐具，她说：“我知道。”

谷子把声音放缓，在讲道理：“为了高纯你已经耽误了你的事业，你不应该再陷进去了。我们可以继续帮他，继续做我们力所能及的事情。可我们毕竟只是他的朋友，我们已经尽到了朋友的责任。不管怎么说他有父亲有姐姐，不管从哪方面讲高纯的事都得由他们去管，都是他们的责任。”

母亲仿佛要说些什么，着急地晃动着麻木的面孔。周欣为母亲擦了擦嘴角，端起餐具从床边起身。谷子跟着周欣跟到厨房，对周欣的少言寡语耿耿于怀。

“做什么事情都应该有个限度，过度反而不好。老酸说过几天就得筹备‘长城画展’了，和北京几个画廊都在联系。鲍伯瑞先生也在积极帮我们联系去国外办展。咱们长城这条路走得那么辛苦，还不就是为了今天能有个成果！你不能为了一个朋友把什么大事正事都耽误了。再说你母亲这边，也需要你照顾。你看你这阿姨，说请假就请假，一走就得好几天，你妈还得靠你，你不能样样都顾！”

周欣说：“阿姨有急事要回趟老家，很快就回来。”

谷子说：“至少你得挣钱养活你妈吧，这也是你的责任。而且是你主要的责任！是别人代替不了的责任！”

周欣把母亲吃过的饭碗放进水池，打开龙头。她没看身后的谷子，但重复了刚才的态度：“……我知道。”

第二天，周欣照常做了些饭菜，去医院带给了高纯。李师傅和君君这天又没过来，高纯一人躺在床上似睡非睡，一只手上还扎着吊针，吊瓶里的药液有气无力地滴答着，就像高纯虚弱的脉搏。

这间病房共有十二张床位，每个床位都有患者家属在旁忙碌，相形之下，高纯显得非常孤单，更不要说这病房中就数他病情最重。他面色灰败，气息委靡，看见周欣来了，只微微用眼神致意，无力做出更多反应。周欣喂高纯吃了她带来的饭食，饭后高纯依然精神不振，周欣出门问了医生，才知道高纯输的药里，有安眠镇定的成分。

“病人的伤处现在还没有消炎，疼痛感还比较强烈，所以我们在药里加了安眠镇定的药物，让他多睡一睡，对镇痛和恢复体力都有好处。”

周欣不知多少次这样问医生了：“他现在是向好的方向发展，还是又恶化了，他还要多长时间才能消炎退烧？”

医生想都没想，立即回答：“情况不是太好。前一阵因为医疗费用的问题我们在治疗方案的选择上受了比较大的限制，后来他家里汇了点钱，我们重新做了方案。昨天他家里来人问了他的情况，表示回去要再商量一下。从口气上看，可能他家里经济上也有困难，可能不一定愿意支付这个方案的费用了。”

周欣问：“如果不用这个方案进行治疗，还有其他什么方案吗？”

医生答：“这个方案要是不行的话，那只能再听听病人亲属的意见了。高纯长期高烧不退，手术不能正常进行，只能截肢了。如果本人或家属不同意截肢，下肢瘫痪看来很难避免了。他体内其他器官也会受到牵连，随时都有发生病变的危险，我们也是根据这种潜在的危险，才制订了那个治疗方案。其实那个方案对病人目前的情况是非常必要的，再拖就不好说了。”

周欣急切地再问：“你们没把这些情况跟他家里人说吗？他们不知道再拖下去的后果吗？”

医生苦笑一下：“他们家里人对医院成见很深，总认为我们是乱开贵药，是想多挣他们的钱。带着这种偏见来谈方案，方案能谈得好吗？”

周欣只能默然无话，听到医生说了一句：“你是他女朋友吧，你应该多做做病人亲属的工作。咱们都实事求是。你是他女朋友，你也不希望病人终生残疾甚至再出危险吧。”

周欣下意识地点了一下头：“是！”又仓促地摇了一下头：“啊，我，我不是他……”

医生以为周欣没听明白，又做了进一步解释：“还有，除了钱的问题，病人的护理和心情也是很大问题。现在病人抵抗力非常差，一旦引起并发症很可能导致生命危险。你们作为他的亲人朋友，都没人盯在这里照顾一下，病人吃喝排便都要由别的病人亲友帮忙，人家帮忙是非常有限的。你们也好，病人家里也好，总得有人在这里盯一下嘛！”

医生一腔不满，忿忿然走了。周欣知道医生的不满并非因她而生，但她还是羞愧难掩。那天她打电话托谷子照顾一下母亲，自己就留在了医院，从白天守到黑天，一直守到很晚很晚。晚上病人们快睡觉时，高纯忽然清醒起来，开始断断续续地发出声音。高纯主动开口说话，令周欣感到非常高兴，他和她聊到许多往事，甚至聊到那些曾经令他激动的理想，那些再也不能实现的追求。那些追求在高纯干枯的唇间依然美好……美好的舞蹈，美好的爱情。

“小时候，我妈说我的腿长，就让我去学跳舞。学跳舞要比学别的花钱多，可我妈还是让我去学……我学了舞蹈，就回家给我妈跳。因为我跳舞能让我妈高兴，能让我妈夸我，我就喜欢上了跳舞。我就想让我妈高兴……”

周欣知道，关于跳舞的话题，于此时的高纯来说，不仅痛苦，而且残忍。但她还是对这个话题给予了积极的响应。

“我没看过你跳舞，但我想你肯定跳得特别特别好。你好好养，好好治，等身体好了，也好让我看看你跳舞啊，我看看你跳的到底怎么样。你最喜欢的舞蹈是哪一个？”

高纯仰目向天，眼中有了些湿润，眉宇间有了些表情。但周欣分不出那是向往还是忧愁，尽管高纯的回答，比过去多了些冲动。

“我最喜欢的舞蹈，是一个双人舞。”

“双人舞？这双人舞是和男的跳，还是和女的？”

“……和女的。”

“你的舞伴是个女的？”

“是，是个女的，她是我的……是我的伴。”

“听说，她是你原来的女朋友？好多跳舞的，跳花样滑冰的，还有跳水的男孩女孩，都是一对儿。”

高纯想了半天，双唇张了又合，终于没能吐出任何字句，但周欣看见，他摇了摇头。

“她漂亮吗？”

“漂亮……”

周欣想安慰高纯：“好女孩很多，你那么年轻，今后一定会有好多女孩追你。而且，你现在已经找到了你的父亲，你想见你的父亲吗？”

一颗清冷的眼泪，迟疑在高纯的眼角，周欣看得出来，那不是为了父亲，而是为了舞伴。高纯说起父亲的口气平和了许多，显出很乖，很懂事的模样。

“我从小，就恨我的父亲，后来，就不恨了。”

“现在呢？”

“现在……我想见他。我想知道我的父亲是什么样子。我想知道，我妈曾经爱的那个人，是什么样子。”

周欣沉默了一会儿，轻轻说了句：“你会知道的，很快就会知道。”

几天之后，周欣带了律师，再次来到仁里胡同三号院蔡百科的家，登门拜访。

他们再次见到了蔡百科的女儿，高纯的姐姐蔡东萍。

蔡东萍再次对他们提出的要带高纯来见父亲的要求，表示了不容置疑的拒绝。

“他想见我的父亲？这不可能的，我父亲现在谁都不见。”

这次见面周欣没有插嘴，全由律师代言。律师亲情引路，试图以情动人：“高纯毕竟是你们蔡家的骨肉，是你同一个父亲的弟弟，你应该替他着想一下，他……”

“我不认识什么弟弟，凭什么要替他着想！你们怎么不替我想想，怎么不替我父亲想想。我父亲的身体都这样了你们还要拿他过去的那些不光彩的事来折磨他刺激他，你们还有点人性没有！”

律师据理力争：“话不能这么说，父子相见既是他们彼此的愿望，也是他们彼此的权利，任何人不能剥夺。上次我们见到你父亲的时候，你父亲已经表达出他很想见到我当事人的愿望，我当事人也希望见到你的父亲。你的父亲，也是他的父亲。他从出生到现在，二十二年了，还没有见过他的亲生父亲。二十二年了，你父亲也没有见过他的这个儿子。父子相亲，是人的本性。现在他们父子近在咫尺，如果人为阻隔，对这两个当事人来说，那很残忍。”

蔡东萍不再多言，不再争辩，在律师话未说完的时候她便站起身来，冲她家的那个年轻门房大声喝道：“小张，送客！”便径自走出了客厅。

无奈，周欣和律师只得再次去了人民法院。

法院的法官当着他们的面，给蔡东萍的律师打了电话。法官向蔡东萍的律师强调了蔡百科和高纯各自的合法权利，并且特别提醒："如果蔡东萍没有合法理由就这样拒绝高纯与父亲相见，显然剥夺了高纯的合法权利，也剥夺了她父亲的合法权利。如果高纯一方诉诸法院，法院将会派人去蔡家当面征求蔡百科的意见。如果蔡百科本人同意见他的儿子，那么蔡东萍也不可能再加阻挠。事情要做到这一步，就不好看了。你作为蔡东萍的律师，我们希望你正面做做她的说服工作。

蔡东萍的律师在电话中大概做了些解释，法官重复了已述的观点，催他尽快答复。打完这个电话之后，法官又安抚了周欣和高纯的律师，告诉他们蔡东萍的律师已经表示一定向蔡东萍转达法院的意见，说服她以亲情为重，以法律为重。你们就再等几天吧，等几天再说。

在等待蔡东萍回话的几天里，周欣和方圆又去李师傅家，和李师傅商量看护高纯的安排。根据医生的说法，这两天开始给高纯用了一种名叫纳巴西林的药剂，看来比较对症，高纯的病势有了明显好转，烧也退了，说明体内炎症已经得到控制。医生说估计持续用药一到两个月，病情就会基本逆转，到那时高纯就可以出院了，可以找个地方慢慢养着去。这个情况让大家都很高兴，商量好：在高纯出院之前，李师傅和方圆负责白天，一个上午一个下午，周欣负责晚上，轮流去医院陪护高纯。李师傅和方圆对周欣的安排没有异议，只问周欣一个人盯一晚上行吗？从晚上六七点一直到早上八点，你白天还有画坊的事，还要照顾你母亲，天天这么盯，扛得住吗？周欣说扛得住，没事。陪周欣来的谷子这时慨然上前：算我一份吧，我帮周欣一起盯晚上。周欣感激地看了谷子一眼，算谈定。

看护高纯的分工从当天开始生效，周欣和谷子从李师傅家直接奔了医院。他们赶到病房时看到护士正给高纯输液，周欣便问：怎么到现在还输液呀，平时不是白天输吗？护士说：这是加的，他又发烧了。周欣问怎么又发烧了？护士说药一停可不烧就又起来了。周欣吃了一惊：药停了！哪个药停了？

周欣扭头去找医生，医生是夜班的，对白班的情况不了解，查了一下记录，又打了个电话，才对周欣做了说明："啊，昨大病人退烧是因为用了纳巴西林，这种药是德国原装进口的，比较贵，所以今天停用了。"

"为什么停用？"周欣问："刘大夫昨天还说要给他用一到两个月呢。"

夜班医生说："我问刘大夫了，她说因为今天接到了财务部通知，这个病人账上的钱已经没有了，所以这个药就暂时停用了。"

周欣恳求："你们先给他用上吧，高纯的父亲很有钱，他父亲会把钱送来的。你们先给他用上吧，行吗？"

夜班医生说："不交钱我们从药房拿不出药来，你明天还是找刘大夫说吧，啊。"

第二天周欣没去找刘大夫，她拉上律师一起，又去了人民法院。法官看来也被这事弄烦了，至少感到自己的权威被蔡东萍及其律师一再藐视，于是拿起电话冲蔡东萍的律师一通光火："你跟你的当事人说，这是我最后一次提醒她，她要再这样处理问题，到时候就别怪我们不客气了，就这样吧。”法官不等对方反应，愤愤然挂了电话，对等在一边的周欣及刘律师说道：“你们别管她同意不同意，你们后天就带蔡百科的儿子去见蔡百科，我跟你们一起去！只要见到蔡百科本人，什么住院费医药费的事，你们都可以谈。儿子是他生的，他就得管！”

周欣当然高兴，看了刘律师一眼，刘律师也放下心来，两人都觉得总算出了一口闷气。

从法院出来，周欣马上去了商场，为高纯即将到来的父子相见买衣服买鞋。然后，她又去医院找熟悉的护士长，好话说尽地借出了一辆轮椅。那轮椅已经很久没用了，很脏，但零件还算齐全。周欣找抹布好好把它擦了一遍，擦到一半她接了个电话，是律师打来的，声音兴奋，告诉周欣法官来电话了，说蔡东萍已经同意后天让高纯去见他父亲了。律师说后天上午九点他先去，就在仁里胡同三号院蔡百科家，他在那儿等周欣带高纯过去。周欣也很高兴，说：好！

后天，距后天还有两天的时间。两天的时间对陷于病床的高纯来说，似乎不算什么，而对周欣来说，反而有些漫长。蔡东萍仍然没往医院送钱，那个救命的纳巴西林仍然没再给高纯用上，高纯的体温也因此时起时伏，总不正常。可周欣看得出来，高纯的精神状态比前些天清爽了许多，她能看出他在期待与父亲相见。周欣和李师傅交接班时也就此聊过，李师傅也说高纯白天一整天都没睡觉，躺在床上就那么睁着眼睛，肯定想事情呢，想他爸呢。周欣说：是啊，如果明天能见到他爸，他爸肯定会帮他的。人老了，自己又有病，怎么会不疼儿子。李师傅也说：其实高纯想见见他爸，倒不一定是为了拿钱治病。他妈不在了，除了他爸，他在这个世界上，算是举目无亲了。像我这种有老婆有闺女的人，一看着高纯就觉得这孩子可怜。周欣说那是。

见面的日子终于到了。早上七点，李师傅就赶过来了，帮周欣给高纯洗脸漱口，吃饭吃药，穿衣系鞋。早上八点，谷子也来了，帮周欣将高纯抱上轮椅，推出医院，又从轮椅抱到出租车上。从医院到蔡百科家大约四十分钟路程，他们八点十分从医院门口出发，在上班的交通高峰尚未结束之时，便已驶过横跨于北海与中南海之间的金鳌玉蝀桥。他们从故宫的西北角左拐，很快望见了巍峨的鼓楼。鼓楼大街车流如虹，这时周欣的手机响了，是刘律师来的电话，刘律师是在蔡百科家门外打过来的，刘律师告诉周欣，今天恐怕是见不了啦。

周欣说不清是惊愕还是窝火：“为什么！蔡东萍又不让见了?”

“我没见到蔡东萍，”刘律师说：“我光见到蔡家的工人了，他们说蔡东萍不在。我给蔡东萍的律师打电话，他律师的电话关机了。”

“关机了？那我们都快到了。不管他，反正是蔡东萍同意今天见的，她不在咱们自己见!”

“不行，我跟在他们家的一个百科公司的工作人员也是这么说的，可那工作人员说不让见，说蔡东萍没交待。”

“蔡东萍跟法官交待了，是法院通知咱们去见的，他凭什么不让见。您先在那儿等一会儿，我们马上到了！”

坐在前座的谷子转头看周欣，显然听出事情有变。虽然周欣没让停车，但能看出她的脸色不妙。

电话里的刘律师还是劝住了周欣：“我刚才问了一下他们家看门的，看门的说昨天蔡东萍就把她爸爸送走了。咱们还是找法院吧，今天肯定见不着了。”

周欣这才无话了，心里的火不知向何处发散。她挂了电话并没有让司机停车或者掉头，面对高纯和谷子的目光，她不知自己的脸上，是该表现出愤怒还是无奈。

出租车又把他们拉回了医院。谷子又把高纯抱出了车子。周欣急急地又给律师打电话商量对策，两人也分析不出蔡东萍究竟把蔡百科转移到哪里去了。

律师说：“先别管她把蔡百科转移到哪去了，我刚刚又和法院联系了，乔法官正在出庭，接不了电话。我下午再和他联系吧。看来只能申请法院采取强制措施了，跟蔡东萍这种人不来硬的真是不行。”

周欣说：“对，一定要强制，下午要我跟你一起去法院吗？”

律师说：“不用，我下午先给乔法官打个电话，需要去的话再说。”

下午，接班的方圆来了。周欣正要离开医院回家睡觉，刘律师的电话又打了进来。他告诉周欣他已经联系上乔法官了，乔法官已经通知了蔡东萍的律师，蔡东萍的律师在湖南出差呢。乔法官已经责成他立即联系蔡东萍。不管他联系上没联系上，咱们明天还是上午九点，乔法官和咱们一起去蔡百科家，明天一定要见到蔡百科本人。律师的电话让周欣心情稍定，心想现在办事也许就是这样，没有一件事不是一波三折。

一连几天周欣日以继夜，她的体力几乎垮了，这天夜里她睡在病房外的一条长凳上，由谷子撑着精神看护高纯。下半夜谷子在那条长凳上打起了呼噜，周欣则趴在高纯的床边接着瞌睡。一夜没睡的反而是床上的高纯，他在黑暗中睁着眼睛，也许只有他自己知道他在想些什么。

早上，还是那个钟点，周欣和谷子帮助高纯洗脸漱口，吃饭更衣。然后，像前一天一样，把他从床上抱到轮椅上，从轮椅抱到出租车上。车门未关之前，周欣又接到了刘律师的电话，她站在车门口与律师通了好长一段时间的话，才把手机挂了。刚刚把轮椅放进出租车后备箱的谷子过来问："谁呀？"周欣说："刘律师。"谷子问："不会又出什么变故了吧？"周欣板着脸，点头。谷子问："怎么，蔡百科还是不在家？乔法官也找不到他吗？"周欣说："找到了，在协和医院呢。"谷子问："那我们能不能去医院见他？"周欣说："不能。"谷子问："为什么？"周欣说："昨天中午，蔡百科已经去世了。"

谷子吓了一跳："蔡百科……去世了？"

车门没关，坐在车里的高纯显然听到了噩耗。在这一刻他知道他的唯一的亲人，也已经走了。这个人他没有见过，但却是他最初的血缘和最后的血亲。

在这一刻，他没有哭，甚至，没有表情。他默默地坐在车里，目光凝固。

周欣和谷子也沉默下来，斜阳把他们的身影也凝固在车边的水泥地上，一动不动。

出乎周欣意料的是，那一天夜里高纯没再失眠，他早早地睡了，睡得很沉，没人能从那张熟睡后就眉头紧锁的脸上，看出他梦见了什么。

那天夜里，高纯梦见了童年，他梦见了自己出生时的情形，他被母亲抱在怀里，父亲的身影始终陪在身边。他梦见自己很快长大，长成一个英俊少年，在云朗艺校的练功房里，与同学们一起把杆练功，父母在场边观看，送来笑容掌声。他梦见自己头戴红色绸巾，与金葵相偕而舞，在“冰火之恋”的音乐中旋转不停。旋转中他忽然发觉，场边的父母踪影杳然，他抛下金葵边寻边喊……他醒来时隐约听到周欣与谷子的低声细语，那低声细语来自病房门外。四周漆黑如铁，夜幕将这张窄窄的病床，围困得尤其孤单……

高纯父亲病逝的第三天，第三天的傍晚，高纯的医生把刚刚赶到医院的周欣叫到一边，再次提了高纯住院费的事情，提醒周欣高纯账上早已空了，让周欣赶紧想办法，否则医院只能另行处理了。

“高纯的家里我们一直联系不上，”医生说：“他们上次留的电话始终关机，你能找到他家里的人吗？不是说他还有个父亲吗？不是说他父亲很有钱吗？”

“他父亲去世了，就是前天走的。”

“噢。”医生有些意外：“……他好像还有个姐姐吧，反正他这医疗费他家里总得有人管吧。我们医院现在已经在垫钱为高纯治疗了。医院有医院的制度，也不是我个人能说了算的。”

周欣点头，脸色沉闷，她说："好，我再想想办法。你们治疗千万别停。"

医生也点了下头，但脸色并不由衷。

第二天，周欣离开医院，直接去了蔡东萍家。蔡东萍丧事在身，没有出面。百科公司的一位干部接待了她，这干部周欣在公司上班时是认识的，但他此刻的面孔，却板得如同路人。

干部说："好，这事我回头向蔡小姐汇报一下，你先回去，有情况我们会告诉你的。"

周欣说："再拖下去医院就不给治了，你什么时候汇报啊，什么时候能解决这事？"

干部说："我会尽快汇报的。现在大家都在忙着老板的后事，蔡小姐心情悲痛，恐怕一时顾不了这么多额外的事情，你回去等等好吧……"

周欣说："这不是额外的事，医院躺着的人是她的亲弟弟，不抓紧治疗也会……不抓紧治疗恐怕也不行了。"

周欣有些激动，干部无动于衷："我知道，我抓紧汇报，好不好。蔡小姐如果有什么意见，我们会直接找医院联系。按你刚才说的，你和这个病人不就是一般朋友关系吗？作为朋友，你把情况转达到了，也就尽到责了，对不对？下面怎么处理是蔡家自己的事了，对不对？"

周欣哑了声音，无可奈何。她出了蔡家的朱漆大门，上了等在门口的出租汽车，车上的谷子开口问她："怎么样？"她也同样哑然无声。

连着一周，蔡东萍和百科公司的任何人都没有来过医院。周欣几次问医生：高纯他们家送钱来了吗？医生几次摇头。高纯虽然每天照常输液，但连李师傅都能看出，盐水吊瓶里注入的药液越来越少。李师傅会用目光去看周欣，会悄悄告诉周欣：原来的药都撤了。周欣不置一词，李师傅也就不再多说。大家都知道发生了什么，只有高纯每天依然睡多醒少，对自己已经危在旦夕浑然不知。

连着一周，每天夜里，谷子照旧过来陪伴周欣，在病房内外与周欣替换小睡。他也问周欣：那高纯到底怎么办呀，医生怎么说的？周欣照例沉默，谷子也只能嘀咕一句：他们蔡家的人也他妈太狠啦……别无良策。

每天早上，谷子陪周欣一起回家，帮周欣喂她母亲吃饭，扛不住困倦时无论沙发长椅，倒头便睡。但周欣睡不着，脸上挂着苍白，眼中布满血丝，她总是在想下一步该怎么办。她不敢想象多久以后，高纯就会死在那张病床上，死在她的面前。

蔡百科去世两周之后，蔡家那边还是不见任何动作。在这两个星期当中，关于蔡百科的后事如何料理，周欣也通过刘律师以高纯的名义几次打探，均未得到蔡家的任何答复。为了落实蔡百科的生前遗嘱，也为了高纯住院费用的燃眉之急，刘律师和佟律师多次约蔡东萍来谈遗嘱问题。蔡东萍始终没有露面，丧期将近满月的时候，才委托了律师，出面晤谈。

这次会晤，周欣以介绍高纯的病情为由，到场列席。

刘律师首先正面询问了丧葬事宜，他表示：“蔡百科先生的丧葬安排现在由蔡东萍小姐全权处理，对此我们没有异议。但我的当事人也是蔡先生的直系血亲，也有权知晓他父亲的丧葬情况和表达哀思。我们为这事已经和你们通过三次电话，你们至今不做任何答复，实在有悖情理。”

对方的律师年纪尚轻，态度倨傲，语速快而生硬，犹如蔡东萍的写照翻版，把刘律师的指责，推诿得面无表情：“蔡先生的后事由他的家人自行料理，我也无权过问。你们有什么问题和想法，直接与蔡小姐或者百科公司交涉就是。”

刘律师无奈，佟律师接话：“今天我们请你来，主要不是商讨蔡先生后事的问题。蔡先生去世已经快一个月了，他的生前遗嘱我们已经在第一时间通过你向蔡东萍女士递送了副本。这份遗嘱一共有两位受益人，分别是蔡女士和我们的当事人高纯。我们认为现在应当立即落实这份遗嘱的内容，尽快办理遗产的交接手续，这既是双方法律上的权利和责任，也是对死者在天之灵的告慰。”

说到财产问题，蔡东萍的律师显然有备而来，答得胸有成竹：“没问题，我当事人已经看了她父亲的那份遗嘱，她没意见。但这份遗嘱必须与蔡百科先生去世前的口授遗言一并执行。蔡百科先生的全部遗产，无论是公司股权还是个人资产，无论是动产还是不动产，都有账的，等日后蔡小姐的弟弟身体好一点了，头脑清楚一点了，蔡小姐自然会向他交待的。按照蔡百科先生的临终遗言，他的遗产，无论是由蔡小姐继承的部分还是由她弟弟继承的部分，现在一律由蔡小姐全权管理，因此不存在交接不交接的问题。”

高纯的两位律师一时语迟，周欣忍不住抢进来发言：“高纯的头脑很清楚，他现在需要钱，他要治病！蔡小姐是他的亲人，她应该把属于她弟弟的钱拿出来，给她弟弟治病!”

蔡东萍的律师看一眼周欣，不急不恼地回应：“蔡小姐会为她弟弟付钱的。但是现在有的医院为了赚钱乱开药乱收费的现象，不能说没有吧，所以钱不能乱付，需要把情况了解清楚了再付。既然蔡家的财产都委托蔡小姐管理了，她就肯定要负起管理的责任，不可能医院要多少她就付多少。”

“他现在连医院的床位费都欠着，怎么叫乱付？要不我们把他抬到蔡家的大院去！那房子本来就是分给他的!”

蔡东萍的律师并不为周欣的激愤所动，但周欣这句含了威胁的话让他的傲慢略显迟疑。他肯定不希望周欣真把高纯抬了去，于是若有所思地盯着周欣看了一会儿，最后说了句：“蔡小姐会付钱的。”

在与蔡家律师会晤的当晚，周欣来医院接班时，代替李师傅在病房值班的君君告诉她：“刚才来了两个男的，好像是高纯哥的姐姐派来的，过来看了高纯哥一眼，现在找医生去了。”

周欣连忙离开病房，找到医生的办公室去。在医生办公室的门口，她看见医生正送那两个男的出来，双方告别时的脸色，都有几分不爽。周欣问医生：“刘大夫，是高纯他们家来人了吗?”医生没有回答，转身进了屋子。周欣跟进去又问：“他们送钱来了吗?”医生点头：“送了张支票来。”又说：“但是他们不同意医院的治疗方案，我们提的大小两个方案他们都否决了。他们那张支票只够一般维持性治疗用的，而且两个星期都不一定够。”

医生毫不掩饰脸上的不满。周欣继续追问：“纳巴西林他们同意用吗?”

医生苦笑:“怎么可能,光用纳巴西林,那支票也就够用两天的。”

周欣怔住。医生又说:“我们也跟他们说了,要是这样治疗还不如你们把病人接回家去,早晚把那点药吃了就行,连病床费都省下岂不更好。可他们不干。又不好好治疗,又不让他出院。什么意思呀这是!”

周欣哑着,医生脸色难看,言语难听:“干吗非放在我们这儿等死!”

医生边说边夹了一沓病历出门去了,周欣跟了出来。李师傅不知何时站在门口,望着医生的背影向周欣探问:“他们家给高纯送钱来了吧,那咱们这些天在医院忙里忙外,也应该跟他家里算算账吧?现在这里病人请的护工我都打听了,一个月六百到一千几百的都有。照顾高纯这种生活不能自理的,就属于一千以上的那种,你跟他们提了吗?他们家那么有钱,不会在乎这几两银子吧。”

周欣没有回答,面目有点憎恨。不仅憎恨蔡氏的冷酷,而且憎恨一切工于心计之人,包括蔡东萍那位律师,也包括刚走的那两个男人,甚至包括……在她耳边唠唠叨叨的这位李师傅。

那夜,谷子没来,周欣坐在高纯床边,一夜没睡,一动没动。早上,方圆过来接班,注意到她的脸色,问她怎么了,没生病吧?她也没有应声。

她走出医院,站在医院门口的街边,目不转睛地看着面前的人流车流,听着城市上空的万般杂音,但似乎又对一切视而不见,充耳不闻。就这样知觉麻木地站了很久,才缓缓抬起手来，拦住一辆出租汽车。

早上九点，是律师事务所上班的时间，刘律师这一天进门稍晚，在走进办公室前，他看到了早早等在门外的周欣。

他把周欣带到一间会客室里，问："你找我有事？"

周欣说："有事。"

刘律师问："什么事？"

周欣沉默了半天，开口："我要结婚！"

婚姻，是一男一女以长久共同生活为目的的自主自愿的结合。自主自愿，是现代婚姻制度中最主要的原则。

这一天上午，阳光明媚，刘律师由高纯的朋友方圆陪同，用借来的轮椅把高纯推到医院的花园，他们在花园里和高纯谈了他的人生大事。

尽管，方圆做了一个婉转的开场，刘律师又把结婚这事说得非常理论，但高纯的脸上还是现出了震惊的表情。他似乎不可想象，方圆和这位律师专程至此，和他说的竟是这样一件事情。

"结婚？"他有点发蒙："周欣……她想和谁结婚？"

刘律师和方圆对视一眼，仿佛他们前来游说的，是一件难以理喻的事情。

"周欣……同意和你结婚。她昨天找了我们，正式向我们表达了她的决定。"

"和我结婚？"

高纯怔怔发疑，以为听错。

"对，和你结婚！周欣向我们明确表示，她愿意和你结婚，愿意和你结为夫妻。”

刘律师把同意改成了愿意，而且把口气处理得坚决而又肯定。他想让高纯确信无疑——这不是童话，不是幻想，这位年轻美貌的画家，已经订下了自己的终身。她已下定决心，要嫁给一个病入膏肓的残疾青年，要为这个也许永远都不能自理的男人，奉献终身！

但高纯的态度却是刘律师没有想到的，当高纯从懵懂中明白过来，苍白的面孔立刻变得通红通红：“不，我不结婚，我没想结婚，我从没说过我要结婚，她有男朋友为什么要和我结婚？”

律师想安抚高纯的慌张，他说：“对，她有男朋友，但她是一个有爱心的女孩，她不想让你一个人忍受病痛的折磨，她想帮助你，她想让你健康地活着。现在，要想让你好好地活下去，最好的办法，就是和你结婚。”

高纯摇头，他的声音与他的躯壳同样虚弱：“不！我不结婚，我一辈子都不想结婚！”

方圆把手放在高纯的肩头，想要制止他的自弃和绝望。他显然从高纯的脸上，看懂了刘律师不可能看懂的表情，因为刘律师并不知道，高纯的心中，还深藏着另一个女人。

方圆说：“高纯，你听我说，你必须明白，周欣要和你结婚，是因为她的爱心，而你和她结婚，是为了你的生命。生命比一切都重要，只要活着，一切才有意义。没有了生命，一切是零！”

轮椅上的高纯枯容带雨，口中的语言哽咽不清：“我没想还能继续活着，我这样活着，一点意思都没有……”

“可你必须活着!”方圆的手在高纯肩头增加了力量:“你必须活着，为了你妈妈，也为了你爸爸，为了你爸爸留下的遗愿，也为了你心里想着的人！你心里还有想着的人吗？还有吗，啊?”

高纯眼泪闪动，不由自主地点头，方圆也就点头:“好，那你就必须活着！那你就感谢周欣!”

刘律师抓紧时机插话进来：“你必须马上和周欣履行结婚的法律手续，因为你的病再也不能拖延下去，早一天治疗就多一线希望。你应当，也完全可以，依法拿回属于你的一切!”

方圆双手依然抓住高纯的肩膀没有松开。也许高纯从来没见过方圆也能如此激动：“兄弟，你父母都不在了，我就算你的大哥啦！今天我就替你做主吧！这事就这样了！也只能这样了，你别无选择!”

高纯双目圆睁，盯着方圆，不知是惊慌还是恐惧。他被“你别无选择”这样的词句，压迫得手足无措。他无法点头也无法摇头，在两位年长于他的健康正常的男人面前，他感觉自己无比渺小！完全无助！也许那一刻方圆真的就是他的兄长，他的家长，他必须放弃选择，接受他们的安排！他们的安排就是命运的安排，他只能听天由命!

同样难以接受这个选择的，还有谷子。

谷子和周欣的争吵爆发在他家的客厅。谷子的客厅也是谷子的画室，简陋得几乎没有任何装修，幸而空间足够，装得下谷子激烈的吼声。

“我不相信你别无选择！现在他的朋友，他的律师、你、我，我们都在帮他，我们已经尽到了责任，你没有必要再去以身相许！什么事如果做的过分，反而会让外人怀疑你到底是什么动机！”

谷子质疑的矛头，已经指向周欣的人格，周欣当然要以直截了当的反诘，做出愤怒的回应。

“哪些外人？是你吗，你怀疑我有什么动机？”

“我可以相信你的动机，但别人也会相信吗？现在人人都知道，高纯马上就要继承一大笔财产了，你在这个时候不管他是瘸还是瘫，这么上赶着要嫁给他，你说大家会怀疑你有什么动机！”

“我不问别人，我只问你！你说我有什么动机？”

周欣的厉声喝问让屋里的气氛坏到临界，谷子克制了自己的声音，他不想与周欣彼此伤害撕破脸皮。他忍了又忍没有回嘴，周欣当然看出他的克制和郁闷。

周欣也克制住了，她走到客厅的窗前，想停止争吵。谷子也掏出烟抽，踱到一边镇定自己。半根烟还没抽完，谷子的腰忽然被周欣从背后抱住。

“谷子，原谅我。让我再抱你一次吧。”

周欣的贴身相拥，让谷子一下软了，他的眼泪都快掉下来了。他说：“我希望你能冷静下来，别再冲动了，别再走火入魔了。你把你自己搭进去就能救他了吗？你救不了他还害了你自己，你这样值得吗？”

周欣抱着谷子，她能感觉出谷子的声音发自肺腑。但她自己的感受，也同样真实。她说：“谷子，我知道，我这样做伤害了你，我对不起你谷子，可我必须请你原谅。高纯为了我落了残疾，我不能看着他快死了还无动于衷，只要还有一点希望，我就必须救他！我救他就是救我自己，如果他这样死了，我一辈子都不得安生！”

谷子转过身来，抓住周欣：“可你想过我吗？你安生了，你想过我吗？我这一辈子，怎么安生！”

周欣后退一步，离开谷子，她泪水双流，声音哽咽：“你失去的，是感情，而他失去的是他自己，是他的命！”

在“命”这个字眼面前，谷子的情感挫伤似乎立刻显得无足轻重。这时门铃响了，两人脸色悲戚，不及调整，谁也没去开门。刚刚从老家回来不久的阿姨从卧房跑出，把门打开，把到访的刘律师和方圆带进了客厅。

四人彼此相对，沉默少时，刘律师闷闷地开口，他简短的话语悬绕在客厅的穹顶，犹如经久不散的空谷回音。

“他同意了。”

回音之后，死一样寂静。似乎因为周欣沉默，谁也不便多出一声。

第十七章

无性

去国外举办长城画展的进程胶着不前，独木画坊在国内的推广却大获进展。老酸他们联系好了上海的外滩画廊，以“独木画展”的方式为赴欧办展暖笔热身。国内的事说办就办比较简便，省略了许多沟通审查之类的繁文缛节，参展的画作由双方用网络邮件观摩敲定，随即开始打包装运。原来还以为当代艺术走向世界易，走向全国难，没想到去欧洲办展一波三折跌宕不定，上海这边反倒捷足先登。

准备运到上海参展的画作中包括了周欣的一幅人物肖像，画中的青年男子还是数月之前的身板模样，青春、健康、眉清目朗。而帮助周欣将高纯的肖像钉入木箱的，却是越来越阴沉的谷子，他和画坊的其他画家一起，将那些木箱一一搬上货车。货车是从搬家公司租来的，谷子和几个年轻些的画家随画坐进了车厢，周欣和年长的老酸被照顾坐进了驾驶舱内。在去火车站的路上老酸问起了周欣的婚事，对这事的突如其来，表示了惊讶和关心。

“听说你要结婚了，很突然嘛，真的假的？”

“真的。”周欣回答。

显然，老酸看出来了，周欣的脸上毫无笑容。老酸也许早就听过有关传闻，遂不再往下深问。

“日子定了吗？我送你点什么？”

“不用。”

“咱们这么熟了，你可别客气。你说，你什么东西还没置呢，我送你点实用的吧。”

周欣沉默了一会儿，开口说道：“老酸，谢谢你。你是我的老师，是我的前辈，我知道大家都关心我……”

老酸笑笑，想把周欣过于沉重的口吻放松：“那当然，你是我们大伙的小妹妹嘛……”但他的轻松随即被周欣打断，周欣那一刻的态度忽然变得简单而又率直。

“你送我点钱吧，如果问我什么实用的话。”

“噢，”老酸愣了一下，“你需要多少？”

“随便多少，都行。”

老酸想再问什么，张开了嘴又收住了，最后只点了下头，说：“那好。”

这一天画家们来往于车站画坊之间，忙到很晚，入夜才散。周欣和谷子留在最后，在空下来的画坊里做了单独交谈。这些天周欣一直回避与谷子交流，但这次却是由她首先开口。

“谷子，你能让我妈在你那里继续住一阵吗？我需要一段时间……”

“你自己打算到哪儿住去？”谷子言词干脆地把话题链接到位，“你和高纯，你们住哪儿？”

周欣沉默了一下，回答：“高纯租的那房子太小了，两个人没法住……不管怎么说，结婚是人生的大事，在那么小的房子里结婚，对高纯不太公平。因为这事现在只能由我操办，所以我得为他着想。我想另外租个房子。”

也许谷子听出来了，周欣只说对高纯不太公平，没说她自己，仿佛这场婚事仅仅是为高纯操办，与她自己无关。

谷子沉默了一会儿，问："结婚还需要办些什么，你都准备好了？"

周欣说："租房子，办酒席……再给高纯买两件衣服。内衣，还有外衣，他连一件新一点的衣服都没有……"

"你自己呢，你自己需要什么，结婚你不买身新的衣服？"

周欣点了下头，不知因为什么，难得地笑了一下："对，我也得买身能在婚礼上穿的衣服。以前陆子强送给我的那些衣服我都退给百科公司了。我还得给我和高纯各买一个结婚戒指。结婚总要有这个仪式。"

谷子也应景地笑了一下，笑容却比周欣更加勉强。他说："结婚戒指都是由男方来买的，应该是男方买来送给女方的。"

周欣下意识地整理着自己的书包，她说："高纯身无分文，他拿什么买。既然只是履行个仪式，谁买都无所谓了，有就行。也不可能买贵的。"

谷子沉默片刻，故意换了平和的口吻，很事务性地问道："这次上海画展你肯定不去了？"

周欣说："不去了，现在结婚的事都是我一个人办，好多事呢，忙不过来。"

谷子闷头抽烟，半晌又说了句："这次画展没有我的作品，我也可以不去。"见周欣用一个隐约的笑容示以感谢，谷子又问："到时候，我可以参加你的婚礼吗？"

周欣目视谷子，未置可否。两人之间，再也不知还能说些什么。

那几天周欣照例每天傍晚赶到医院，接替李师傅或方圆照顾高纯，等第二天中午高纯吃完早饭，她再离开医院去筹备结婚要办的一应事务。她用皮尺量好了高纯的肩宽裤长，去商场为高纯挑选了婚礼要穿的整套西装。在商场医疗用品的柜台前，她的目光在一辆轮椅车上停了很久，那张轮椅折叠着塞在一个角落里，从上面的灰尘不难看出积压已久。周欣并没上前问价，她之后要买的是她和高纯的结婚钻戒，她挑中的一对还算便宜，两只戒指一共不到五千块钱。即便如此，等这对钻戒装进提袋之后，她的钱袋也就彻底空了。

从商场出来，周欣去了独木画坊，画家们都在搭起来的脚手架上忙着绘制金山岭长城的巨幅全景。门边的一个大画案上，堆放着大家赠送的结婚礼物，从毛毯被褥到锅碗瓢盆，都是些朴素实用的生活用品。虽然不少礼包上都披了耀眼的大红喜字，渲染出热闹的婚庆主题，但此时画坊里的气氛却没有丝毫喜气。画家们都在埋头作画，没人回过头来对这场非典型的婚姻表示照例该有的庆祝。

谷子不在。

只有老酸一人，蹒跚地踱了过来，把他的礼物亲自交给周欣，低声说了句："照顾好自己。"然后转身，又蹒跚地走了。周欣低头去看自己手上，是一只精美的纸盒，打开盒盖来看，里面装着两条崭新的毛巾，一条蓝色，一条粉色，鲜艳夺目。周欣拿出那条粉色的毛巾放在鼻子下面轻轻嗅闻，这时她看到毛巾下面，露出一沓厚厚的现金。

周欣抬起头来，她发觉脚手架上的画家们不知何时都停下了手中的画笔，回头看她，熟悉的目光中凝结的那份沉默，又是何其陌生。

周欣回到谷子家时谷子也不在，问照顾母亲的阿姨，才知道谷子下午回来了一趟，搬走了自己用的一些东西，就再也没有回来。周欣似乎预料到什么，马上到谷子屋里去看。她估计得没错，谷子搬走了自己的铺盖。阿姨的转达证实了周欣早就隐约于心的那个判断。

“他说他在外面租了房子，他让我帮你重新收拾一下，他说你可以住到这间屋子里来。这间屋子旧是旧了点，但布置一下，当个新房足够大了。”

这间屋子确实足够大了，周欣的目光从那张搬空了被褥的双人床上抬起，环顾光素的四壁，原先挂着的那些她和谷子合影的照片已尽行摘去，墙上留下的一个个浅色的印迹，凄凉无比。

第二天周欣就开始和阿姨一起布置这间新房，墙上挂上了红双喜字，遮掩了照片留下的痕迹，新买的被褥铺在谷子宽大的床上，使整个屋子的色彩立即焕然一新。热水壶和茶具都是画家们送的，一一摆在桌上柜上，就有了家的舒适气氛。布置新房是一件幸福的事，但阿姨脸上的笑容很快在周欣的沉默中收束回去，她不可能明白在这样一个幸福的时刻，周欣何以如此冷静，就像布置一间别人的办公室那样动作机械，而且，尽显疲惫。

大喜的日子终于到了，结婚登记的这天早上，周欣在李师傅的帮助下，为高纯穿上一身新衣。这一天周欣自己也同样新衣新裤，穿着打扮尽量合乎规矩。在替高纯脱下旧衬衣时周欣又看到了那只碧绿的琉璃，那琉璃贴身戴在高纯的胸前，那心的形状让周欣略感忌讳，感觉与今日的气氛并不相吻。因为不管怎样，在这个“良辰吉日”，似乎不该有另一颗不明不白的心，与高纯如此贴心。

她斟酌了口气，对高纯说道：“今天，我们去登记，这颗心别戴了，我帮你收起来吧。”

周欣的微言大义，高纯不知懂了还是不懂，他说：“这是我的心，我得戴着。”

周欣沉默了一下，不再说话，帮他穿好了衬衣，再穿好外衣。她用轮椅推着高纯走出病房，两个新人的脸上，没有共同的笑容，只有各自的麻木。李师傅本来要陪他们一起去民政局的，但在医院门口上出租车时，被周欣委婉地拦住。

周欣说：“没事李师傅，你就别去了，我自己能行。”

周欣确实自己能行，在出租车司机的帮助下，她完全可以把高纯从车厢抱进抱出。他们隆重的穿束令司机目光疑惑，而他们去的地方，似乎做了清楚的说明。

高纯大概是头一次走进民政局这种地方，周欣日前为咨询登记手续倒是来过。当民政局的工作人员把一张结婚登记表摆在两人面前时，不由不有些怔忡疑惑，看不懂这一对结为连理的新人何以如此沉默。她或许认为他们需要对登记表的内容仔细审阅，于是便对其中的条款做了例行的讲解，但她很快发现，他们更像是在各想心事，坐在对面似听未听。

“你看你们还有什么不明白的吗？”民政干部的讲解于是草草收住，“要是没有的话，你们就把这个表填一下吧。”

结婚登记处有备好的钢笔，钢笔就摆在两人中间，两人谁也没有伸出手来，场面显得有点古怪。民政干部疑惑地看着他们，不知他们还在犹豫什么。她的目光压迫得周欣首先拿笔，开始在这份订定终身的白纸上落墨。在周欣填写这份表格的过程中高纯始终盯着前方，并不关注身边周欣的动作，更不去看那份对他的人生同样重要的表格。他似乎在专注地想着什么事情，又似乎在默数着周欣手下笔画的声音。他目不旁顾，但能感觉到周欣填完了表格，能感觉到她把表格递给民政干部过目，能感觉到表格稍后又回到周欣手中，周欣开始在表格上签字了。他知道她签完了字，就该轮到他了。

她签完了。

轮到他了。

她把笔给他。

他也签了。

他在那张白色的表格上，签下了自己的名字。他在签名之前就已明白，当他把这个名字签完，手续就办完了。他和周欣，在他最后一个笔画落下之后，就结成了夫妻，结成了法律意义上的正式夫妻。

一对红色的结婚证端正地摆在这对夫妻的面前，民政干部一句例行的祝福说得热情洋溢：“祝你们新婚快乐，白头到老！”让周欣不得不用勉强的微笑，表达了礼貌的谢意。

她说：“谢谢您。”

民政干部习惯地转头去看男方，周欣也侧目看了一眼高纯。高纯嘴角动动，似乎想做出感谢的笑容，但那一刻他似乎听到了什么，他似乎听到了那个熟悉的旋律，他听到了他最爱的“冰火之恋”在头顶的上空飘过。他的眼神朦胧起来，嘴角微微咧开，露出了神往的笑意。

周欣也笑了，也许仅仅是因为看到了高纯脸上的笑意，她才力求配合地表现出了相应的欢喜。

那首美丽的乐曲也许是从少年宫的排练厅里传出来的，这一天也是“冰火之恋”的正式彩排，在场边围坐的不仅有舞蹈班的全体学生，而且还来了不少家长，兴致勃勃地进行了观摩。

而此刻高纯正坐着轮椅，追随着那缠绵不绝的音符，被周欣推着走出婚姻登记处的大门。他们谁也没有说话，默默地看着街上来来往往的行人，行人中一对一对偕肩搭臂的年轻男女，在他们木然的眼眸中划出鲜艳的留痕。

也许，在路人眼中他们也是幸福的一对！坐着轮椅的他和推着轮椅的她是两口子了，他们正穿过宽阔的马路回家。周欣成为人妻的第一件事，就是带着自己的丈夫回家！

这是高纯第一次看到自己的新房。周欣感觉到了，高纯一被推进屋了，那始终阴郁的视线终于有了一些积极的投向，他缓缓地环顾四周，目光说不清是好奇还是恐惧。厅堂和卧室都布置妥当，虽然简单无华，毕竟一团新气。但那红色的新气显然止于符号的意义，并未在高纯的脸上，激起足够的快意。

高纯最初恐怕绝不会想到，谷子的这所简陋的大屋，竟收容了他洞房花烛的“初夜”。在他进入这个“家”的第一个晚上，他和他的妻子周欣，并排坐在他的岳母床前。尽管他们面对的，是一张植物人的典型面庞，但那麻木不仁的面庞毕竟代表了两人唯一在世的血亲。这似乎是个必要的仪式，气氛郑重，连一直照顾周欣母亲的那个阿姨，也远远地退到门口，不出一声。

周欣说：“妈，我要结婚了。他叫高纯，和我差不多大，他人很好，很英俊。他过去经常帮助我，他为了我摔坏了身体。我决定和他结婚，照顾他，这样他就有钱治病了，治好了就能回到正常的生活中去了。您从小就告诉我，滴水之恩，涌泉相报，所以我知道您不会反对女儿的这个决定。”

周欣停下来，似乎说完了，她的母亲两眼向天，头颅微微发抖，像是很激动，又像在摇头，或许，那仅仅是植物人的一种无意识的震颤，一种无法控制的肌肉律动。

在母亲白色的被单上，摆着一只红色的小盒，周欣将盒盖打开，里面端放着一大一小两枚戒指。周欣取出那只大的，拉起高纯的右手，将戒指戴在他的无名指上，然后等着那只手把剩下的另一枚戒指，戴上她的指头。

她等候的那只手迟钝了一下，终于瑟瑟地抬起，拿起了余下的那枚戒指。高纯抬起了周欣的右手，缓慢地，有几分笨拙地，将那枚戒指套进了她的指头。

床上的母亲无动于衷，互许终身的两人也回避了相视，只有站在母亲卧室门口的阿姨，眼中有些隐约的泪光，晶莹地闪亮了一瞬。

这天晚上，金葵再次去了方圆的住处。

这次她终于敲开了方圆的房门，开门的却并不是方圆本人，但那微胖的男人竟与方圆轮廓相近，使金葵在门开之际下意识地叫出声来。

“老方……哎……请问方圆在吗？”

“方圆？”微胖男人一脑门问号：“你找错门了吧。”

“方圆不住这儿吗？”

“不住。我也是刚搬来的。”

“那你知道原来住这儿的人搬到哪儿去了吗？”

“不知道，你去问问房东吧，我们不知道。”

屋里，一个浓妆艳抹的女人梳着头发走过来了，问道：“谁呀？”这时微胖男人已把房门关上。金葵默默下楼，还能隐约听见屋门里那女人大声的吵闹：“……你关什么门呀，你不认识她你怎么还怕我看见呀，我告诉你，你骗我不止一次了……”

周欣和高纯领到结婚证的第二大，举行了他们的婚礼。对中国人的婚姻来说，登记只是手续，大婚的良辰吉刻，主要是指婚礼。婚礼安排在一家价廉物美的酒楼举办，前来贺喜的都是独木画坊的艺术家们，大红喜字下杯斛交错，人声洋溢，艺术家们的聚会，狂欢中肯定离不开酩酊醉意。

代表男方亲友出席婚礼的，只有方圆一人，他即席发表的祝辞，虽是一些“永结连理，百年好合”的套话，却也说得热情真挚。代表周欣亲友发言的是画坊的大哥“老酸”，他的祝辞与方圆相比，同是祝福，却暗藏了些隐晦的慰藉。

“周欣是我们大家的小妹妹，年龄最小。我们确实没有想到，她会比我们独木画坊的多数大哥们，都更早地确定了自己的生活。当然，结婚成家仅仅是生活的一部分，特别是对一个以艺术为生命的艺术家来说，可能仅仅是很小的一部分。我相信以我们周欣的才华，今后必将创作出特别来劲的作品。啊，当然，我们也祝愿高纯能够很快治好双腿，重返他热爱的艺术舞台。总之我们都应该祝他们幸福！大家高兴一点，为咱们小妹勇敢的选择，我们应该为她干杯！”

画家们响应地举起酒杯，祝贺和敬佩之辞这才此起彼伏。唯一没有加入庆贺的只有谷子一人，他闷头喝下杯中苦酒，沉默地看着同样安静的周欣。

但无论如何，在这个大婚之夜，周欣脸上始终挂着应有的笑容。在她的示范下，高纯也保持了应景的配合，在被众人要求和新娘喝交杯酒的时候，脸上居然也堆出些久违的笑容，以圆满着这个应当圆满的时刻。

气氛从此放开，场面热闹起来，画家们彼此推杯论盏，说些陈年旧事，以及长城之旅的种种艰难与顺利，侥幸与奇观。场面不期然地反倒冷落了喜宴的主角，那一对新郎新娘。连方圆都和老酸等人聊得忘乎所以，说些演艺圈里的趣人趣事，听得老酸大笑不止。

新郎新娘于是得以安静下来，安静下来的新郎新娘反而显得忐忑不安。周欣当然感觉到了谷子隔席投来的目光，那目光无论怎样平和，在她脸上也如刀似刃，让她不得不移开视线，尽量与左右逢迎顾盼。恰在这时新郎高纯要上厕所，她便起身推他离席，朝门外走去。

老酸问一句："怎么了？"

周欣答道："没事，他去卫生间。"

大家于是继续喝酒笑闹，谁也没有在意。方圆作为男方唯一在场的亲友，理所当然起身相助："我来我来。"接了周欣手中的轮椅，和周欣一起推着高纯出门。在男卫生间外周欣自然止步，高纯就由方圆一人送进门去。

卫生间挺大，相比包房里的喧闹拥挤，这里备显空旷间离。方圆使了吃奶的力气，才把高纯抱到一只坐便器上，又问要不要帮他解开裤带。高纯表示不用，方圆又替他检查了一下手纸架，才关上门退到水池旁边，洗手抽烟去了，洗完了手抽完了烟又在镜中观察自己的脸色，判断自己究竟喝到几许。

坐便器上的高纯并没有解开裤子，其实他根本不需要方便内急。他需要的只是片刻的空冥。这里四面封闭着高高的隔板，不必担心有人偷窥，他握住自己颈上的心形琉璃，在这个属于自己的短暂时空，他有权利泪如雨下！除了一门之隔的方圆让他无法放开声音，他已可以无声地把压在心底的悲伤，用剧烈的哭泣倾倒出来，除了像孩子一样无助地哭泣，他不知自己还能有何作为。

门外，方圆在问："好了吗？"

高纯连忙拉下手纸，擦去满脸泪水："好……好了。"他的声音难掩哽咽，方圆惊疑地打开门板，他当然看到了高纯未及擦净的眼泪。方圆的眼圈竟也红了，他情不自禁地俯下身去，伸出双臂抱住了高纯，像抱住了他自己亲生的兄弟。他能感觉到高纯瘦弱的身躯在剧烈地颤抖，能感觉到他的胸腔里悲恸的呼号……

卫生间外的走廊同样安静间离，等在这里的周欣同样双目湿润，她想转身躲开这里，目光竟与身后的谷子相遇，她抬手想要擦干眼睛，却被谷子一把抱进怀里。

谷子这样用力一抱，周欣真的哭了出来。她也抱紧了谷子的身体，至少这是一个健全的身体，有男人该有的强壮，有青年该有的活力。

喜宴结束了，画家们尽兴而散。

一个有车的画家把新娘新郎送回他们的新房，新房也就是谷子的那间大屋。开车的画家帮忙把高纯抱出汽车，抱上轮椅，周欣一再道谢拒绝再送，开车的画家只好目送她推着轮椅独自进门。

谷子没送周欣回家，他一个人去了独木画坊，看墙上地上那些完与未完的画稿，不停地抽烟。也许他在这里还能依稀找回以往的印象，印象中周欣的身影，居然透明起来。那身影在画坊的楼上楼下随处游走，把只言片语的说笑带到每个空灵的屋角，在高高的穹顶盘桓……

“谷子，把铲子递给我，拿那个小的……”

“高光的部分太白了吧，你不觉得有点硬吗？”

……

诸如此类，那声音足以把谷子的心胸穿透。谷子到现在也不愿相信，刚刚还和周欣同桌喝酒，现在她却走了，去度她的新婚之夜，成了别人的妻。他想知道那个洞房花烛的景象，是苦涩还是甜蜜。

周欣并没有多想她的新婚之夜，该是怎样的景象。她首先要把自己的丈夫搬到床上，用湿毛巾给他擦手擦脸，帮他脱衣躺好，帮他盖上被子，帮他熄了灯光。

母亲和阿姨都已睡了，周欣一个人在卫生间里洗澡，她让热水冲刷着身体，想把肌肤中的倦意冲掉。她的身体洁如处子，仿佛永远不染纤尘。

浴后她又回到房间。她没有开灯，但床上的高纯肯定能够看清那浴衣围裹的身影。那身影靠在门上站了一会儿，才在黑暗中慢慢移动，向床边走过来了。

周欣上了床，躺在了高纯身侧。高纯一动不动地仰面朝天，知道周欣没进被窝，而是和衣躺在被子上面。少顷，她翻了一个身，背对高纯，两人身在同榻，却似乎息息难通。

高纯在黑暗中开口说话，声音犹如胆怯的孩童："你真的……是我妻子了吗？"

周欣身体未动，出声回应："是。"

高纯再问："你会爱我吗？"

周欣再答："会。"

高纯沉默一下，再次发出声音："我可能永远……是个残废。"

周欣这时转过身来，抱了一下高纯。她在他的脸上轻轻吻了一下，回答道："我既然嫁了你，就会好好爱你，你放心吧。我会为你，为我们的婚姻，尽到责任。放心睡吧。"

周欣帮高纯掖好被子，然后自己转身躺好。他们的新婚之夜，就这样同床异梦。或是一夜无眠，或是各自睡去，初夜的滋味，只有他们自己知道。

夜色已深，少年宫排练厅里没有开灯。月光朦胧，金葵将红色的头巾扎在头上，在录音机的音乐中独自起舞。

窗外，微风乍起，月弄清影，那曲冰火之恋，怎不舞出一段凄凉……

这一夜独木画坊和少年宫排练厅同样空旷。金葵停下舞蹈，谷子掐灭香烟……冰火之恋的音乐终止的那刻，画坊里也万籁俱寂。金葵和谷子的脖颈都微微扬起，似乎都想听到城市的某一个角落，发出的任何微小声音。

（《舞者》全书由火卷、冰卷组成，请继续阅读冰卷。）

冰卷

任何事情都有真相，
但不是任何事情都能够清者自清！

11.

锦绣（集团）北方公司

都市 傍晚

这一天的傍晚，文纯已经可以开着马兰汽车送周欣回家了。

周欣对高纯能与她公司同行显然感到高兴，在回家的路上还对这种天意般的安排感慨不已。她说："我真没想到我这一撞竟还撞出一个伴儿来，老天不知道咱俩早就认识吧？你别让她知道，她这人可狐狸似的，太多疑！"

文纯的情绪似乎还沉浸在金葵结婚的消息中，对周欣的兴奋只是勉强应付："你怎么认识的？"

"我在银行，你那天不都看见了吗，她不想让我和任何男人有过密的接触。"

文纯被动地接话："你不是她助理，又不是她老婆。"

周欣没有正面回答，淡淡一笑，话里有话："老婆？老婆也许是她生活中最次的角色。"

"那她为什么不离婚呢。"

"她老婆从来不在公司露面，公司里的人可谁都知道，她老婆是有背景的，谁也惹不起她老婆。"

文纯还想起了当初的那件事，说："我知道了，她老婆的性格肯定是个特别刚强、泼辣的女人。"

周欣则似乎听出了那种事："你怎么知道，你见过她老婆？"

文纯说："上次去欢朋俱乐部接你一道……的那人，是不是她老婆？"

周欣沉默下来，良久才说："我没看见，我没见过她老婆，但我知道她老婆的性格不是刚强，而是特别有心计的

文纯来的时候，周欣提出要上车看看；文纯才注意到她脸上的淤青。"哎，你的脸是怎么弄的，是跟谁打架了还是又撞车了？"

计读加课

文纯有一搭无一搭地。

字斟句酌

说起老板的私人生活，周欣一下来了兴致

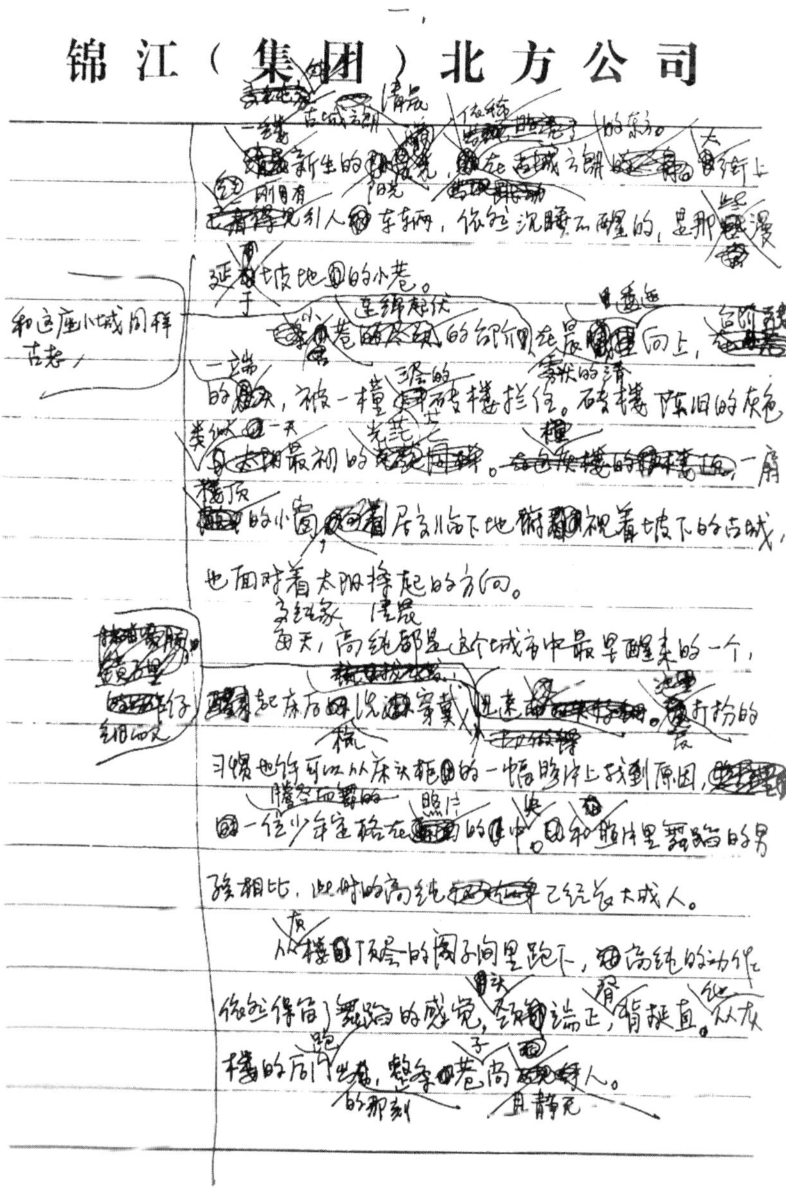
一、

锦江（集团）北方公司

清晨，一缕新生的阳光，依稀在古城古朗的东方的大街上，所有引人的东西，依然沉睡不醒的，是那些漫延于坡地的小巷。

和这座小城同样古老，小巷连绵起伏的部分在最远处向上，一端的尽头，被一栋三层的砖楼拦住。砖楼陈旧的灰色，类似一天最初的光芒。一扇楼顶的小窗居高临下地俯视着坡下的古城，也面对着太阳升起的方向。

多年来每天清晨，高纯都是这个城市中最早醒来的一个，起床后洗漱穿戴，迅速打扮的习惯也许可以从床头柜上的一幅照片上找到原因，一位少年定格在照片的中央。和照片里舞蹈的男孩相比，此时的高纯已经长大成人。

从楼顶的阁子向里跑下，高纯的动作依然保留了舞蹈的感觉，头颈端正，背挺直。他从楼的后门跑出的那刻，整条小巷尚且静无一人。

《舞者》手稿

图书在版编目（CIP）数据

舞者．火卷/海岩著．-北京：作家出版社，2007.6

（2008.2重印）

ISBN 978-7-5063-3989-6

Ⅰ．舞… Ⅱ．海… Ⅲ．长篇小说-中国-当代
Ⅳ．I247.5

中国版本图书馆 CIP 数据核字（2007）第 080751 号

舞　者（火卷）

作　　者：海　岩
责任编辑：陈晓帆
装帧设计：视觉共振设计工作室
出版发行：作家出版社
社址：北京农展馆南里 10 号　　**邮码**：100026
电话传真：86-10-65930756（出版发行部）
86-10-65004079（总编室）
86-10-65015116（邮购部）
E-mail：**zuojia@zuojia.net.cn**
http://www.zuojia.net.cn
印刷：北京中科印刷有限公司
成品尺寸：130×200
字数：270 千
印张：13
版次：2007 年 6 月第 1 版
印次：2008 年 2 月第 4 次印刷
ISBN　978-7-5063-3989-6
定价：25.00 元

火冰舞者